Beloved Darkness - David

Für S. und S.
In ewiger Liebe.

Beloved Darkness

Sandra Parker

Bibliografische Information der Deutschen Nationalbibliothek:
Die Deutsche Nationalbibliothek verzeichnet diese Publikation in der Deutschen Nationalbibliografie; detaillierte bibliografische Daten sind im Internet über http://dnb.dnb.de abrufbar.

© *2013 Sandra Parker*
Alle Rechte vorbehalten. Ähnlichkeiten mit Orten oder real existierenden Personen sind rein zufällig.

Illustration: Snowblood Creations by Michelle Tocilj
Bildmaterial: Shutterstock.com
Lektorat: Alina Enbrecht
Herstellung und Verlag: BoD – Books on Demand, Norderstedt

ISBN: 9783743176577

PROLOG

Bei einem Genickschuss wird die Mündung der Waffe in der Hand des Schützen direkt gegen die obere Halswirbelsäule des Opfers gedrückt. Die exakte Stelle, die die Wirbel mit dem Hinterkopf verbindet. Zwischen Axis und Atlas. Bei einem korrekt ausgeführten Schuss mit einer handelsüblichen P7 mit aufgesetztem Schalldämpfer und 9 mm Parabellummunition hinterlässt das Teilmantelgeschoss eine kleine Eintritts- und eine gigantische Austrittswunde. Das Gesicht wird buchstäblich weggesprengt. Vorausgesetzt, das Opfer hat im Moment seines Todes den Mund voller Wasser. Wasser lässt sich nicht komprimieren. Die Kraft der Kugel wird zu allen Seiten abgestrahlt, bevor sie idealerweise zwischen den mittlerweile zertrümmerten Vorderzähnen wieder austritt. Für das Ausführen des Hits bleibt dem Schützen genau eine Sekunde Zeit. In dieser Sekunde registriert das Nervensystem des Opfers die Berührung der Waffe und den Druck auf seine Hautrezeptoren. Das Gehirn verarbeitet die Informationen, sendet ein Alarmsignal aus und die Nebennierenrinde setzt einen Adrenalinstoß frei. Zu spät. Die Sauerei ist unbeschreiblich. Jedes Mal.

David Harper wusste, dass es tausend andere Arten gab, das Leben eines Menschen zu beenden. Sauberere Arten. Aber das war ihm egal. Wie immer. Denn es war nicht seine Entscheidung, auf welche Art es ausgeführt wurde. Er befolgte Befehle. SYSTEM allein entschied, ob er die Zielpersonen erstach, erschoss, aufhängte, vergiftete, ihre Autos manipulierte ...

Die Liste der möglichen Todesarten war endlos. Müßig, sich über etwas Gedanken zu machen, das ihn nicht zu kümmern hatte.

Und was interessierte ihn schließlich die Schweinerei, die er hinterließ? Es war nicht sein Blut, das an der Wand klebte. Nicht sein Gehirn. Nicht seine Zähne, die zusammen mit Haut- und Fleischfetzen an den Buchrücken im Regal rechts von ihm klebten.

Davids Verstand brauchte zwei Sekunden, um festzustellen, dass der fettleibige Tote vor ihm auf dem Boden ein zwanghaftes Vergnügen daran gehabt haben musste, seine durchaus ansehnliche Sammlung nach Name des Autors, Buchgenre und Farbe der Einbände zu sortieren. Das riesige Regal zog sich über die komplette Wohnzimmerwand. Vollgestopft bis oben hin mit Thrillern, Historien- und Fantasyromanen und - zu Davids tatsächlichem Erstaunen - mit Liebesschnulzen. Vermutlich der Besitz von Mrs. Lewis, die das Wochenende auf Hawaii verbrachte. Auf der Yacht, die Mr. Lewis mit dem Geld unterhielt, das er durch den illegalen Handel noch ungesetzlicherer großkalibriger Waffen in Mexiko verdient hatte. Details, die David schon beim baldigen Verlassen der Penthousewohnung wieder vergessen würde. Wie immer.

David schraubte den Schalldämpfer von der Waffe ab und verstaute beides in der Plastiktüte, die er eigens zu diesem Zweck mit sich führte. Keine Fasern - keine Spuren. Die Einmalhandschuhe würde er erst ausziehen, wenn er die Wohnungstür hinter sich geschlossen hatte. Genau wie die blauen Überschuhe und das gruselige Haarnetz. Definitiv ein Nachteil an seinem Job; für ein paar Minuten sah er nämlich einfach scheiße aus. Gut, dass ihn ohnehin niemals jemand zu Gesicht bekam, was? David war schließlich der Einzige, der sein Spiegelbild in der Glasscheibe der Terrassentür sehen konnte.

Ein letzter prüfender Blick über den reglosen wabbeligen Körper vor ihm. Jenson Lewis, dreiundfünfzig Jahre alt, Geschäftsmann und ein Dreckschwein, das sich die falschen Leute zu Feinden gemacht hatte, lag ausgestreckt mit dem Gesicht in seinem eigenen Hirn auf dem Boden. Der hässliche Teppich unter ihm würde nie wieder zu seiner ursprünglichen Farbe zurückkehren. Beige, wenn David sich nicht irrte. Im schwachen Licht der kleinen Leselampe neben dem Sessel an der Tür kaum zu erkennen. Ein Detail, das es in der Tat nicht wert war, beachtet zu werden.

Welches Detail es allerdings wert war, war der Bilderrahmen auf dem Schreibtisch. Mit unbewegter Miene griff David nach dem Foto, ohne auch nur den Bruchteil einer Sekunde darüber nachzudenken, was er tat. Es zählte nämlich eigentlich nicht zu seinen Gewohnheiten, sich die persönlichen Gegenstände seiner Zielpersonen anzusehen. Wozu auch …

Aber dieses Bild erregte seine Aufmerksamkeit. Ein leises Stimmchen in seinem Kopf beharrte darauf, dass es eine rein menschliche Handlung war. Neugier. Interesse. Etwas, von dem auch David sich nicht freisprechen konnte. Natürlich.

Wirst du Daddy vermissen?

Hübsches Ding, das musste David zugeben. Ein blondes Mädchen, vielleicht ein paar Jahre jünger als er selbst. Mit fesselnden blauen Augen, die er tatsächlich ziemlich geil fand. Er grinste, ohne es sofort zu registrieren und hörte wieder damit auf, als er den Bilderrahmen zurückstellte. An exakt dieselbe Stelle.

Keine Spuren.

Einen letzten Blick auf das Foto, den Mann und die Sauerei an der Wand. Dann drehte David sich um und verließ das Wohnzimmer der Apartmentwohnung. Aus der Tasche seiner Jeans fischte er das Smartphone heraus. Ein Blackberry. Abhörsicher und mit Verschlüsselungssoftware ausgestattet, die es ihm ermöglichte, unbehelligt Nachrichten zu senden und zu empfangen, ohne dass allzu neugierige Augen und Ohren Wind von dem bekamen, was David so trieb. Praktisch.

Ausgeführt.

Als seine Finger die Türklinke berührten, schloss David die Augen. Drei Sekunden lang. Ein Ritual, das er immer ausführte, wenn er einen Hit in einem geschlossenen Raum vollzog. Drei Sekunden, in denen er den Raum hinter ihm vor seinem inneren Auge erscheinen ließ. Ein letztes Mal auf die Suche nach einem Fehler gehen. Es gab keinen. Wie jedes Mal.

Zufrieden atmete er durch, umfasste die Plastiktüte fester und machte die Wohnungstür auf. Sofort reagierte der Bewegungsmelder rechts an der Wand und das Licht über ihm ging an. Die oberste Etage lag verlassen da. Es war zwei Uhr achtunddreißig. Um diese Uhrzeit war niemand im Gebäude wach. Die Nachbarn - ein altes Ehepaar in der Wohnung auf der rechten Seite, gingen um halb zehn zu Bett. Der andere Nachbar, ein Anwalt, der im Begriff war, zum Staatsanwalt gewählt zu werden, befand sich derzeit in New York. David hatte gründlich recherchiert. Wie immer.

Er lächelte kühl, als er sich in Bewegung setzte. Zum Fahrstuhl. Niemand sah ihn, niemand hörte ihn, niemand wusste, dass er existierte. Die Leiche würde von der Ehefrau entdeckt werden. In zwei Tagen. Wenn sie aus dem Taxi stieg, dessen Fahrer ihr zweifellos das schwere Gepäck hinterhertragen würde. Mrs. Lewis machte sich nicht die Hände schmutzig. Anders als ihr Gatte es zu seinen Lebzeiten zu tun gepflegt hatte.

David drückte den Fahrstuhlknopf und reckte sich. Schade, dass er noch eine fünfstündige Autofahrt vor sich hatte. Schade, dass es einfach zu riskant war, ein Hotelzimmer in der Umgebung zu mieten. Egal auf welchen Namen.

Wenn es zu krass wird, mache ich irgendwo halt und penne im Wagen ...

Das hatte er schon getan. Was aber nicht hieß, dass es sonderlich bequem war. Nicht wirklich.

Das Handy in seiner Hand vibrierte. David entsperrte das Display. *Bitte reichen Sie umgehend Ihren Bericht ein, Shadow Two.*

Selbstverständlich. Man hatte ja sonst nichts Besseres zu tun, richtig?

Das Blackberry verschwand wieder in seiner Hosentasche, als die Fahrstuhltür aufsprang. David stieg ein. Er fuhr nach unten. Er schaute sich nicht mehr um.

Vor dem Apartmentwohnhaus wandte er sich nach rechts. Durch die Zähne pfiff er einen aktuellen Song aus den Charts. Den Titel hatte er vergessen. An solche Sachen erinnerte er sich verrückterweise nie. Zu unwichtig. Drei Blocks weiter parkte sein BMW. Ein schickes schnelles Auto, das er sich erst vor drei Wochen gekauft hatte. Neu. Mit diversen Extras. Einem geheimen Fach unter dem Beifahrersitz zum Beispiel. Ein perfektes Lager für seine Ausrüstung.

David Harper stieg ein, verstaute die Plastiktüte und schaltete das Radio ein. Es überraschte ihn wenig, dass der Song lief, den er gerade noch vor sich hin gepfiffen hatte. Gutgelaunt startete er den Motor.

EINS

Demons in the dark

Rain

Rain Collins rannte durch das Stadtzentrum von Tacoma und umklammerte ihren schmerzenden Oberarm. Sie war ziemlich sicher, dass er nicht gebrochen war, aber das war auch schon alles. Eine derbe Prellung tat fast genauso weh. Ihr Atem ging in kurzen flachen Zügen, während ihr Herz gegen ihre Brust donnerte und die stechenden Schmerzen in ihrer Seite es fast unmöglich machten, weiter einen Fuß vor den anderen zu setzen. Ihr Verstand befahl ihr, weiterzurennen. Ihr Körper wollte, dass sie stehenblieb. Sich ausruhte. Durchatmete. Etwas, das angesichts des Feuers in ihren Lungen nicht vorstellbar war.

Ich werde nie wieder atmen.

Ein Gedanke, der nicht unwahrscheinlicher war, als der, sich von der nächsten Brücke zu stürzen. Oder von einem Hochhaus. Die Mall an der 5th Avenue könnte diesen Zweck genauso gut erfüllen. Wenn es ihr nur gelang, dort hinzukommen. Scheißegal, welches Haus. Hauptsache hoch genug.

Schneller! Verdammt - was, wenn er mich einholt?

Sie traute sich nicht, einen Blick über die Schulter zu werfen. Sie musste ihn nicht sehen oder hören, um zu wissen, dass er hinter ihr war. Nicht nah genug, um sie zu erwischen, aber wenn sie nicht schneller lief, würde es nicht mehr lange dauern. Mike würde sie erwischen. Er würde sie an den Haaren zurückzerren. Und es würde ihn einen Teufel scheren, wie laut sie dabei schrie. Weil er ihr vorher das Maul stopfen würde. Wie so oft.

Rain kniff die Augen zusammen, als sie das Brennen spürte. Tränen. Das erste Mal seit Monaten, dass sie welche vergoss. Zu dumm, dass sie ihr jetzt nichts mehr nützten, richtig? Zu spät. Alles - zu spät.

Die Market Street war verlassen. War das zu fassen? Kein einziger verdammter Fußgänger weit und breit. Keine Autos. Keine Polizeistreifen, die ihr helfen konnten - niemand kreuzte ihren Weg. Rain hörte einen Hund bellen, als sie nach rechts über die Straße rannte. Sie konnte das Tier nicht sehen. Irgendwo hörte sie einen Mann etwas rufen. Der Hund bellte ein letztes Mal, dann war es wieder still. Ihr rasselnder Atem war alles, was sie hörte. Und alles, was sie sah, war die schwach erleuchtete Straße vor ihr.

Rain hielt die Luft an und lauschte. Keine Schritte, außer ihren eigenen. Konnte das wirklich sein? Hatte sie ihn abgehängt? Sollte sie es riskieren und sich doch umdrehen?

Mein Verstand spielt mir einen Streich - er ist viel schneller, als i-

Sie schaffte es nicht, den Gedanken zu beenden, denn in diesem Augenblick trat ihr Fuß ins Leere. Sie knickte um, weil sie die Bordsteinkante übersehen hatte, taumelte und prallte mit der ohnehin schon angeschlagenen Hüfte gegen den Mast einer Straßenlaterne. Rain keuchte erschrocken auf. Der Schmerz in ihrem linken Knöchel breitete sich rasend schnell aus und vermischte sich mit dem in ihren Knien, weil sie sich die nackte Haut auf den Pflastersteinen aufschürfte. Ihre Finger zitterten, als sie sich die haselnussbraunen Haare aus dem Gesicht strich. Die heißen Tränen gleich mit.

»Rain! Bleib stehen, du Schlampe!«

Panik überfiel sie, als sie Mikes Stimme hinter sich hörte. Sie hatte ihn nicht abgehängt. Er war auf der anderen Straßenseite, setzte bereits den ersten Fuß auf die Straße und würde nur Sekunden später bei ihr sein, wenn es ihr nicht gelang, sich wieder aufzuraffen.

»Du kannst mir nicht entwischen, hörst du? Du gehörst mir!«

Rain kämpfte sich in Todesangst hoch. Ihre Finger waren eiskalt, als sie den Mast der Laterne umklammerten, damit sie sich daran hochziehen konnte. Ihr Fuß tat weh. Ihr Arm war bereits taub. Der Schmerz in ihren Lungen und zwischen ihren Rippen raubte ihr den Atem.

Diese Qualen waren schlimm - aber kein Vergleich zu dem, was sie zu Hause erwarten würde. Rain wusste das so genau, dass die Panik schon wieder drohte, sie zu überwältigen. Und wenn das geschah, war sie buchstäblich am Arsch! Deshalb zwang sie sich, auch die letzten Reserven ihres geschundenen Körpers zu mobilisieren. Lieber rennen und wenigstens versuchen, ihm zu entwischen, als hier sitzenzubleiben und dabei zuzusehen, wie alles den Bach runterging ...

»Du dummes Dreckstück - warte, bis ich di-«

Ein Auto. Aus dem Augenwinkel sah Rain die Scheinwerfer, als der Wagen um die Ecke der Kreuzung hinter ihr bog. Das war ihre Chance! Wenn es ihr gelang, sich endlich wieder in Bewegung zu setzen, konnte sie es noch schaffen! Sich irgendwo durch eine der Seitengassen schlängeln, vielleicht einen Haken schlagen und ihn so zu verwirren, war immerhin im Bereich des Möglichen. Mike würde kaum bereit sein, sein eigenes Leben zu opfern, um sie zu erwischen, oder?

Was, wenn es doch so ist -

Nein! Rains schwindender Verstand beharrte darauf, dass ihm sein wertloses Leben mehr wert war. Er würde warten, bis das Auto vorbeigefahren war. Der Illusion, der Fahrer könnte anhalten, um ihr zu helfen, gab sie sich gar nicht erst hin. Die wenigen Autos, die Rain auf der Flucht bis hierher gesehen hatte, hatten nicht angehalten. Der Obdachlose, den sie an der Park Avenue beinahe umgerannt hatte, hatte ihr nur einen Fluch nachgeworfen, sich aber nicht einmal zu ihr umgedreht. Obwohl er gesehen haben musste, wie es um sie bestellt war. Obwohl er das Blut auf ihrer Haut gesehen haben musste. Von der Platzwunde an ihrer Augenbraue.

Niemand wird dir helfen, wenn du es nicht selbst tust ...

So war es immer gewesen. Und das würde sich jetzt nicht ändern. Rain setzte den linken Fuß auf. Schmerz durchzuckte ihren gesamten Unterschenkel und sie wusste, dass sie es nicht schaffen würde.

Vorbei. Alles vorbei. Dieses Mal schlägt er mich tot.

»Na warte! Jetzt bist du fällig! Glaubst wohl, mir entwischen zu können, was? So schlau bist du nicht, Rain. Vergiss nicht, dass du mir gehörst!« Mike lachte. Weil auch er hierher gerannt war, ging das trockene Geräusch sofort in ein rasselndes Husten über. Wie sehr sie es hasste ...

Die Scheinwerfer kamen näher. Das Auto fuhr an ihr vorbei, wie sie erwartet hatte. Rains Herz zog sich so schmerzhaft zusammen, dass sie einen wimmernden Laut ausstieß. Wenn sie in diesem Augenblick eine Waffe in der Hand gehalten hätte, hätte sie nicht gezögert, sie zu benutzen. Einen sauberen Schuss in ihren Mund.

Ein Knall. Und alles wäre vorbei. Sich lieber selbst töten, als es ihn tun zu lassen.

Warum hört es nicht auf? Wieso kann ich nicht einfach sterben?

»Rain!«, schrie ihr Mann hinter ihr erneut. Jetzt würde er seinen Weg fortsetzen. Jeden Moment wäre er bei ihr. Und dann wäre alles nur noch - Schmerz.

Rain stolperte und knallte der Länge nach auf den Bürgersteig. Ihr angeschlagener Fuß konnte ihr Gewicht nicht halten. In ihren Ohren rauschte es, als sie die Augen schloss und wartete. Auf das Ende ihrer Flucht, das sich in eine lange Reihe vorangegangener gescheiterter Fluchten einfügte. Vielleicht dieses Mal die letzte. Weil ihr Mann sie nun nie wieder aus dem Haus lassen würde. Im Keller oder in der Küche eingeschlossen würde sie nie wieder eine Chance bekommen. Mike würde sie rund um die Uhr überwachen, wenn er sie nicht heute Nacht noch totschlug. Weil Rain es gewagt hatte, abzuhauen.

»Alles in Ordnung, Miss?«

Völlig perplex schaute sie auf, als sie die Stimme eines Mannes neben sich hörte. Nicht Mike. Es war der Fahrer des Wagens, von dem ihr Gehirn immer noch immer darauf beharrte, dass er weitergefahren war, ohne sie überhaupt zu beachten. Er war nicht weitergefahren. Das Auto stand mit eingeschaltetem Motor drei Meter vor ihr auf der Straße.

Rain öffnete den Mund, um zu einer Antwort anzusetzen und diesen Menschen anzuflehen, ihr zu helfen, doch kein Laut verließ ihre Lippen. Ihr Hals war zugeschnürt, während ihr Herz unentwegt in ihrer Brust Amok lief und sie den Fremden nur anstarren konnte.

Er kann mir auch nicht helfen - Mike wird ihm eine Geschichte auftischen und ihm weismachen, dass ich betrunken bin -

irgendwas, damit der Mann wieder geht. Er kann mir nicht helfen.

»Hey, du Großmaul! Lass gefälligst deine Dreckspfoten von meiner Frau! Sonst lernst du mich kennen!«

Rain biss sich so fest auf die Zunge, dass sie Blut schmeckte. Nur eine Sekunde später spürte sie, wie sich Mikes Finger um ihren Oberarm schlossen und den einsetzenden brüllenden Schmerz, weil er genau die Stelle berührte, mit der er sie erst vor einer halben Stunde gegen den Türrahmen geknallt hatte. Mit voller Absicht, wie sie mit einem schnellen Blick in sein hasserfülltes knallrotes Gesicht erkannte.

Sie wollte dem anderen Mann nicht ins Gesicht sehen, während sie sich von ihrem Ehemann wieder auf die Füße zerren ließ. Er lockerte seinen Griff nicht. Im Gegenteil. Als hinge sein wertloses Leben davon ab, Rain zu zeigen, was sie ab jetzt zu erwarten hatte, drückte er seinen Daumen fest auf die Prellung. Rain stöhnte auf, weil sie es nicht rechtzeitig schaffte, den Reflex zu unterdrücken.

»Entschuldige, Darling. Du hast dir sicher wehgetan, was?« Der veränderten Tonlage zum Trotz kniff Mike ihr unter dem Rock in den Hintern. Ein deutliches Zeichen für sie, den Mund zu halten, wenn sie es nicht noch schlimmer machen wollte.

Aber kann es überhaupt noch schlimmer kommen?

Ein zynischer Gedanke. Aber wahr.

»Sonst lerne ich *Sie* kennen?«, wiederholte der Mann vor ihr hörbar unbeeindruckt und lachte schließlich.

Verwirrt starrte Rain ihn an. Zum ersten Mal, seit er angehalten hatte, schaute sie ihm ins Gesicht und - erstarrte. Sie kannte ihn, aber es war ewig her, seit sie ihn zum letzten Mal gesehen hatte. In der Highschool. Mindestens drei Jahre. »D- David?«, stotterte sie und klappte den Mund sofort wieder zu, als Mike noch einmal in ihren Hintern kniff und sie einen Schritt zurückzerrte.

»Rain!« Sie sah die Erkenntnis im Gesicht ihres Gegenübers, als er sich offenbar ebenfalls an sie erinnerte. »Wir haben uns ja ewig nicht gesehen. Du bist verhei-«

»Das reicht jetzt. Los, schwing deinen Arsch hierher, Rain. Wir gehen!« Mike riss so kräftig an Rains Arm, dass sie zurückstolperte und gegen seine Brust knallte. Der schraubstockartige Griff um ihren verletzten Oberarm wurde fester und für einen kurzen Moment wurde ihr schwarz vor Augen.

Sie musste sich zwingen, den Aufschrei zurückzuhalten, als ihr Mann sie weiter mit sich zerrte. Weg von David, der sie ziemlich entgeistert anstarrte und nicht so recht zu wissen schien, was für eine Szene sich vor seinen Augen gerade abspielte.

Rain schickte ein Stoßgebet in den Himmel, als sie Mikes Ellenbogen in ihrem Rücken spürte und er sie herumriss, damit er sie vorwärtsschieben konnte. Zurück nach Hause. Zurück in ihr Gefängnis, in dem die Hölle auf sie wartete. Die Angst drückte ihre Kehle zusammen und nahm ihr die Luft zum Atmen.

Dieses Mal tötet er mich -

»Stopp mal, Kumpel. Was wird das, wenn's fertig ist?«

Der Rückzug ihres Mannes endete abrupt, als David seinerseits nach Mikes Arm griff. Mike blieb stehen. Gezwungenermaßen. Rain konnte sehen, wie es in seinem Schädel arbeitete. Seine Wangen färbten sich puterrot und kurz darauf leuchtete sein ganzer hässlicher Kopf im fahlen Licht der Straßenbeleuchtung. »Nimm deine Pfoten weg, wenn du nicht willst, dass ich dir das Maul poliere!«

Irritiert sah Rain zu, wie sich Belustigung im Gesicht ihres alten Schulkameraden breitmachte. »Ich fürchte, du weißt nicht, mit wem du es zu tun hast. Ich schlage vor, du lässt Rains Arm los und verpisst dich. Was meinst du?« Mike jaulte plötzlich wie ein getretener Hund und Rain registrierte erstaunt, dass David den Druck auf den Arm ihres Mannes erhöht hatte, ohne dabei auch nur mit der Wimper zu zucken. Tatsächlich ließ Mike sie los - als hätte er sich an ihrer nackten Haut verbrannt.

Rain atmete erleichtert auf und hüpfte schnell zur Seite, ohne den schmerzenden linken Fuß dabei zu belasten. Weg von Mike. Weg von ihrem stinkenden abartigen Mann, der David so hasserfüllt anstarrte, dass sie fürchtete, er könnte im nächsten Moment einfach tot umfallen.

David schien sich durch das drohende Gebaren ihres Mannes nicht im geringsten beeindrucken zu lassen. Er stand einfach da, grinste, als wäre das alles nur ein Spiel und umklammerte weiter Mikes Unterarm. »Geht doch«, sagte er ohne die Spur von Anstrengung. »Und jetzt sieh zu, dass du Land gewinnst. Keine Ahnung, wer du bist, aber wenn ich dich noch einmal sehe, reiße ich dir deine Zunge raus.«

»Pah!« Mike spuckte vor Davids Füße auf den Boden. »Bist ein ganz schönes Großmaul, was? Gut. Ich gehe. Aber wenn du denkst, Rain würde mich nicht begleiten, hast du dich geschnitten.«

Rains Hände zitterten, als Mike sie über seine Schulter hinweg anschaute. Sie sah die Mordlust in seinen Augen. Die nicht zu übersehende Tatsache, dass er sie dieses Mal nicht nur verprügeln oder vergewaltigen würde, wenn sie hinter den verschlossenen Türen des abbruchreifen Hauses verschwanden, das sie seit fast drei Jahren mit ihm teilte. Drei Jahre Hölle und heute würde es enden. Heute Nacht würde Mike sie umbringen, sobald sie allein waren. Kein Zweifel.

»Rain, steig in meinen Wagen«, befahl David, ohne auch nur eine Miene zu verziehen. Sie sah gerade noch, wie Mike den Mund aufriss, um dagegen zu protestieren, als sein Körper gegen die Hauswand prallte. David musste ihm einen derart heftigen Stoß verpasst haben, dass ihr nicht gerade schlanker Mann wie ein nasser Sack gegen die Mauer knallte. Sie hörte ihn schreien. Vor Zorn, Überraschung und Schmerz.

Wie es ihr überhaupt gelang, sich in Bewegung zu setzen, wusste sie nicht. Nur, dass sie es tat. Auf wackeligen Beinen, mit schmerzenden Knien und einem tauben Gefühl in ihrem linken Fuß, als hätte er vergessen, dass er existierte. Unfähig, einen klaren Gedanken zu fassen oder auch nur einen Ton hervorzubringen, humpelte sie auf den schwarzen Wagen zu. Ihre eiskalten Finger tasteten nach der Türklinke.

»Wag es nicht, Rain! Ich finde dich, kapiert du Schlampe? Gnade dir Gott, wenn ich dich in die Fi-« Der Rest des Satzes ging in einen jaulenden Aufschrei über, der nur den Bruchteil einer Sekunde später verebbte.

Rain warf einen letzten Blick über ihre Schulter zurück und sah gerade noch, wie Mike reglos an der Mauer hinunterrutschte. Sie konnte sein Gesicht nicht sehen, aber das war auch nicht nötig. Sie wusste, dass er bewusstlos war. Dann stieg sie schweratmend und zitternd auf den Beifahrersitz. Ohne ein Gefühl. Ohne Erleichterung, Freude, Genugtuung. Nichts. Rein gar nichts.

David

David verfluchte sich innerlich. Für seine unüberlegte Dummheit, der Kleinen neben sich gesagt zu haben, sie sollte in sein Auto steigen. Oder, sich vorher überhaupt in fremde Angelegenheiten eingemischt zu haben. Und verdammt - auch dafür, überhaupt diesen Weg genommen zu haben. Er hätte vorhin schon zwei Querstraßen eher abbiegen können. Dann wäre ihm dieser Scheißhaufen nämlich erspart geblieben.

Mist, verdammte Scheiße! Warum David? Wieso kannst du nicht einfach mal die Augen zumachen?

Ein Seitenblick zu ihr reichte aus, damit er seine Vermutung bestätigt bekam. Aus ihr würde er nichts herausbekommen, wenn er sie jetzt ansprach. Sie zitterte wie Espenlaub, umklammerte ihren Oberarm mit dem gigantischen Hämatom, das er vorhin schon bemerkt hatte, und starrte stumm aus dem Fenster.

Rain Coleman, wie sie zumindest in der Highschool noch hieß, schien es nach dem Abschluss nicht sonderlich gut getroffen zu haben. David hatte keinen Kontakt zu ihr gehalten. Eigentlich zu niemandem. Wozu auch? Seine beruflichen Ambitionen und das damit nicht kompatible Privatleben hatten sich schließlich in eine gänzlich andere Richtung bewegt als die seiner Mitschüler. Eine Tatsache. Nichts weiter. Er erinnerte sich daran, dass sie ein paar Monate jünger war als er. Diesen Pisser von vorhin hatte er noch nie gesehen. Er erinnerte sich aber auch daran, dass Rain ein ziemlich temperamentvolles Mädchen gewesen war. Beliebt, aufgeschlossen und schon damals ziemlich heiß. Zumindest am letzten Punkt hatte sich in den letzten Jahren nichts geändert, auch wenn er nicht nachvollziehen konnte, wie sie in ihre offensichtlich dumme Lage geraten war.

Sein ansonsten messerscharfer Verstand hatte eindeutig Schwierigkeiten damit, die Rain aus seiner Erinnerung in einen Zusammenhang mit so einem Dreckschwein zu bringen.

»Äh, also - danke«, sagte sie irgendwann leise und riss ihn aus seinen Gedanken. »Für deine - Hilfe.«

David zog die Augenbrauen hoch, ohne sie anzusehen. Er war sich ziemlich sicher, dass ihr diese Hilfe nicht wirklich nützen würde, sobald sie sein Auto wieder verließ. Aber er wusste auch nicht, was er mit ihr anstellen sollte. Nicht wirklich. Ein Problem, definitiv.

»Was willst du denn mit so einem Penner?«, platzte er irgendwann selbst heraus und schüttelte ziemlich angewidert den Kopf. »Den hast du nicht wirklich geheiratet, oder?«

Sie schwieg ein paar Sekunden, in denen sie offensichtlich gründlich über ihre Antwort nachdenken musste. »Nicht freiwillig«, erwiderte sie hörbar angepisst und starrte wieder aus dem Seitenfenster. »Sorry, aber das geht dich nichts an.«

Er grinste fies, ohne dass sie es sehen konnte. »Stimmt. Dann kannst du ja jetzt auch einfach wieder aussteigen, was?«

»Nein! Das kannst du nicht machen! Nicht hier!« Die Heftigkeit, mit der sie den Kopf schüttelte, überraschte ihn nicht.

Er hatte nicht wirklich vor, sie aus dem Auto zu schmeißen. Dafür war es ohnehin zu spät. David hielt vor dem Apartmenthaus, in dem er wohnte. Er betätigte den oberen Knopf auf der kleinen Fernbedienung in seinem Seitenfach. Das elektrische Garagentor zu seiner Rechten fuhr langsam hoch.

»Was soll ich denn deiner Meinung nach mit dir machen?«, fragte er, stützte den Unterarm auf dem Lenkrad ab und drehte sich nun direkt zu ihr. »So wie du aussiehst, gehörst du eigentlich ins Krankenhaus, meinst du nicht?« Es war nicht nötig, seinen Blick über sie wandern zu lassen. Das Ausmaß ihres reichlich erbärmlichen Zustandes hatte er vorhin schon registriert. Das Hämatom an ihrem Oberarm, die aufgeschürften Knie vom Sturz auf dem Bürgersteig, den Knöchel, den sie sich offensichtlich verstaucht hatte und die kleine Platzwunde oberhalb ihrer rechten Augenbraue. Mehr als deutliche Zeichen dafür, dass ihr nächtlicher Spaziergang nicht von ungefähr kam.

»Ich kann nicht ins Krankenhaus«, antwortete sie nun wesentlich kleinlauter und verzog das hübsche vermöbelte Gesicht zu einem gequälten Lächeln. »Ich kann auch nicht zur Polizei gehen. Oder in ein Frauenhaus. Er - findet mich!«

Auch ihre Angst vor ihrem offenkundig gewalttätigen Ehemann überraschte David nicht. Sie schien zu wissen, wovon sie sprach. Wahrscheinlich hatte sie derartige Erfahrungen schon öfter gemacht. Was bedeutete, dass das Schwein häufiger zu solchen Maßnahmen griff.

Ohne es zu wollen, empfand David Mitleid mit ihr. Nicht so viel, dass es ihn in irgendeiner Weise beeinträchtigt hätte. Darin, eine einigermaßen rationale Entscheidung zu treffen, die er wahrscheinlich schon morgen bereuen würde. Aber egal.

»Du kannst heute Nacht bei mir pennen. Und dann lässt du dir was einfallen.«

»Was einfallen lassen?«, wiederholte sie und lachte trocken. Rain schüttelte den Kopf und die haselnussbraunen langen Haare wehten um ihr kreideweißes Gesicht. »Okay, weißt du was? Vergiss es einfach. Ich steige aus und schlage mich irgendwie durch. Bis da-«

»Halt!«, befahl David, als sie den Türgriff berührte. »So lasse ich dich nirgendwo hingehen. Lass mich wenigstens die Wunden versorgen.« Er wartete ihre Antwort nicht ab, legte den ersten Gang ein und fuhr den BMW in die Tiefgarage. Das Tor hinter ihnen schloss sich lautlos. Heute Nacht würde er seine Waffen im Auto lassen müssen. Nicht die beste Idee. Riskanter, als sie in dem geheimen Versteck in seiner Wohnung zu lagern. Aber mit seiner unfreiwilligen Begleiterin im Schlepptau konnte er nicht riskieren, sie mitzunehmen. Pech.

David wartete, bis Rain ausstieg, bevor er das Auto verriegelte und auf den Aufzug zusteuerte. Sie folgte ihm. Sichtlich verunsichert und humpelnd, um den verletzten Fuß nicht zu sehr zu belasten.

»Wow, du hast es ja ganz schön zu was gebracht. Was hast du nach der Schule gemacht?« Rain presste die Lippen wieder zusammen, als er sie kühl anlächelte.

»Dies und das.«

»Aha.«

Offensichtlich hatte sie geschnallt, dass er keine große Lust hatte, darüber zu reden. Gut. Jedenfalls hielt sie die Klappe, als die Fahrstuhltüren aufsprangen. David drückte den Knopf, der in sie die oberste Etage des Apartmenthauses brachte. Klar, dass ihr die Augen aus dem Kopf fielen. Die Wohnung hatte ihn eine halbe Million Dollar gekostet. David hatte sicher nie vorgehabt, sie irgendjemanden, den er von früher kannte, zu zeigen. Dumm gelaufen.

Die Hände in den Taschen seiner Jeans vergraben, vermied David es, die Kleine neben sich anzusehen. Er hoffte, dass sie einfach keine Fragen stellen würde. Das würde es um einiges leichter machen, sie hineinzulassen. Als der Fahrstuhl in seiner Etage hielt, zog er den kleinen silbernen Schlüssel aus seiner Hosentasche, der die Tür hinter den Fahrstuhltüren öffnete. Ein Vorzug an dieser Wohnung. Definitiv.

»Wofür ist der?«, fragte Rain neben ihm, als er ihn in das Schloss steckte. »Oh.« David drückte die Sicherheitstür auf und ermöglichte Rain den ungehinderten Blick in seine Wohnung. Ohne diesen Schlüssel ging die Tür nicht auf. Das Schloss war zu 99 Prozent einbruchsicher. Eine Spezialanfertigung. Falls doch jemand versuchen sollte, sich unbefugt Zutritt zu verschaffen, ging ein stiller Alarm auf seinem Handy los. Niemand konnte hinein, wenn David es nicht wollte, oder ohne dass er es merkte.

»Das ist ja - Wahnsinn!«

»Ja, ist nett«, antwortete er möglichst gleichgültig und verließ den Fahrstuhl. Seine Autoschlüssel legte er auf die Kommode im Flur. Normalerweise hätte er zuerst die Waffe verstaut. Die P7, die er ein paar Stunden zuvor benutzt hatte. Nachdem er sie zerlegt und gereinigt hätte. Heute nicht.

Die Türen schlossen sich hinter ihr und David schaute zu, wie sie sich ziemlich verloren wirkend in seinem Wohnzimmer umsah. Anscheinend war es das erste Mal, dass sie so eine Hütte von innen sah. Niedlich. Ein bisschen wenigstens.

»Du kannst dich irgendwo hinsetzen. Ich hole meinen Verbandskasten«, wies er sie mit einem Kopfnicken zum Wohnzimmer an und lief ins Badezimmer, bevor sie seiner Aufforderung nachkam.

Was mache ich hier? Wieso lade ich mir den Scheiß anderer Leute auf dem Hals? Fuck!

Eine gute Frage. Definitiv. Aber zu spät.

David kramte in dem Schrank neben seinem Waschbecken herum und zog den Kasten heraus. Für Verbandszeug hatte er selten Verwendung. Das Ding hier war noch eingeschweißt.

Rain saß auf dem Sofa, als er das Bad verließ. Die Finger in den Stoff ihres Shirts gekrallt und stocksteif, als wäre es ihr ganz und gar zuwider, überhaupt hier zu sein. Immerhin ein bisschen konnte er sie verstehen.

»Ich nehme an, das ist dir nicht zum ersten Mal passiert, oder?«, fragte er so freundlich, wie es ging, und stellte den Verbandskasten auf dem Glastisch vor der Couch ab. »Hast du außer den Verletzungen, die ich so sehen kann, noch andere?« *Keine, von denen sie mir erzählen wird*, dachte er, sagte aber nichts weiter. Er war sicher, dass der Drecksack, den er vorhin sehr mühelos ausgeschaltet hatte, sie erst vor wenigen Stunden vergewaltigt hatte. Es war die Art, wie sie sich bewegte. Wie sie ihre Beine zusammenkniff. Wie sie den Blick abwandte, als er sie anschaute. Kein Zweifel.

»Nein.«

Klar.

»Darf ich dich anfassen, um die Wunden an deinen Knien zu säubern?«

Verwirrt starrte Rain ihn an und verzog nur einen Augenblick später das Gesicht zu einem verunsicherten Lächeln. »Irgendwie habe ich dich ganz anders in Erinnerung. Wie kommt das?«

»Ich weiß nicht, was du meinst.«

»Na, ich bin ziemlich sicher, dass du in der Schule nichts hast anbrennen lassen. Jede Woche eine andere Tussi, einen beknackten Spruch nach dem anderen und so arrogant, dass ich dir am liebsten eine reingehauen hätte.« Das schwache Grinsen wurde breiter. »Und jetzt fragst du mich so höflich, ob du mich anfassen darfst? Wer hat dir Manieren beigebracht?«

Der Job und die Entscheidungen, die andere für mich getroffen haben. Gedanken, die er nicht aussprach. Stattdessen rang er sich ein Lächeln ab. Ein reichlich steifes. »Seit der Schule sind einige Jahre vergangen. Schon vergessen?«

Rain nickte. Davids Zeichen dafür, dass er sich neben sie aufs Sofa setzen und anfangen konnte, sich um ihre Verletzungen zu kümmern.

Zunächst die Platzwunde an ihrer Stirn. Klein, aber ziemlich übel. Das Blut war längst geronnen. Er riss die Packung mit den sterilen Wattestäbchen auf und tunkte eine der Seiten in die Jodflasche.

»Wie ist das passiert?« Er bemühte sich, vorsichtig zu sein, aber Rain zuckte trotzdem zusammen, als er sie berührte. David sah, dass sie sich auf die Unterlippe biss, bevor sie zu ihrer Antwort ansetzte.

»Er hat meinen Kopf gegen den Türrahmen geschlagen«, antwortete sie schließlich erstaunlich fest und zuckte mit den zierlichen Schultern. Zu dünn. Sie war so dürr, dass er den Verdacht nicht loswurde, dass der Wichser ihr nicht genug zu essen gab. Oder aber - ein anderer Gedanke, der ebenso wahrscheinlich war - sie hatte eine Essstörung. Frauen in ihrer Lage neigten seines Wissens nach dazu, solche Sachen zu entwickeln. Schließlich wusste er nicht, wie lange sie schon in dieser Situation war.

David nickte, ohne ihr in die Augen zu sehen. Er riss eines der Pflaster auf und klebte es über die Wunde, bevor er sich ihren Arm ansah. Ohne dabei auch nur den Bruchteil einer Sekunde auf ihr Dekolleté zu starren. Ihr Shirt war extrem tief ausgeschnitten. Hm.

»Au!« Rain zuckte wieder zusammen.

»Sorry.« Er bemühte sich, keinen Druck auszuüben. »Sieht übel aus. Es wird sicher einige Zeit wehtun, bevor man es nicht mehr sehen kann.«

Sie nickte wieder. Auch das schien sie längst gewohnt zu sein. »Der Bettpfosten«, sagte sie, als er seinen Blick weiter über ihren Arm wandern ließ. Die Fesselspuren an ihrem linken Handgelenk sah er gerade zum ersten Mal. Vorhin im Auto hatte er nicht darauf geachtet. Vielleicht, weil sie ein Armband getragen hatte, das sie nun löste. Ein breites Ding, das eher wie eines dieser neumodischen Haarbänder aussah, die die Mädels so trugen.

Mit unbewegter Miene griff er nach ihrer Hand und drehte sie so, dass er besser sehen konnte. Alte und neue Male. Auch nichts, das ihr zum ersten Mal widerfahren war. Höchstwahrscheinlich war sie also mit einem Arschloch verheiratet, das sich daran aufgeilte, eine wehrlose Frau zu vögeln. Großartig.

»Es wäre gnädiger gewesen, wenn er Handschellen benutzt hätte. Ein Strick?«

Sie nickte, ohne ihn anzusehen. Und sie rührte sich keinen Millimeter.

Das ungewohnt schwere Gefühl in seinem Magen ignorierte David beflissen. Er wusste, dass es einen Grund dafür gab, warum er ihr nicht in die Augen sehen konnte. Nur, weil er sein Geld auf diese Weise verdiente, hieß es nicht, dass er ein verdammter Psychopath war. David war ein stinknormaler Mann. Mit stinknormalen Bedürfnissen. Und einem scheißnormalen Ständer in seiner Hose, den er um jeden Preis vor ihr verbergen wollte, als er anfing, sich um die Schürfwunden an ihren Knien zu kümmern. Weil er es nämlich als abartig empfand, daran zu denken, sie flachzulegen.

Ein weiterer Blick in ihr reichlich demoliertes Gesicht reichte, um die unpassende Erregung loszuwerden. David hatte sich immer unter Kontrolle. Immer!

Rain zog den schwarzen Minirock so weit über ihre Schenkel hinunter, wie es ging, als er nach einem neuen Wattestäbchen griff. Offenbar war der Schock inzwischen weitestgehend von ihr abgefallen. Weit genug, damit es ihr peinlich war, in diesem Aufzug vor ihm zu sitzen. Dabei hatte David sich längst seinen Teil dazu gedacht. Nicht sie war es, die sich dafür schämen sollte. Sicher nicht!

»Er - hat mich gezwungen, das anzuziehen«, sagte sie leise und in einem Tonfall, der David schlucken ließ. Das unbequeme Gefühl von Wut kehrte in seinen Magen zurück.

So viel zur Kontrolle!

»Wenn du willst, kannst du hier ein Bad nehmen.«

»Ich sollte gehen«, widersprach sie und David sah aus dem Augenwinkel, dass sie sich schon wieder auf die Unterlippe biss. Es schien ihr nicht zu behagen, überhaupt hier zu sein. Dabei gewöhnte David sich gerade an den Gedanken, sie wenigstens hier pennen zu lassen. Eine Nacht. Mehr einen Tag, denn es war inzwischen fünf Uhr morgens, wie er mit einem weiteren Blick zur Küchenuhr über dem Kühlschrank feststellte. Es überraschte ihn nicht, keinerlei Müdigkeit zu spüren. Die würde sich erst einstellen, wenn er irgendwann in seinem Bett lag. Wie immer.

»Du kannst gehen, wenn du willst. Oder du bleibst, schläfst dich aus und morgen - gehst du, wohin auch immer«, sagte er freundlich, ohne sich dem Bedürfnis hinzugeben, ihr Bein länger zu berühren als nötig. Ihre Haut war eiskalt. Es überraschte ihn nicht, dass sie akkurat rasiert war. Wahrscheinlich zwang der Scheißkerl sie auch dazu. Hauptsache hübsch und ordentlich, bevor man seinen stinkenden Schwanz gegen ihren Willen in ihr versengte, was?

»Das kann ich nicht annehmen.« Rain schüttelte langsam den Kopf, als er nach dem Abfall auf dem Tisch griff und aufstand. »Wir haben uns jahrelang nicht gesehen. Ich kann nicht von dir verlangen, mir nach dem, was du vorhin getan hast, auch noch Unterschlupf zu gewähren.«

»Hey, bleib locker. Das hätte ich für jeden getan. Außerdem wird dein Macker dich wohl kaum hier finden, oder?« Eine Tatsache. Nichts weiter. Selbst, wenn ihr abartiger Ehemann aus einem anderen Holz geschnitzt wäre, hätte David keinerlei Schwierigkeiten damit gehabt, ihn im Notfall aus dem Weg zu räumen. Aber das sagte er Rain natürlich nicht.

»David«, setzte sie an und er sah, wie sie schon wieder mit dem Saum ihres schmutzigen Shirts spielte, »es tut mir leid, dass du meinetwegen so viele Umstände hast. Ich wollte nicht, dass jemand hineingezogen wird.«

Einen Moment lang erwiderte er ihren Blick und stellte fest, dass er ihre leuchtend grünen Augen mochte. Immer noch. Die hatte er auch früher schon sehr heiß gefunden. Wie jeder andere Kerl in ihrem Jahrgang auch.

»Wieso hast du ausgerechnet diesen Pisser geheiratet?«, fragte er unvermittelt und hoffte, dass er nicht so angeekelt dabei klang, wie er sich fühlte. »Du hättest doch jeden haben können.«

Rain verzog das Gesicht zu einem gequälten Lächeln und schüttelte erneut den Kopf. »Ich habe dir eben schon gesagt, dass dich das nichts angeht.«

Aha. Ein Geheimnis also? Interessant.

David nickte. »Wie du willst. Wenn du hier bleiben willst, ist das für mich in Ordnung. Wenn nicht - auch gut.«

»Ich bleibe«, antwortete sie leise. »Danke!«

»Keine Ursache.« Er meinte es so. Auch, wenn er die Gedanken an seine ehemalige Schulkameradin in Unterwäsche nicht wirklich verdrängen konnte, als er den Verbandskoffer wieder im Badezimmerschrank verstaute und stattdessen Handtücher für sie herauslegte.

Beinahe hätte er vergessen, dass er noch ein paar Dinge erledigen musste, bevor sie das Bad wieder verlassen würde. Den Laptop nebenan verschwinden lassen, zum Beispiel. Nachdem er seinen Bericht an SYSTEM abgeschickt hatte. Nachdem er sein Büro zu einem übergangsweisen Gästezimmer umfunktioniert hatte. Etwas, das er noch nie getan hatte, seit er hier lebte. Ein komisches Gefühl, aber nicht unbedingt schlecht.

Interessant ... Was hast du dir da an den Hals geladen, David?

Eine gute Frage. Er musste wissen, womit er es zu tun hatte. Es war nur eine leise Ahnung, aber etwas sagte ihm, dass es vielleicht nicht ganz so ungefährlich und banal war, Rain geholfen zu haben. Und leider trog ihn sein Bauchgefühl in dieser Hinsicht selten. Jedes Risiko ausschließen. So hatte er es immer gehandhabt. Sicher war sicher, oder wie sagte man?

David zog das Handy aus der hinteren Tasche seiner Jeans, öffnete seine übliche sichere Leitung und wählte. Nur vier Sekunden später wurde das Gespräch wortlos entgegengenommen.

»Hi Dad. Ich brauche mal deine Hilfe. Kannst du jemanden für mich überprüfen? Wenn's geht, schnell.«

Rain

Rain reckte sich, bevor sie die Augen aufschlug, um sich in dem Zimmer umzusehen, in dem sie geschlafen hatte. Ein Arbeitszimmer. Davids Arbeitszimmer. Verschlafen rieb sie sich die Augen und setzte sich auf. Die ausziehbare Couch an der Wand neben der Tür war bequem gewesen. So bequem, dass sie zusammenzuckte, als der Schmerz zurück in ihren Körper strömte. Ihr Oberarm pochte, genau wie ihr Fußknöchel. Sie widerstand dem Drang, das Pflaster an ihrer rechten Augenbraue zu berühren.

Die Erinnerungen an den gestrigen Tag und die Nacht kehrten mit voller Wucht zurück. Rain biss sich auf die Zungenspitze, als sie sich ihre beschissene Lage vor Augen führte.

Mike war bei seinem Pokerabend gewesen. Wie jeden verdammten Donnerstag. Er hatte sein ganzes Geld verloren. Nichts Neues. Rain lächelte bitter und verdrängte die Folgen aus dieser Tatsache schnell wieder aus ihren Gedanken. Den Frust, den ihr Mann selbstverständlich an ihr abgebaut hatte. Wie jedes beschissene Mal, wenn er sein eigenes Versagen realisieren musste. Weil es ja so viel leichter war, eine Frau zu verprügeln. *Sie* zu verprügeln, sie fast bewusstlos zu schlagen und sie anschließend zu vergewaltigen, bevor man weiter auf sie einschlug. Wertlos. Wie ein Straßenköter. Mehr war sie schließlich nie für Mike gewesen ...

Rain musste anfangen, sich den Kopf darüber zu zerbrechen, wie es ab jetzt weitergehen sollte.

Selbstverständlich war sie David dankbar für sein Eingreifen gewesen. Sehr sogar! Wenn er nicht gewesen wäre, hätte Mike sie unter Garantie totgeschlagen, sobald er sie zurück nach Hause geschafft hatte. Aber sie konnte nicht hier bleiben und sie hatte auch nichts, womit sie seine Hilfe wiedergutmachen konnte.

Resignierend ließ sie die Schultern hängen, bevor sie die Beine widerwillig aus dem Bett schwang und langsam aufstand. Der Knöchel pochte protestierend. Aus Erfahrung wusste sie, dass es mindestens eine Woche dauern würde, bis sie ihn problemlos wieder belasten könnte. Mist!

Okay. Nachdenken. Ich habe kein Geld, keine Klamotten, keine Freunde - niemanden der mich aufnehmen könnte. Keinen Ort, an den ich gehen kann, ohne dass er mich findet. Was bleibt mir?

Die Antwort war: Nichts. Rain könnte versuchen, sich durch die Stadt zu schlagen. Zu Fuß oder per Anhalter. Mit ein bisschen Glück könnte sie abhauen, ohne dass Mike überhaupt davon erfuhr. Und dann? Sie könnte sich nach Norden durchschlagen. Nach Seattle. Oder nach Süden.

Aber wie weit komme ich in diesem Aufzug?

Ihr Blick wanderte an sich herunter. David hatte ihr gestern Abend ein T-Shirt und eine kurze Jogginghose zum Schlafen gegeben. Viel zu groß. Beides. Aber in den Sachen, die sie gestern getragen hatte, würde sie noch schneller auffallen. Ein verdammter Minirock und dieses bescheuerte Shirt, in dem sie wie eine Nutte ausgesehen hatte. Und sich auch so gefühlt hatte.

In dieser Sekunde hasste Rain Mike so unbeschreiblich heftig, dass sie sich wünschte, er würde an seiner eigenen Scheiße ersticken! Die Erinnerung an das, was er mit ihr gemacht hatte, bevor sie abgehauen war, war so präsent, dass sie schlucken musste. Der imaginäre Gestank seines alten Schweißes zog ihr in die Nase, weil sie sich vor Augen führte, wie es gewesen war, als er sie -

Sie brachte den Gedanken nicht zu Ende. Ihr stinkender Ehemann hatte sie weiß Gott oft genug vergewaltigt und gedemütigt. Und jedes Mal hatte sie ihn noch mehr dafür gehasst. Und? Hatte es etwas genützt? Hatte ihr irgendjemand geholfen? Nein! Genau!

Weil zehntausend Dollar ein guter Preis sind, um mich zu vergessen.

Die Schulden, die ihr Vater bei Mike gehabt hatte, waren getilgt. Dafür hatte er es in Kauf genommen, seiner Tochter die Hölle auf Erden zu bescheren. Großartig. Und verdammt - dafür hasste sie ihren Vater beinahe so sehr wie ihren Ehemann.

Rain war bewusst, dass ihr nichts anderes übrigbleiben würde, als spontan zu entscheiden, was sie tun würde. Ein Blick auf die Uhr an der Wand zwischen zwei Bücherregalen verriet ihr, dass es fünf Uhr am Nachmittag war. Sie hatte den ganzen Tag geschlafen. Zwölf Stunden lang. Wenn sie ein bisschen trödelte und wartete, bis es dunkel wurde, konnte sie vielleicht in der Stadt herumlaufen, ohne von Mike oder seinen Kumpels aufgegabelt zu werden. Wenn sie nachts lief und tagsüber pennte, konnte es vielleicht sogar klappen, einfach abzuhauen. Über die Temperaturen musste sie sich keine Gedanken machen. Im August war es warm genug. Auch nachts.

Ich kann nicht ewig hier drin bleiben, dachte sie und verzog das Gesicht. Widerwillig drehte Rain sich zur Tür um, atmete einmal tief durch, bevor sie sie öffnete und hoffte, dass David gerade nicht im Raum war. Weil sie nämlich nicht die geringste Ahnung hatte, wie sie die letzte Nacht je wieder gutmachen sollte.

»Oh, hi. Ausgeschlafen?«, hörte sie ihn sagen und drehte ihr Gesicht nach links. Ihr alter Schulkamerad stand hinter der Kochinsel in seiner offenen Küche und schaute in dem Augenblick auf, als sie sein Arbeitszimmer verließ. David sah sie freundlich an, lächelte aber nicht.

»Ja«, antwortete Rain steif. »Dein Sofa ist sehr - bequem gewesen.« *Klasse Unterhaltung. Super, Rain!*

David nickte. »Willst du Kaffee?«

»Äh, also - das ist nicht nötig. Ich wollte mich nur schnell umziehen und dann verschwinde ich wieder.« Als sie merkte, dass sie die Finger in den Saum seines Shirts krallte, schluckte sie. »Ich bin dir schon genug zur Last gefallen und will deine Geduld wirklich nicht überstrapazieren.« Rain rang sich ein ziemlich erbärmliches falsches Lächeln für ihn ab.

»Einen Kaffee empfinde ich jetzt nicht wirklich als belastend«, antwortete er weiterhin freundlich und deutete auf die Kaffeetasse, die er unaufgefordert auf den Tresen vor sich stellte. »Hunger wirst du sicher auch haben, oder? Du siehst nicht so aus, als hättest du in letzter Zeit besonders viel zu Essen gehabt.«

Bei diesem Kommentar verzog Rain das Gesicht. Wütend. Es machte sie unglaublich wütend, wie er sie dabei anstarrte. Und es machte sie Himmel noch mal stinksauer, dass sie in seinem Gesicht genau sehen konnte. Dass er wusste, dass jedes seiner Worte wahr war. Als ob er genau wüsste, dass Mike kontrolliert hatte, was und wie viel Rain aß. Weil es ihrem Mann nämlich ein abartiges Vergnügen verschafft hatte, seiner kleinen dummen Frau zu zeigen, wie viel Kontrolle er über sie ausüben konnte. Um ihr in aller Deutlichkeit zu zeigen, dass sie ihm gehörte. Mit Haut und Haaren.

»Ich habe keinen Hunger«, rief sie hochmütig, obwohl ihr gar nicht so zu Mute war, und reckte ihm ihr Kinn entgegen. Sollte er nur nicht meinen, dass sie auf seine Nettigkeiten angewiesen war. Kindisch, vielleicht. Vielleicht hasste sie es aber auch einfach, den unübersehbaren Statusunterschied zwischen ihnen verdeutlicht zu bekommen.

David hatte es offensichtlich nach der Schule weit gebracht. Er fuhr dieses verdammt teure Auto unten in der Tiefgarage, besaß diese schicke Bude hier und stand allen Ernstes in Markenjeans und Armani-Hemd vor ihr, während sie sich einfach nur blöd und dämlich vorkam. Arm wie eine Kirchenmaus und tatsächlich sogar absolut wertlos. Schließlich hatte sie gar nichts auf die Reihe gekriegt, richtig? Sie hatte ja nicht einmal ein eigenes Leben!

»Okay«, sagte David schließlich und Rain sah, wie er seine Augenbrauen hochzog, als könnte er jeden ihrer Gedanken an ihrem Gesicht ablesen. »Noch mal von vorne. An einem Kaffee und einem dummen Brötchen gibt es rein gar nichts auszusetzen. Das ist jetzt nichts, das mir so wahnsinnig viele Umstände bereitet. Außerdem frage ich mich, wie weit du mit leerem Magen kommen willst. Und wohin sei auch mal dahingestellt. Keine Ahnung, für wen du mich hältst, aber so ein Dreckssschwein wie dein Macker bin ich sicher nicht.«

Rain starrte David an. So sollte das doch eigentlich gar nicht rüberkommen. So - unfair.

»Sorry«, presste sie schließlich kleinlaut hervor und zwang sich, sich in Bewegung zu setzen. »Ich bin es nicht gewohnt.«

»Dass jemand nett zu dir ist?«

Widerwillig nickte sie, schaute ihm aber nicht ins Gesicht, als sie die Kaffeetasse nahm, die er ihr hingestellt hatte.

»Tja. Ich bin es nicht gewohnt, nett zu jemandem zu sein. Fällt mir aber bei dir erstaunlicherweise nicht schwer. Setz dich. Ich habe seit Jahren mit niemandem mehr gefrühstückt.«

Überrascht sah Rain das Lächeln auf Davids Gesicht und fragte sich, was er damit meinte. »Wie meinst du das?«, fragte sie irritiert, als sie seiner Aufforderung zögernd nachkam und einen der beiden Hocker vor dem Küchentresen vorzog. »Du willst mir doch wohl nicht erzählen, dass ein Typ wie du Single ist?«

Erschrocken über ihr eigenes forsches Vorgehen klappte sie den Mund wieder zu und tat so, als wäre nichts. Dabei stimmte es doch! David hatte schon in der Schule verdammt heiß ausgesehen. Früher hatte er jedes Mädchen flachgelegt, das nicht bei drei auf den Bäumen war. Und jetzt setzte er sich neben sie und behauptete allen Ernstes, keine Freundin zu haben (oder jemand anderen mit dem er frühstücken konnte)? Absurd!

David lachte leise, bevor er ihr einen Teller zuschob und antwortete: »Glaub es, oder lass es. Ich bin Single. Aber das heißt nicht, dass ich zu haben bin.« Er zwinkerte ihr zu, was umgehend dafür sorgte, dass Rains Gesicht heiß wurde und sie sich noch mehr schämte.

Mist! Warum habe ich das gesagt?

»Gut. Ich bin eh nicht interessiert!«, fauchte sie eine Spur zu bissig und schluckte trocken. Kaffee. Und essen. Leider konnte sie das Hungergefühl nämlich nicht mehr zurückdrängen, als David ihr ungefragt ein Brötchen auf den Teller legte. *Mist, Mist, Mist!*

»Ja. Du bist ja auch verheiratet.« Ein Kommentar, den er mit gleichgültiger Miene vortrug, aber ohne sie dabei anzusehen.

Rains Magen zog sich zusammen. Der kurze Augenblick, in dem sie gedacht hatte, sie könnte einigermaßen entspannt mit David frühstücken, war vorbei. Das Bedürfnis danach, einfach aufzustehen und zu gehen, war wieder übermächtig.

»Iss.« Rain spürte, dass er sie beobachtete. Eine Tatsache, die ihr die Schamesröte ins Gesicht trieb. »Und entschuldige den Spruch. Der war unpassend. Wie gesagt - ich habe lange nicht mehr mit jemandem gefrühstückt.«

»Und geredet auch nicht, was?«, antwortete sie weniger schnippisch, als sie es vorgehabt hatte. Ohne es zu wollen, merkte sie nämlich, dass sie sich wieder entspannte. Etwas. Wieso - wusste sie nicht. Seltsam.

Weil ich mich in seiner Gegenwart wohlfühle. Und sicher. Bescheuert!

David lachte wieder. »In der Tat. Schande über mein Haupt.«

Rain trank aus ihrer Kaffeetasse und wandte den Blick ab. Es war ihr unheimlich, von ihm angelächelt zu werden. Irgendwie schräg. Weil nichts in seinen Augen drauf hindeutete, dass er sich für etwas Besseres hielt als sie. Weil er sie darauf hinwies, dass er gar nicht die Absicht gehabt hatte, sie zu kompromittieren. Das hatte nur sie selbst angenommen. Das schlechte Gewissen kehrte wieder zurück. Und mit ihm die Angst davor, was sie draußen erwartete. Rain verdrängte sie. Mit aller Macht. Darüber sollte sie sich gleich den Kopf zerbrechen, wenn es so weit war. Nicht, solange ihr ehemaliger Schulkamerad sie dabei beobachtete, wie sie eine Scheibe Käse auf ihr Brötchen legte. Nicht, solange sie wusste, dass er noch etwas zu sagen hatte, das er bisher für sich behalten hatte. Was auch immer das sein würde ...

»Also. Was hast du vor? Willst du zur Polizei?«

Natürlich. War ja nur eine Frage der Zeit, bis er es doch anspricht ...

»Ich kann nicht zur Polizei«, antwortete sie so schlicht wie möglich. »Hab ich dir gestern schon gesagt.«

»Und wieso nicht?«

Rain lachte trocken und starrte ihn an. »Was denkst du denn, was die tun, hm? Sie stellen Mike ein paar Fragen, klopfen ihm auf die Finger und er wird versprechen, mich nie wieder anzurühren. Und dann?«

David hielt ihrem Blick stand, ohne dass sie an seinem Gesicht ablesen konnte, was in ihm vorging. Es nervte sie tierisch, dass er es schon wieder angesprochen hatte. Es nervte sie auch, dass er zu glauben schien, es wäre eine tolle Idee, sie auszufragen! Und verdammt - es machte sie nervös, wie er sie ansah! »Dann schicken sie dich zurück und alles beginnt von vorn«, antwortete er tonlos, nickte schließlich und fuhr fort, sein Brötchen mit Marmelade zu beschmieren. »Und was willst du stattdessen tun?«

Rain biss die Zähne aufeinander, um das angepisste Stöhnen zurückzuhalten. »Ich verschwinde aus der Stadt. Irgendwie komme ich schon klar.«

»Sicher.« Er legte sein Messer an den Tellerrand. »Und? Was denkst du, wie weit du ohne Geld und Klamotten kommst?« David legte die Stirn in Falten, als er seinen Blick unverhohlen über Rain wandern ließ. »Nimm's mir nicht übel, aber ich gehe jede Wette ein, dass du nicht einmal bis zur Stadtgrenze kommst, ohne einem Verrückten in die Arme zu rennen. Und der schmeißt dich dann einfach in den nächsten Fluss.«

»Was soll ich denn deiner Meinung nach tun? Mich in Luft auflösen? Würde ich gerne! Aber das geht nicht!« Rain schüttelte den Kopf. Das schwere Gefühl in ihrem Magen ließ sich nicht vertreiben. Die Ausweglosigkeit ihrer Lage erschütterte sie mehr, als sie gedacht hatte.

Es war nicht das erste Mal, dass sie über ihre nicht vorhandenen Optionen nachdachte, sehr wohl aber das erste Mal, dass sie mit einem anderen Menschen darüber sprach. Mit wem hätte sie auch reden sollen? Mike hatte alle ihre früheren Kontakte unterbunden. Rain hatte weder Freunde noch Bekannte oder eine Familie, mit der sie hätte reden können. Niemanden, der ihr helfen konnte. Sie war mutterseelenallein auf der Welt und sie wusste das verdammt noch mal.

»Du könntest für mich arbeiten«, schlug David so unvermittelt ernst vor, dass sie sich an dem heißen Kaffee verschluckte.

»Wie bitte?« Verwirrt starrte sie ihn an. Das war echt sein Ernst. Jedenfalls, wenn sie den belustigten Ausdruck in seinem Gesicht richtig deutete.

»Ich gebe zu, dass ich die Entscheidung gerade spontan getroffen habe. Du musst selbstverständlich nicht, wenn du etwas anderes in Aussicht hast.« David grinste sie selbstgefällig über den Rand seines Kaffeebechers hinweg an. »Es wird keinen Arbeitsvertrag geben und deine Aufgaben sind wohl eher etwas - unkonventioneller Natur.«

»Das bedeutet?«, fragte sie steif und konnte nicht aufhören, ihn anzustarren. Wenn sie seinen Blick von vorhin mit diesem hier kombinierte, wurde ihr flau im Magen. Rain wusste nicht, wieso, aber in ihrem Kopf setzten sich gerade ziemlich gruselige Bilder zusammen. Sie hatte ja noch nicht einmal eine Ahnung, womit David eigentlich sein Geld verdiente. Und wieso zur Hölle er gerade ihr einen Job anbot. Was sollte das?

»Das bedeutet, dass ich eine Reisebegleitung brauche«, sagte er lächelnd, ohne auch nur mit der Wimper zu zucken. »Die Spesen trage selbstverständlich ich. Auf Dauer wirst du dich vermutlich langweilen, weil du nichts weiter zu tun haben wirst, als anwesend zu sein. Aber vielleicht kommst du ja auch zu dem Schluss, dass du so schnell kein besseres Angebot bekommen wirst.«

Seine Arroganz ließ Rain schlucken. Ihr Verstand wollte ihr einhämmern, dass sie dieses Angebot auf keinen Fall annehmen durfte. Weil etwas daran (sie wusste nicht, was genau) eindeutig faul war. Reisebegleitung? So ein Schwachsinn! Wozu brauchte man das? Und wieso ausgerechnet sie?

Eine Nachfrage schadet doch nicht ...

»Wie sieht die Bezahlung aus?«

»Mehr als angemessen, denke ich. Ich zahle dir zweitausend Dollar im Monat, wenn du dich an alle Punkte hältst, die wir gerne nachher bei einem Drink im Detail besprechen können.«

Im Detail? Von wegen spontane Entscheidung, dachte sie verwirrt, nickte aber. Das war wahnsinnig viel Geld. Niemand zahlte so viel Geld, der noch alle Tassen im Schrank hatte. Nicht nur dafür, dass man ihn auf Reisen begleitete, die ja auch noch bezahlt wurden. Das ungute Gefühl in ihrem Magen blieb. »Und? Wo ist der Haken? So viel Kohle dafür, in ein Flugzeug zu steigen?«

David lachte leise. »Ja, genau das. Falls du andeuten möchtest, dass ich auch andere Dienste von dir erwarten könnte, kann ich dich beruhigen. Ich zahle nicht für Sex. Niemals!«

Rain hielt seinem Blick stand, während sie in ihrem Kopf noch einmal ihre anderen Optionen durchspielte.

Sie hatte keine. Keine, an deren Ende sie nicht wieder bei ihrem gewalttätigen Ehemann landete; alternativ in einem Leichensack oder einem Fluss. Was blieb ihr übrig? Kein Geld, keine Klamotten, keine Freunde. Außer David hatte sie niemanden, der ihr überhaupt etwas bieten konnte. Er hatte ihr geholfen. Auch, wenn sie sich seit Jahren nicht gesehen hatten - sie kannte ihn doch. Irgendwie.
Aber stimmt das? Kenne ich ihn wirklich?
Plötzlich war sie sich da nicht mehr so sicher. Und trotzdem -
»Ich akzeptiere!«, sagte sie schließlich, überrascht von ihrem eigenen verzweifelten Mut. Weil sie nicht zögerte, obwohl sie nicht wirklich wusste, worauf sie sich einließ.
»Gut.« David hielt ihr die Hand hin und Rain schlug ein. »Zieh dich um. Wir fahren einkaufen.«
Hoffentlich bereue ich es nicht ... Und wieso einkaufen?

David

Selbstverständlich war das Angebot, das er Rain unterbreitet hatte, alles andere als spontaner Natur gewesen. Nach dem kurzen Telefonat mit seinem Vater und der Durchsicht der Informationen, die er David zugespielt hatte, war er einfach zu dem Schluss gekommen, dass es so am besten war. Für sie. Er selbst hatte nichts davon, außer - Arbeit. Unfreiwillig, aber so ein riesen Arschloch war er auch nicht, dass er die Konsequenzen zulassen könnte. Wenn Rain nicht bei ihm blieb, würde man sie töten, daran bestand kein Zweifel. Auch, wenn es nicht ihr stümperhafter Ehemann sein würde, der den Abzug drückte.

David warf einen möglichst unauffälligen Blick zur Seite. Rain stand zwischen zwei Kleiderreihen in der Boutique, in die er sie gerade geschleift hatte. Geschleift war hierbei durchaus der passende Ausdruck. Sie wollte sich nämlich mit Händen und Füßen dagegen wehren, so einen Laden zu betreten. Nur leider hatte sie dabei unterschätzt, dass David es nicht lustig fand, sich in ihrer Gegenwart überhaupt irgendwo zu zeigen, wenn sie solche Klamotten trug, wie die, die sie letzte Nacht angehabt hatte. Ein derart nuttiges Outfit passte ihm nicht in den Kram. Außerdem war er sehr sicher, dass es ihr ebenfalls missfiel, diese Klamotten zu tragen. Etwas ›normales‹ wäre ihnen sicher beiden recht.

Und der Verkäuferin wohl auch, die Rain vorhin beim Reinkommen einen überaus angewiderten Blick zugeworfen hatte. David war ziemlich sicher, dass sie sie im hohen Bogen aus dem Geschäft geworfen hätte, wenn er nicht dabei gewesen wäre.

»Das ist alles so teuer«, sagte Rain schließlich leise, als er sich mit den Händen in den Hosentaschen neben sie stellte. Sie verzog das angeschlagene Gesicht und erregte tatsächlich ein kleines bisschen Mitleid in ihm.

»Reisebegleitung, schon vergessen?«, fragte er mit einem möglichst unverfänglichen Lächeln. »Ich fahre selten auf Campingplätze.« *Oder in Stripclubs*, dachte er, behielt es aber für sich. »Morgen können wir meinetwegen auch alltagstaugliches Zeug für dich kaufen.«

»Ich will gar nicht, dass du mir irgendwelche Sachen kaufst.« Rain lächelte gequält und er sah, wie sie nervös an ihrem Shirt herumzupfte.

»Sieh es als Vorschuss«, sagte er weiter lächelnd und griff schließlich nach einem roten Kleid, das ihm sofort ins Auge stach. David wollte sich eigentlich nicht vorstellen, wie Rain darin aussehen würde, konnte es aber nicht verhindern. Er wusste, dass es ihr passen würde, ohne ihre genaue Größe zu kennen. Seine Augen waren geübt genug, um auch so ein Detail zu erkennen. *Was soll's ...* »Wie wäre es damit?«

Rain zögerte, nahm ihm das Kleid dann aber doch ab und schaute sich unsicher nach den Umkleidekabinen um. »Du willst also heute Abend noch was trinken gehen?«

Er nickte und stellte sich vor die Kabine. »In meiner Branche macht man das so. Geschäftliche Details lassen sich bequemer bequatschen, wenn man den einen oder anderen Whiskey intus hat.« David merkte, dass er grinste, und ließ es bleiben. Sie konnte es ohnehin nicht mehr sehen.

»In welcher Branche bist du denn eigentlich, dass du dafür ständig herumreisen musst?« Der Vorhang bewegte sich leicht, als sie anfing, sich umzuziehen.

»Restaurants«, antwortete er knapp. »Ich besitze ein paar davon im ganzen Land.« Nicht gelogen. Jedenfalls nicht ganz. Er unterhielt ein paar kleinere indische Restaurants in sechs verschiedenen Bundesstaaten. Zur Geldwäsche. Er hatte nie in einem davon gegessen. Wozu? Ihr einziger Zweck bestand darin, das schmutzige Geld zu waschen, das er mit den Aufträgen verdiente. Schließlich wollte man die Steuerfahndung nicht auf der Matte stehen haben, wenn man so einen Job hatte wie er, richtig? Selbst dann nicht, wenn man, wie in seinem Fall, SYSTEM als Schild zusammen mit seinem Vater im FBI-Hauptquartier in Washington D.C. hinter sich hatte. Keinerlei Risiko.

Also ging David in mehr oder weniger unregelmäßigen Abständen auf Tour, lieferte sein Geld in den Restaurants auf seiner Gehaltsliste ab und wartete darauf, dass es wieder sauber auf seinem Konto landete. Ein paar anschließende Überweisungen von A nach B und C und fertig. Das war der Preis für seine Unabhängigkeit und in Anbetracht der Alternative war David bereit, ihn zu zahlen.

»Restaurants? Echt? Cool. Das erklärt immerhin, wieso du so viel Kohle hast.«

»Naja. Ich hatte wohl - Glück, schätze ich.« Möglichst freundlich. Zu viele Informationen wollte er ihr nicht geben. Er hoffte, dass sie in Zukunft einfach weniger Fragen stellte. Er konnte nachvollziehen, dass sie im Augenblick einige davon hatte. Aber sobald sie die Details ihres Arrangements besprochen hatten, würde damit Schluss sein. David hatte nämlich vor, ihr in aller Deutlichkeit nahezubringen, *keine* Fragen mehr zu stellen.

Rain wollte Geld und Schutz und brauchte diese Dinge mehr, als sie sich vorstellen konnte. Der Preis dafür war ihr Schweigen und dass sie sich nicht in seine Angelegenheiten einmischte. Riskant. Aber ihm blieb keine Wahl.

Oder ich lasse sie laufen. Dann wird sie spätestens in zwei Tagen aus dem nächsten Fluss gefischt und das war's.

Eine Möglichkeit, die David nicht ernsthaft in Erwägung zog. Warum sonst hatte er sich mit seinem Vater in Verbindung setzen sollen. Das erste Mal nach drei Monaten. Warum sonst hatte er ihn um den Gefallen gebeten, seine Kontakte für ihn spielen zu lassen. Doch nur, weil David nicht wollte, dass Rain etwas zustieß.

Aber wieso? Es ist ewig her ... Ich kenne sie gar nicht.

Auch eine gute Frage. Eine ziemlich gute. Vielleicht hatte er seine Menschlichkeit in den letzten Jahren doch nicht gänzlich eingebüßt. Nur manchmal war er sich da nicht ganz so sicher ...

»Äh, David?«, hörte er sie neben sich sagen und er riss sich von seinen Gedanken los. »Können wir vielleicht gleich noch - in eine Drogerie gehen?«

»Selbstverständlich«, antwortete er irritiert. »Wieso?«

»Ich habe nichts. Also - Deo, Schminke und dieses ganze Zeug ...!«

»Ah«, lächelte er, als der Groschen gefallen war. Klar. Frauen brauchten diese Sachen und sie hatte nichts mehr davon. Schließlich konnte sie nicht einfach nach Hause laufen und sich ihre Sachen holen, richtig? »Kein Problem. Ich nehme an, Schuhe benötigst du auch?«

Rain lachte leise. »Gut erkannt. Es sei denn, du willst, dass ich dieses Kleid anziehe und Turnschuhe dazu trage.«

»Bist du fertig? Darf ich es sehen?« Neugierig drehte er sich um, als sie den Vorhang zur Seite zog. Der Anblick, den sie ihm bot, war in der Tat - reizvoll. David schluckte unauffällig, als sie sich vor ihm in der Kabine drehte. Mit demselben schüchternen Lächeln, mit dem sie ihm das Kleid eben aus der Hand genommen hatte. Sie sah umwerfend aus. Selbst ohne Schuhe und Make-up.

Oh Mann. Das kann ja lustig werden …

Falls Rain den Blick bemerkte, mit dem er sie musterte, ließ sie sich nichts anmerken. Sie schien sich überraschend wohl in diesem Aufzug zu fühlen. Was es ihm noch schwerer machte, sie nicht anzustarren. Was es ihm unmöglich machte, sich nicht vorzustellen, wie seine ehemalige Schulkameradin in Unterwäsche aussah.

Klasse. Ganz toll, David. Du bist ein bescheuerter Idiot.

Wahrscheinlich stimmte das. Und wahrscheinlich würde es nicht ansatzweise so leicht werden, sie zu ignorieren, wie er gehofft hatte.

Danke für den Rat, Dad! Super!

Mike Collins' Familie stand schon eine Weile auf der Abschussliste des FBI. Rain hatte nicht den blassesten Schimmer, was für einen Mann sie geheiratet hatte. Daran bestand kein Zweifel. Wenn sie gewusst hätte, dass sie bis zum Hals in der Scheiße steckte, wäre sie garantiert nie auf die Idee gekommen, überhaupt wegzulaufen. Sie hätte es sich leichtmachen und sich einfach umbringen sollen.

Ein zynischer und gemeiner Gedanke und David verwarf ihn. Sie war unschuldig. Sie hatte es nicht verdient, in dieser Situation zu stecken. Um das zu wissen, hatte er keine Bestätigung seitens des FBI gebraucht.

»Gleich fallen dir deine Augen aus dem Kopf«, sagte sie angesäuert, weil sie offenbar doch bemerkt hatte, wie er sie anstarrte. »Das spart mir immerhin die Frage, ob du mich so mitnehmen würdest.«

»Würde ich«, antwortete er lächelnd, ohne allzu viel darüber preiszugeben, welches Bild sich tatsächlich gerade in seinem Kopf breitmachte. Sie sah scharf aus. Das Kleid wurde im Nacken mit einem Druckknopf zusammengehalten. Schultern und Arme waren frei. Das Hämatom war gut zu erkennen, aber daran konnte er nichts ändern. Das Kleid war immerhin lang genug, um die aufgeschürften Knie zu verdecken, saß aber zu seinem wachsenden Bedauern so eng, dass er ihre fast perfekte Figur darunter sehr gut erkennen konnte. Wirklich heiß, aber eindeutig zu dürr. David konnte so absolut gar nicht verstehen, wieso sie dieses Schwein geheiratet hatte. Aber das würde sein Dad ihm sicher bald mitteilen. Sofern sie es nicht selbst erzählte.

»Zieh dich um, dann können wir weiterfahren.« Weiter lächelnd, was gar nicht mehr so leicht war. Leider.

Keine dreißig Minuten später verließen sie nach dem Schuhgeschäft auf der anderen Straßenseite auch die Drogerie, wo Rain sich mit dem Zeug eingedeckt hatte, das Frauen eben so brauchten. Sie würden zurück in seine Wohnung fahren, damit sie duschen und sich fertigmachen konnte, während er selbst seine Mails checken wollte. Das hatte er ihr jedenfalls gesagt. In Wahrheit wollte er damit beginnen, Vorbereitungen zu treffen. Auch ein Rat seines Vaters.

Wenn du nicht willst, dass sie die Kleine auf offener Straße abknallen, sorg dafür, dass sie nicht gefunden wird. Wenn du nicht willst, dass sie dir auf die Schliche kommt, sorg dafür, dass dir eine passende Ausrede für den ganzen Zirkus einfällt. Und wehe du lässt zu, dass sie hinter dir her schnüffelt. Dann kann ich dir nicht mehr helfen!

Ja. Das war David auch klar. Als wenn er so blöd wäre und sie herumschnüffeln ließ. Aber naiv war er auch nicht. Im Augenblick war Rain sicher dankbar dafür, dass er sie aufgenommen hatte. Doch irgendwann würde sie anfangen, sich zu langweilen. Und dann würde sie vielleicht doch anfangen, ihm nachzuspionieren. Nicht gut. Aber vielleicht gab es auch dafür eine Lösung.

Außerdem musste er sich noch einloggen. David rechnete nicht wirklich damit, dass SYSTEM schon wieder einen neuen Auftrag für ihn hatte. In der Regel lagen mehrere Wochen zwischen den Hits. Manchmal Monate. Und außer ihm gab es schließlich noch genug andere, die dieselben Jobs erledigten. Immer wieder, ohne sich dabei in die Quere zu geraten. Nicht mehr, seit ihre Ausbildung abgeschlossen war.

SYSTEM allein kontrollierte die Vergabe der Jobs, das eingehende Geld und die Auszahlung. Praktisch, wenn man sich nicht mit diesen Dingen abgeben musste. Praktisch, einen Schild zwischen sich und den Behörden zu haben. Überaus praktisch. Auch, wenn David eigentlich nicht wirklich wusste, wer dahintersteckte. Das FBI, ja. Die CIA - auf jeden Fall. Und ganz bestimmt noch eine Reihe anderer Nicht-Regierungs- und Regierungsorganisationen, die Verwendung für die Art von Dienstleistung hatten, die David und seinesgleichen anboten. Im Verborgenen und streng geheim, selbstverständlich. Tja, egal.

»Was meinst du, wie lange du brauchst?«, fragte er schließlich, als er den silbernen Schlüssel benutzte, um die Sicherheitstür hinter dem Fahrstuhl zu öffnen. Mit der Hand fuhr er sich durch die ungestylten braunen Haare und warf Rain einen freundlichen Blick über die Schulter zu. Er stellte fest, dass er es kaum erwarten konnte, sie in anderen Klamotten zu sehen, als in denen, die sie anhatte. Der bescheuerte Minirock und das reichlich tief ausgeschnittene Oberteil machten es ihm immer schwerer, sie nicht anzustarren. Oder sich dabei andere Gedanken zu machen, die angesichts der bescheuerten Umstände nicht wirklich etwas in seinem Kopf zu suchen hatten.

»Eine Stunde? Oder soll ich mich mehr beeilen.«

David schüttelte den Kopf. »Nein, ist schon gut. Dann kümmere ich mich in der Zeit um das Geschäftliche. Bis gleich.« Er wartete, bis sie im Bad verschwunden war, seufzte und holte seinen Laptop aus dem Tresor in seinem Schlafzimmer. Das Geräusch der Dusche übertönte das des hochfahrenden Computers. Er wartete, bis der Sensor seinen Daumenabdruck verifiziert und seine Netzhaut gescannt hatte, und warf einen Blick auf die Uhr in der Küche. Kurz nach neun. Bis Rain fertig wäre, würde es nach zehn sein. Vielleicht sollten sie doch lieber heute nicht mehr weggehen. Er könnte auch einfach eine Pizza liefern lassen. Wein hatte er auch hier ...

Die Tunnel-Verbindung zum sicheren Server stand.

Guten Tag, Shadow Two. Wir haben Ihren Bericht erhalten. Ihr Geld wird Ihnen wie gewohnt ins Fach gelegt. SYSTEM.

Gut. Keine neuen Aufträge. Nicht mehr heute. David klappte den Deckel des Notebooks wieder zu, verstaute ihn im Safe und fing an sich umzuziehen. Doch lieber raus. Das würde es ihm leichter machen, es nüchterner zu sehen und sich nicht andauernd vorzustellen, wie seine unfreiwillige neue Mitbewohnerin ohne Klamotten aussah. Egal, wie eiskalt David sein konnte, wenn er es musste ... Von manchen Dingen konnte er sich nicht distanzieren. Einer der Gründe, aus denen er das Angebot der CIA schließlich damals abgelehnt hatte. Er genoss es, frei zu sein. Manchmal viel zu sehr.

Rain

Rain hoffte, dass sie auf David um einiges selbstsicherer wirkte, als sie sich tatsächlich fühlte. Ein Kleid wie dieses hatte sie noch nie in ihrem Leben getragen. Es war schön und sie konnte nicht anders, als sich selbst darin auch irgendwie hübsch zu finden, auch wenn es ihr unendlich zuwider gewesen war, dass er so viel dafür bezahlt hatte. Ungewohnt, aber deshalb nicht weniger angenehm zu tragen und tausendmal besser als die Klamotten, in denen er sie gestern Nacht aufgegabelt hatte.

Damit hätte ich auch nicht hier reingepasst, dachte sie und verzog kurz das Gesicht, als David sich dem Barkeeper zuwandte. Die Cocktailbar, in die sie mit ihm gegangen war, gehörte nicht wirklich zu den Etablissements, in denen sie besonders häufig zugegen war. Ein schicker Laden, in dem es an allen Ecken und Kanten glitzerte, während die Menschen um sie herum alle so exquisit angezogen waren, wie David und sie. Ein Schuppen für reiche Snobs. Definitiv.

»Hey, was trinkst du?«, fragte er und Rain zuckte leicht zusammen, als sie seine warmen Finger auf ihrem Unterarm spürte.

»Äh, was trinkt man denn hier?«, entgegnete sie mit einem scheuen Lächeln und gesenkter Stimme, weil es ihr peinlich gewesen wäre, wenn sie einer der anderen Gäste bei so einer Frage belauscht hätte. David war der Einzige, der wusste, dass sie nicht wirklich hierhergehörte und so sollte es auch bleiben.

»Schau in die Karte«, antwortete David freundlich und schob ihr eine der Getränkekarten zu, die Rain bisher aus ihrer Wahrnehmung ausgeschlossen hatte. Nicht zu Unrecht. Die Auswahl war riesig und Preise gab es erst gar nicht. Wahrscheinlich, damit sich die feinen Damen nicht gekauft fühlten, was? *So wie ich gerade ...*

»Hm.« Unsicher legte sie den Kopf schief und überflog die Karte. Dabei spürte sie seinen Blick auf sich, was es ihr nicht unbedingt leichter machte, sich auf die Getränkeliste zu konzentrieren. »Einen Cosmopolitan? Schmeckt der?«

Ihr ehemaliger Schulkamerad lachte leise. »Keine Ahnung. Ist ein süßes buntes Frauengetränk, ich schätze also, dass er dir wohl schmecken wird.« Er wartete ihre Antwort nicht ab, lehnte sich wieder über den Bartresen und bestellte den Cocktail für sie.

Rain rutschte unruhig auf dem Hocker herum, um eine dauerhafte Sitzposition zu finden, ohne sich dabei total dämlich vorzukommen. Schließlich gab sie es auf und seufzte. »Also. Du wolltest über diesen Job reden. Schieß los.«

»Viel gibt es nicht darüber zu sagen. Ich bin beruflich viel unterwegs. Ich langweile mich schnell.«

»Du verarschst mich, oder?«, fragte sie angesäuert und schüttelte den Kopf. »Wer bitte bezahlt zweitausend Dollar dafür, sich in einem Flugzeug neben jemanden zu setzen?«

»Niemand«, antwortete David schlicht und grinste sie an. »Du sollst dich auch nicht nur neben mich setzen, sondern mir allgemein Gesellschaft leisten. Sagen wir, es ist erforderlich, damit ich schneller vorankomme.«

Verwirrt starrte Rain ihn an. Auf einmal war sie sich nicht mehr so sicher, ob sie wirklich genauer wissen wollte, was David so trieb. Vielleicht war das mit den Restaurants gelogen. Vielleicht war er ein Psychopath.

Oder? Nein. Wenn er einer wäre, hätte er sie weder in seine Wohnung gelassen, noch sich um sie gekümmert oder ihr überhaupt geholfen. Verdammt - er hätte sie einfach abmurksen können, als sie in seinem Gästezimmer gepennt hatte. Und er hatte ihr schließlich dieses Kleid gekauft. Und die Schuhe. Und -

»Okay. Ich gebe zu, dass ich dein Angebot wirklich reizvoll finde. Aber mit illegalem Zeug habe ich nichts am Hut, also -«

David hob abwehrend die Hände, bevor Rain den Satz beenden konnte. »Wer sagt, dass das, was ich tue, illegal ist?«, fragte er und lächelte sie ziemlich unterkühlt an. »Außerdem zwinge ich dich zu gar nichts. Du musst nicht einwilligen. Du kannst jederzeit gehen, wenn du etwas Besseres zu tun haben solltest.«

Rain schluckte und biss sich auf die Unterlippe. Das schmeckte ihr nicht. Ganz und gar nicht. Er besaß Restaurants. Schön und gut. Aber wieso brauchte man eine Begleitung, wenn man im Land herumreiste?

»Warum ausgerechnet ich?«

»Es gibt keinen Grund. Einfach so.«

Schon wieder eine Lüge. Sie wartete, bis der Barkeeper ihre Drinks vor sie auf die Theke gestellt hatte, bevor sie weitersprach. »Machst du das öfter? Hilflose Mädchen von der Straße aufsammeln, die auf der Flucht vor ihren gewalttätigen Ehemännern sind und ihnen anbieten, für dich die Anstandsdame zu spielen?«

David lachte und trank einen Schluck aus seinem Glas. Er hatte Whiskey bestellt. »Nein, eigentlich nicht. Eigentlich kümmern mich andere Menschen nicht sonderlich.«

Keine Lüge. Rain zog die Augenbrauen hoch und bereute es nur eine Sekunde später, weil es wehtat. Das Pflaster an ihrer Stirn hatte sie vorhin nach der Dusche gegen ein etwas Kleineres ersetzt. Eines, das weniger auffiel und ihr Erscheinungsbild hoffentlich nicht ganz so bemitleidenswert wirken ließ.

Noch einen Schluck. Was auch immer in diesem Cocktail war - er schmeckte sehr süß und sie spürte den Alkohol kaum. Und trotzdem wurde es in ihrem Magen immer heißer. »Wieso sagst du mir nicht, warum du mich wirklich einstellen willst?«

»Wieso sagst du mir nicht, warum du so ein Drecksschwein geheiratet hast?«, konterte er ungerührt, als wäre all das nur ein Spiel für ihn.

Rain starrte ihn an. »Was hat das bitte damit zu tun?«

»Du beantwortest eine meiner Fragen und ich eine deiner. Deal?« Grinsend hielt David ihr die Hand hin.

»Das ist nicht lustig, David«, antwortete sie trocken, ohne seine Hand zu ergreifen. »Kapierst du nicht, wie bescheuert das ist?«

»So?« Der Blick ihres Schulkameraden veränderte sich sofort. Plötzlich sah Rain eisige Kälte in seinen Augen. Von Belustigung keine Spur mehr. Seine ausgestreckte Hand verharrte an derselben Stelle in der Luft. »Denkst du das? So wie ich deine Lage einschätze - und ich bin ziemlich sicher, dass ich mich in dieser Hinsicht nicht irre - bleibt dir gar keine andere Wahl. Ich könnte aufstehen und gehen. Du siehst mich nie wieder. Und alles, was dir bleibt, ist zu deinem Macker zurückzugehen. Ist dir das lieber?«

Rains Mund wurde trocken, aber irgendwie gelang es ihr, seinem Blick standzuhalten. Sie wollte ihm antworten, aber sie konnte es nicht. Ihr Hals war wie zugeschnürt. Alles nur, weil er sie ansah und genau zu wissen schien, dass sich in ihrem Kopf bereits die Bilder zusammensetzten, die ihr als Konsequenz unweigerlich drohten.

»Ich schieße jetzt mal ins Blaue. Unterbrich mich, wenn ich mich irren sollte«, fuhr er fort, ohne einen Muskel zu rühren. »Ich nehme an, dass dein Vater in ernsten Schwierigkeiten gesteckt hat. Hat sich mit den falschen Leuten angelegt, richtig? Ein bisschen zu tief seine Nase in Angelegenheiten gesteckt, die ihn nichts angehen. Vielleicht sogar jemandem etwas gestohlen, das einen sehr hohen Preis erforderte. Einen Preis wie -« Rains Magen zog sich zusammen, als er seine Hand bewegte und mit dem Finger auf sie zeigte. »- dich!«

»Woher weißt du das?«, fragte sie leise und hörte, dass ihre Stimme zitterte. Vorbei mit ihrer Selbstsicherheit. Urplötzlich fürchtete Rain sich vor David. Von einer Sekunde auf die andere. So sehr, dass sie ihre schweißnassen Finger in den Stoff des neuen Kleides krallen musste, wenn sie verhindern wollte, dass sie vor lauter Schreck etwas umriss. Die Gläser auf der Theke. Oder die blöde Erdnussschale, die der Barkeeper gerade vor ihnen hinstellte, ohne sie zu beachten. Gott sei Dank war es voll genug in der Bar. Niemand achtete auf sie.

David zuckte nicht einmal mit der Wimper. Er sah sie einfach weiter an, aber er lächelte nicht mehr. »Heutzutage kann man alles über jeden herausfinden. Weißt du das nicht?«

Sie wusste nicht, wie sie darauf reagieren sollte. Teufel - er hätte das gar nicht herausfinden dürfen! Wieso hatte sie nicht gemerkt, dass er doch irre war?

Es war die Wahrheit und das war vielleicht das Schlimmste daran. Bitter. Enttäuschend. Schmerzhaft.

»Mein Vater - hatte Schulden. Bei Mikes Vater. Der gehört zu dem Drogenkartell, das schon seit Jahren in der Stadt sein Unwesen treibt. Sie wollten meinen Dad umlegen, also hat er mich als Ausgleich angeboten. Abartig, nicht wahr?« Rain funkelte ihn an. »Und David? Verschafft dir dieses Wissen jetzt irgendeine Befriedigung?« Sie presste die Lippen fest aufeinander. Ihr Gesicht brannte. »Woher weißt du davon? Das ist nichts, das man einfach so im Internet finden kann!«

»Stimmt.« Er nickte und löste sich aus seiner starren Haltung. Allerdings nur, um nach seinem Whiskeyglas zu greifen, ohne Rain dabei aus den Augen zu lassen. »Ich habe andere Quellen. Sehr gut informierte.«

Ungläubig schüttelte Rain den Kopf. Das war so - absurd! Wie war sie in diese bescheuerte Lage geraten? »Ich verstehe nicht, was du von mir willst«, sagte sie langsam. Ihr Hals fühlte sich schrecklich rau an. Ein ekelhaftes Gefühl.

David lächelte ungerührt. »Ich will gar nichts von dir. Ich weiß nur gerne, mit wem ich arbeite. Das ist alles. Ich wollte herausfinden, wieso du etwas so Dummes getan hast, wie diesen Scheißkerl zu heiraten.«

»Du hättest mich einfach fragen können.« Was sollte sie tun? Aufstehen und gehen? Einfach abhauen? Versuchen, sich irgendwie durchzuschlagen? Oder sitzen bleiben und abwarten ... Rain wusste es nicht. Sie wusste gar nichts mehr. Das war so verdammt bescheuert!

»Habe ich ja. Du hast mir nicht geantwortet.« Er zuckte gleichgültig mit den Schultern, trank sein Glas in einem Zug leer und bestellte ein weiteres.

»Und was ist mit dir? Jetzt, wo du mein Geheimnis ja kennst, kannst du mir deines auch gleich verraten!«, fauchte sie und stürzte im nächsten Augenblick den Cocktail herunter, damit sie den widerlichen Geschmack in ihrem Mund loswurde. »Wenn du denkst, ich kaufe dir diese ganze Nummer einfach ab, bist du schiefgewickelt.«

»Hm. Interessant. Aber nichts anderes hatte ich erwartet.« David schob ihr den neuen Cocktail zu. Das Lächeln war wieder da. Nur noch ein kleines bisschen eisig. »Leider kann ich dir darüber nichts erzählen, weil ich dich sonst töten müsste.« Dem Inhalt seiner Worte zum Trotz lachte er und Rain klappte die Kinnlade herunter, bevor sie es verhindern konnte.

»Was bist du«, sagte sie, als sie sich nach der ersten Schrecksekunde wieder gefangen hatte. »Ein Geheimagent?«

David grinste. »Vielleicht. Vielleicht auch nicht.«

»Witzig.«

»Nein, eigentlich nicht wirklich. Also. Wie sieht's aus? Sollen wir weiter über die Klauseln des nichtexistenten Vertrages reden? Oder willst du hier aussteigen. Ich halte dich sicher nicht auf.«

Einen Moment lang schauten sie sich in die Augen. Rain dachte nach. Schon wieder. Aber an ihrer Lage hatte sich rein gar nichts geändert. Ihr blieb nichts übrig, außer zu nicken.

Kein Geld. Keine Freunde. Keine Hilfe. Was auch immer er tut - ist das so wichtig? Mit dem Geld, das du bei ihm bekommst, kannst du neu anfangen!

Rain hoffte, dass das so sein würde. »Okay. Ich höre.«

David nickte zufrieden. »Also. Ich reise viel. Es wäre für mich sehr vorteilhaft, jemanden zu meiner Begleitung dabei zuhaben.«

Sicher nicht, weil du dich langweilst, dachte sie giftig, sagte aber nichts.

»Du musst gar nichts tun. Nur - da sein. Kannst du das?«

Sie nickte. »Das kann ich.«

»Gut. Ist auch alles gar nicht so dramatisch. Wir reisen ein bisschen im Land herum, während ich mich um meine Restaurants kümmere und in der Zeit kannst du dir die Städte ansehen, oder so. Mir egal.«

»Du zahlst mir zweitausend Dollar für Sightseeing? Du bist definitiv nicht mehr ganz richtig im Kopf.«

»Habe ich nie behauptet.« David nickte, trank einen weiteren Schluck aus seinem Glas und schaute endlich weg.

Rain atmete durch. Hoffentlich, ohne dabei allzu bescheuert auszusehen. Und hoffentlich, ohne dass er merkte, wie sehr ihr dieses seltsame Arrangement zuwider war. Etwas, das hauptsächlich daran lag, dass sie keines von seinen Worten glaubte. Was führte er wirklich im Schilde? Nur, weil Rain in den letzten drei Jahren nahezu keine Kontakte in die Welt außerhalb ihrer beschissenen Ehe gehabt hatte, hieß es nicht, dass sie die Blicke eines Mannes nicht deuten konnte. Teufel - wenn es etwas gab, das sie konnte, dann das! David sah sie zwar nicht auf dieselbe Weise an, wie ihr Mann es getan hatte, aber doch unmissverständlich interessiert.

Ich muss vorsichtig sein. Er ist nicht ganz dicht ...

Mehr ein Gefühl, als ein Wissen. Trotzdem wusste Rain, dass es stimmte. Was auch immer Davids Geheimnis war ... Irgendwas an ihm war mehr als seltsam. Sie würde sein Angebot annehmen. Für ihn arbeiten. Bei ihm einziehen (weil er ihr auch das angeboten hatte, bis sie genug Geld zur Seite gelegt hatte). Aber sie würde auf der Hut sein. Definitiv.

»Auf eine angenehme Zusammenarbeit«, sagte David ohne einen Zweifel daran aufkommen zu lassen, dass er sie die ganze Zeit über beobachtet hatte, und prostete ihr zu.

»Auf gute Zusammenarbeit«, antwortete sie weitaus weniger angriffslustig, als noch vor einer Minute und trank. Diesen Cocktail und einen weiteren und - noch einen. Um irgendwie mit sich und ihrem zukünftigen neuen Leben klarzukommen. Irgendwie.

Let's play pretend

David

»Ich kann allein auf den Markt gehen«, beharrte Rain und verschränkte beleidigt die Arme vor der Brust.
»Ja, kannst du. Aber ich werde dich trotzdem begleiten«, antwortete David mit einem ungerührten Grinsen auf den Lippen. »Ich muss in der Stadt etwas erledigen. Also können wir auch zusammen gehen.«

Natürlich hatte er nichts zu erledigen. Nichts, das er nicht auf einen anderen Tag hätte verschieben können. Und Lust hatte er garantiert keine, Rain hinterherzurennen wie ein dummer Schoßhund. Aber was blieb ihm für eine Wahl? Sie wollte raus - also musste er sie begleiten. Vier Tage lang war sie davon zu überzeugen gewesen, das Haus nicht zu verlassen. Aber jetzt trieb es sie raus an die Luft und er bemühte sich *wirklich*, das nachzuvollziehen. Und, deswegen nicht sauer auf sie zu sein.

»Das ist lächerlich. Mike hat das Haus tagsüber fast nie verlassen.«

»Und? Was, wenn er es ausgerechnet heute doch tut?« David grinste. So blöd war sie wirklich nicht. Sie hatte seine Absicht schnell durchschaut. Kluges Mädchen.

»Und was wenn nicht?«, antwortete sie bissig. »Was, wenn du deine Zeit verschwendest? Hast du nichts Besseres zu tun?«

»Nein, hab ich nicht.« Was zumindest teilweise zutraf.

Am liebsten hätte er sein normales Trainingsprogramm durchgezogen. Vieles davon machte er trotzdem. Gewichte an der Bank in seinem Schlafzimmer stemmen, das normale Muskelaufbautraining und ein paar andere Übungen waren auch in diesem eingeschränkten Rahmen möglich. Aber er wollte laufen, verdammt! Eigentlich joggte David jeden Tag zehn Meilen, noch bevor er überhaupt frühstückte. Das machte ihn wach und seinen Kopf leer. Es war nötig! Wenn man keine Ausdauer hatte, konnte es in seinem Job gefährlich werden. Und er hasste es, diese Aktivität vorerst nicht ausführen zu können. Jedenfalls so lange, bis er nicht mehr in jeder Minute an Rain und ihre verdammte Sicherheit denken musste.

»Na gut, dann lass uns jetzt aber los. Sonst sind die guten Sachen weg!« Rain zog eine beleidigte Schnute. Süß. Ein bisschen jedenfalls.

»Das wollen wir ja nicht riskieren. Nicht auszudenken, wenn wir zum Einkaufen in einen normalen Supermarkt gehen müssten«, antwortete er mit einem leicht überheblichen Lächeln, dessen er sich sehr wohl bewusst war. Manchmal war es aber auch zu reizvoll, sie auf die Palme zu bringen ...

»Mach dich ruhig über mich lustig. Dann koch du doch einfach in Zukunft, hm? Ich wette, du kannst das gar nicht.«

»Stimmt. Ich kann nicht kochen. Wozu auch? Es gibt schließlich Lieferdienste. Und ich besitze Restaurants.«

»Aber keines in der Stadt! Sonst müsstest du diesen ganzen Zirkus mit der Rumreiserei ja nicht veranstalten.«

»Oh Mann.« David verdrehte entnervt die Augen. »Können wir uns darauf einigen, diesen Marktbesuch schnell und schweigend hinter uns zu bringen? Ich fürchte, ich kann nicht noch mehr Seitenhiebe von dir ertragen. Mein armes Ego.«

Eine Sekunde lang starrte Rain ihn mit hochgezogenen Augenbrauen an, dann lachte sie lauthals los, was David immerhin ein schwaches Grinsen abrang. Ein ehrliches. Er mochte es, wenn sie lachte. Auch eine Tatsache, die ihm mehr und mehr missfiel; es zumindest sollte!

»Warte, ich muss noch was holen«, sagte er schnell und stand von seinem Hocker am Küchentresen auf. »Wehe, du gehst allein!«

»Ist ja gut.« Sie verdrehte die Augen, fügte aber nichts mehr hinzu und David schloss seine Schlafzimmertür hinter sich. Er tippte den Code in das Bedienfeld seines Safes ein, wartete darauf, dass der Netzhautscan abgeschlossen war, und ließ seinen Blick über das Waffenarsenal im Inneren wandern.

Eine P7, die er versteckt unter seinem Hemd tragen könnte, wäre wohl das Richtige. Und eines der Messer an seinem Schienbeinen. Für den Notfall, der vermutlich nicht eintreten würde. Trotzdem ...

Ein Blick in den Spiegel verriet ihm, dass man zumindest die Pistole zu deutlich erkennen konnte. Nicht gut. Washington war nicht Texas. Man durfte Waffen zwar besitzen, aber es war bei weitem nicht so üblich und normal, es auch zu tun. Geschweige denn, sie offen mit sich herumzutragen. Außerdem würde es Rain nicht entgehen. Was sollte er also machen? Darauf verzichten?

Was kann schon passieren, überlegte er und nahm das Holster wieder ab. Die Antwort lautete wahrscheinlich: Viel - oder gar nichts. In letzterem Fall wäre es also einfach dumm, die sorgfältige Tarnung zu riskieren, die er vor Rain bisher perfekt in Szene gesetzt hatte. Und im ersten Fall wäre es auch zu verkraften. Schließlich könnte in seinen Händen fast alles zur Waffe werden, sollte es auf dem Markt tatsächlich zu einem problematischen Zwischenfall kommen. Sollte der Bastard von ihrem Ehemann auf die Idee kommen, ihnen ausgerechnet dort über den Weg zu laufen. David könnte ihn mit einem Kugelschreiber ausschalten. Oder mit einer Salatgurke, dachte er belustigt und legte die Waffe in seiner Hand zurück in den Safe. Er würde nur das Messer mitnehmen. Kein Grund, wegen ein bisschen Nervosität alles zu riskieren.

»Was hast du so lange gemacht?«, murrte Rain, als er einen Moment später wieder ins Wohnzimmer trat. In der Hand hielt sie den Einkaufskorb und schien es ziemlich eilig zu haben, seine Wohnung zu verlassen.

»Nichts. Nur schnell eine Mail geschrieben«, log er ohne mit der Wimper zu zucken und bot ihr mit einer Handbewegung an, den Korb zu tragen.

»Nicht nötig, das schaffe ich schon!«, fauchte sie, riss den Korb zurück und stapfte zum Fahrstuhl.

»Jawohl, Ma'am«, antwortete er, ohne eine Miene zu verziehen. Dabei lachte er sich innerlich gerade tot. Er fand es unfassbar niedlich, dass sie es offensichtlich unter allen Umständen vermeiden wollte, sich auch nur ein kleines bisschen von ihm helfen zu lassen. Bei gar nichts. Als wäre der »Job«, den er ihr angeboten hatte, schon das höchste der Gefühle. Und David vermutete immerhin, dass es auch so war.

»Und hör auf, dich über mich lustig zu machen! Ich weiß, dass du dich innerlich über mich kaputtlachst«, knurrte sie, als sie in den Fahrstuhl stiegen. Sie sah ihn nicht an, aber David wusste, dass es in ihr brodelte. Er beschloss, wenigstens ein bisschen darauf zu verzichten, sie noch mehr aufzuziehen. Er wollte es auch nicht übertreiben und sich vielleicht dadurch noch miesere Launen von ihr an den Hals zu laden. Bisher war sie immerhin sehr umgänglich gewesen. Abgesehen von diesem dummen Marktbesuch vielleicht.

»Möchtest du zum Markt laufen? Oder sollen wir den Wagen nehmen«, fragte er, als der Fahrstuhl in der Tiefgarage zum Stehen kam und sie ausstiegen.

»Laufen«, antwortete sie wie aus der Pistole geschossen und marschierte geradewegs auf den Ausgang zu, noch bevor David seinen Wagenschlüssel wieder in die Hosentasche schieben konnte.

»Gehst du gerne spazieren?«, fragte er lächelnd und ahnte bereits, dass sie jeden Moment wieder explodieren würde. Selbst ihm war bewusst, dass er den belustigten Tonfall nicht aus seiner Stimme vertreiben konnte. Zu schade.

»Lieber, als in so einer Protzkarre herumzufahren«, antwortete sie mit einem geringschätzigen Grinsen auf den Lippen und deutete mit dem Daumen zurück zur Garage. »Ich hasse überhebliches Machogehabe und ich bin snobistisch. Tut mir leid, dir das sagen zu müssen.«

»Ach ja?« David lachte. »Aber was können reiche Menschen denn bitte für ihren Reichtum? Und außerdem überschätzt du mich. Ich bin gar nicht *so* reich.«

Rain stimmte nicht in sein Lachen ein, was immerhin ein bisschen bedauerlich war. »Sehr lustig.«

»Ach komm schon. Verstehst du heute keinen Spaß? Das Wetter ist doch viel zu schön, um mit so einem griesgrämigen Gesicht durch die Gegend zu rennen.« David hakte die Daumen in die Taschen seiner Jeans ein und schlenderte möglichst gelassen neben ihr her. Dabei nervte sie ihn schon ziemlich. Ihre offensichtlich schlechte Laune und ihre spitzen Bemerkungen nervten! Und er wollte zu gerne wissen, was die Ursache dafür war.

Weil Rain aber nicht darauf antwortete und ihren Weg zur Stadtmitte unbeirrt fortsetzte, hielt er einfach auch den Mund.

David sah sich so unauffällig wie möglich nach eventuellen Bedrohungen um. Hinter jeder Straßenecke vermutete er einen Schläger ihres Mannes. Dabei war ihm sehr wohl bewusst, wie bescheuert das eigentlich war. Der Pisser war dumm wie Bohnenstroh. Er würde niemals auf die Idee kommen, David aufzulauern. Vor allem, weil er ja höchstwahrscheinlich davon ausgehen musste, seine geflohene Frau hätte es über die Stadtgrenze von Tacoma geschafft. Eine realistische Möglichkeit angesichts der Tatsache, dass Rain sich vier Tage lang bei David versteckt gehalten hatte, ohne auch nur einen Fuß vor die Tür zu setzen. Wieso sollte er also annehmen, sie könnte noch hier sein? Unwahrscheinlich.

»Bist du immer so nervös, wenn du deine Wohnung verlässt? Für paranoid hätte ich dich echt nicht gehalten.« Er spürte ihren Blick auf sich, als sie an einer Ampelkreuzung vor der 75. hielten. Der Markt befand sich auf der anderen Straßenseite. David konnte die Stände bereits sehen.

»Ich bin nicht paranoid«, antwortete er grinsend. »Ich will nur keine Kugel im Rücken haben, das ist alles.« Dass es fast niemanden gab, der sich überhaupt unbemerkt in seine Nähe schleichen konnte, ohne dass David es mitbekam, sagte er ihr natürlich nicht.

»Wer sollte dir schon eine Kugel in den Rücken jagen«, antwortete sie trocken. »Hör dir mal selber zu. Du behauptest echt, du wärst nicht paranoid?«

»War ein Scherz.« David hob grinsend die Schultern. *Schlaues Mädchen. Hört und sieht mehr, als sie sollte. Leider.*

»Klang nicht so. Aber egal. Ist ja dein Problem.« Rain marschierte unbeeindruckt an ihm vorbei, als die Fußgängerampel einen Moment später auf Grün umsprang und David folgte ihr lächelnd. Er mochte sie. Ihre direkte Art. Ihr loses Mundwerk. Aber sagen würde er ihr das ganz sicher nicht. Eher würde er sich ein Bein abhacken.

»Was brauchst du denn alles?«, fragte er beiläufig, als sie den Markt erreichten und er sich wieder zu allen Seiten umschaute. Hier waren eine Menge Leute unterwegs. Viel zu viele für seinen Geschmack. Es würde schwer werden, einen möglichen Angreifer zu erkennen und auch noch unauffällig auszuschalten. Wenn nicht unmöglich. Zumindest Letzteres. Aber Aufmerksamkeit konnte und wollte er sich keine erlauben. Fehlte nur, dass er sich die Polizei auf den Hals lud. Neugierige Menschen waren ihm ganz und gar zuwider. Vor allem in seiner gegenwärtigen Position.

Dad würde ausrasten ...

»Sellerie, Tomaten, Zwiebeln, Hühnerfleisch, Eier, - willst du echt die ganze Liste?« Rain lächelte kühl und steuerte bereits auf den Stand mit den Kartoffeln zu. »Ich finde, es schadet dir nicht, dich ein bisschen gesünder zu ernähren.«

»Wie nett von dir, dich so um meine Gesundheit zu bemühen«, antwortete er mit einem sarkastischen Grinsen und stellte sich hinter sie in die kleine Schlange vor dem Stand.

»Oh, vor allem um meine Eigene.«

»Also wirklich«, sagte er gespielt theatralisch und lachte leise. »Ich bemühe mich doch wohl hinreichend, dich am Leben zu halten. Reicht das nicht?«

Rain, die entweder mit einer anderen Antwort gerechnet hatte, oder mit gar keiner, drehte sich zu ihm um, starrte ihn an und lachte dann. »Du bist wirklich nicht mehr ganz dicht.« Kopfschüttelnd grinste sie zu ihm hoch. »Warte nur. Irgendwann komme ich hinter dein Geheimnis. Und dann hast du nichts mehr zu lachen.«

»Denk daran, dass ich dich töten muss, wenn es so weit ist«, antwortete er so leise, dass er sich ein Stück zu ihr hinunterbeugen musste. Schließlich sollte niemand außer ihr die Drohung hören. Eine, von der sie auch weiterhin anzunehmen schien, es wäre nichts als ein Scherz. Wenn sie wüsste …

»Der Witz wird langsam fad, David. Lass dir einen besseren einfallen.« Rain strich sich die Haare hinter die Ohren und drehte sich ruckartig wieder nach vorne. Aber er hatte trotzdem noch einen Blick auf ihre geröteten Wangen erhaschen können. Hm …

»Und was, wenn es keiner ist?«, flüsterte er von hinten in ihr Ohr und erfreute sich am Zittern, das ihren Körper umgehend erfasste. Herrlich, welche Wirkung er auf sie haben konnte, wenn er es darauf anlegte. David war immerhin arrogant genug, um sich ausmalen zu können, dass es nicht ausschließlich an seinen Worten lag, sondern zu einem Teil auch an ihm. »Vielleicht gefällt mir ja die Vorstellung, dich auseinanderzunehmen, wenn du mir hinterherschnüffelst …«

Herrgott was bist du für ein narzisstischer Bastard, schalt ihn sein Verstand umgehend und David zuckte tatsächlich kaum merklich zusammen, als er sich bewusst machte, dass er sich gerade gehen ließ und dass es in der Tat erbärmlich war, Rain auf diese Weise zu provozieren. Erbärmlich, eitel und gefährlich, verdammt! Was war nur in ihn gefahren?

»Vergiss, was ich gesagt habe«, fügte er nach einem kurzen Räuspern hinzu, als Rain wie angewurzelt vor ihm stand und nicht einmal zu atmen schien. Vielleicht hatte er ihr also doch mehr Angst eingejagt, als einen erfolgreichen Flirtversuch gestartet zu haben. Was bildete er sich auch ein ...

»Du hast echt keine Ahnung von Frauen«, murmelte sie ohne sich umzudrehen und machte einen großen Schritt vorwärts, als die alte Frau vor ihr ihre Bestellung aufgab.

Überrascht starrte er sie an. Offenbar hatte auch sie angenommen, dass er gerade versucht hatte, (ohne es beabsichtigt zu haben!) sie anzubaggern. Nur, dass er das ja gar nicht ernst gemeint hatte -

Mann David - reiß dich zusammen!

»Ich halte ab jetzt meinen Mund, Ma'am«, sagte er schnell und schloss wieder zu ihr auf. »Kommunikation ist einfach nicht meine Stärke. Das war kein Versuch, mich dir aufzudrängen, kapiert?« Er grinste breit, als sie ihm einen skeptischen Blick von der Seite zuwarf. »Ich lerne menschliche Umgangsformen, das ist alles.«

»Dann solltest du noch ein paar Nachhilfestunden extra einschieben«, antwortete sie nüchtern. »Ich bin nämlich nicht sicher, ob ich jeden deiner Witze richtig verstehe. Außerdem hasse ich es, wenn ein Kerl meint, er könnte sich alles erlauben!« Rain knickte Zeige- und Mittelfinger ihrer freien Hand ein, ohne David ins Gesicht zu sehen. Außerdem hatte er schwer den Eindruck, dass sie noch mehr hinzufügen wollte, es aber nicht über sich zu bringen schien.

Ich habe sie verärgert. Klasse.

»Einen kleinen Sack Kartoffeln hätte ich gern«, rief sie dem Verkäufer hinter dem Marktstand zu, als sie einen Moment später an der Reihe war.

Rain war angepisst. Daran gab es für David keinerlei Zweifel, denn den ganzen Weg über den Markt schwieg sie rigoros, würdigte ihn keines Blickes und tat, als wäre er Luft. Dabei ließ sie ihn den Korb, der mit dem ganzen Zeug darin garantiert schwer war, auch auf dem Rückweg nicht tragen. Also trottete David tatsächlich hinter ihr her und kam sich mit jeder Minute Schweigen vor wie ein getretener Hund.

Ohne es gewollt zu haben, hatte er Rain verletzt. Ohne es jetzt zu wollen, fühlte er sich deshalb mies. Und ohne sich zu sehr den Kopf darüber zu zerbrechen, dass sich ein solches Verhalten eigentlich nicht in seinem Repertoire befand, beschloss er, sich bei ihr zu entschuldigen. Es wieder gut zu machen, ohne allzu viele Worte zu verschwenden. Damit sie sich wieder einkriegte und er sein absurd schlechtes Gewissen loswurde, das sich abartig und falsch und absolut unpassend anfühlte. Weil David nämlich nie ein schlechtes Gewissen wegen irgendwas hatte. Niemals!

Rain

Rain brodelte innerlich, als sie an David vorbei aus dem Fahrstuhl rauschte und den schweren Einkaufskorb auf die Arbeitsplatte knallte. Dabei bemühte sie sich unter Aufbietung all ihrer Willenskraft, ihn weder zu beachten, noch auf seinen Blick zu reagieren, der nach wie vor auf ihr ruhte und sie in den Wahnsinn trieb!

Ja verdammt! Sie wusste inzwischen, dass er nicht gerade ein Held war, wenn es darum ging, sich irgendwie zu unterhalten oder sich normal zu benehmen. Sie hatte nicht den blassesten Schimmer, wieso er sich nicht wenigstens bemühen konnte, sich wie normaler Mensch zu verhalten. Vielleicht hatte er keine Lust dazu. Oder es bereitete ihm ein sadistisches Vergnügen, sie aufzuziehen. Sollte das der Fall sein, konnte er sich warm anziehen! Rain hasste es nämlich wie die Pest, für dumm verkauft zu werden.

Ja, sie würde sich in gewisse Dinge fügen. Und nein, sie wollte sich nicht dafür von ihm rumschubsen lassen.

»Hör mal, ich wollte dich nicht so blöd anmachen. Das war wirklich nur ein Scherz.« David umrundete den Tresen seiner Küche und blieb auf der anderen Seite stehen. Seinen Wohnungsschlüssel legte er neben dem Korb ab. »Ich wollte dir nicht zu nahe treten.«

»Herrgott wie kann man nur so eingebildet sein?«, fauchte sie, ohne ihn eines Blickes zu würdigen und riss den Sack mit den Kartoffeln aus dem Korb. Dabei riss die Plastiktüte mit den Tomaten auf, die natürlich umgehend auf den Küchenfußboden fielen und umherrollten. Rain stieß einen Fluch aus, als sie beinahe auf eine davon draufgetreten wäre.

Als David Anstalten machte, erneut um den Küchentresen herumzugehen, um ihr beim Aufsammeln zu helfen, hob sie die Hand und biss sich auf die Unterlippe. »Vergiss es einfach«, presste sie hervor und hoffte, nicht mehr ganz so angriffslustig zu klingen. Er sollte nicht glauben, er könnte die Macht besitzen, sie tatsächlich in eine Lage zu bringen, in der sie sich seinetwegen mies fühlte. Auf keinen Fall! »Du wolltest mich nicht anmachen und ich habe überreagiert. Vergessen wir es und fertig. Und jetzt - lass mich in Ruhe kochen. Bitte!«, fügte sie hinzu, als er noch immer da stand und sie anstarrte.

Einen Moment lang war Rain sicher, dass er noch etwas dazu sagen wollte. Vielleicht einen weiteren seiner blöden Sprüche. Egal. David schien es sich anders zu überlegen, denn er nickte nur und verschwand dann wortlos in seinem Schlafzimmer, ohne sich noch einmal umzudrehen. Einen Moment später hörte sie, dass er sein Laufband angestellt hatte.

Gut. Wenn mit seinem bescheuerten Sport beschäftigt ist, lässt er mich wenigstens in Ruhe.

Rain fuhr sich seufzend mit der Hand durch die Haare, bevor sie sich von seiner Schlafzimmertür losriss und anfing, die Tomaten wieder einzusammeln.

Und wieder fragte sie sich, was das eigentlich sollte. Wieso er sie auf dem Markt vorhin so blöd angemacht hatte und wieso zur Hölle sie auch noch darauf angesprungen war, verdammt! Sie hatte doch gewusst, dass er es nicht ernst gemeint hatte. Klar. Seine blöden Witze darüber, dass sie auf keinen Fall zu viel über ihn fragen oder erfahren dürfte, weil er sie sonst ›beseitigen‹ müsste. Total verrückt und bescheuert.

David schien nicht alle Tassen im Schrank zu haben. Ein Gedanke, der ihr ja nun nicht zum ersten Mal gekommen war, oder? Wieso regte sie sich also noch auf?

Und wieso zum Teufel ging sie automatisch davon aus, er hätte versucht, mit ihr zu flirten? Ihm warf sie Arroganz vor, aber selber -

Was ist nur mit mir los, dachte sie bitter, stand mit den Händen voll Tomaten wieder auf und stopfte sie zurück in die Tüte. Allein daran zu denken, mit einem Mann zu flirten, war schon verrückt! Aber daran zu denken, David könnte mit ihr flirten, grenzte an geistige Umnachtung! Er hatte doch klar gesagt, dass sie nicht sein Typ war und dass er keinerlei Interesse an ihr hatte. So viel zu *seinem* Standpunkt.

Und was war mit ihrem Standpunkt in dieser Sache? Spielte ihr Verstand ihr nun schon solche Streiche? Dass er sie sich einbilden ließ, ein Mann könnte irgendein Interesse an jemandem wie ihr haben? Ein Interesse, das nicht nur aus purer körperlicher Inbesitznahme bestand?

Lächerlich! Absolut vermessen und absurd!

Wenn Rain aus ihren bisherigen Erfahrungen mit Männern eines gelernt hatte, dann war das eindeutig, dass sie keinem von denen trauen konnte. Dass sie niemals auch nur annehmen durfte, ein Mann könnte etwas anderes in ihr sehen, als ein Objekt. Seinen Besitz! Angefangen bei ihrem Vater, der sie immerhin gegen den Erlass seiner Schulden an Mike verkauft hatte! Unfassbar!

Aber wahr ... Er hat mich verkauft, weil er sein eigenes wertloses Leben retten wollte, und ich - habe es zugelassen.

Eine Tatsache, die sich nicht schönreden oder ändern ließ, egal wie bitter sie sein mochte. Rains Dad hatte sie in dem Wissen, dass sie die Hölle auf Erden erleben würde, an einen Mann verkauft. Er *musste* es gewusst haben! Da war sie inzwischen sicher. Auch wenn Rain selbst nicht geahnt hatte, was auf sie zukam. Sie war jung und naiv gewesen und allen voran - loyal. Sie war ihrem Vater gegenüber so loyal und blauäugig pflichtbewusst gewesen, dass sie ohne zu zögern zugestimmt hatte. In dieser Nacht, als er heulend und schluchzend zu ihr ins Zimmer getorkelt war, um sie anzuflehen, Mike Collins zu heiraten. Damit er nicht erschossen wurde.

Ich habe ihm geglaubt, dass mir nichts geschehen würde. Ich habe ihn geliebt. Und er - hat mich verraten ...

Ein Gedanke, der Rain Tränen in die Augen trieb. Sie schloss sie und zwang sich, den Atem anzuhalten, um sich wieder zu beruhigen.

Es war nicht Davids Schuld, dass ihr das passiert war. Und es war nicht ihre Absicht, ihn so vor den Kopf zu stoßen. Vielleicht kannte er sich nicht mit Frauen aus. Oder mit normalen sozialen Umgangsformen. Und? Er hatte ihr geholfen. Er hatte sie aus dieser Hölle befreit und sollte sie da nicht ein kleines bisschen dankbarer sein? Netter? Es war nicht fair, ihre Angst und ihre Wut an ihm auszulassen.

Ich bin nicht wütend auf ihn - sondern auf mich selbst!

Eine Erkenntnis, die Rain deutlich vor Augen führte, wie viel sie tatsächlich aufzuarbeiten hatte. Dass es nicht damit getan war, sich hier zu verstecken und so zu tun, als wäre ihr nie etwas passiert. Das funktionierte ein paar Tage - vier, wie sie nun feststellte - aber auf keinen Fall länger. Sie musste aufpassen, wenn sie nicht wollte, dass ihre unterdrückten Gefühle mit ihr durchgingen.

Vielleicht sollte ich eine Therapie machen, überlegte sie seufzend und wandte sich dann wieder ihrem Mittagessen zu. Auf Dauer die beste und einzige Lösung. Rain war nicht so blöd anzunehmen, das hier allein bewältigen zu können. Ihre Albträume. Die absurde Angst davor, Mike könnte sie zu fassen kriegen, zurückzerren und sie doch noch töten. Und die Angst davor, je wieder einen Menschen so nah an sich heranzulassen, dass sie etwas annähernd Ähnliches wie Vertrauen empfinden könnte.

Wenn Rain nicht andauernd mit David aneinandergeraten wollte, musste sie sich zumindest in seiner Gegenwart besser unter Kontrolle haben. Er war eben so drauf. Was hatte sie schließlich erwartet? Einen Kerl, der gänzlich ohne dumme Sprüche oder Provokationen auskam? So war er doch schon früher gewesen. Sogar noch schlimmer.

Ja, David war zu Highschoolzeiten noch dreister und arroganter gewesen. Er hatte sich ständig an alle Mädchen ihres Jahrgangs herangemacht, mit seinen Eroberungen aber nie geprahlt. Das wäre eh nicht nötig gewesen, weil ihre Mitschülerinnen ihrerseits nie ein Geheimnis daraus gemacht hatten, mit ihm im Bett gewesen zu sein. Als wäre es etwas unglaublich Tolles, mit David Harper zu vögeln und für das öffentliche Herumposaunen nicht einmal Scham zu empfinden.

Als Rain die Tomaten abwusch und feststellte, wohin ihre Gedanken gewandert waren, hielt sie inne und spürte, wie ihr Gesicht heiß wurde. Sich selbst konnte sie schließlich auch nichts vormachen. Sie war genauso auf David abgefahren, wie alle anderen Mädchen. Wenn er je Anstalten gemacht hätte, sie anzubaggern - früher - hätte sie nicht gezögert und auf jeden Fall angebissen.

War das erbärmlich? Vielleicht. Vielleicht auch nicht. Denn schließlich hatte *er* nie geprahlt. Und sie hätte niemals den Mund aufgemacht, weil sie schon früher nicht über solche Dinge geplaudert hatte.

Gut, es gab ja auch nicht viel auszuplaudern, richtig?, dachte sie zynisch und bemühte sich krampfhaft, sich nicht vorzustellen, wie es sein *könnte*, mit David zu schlafen.

Ich werde in meinem Leben nie wieder mit einem Mann schlafen! Herrgott noch mal -

»Alles in Ordnung?«

Zutiefst erschrocken fuhr Rain herum, als sie Davids Stimme hinter sich hörte und spürte - Schmerz. »Au!« Entgeistert starrte sie auf ihre Hand hinunter und sah den dicken Blutstropfen an ihrem linken Zeigefinger.

Ernsthaft, Rain? Wie erbärmlich ...

Wegen ihrer gedanklichen Ausschweifungen hatte sie sich in den Finger geschnitten - weil sie so abwesend war, dass allein seine Stimme sie erschreckt hatte. Das war erbärmlich! Auf jeden Fall!

»Mist!«, fluchte sie, ließ das Messer auf die Arbeitsplatte fallen und drehte sich zur Spüle um. Das kalte Wasser wusch das Blut sofort weg, aber es tat verdammt weh. »Deine Messer sind echt scharf«, knurrte sie und biss die Zähne zusammen. »Hast du ein Pflaster?«

»Zeig mal«, forderte er und stand bereits neben ihr, obwohl er doch nur eine Sekunde vorher -

Gott! Als David neben ihr auftauchte, stieg ihr sofort sein unglaublicher Duft in die Nase ... Eine Mischung aus frischem Schweiß von seinem Sport und dem Duschgel, das in der Dusche neben ihrem stand und es roch so -

»Was ist? Kippst du gleich um?«

Erst als er sie erneut ansprach, wurde Rain bewusst, dass sie ihn anstarrte. Nicht nur ansah - anstarrte! Erschrocken über sich selbst und mindestens genauso beschämt wandte sie das Gesicht ab und griff mit der anderen Hand nach einem Papiertuch. Ihr Herz schlug schneller, als es sollte. Und verdammt - sie kam sich einfach nur bescheuert vor!

Dann griff David nach ihrer Hand, ohne auch nur einen Ton zu sagen, schaute sich den Schnitt an, aus dem bereits neues Blut trat, und drehte sie so, dass er besser sehen konnte. »Ja, meine Messer sind ziemlich scharf. Pass beim nächsten Mal besser auf.«

»Pass du beim nächsten Mal besser auf, dass du mich nicht zu Tode erschreckst!«, antwortete sie giftig und schluckte hart, als er ihre Finger endlich wieder losließ, sich umdrehte und im Bad verschwand.

Meine Fresse - was ist nur mit mir los ...

Rain wischte sich mit dem Handrücken übers Gesicht. Ihre Wangen fühlten sich warm an und eigentlich ging sie jede Wette ein, dass sie knallrot im Gesicht war. Dafür brauchte sie nicht einmal einen Spiegel. Es reichte, Sekunden später in Davids verkniffenes Gesicht zu schauen, um das zu wissen. Mist!

»Es tut mir leid«, sagte er, als er ein Pflaster aufriss und es über den Schnitt an ihrem Finger klebte. »Ich wollte dich nicht erschrecken.«

»Schon gut«, antwortete sie zerknirscht und betete, dass ihr Körper sich wieder in den Griff bekam. »Ich - weiß auch nicht, was heute mit mir los ist. Irgendwie bin ich einfach mies drauf.«

»Ja, merkt man. Ich lass dich einfach in Ruhe, okay?« David nickte, warf die Papierstreifen in den Mülleimer neben der Spüle und verschwand tatsächlich wieder wortlos in seinem Zimmer, ohne sich noch einmal umzudrehen.

Perplex schaute Rain ihm hinterher, bis sich die Tür wieder schloss und sie nur noch auf das weißlackierte Holz starren konnte, bevor sie sich kopfschüttelnd wieder umdrehte und auf das Pflaster an ihrer Hand hinunter sah.

Er - ist seltsam. Auf jeden Fall.

Und nein, verdammt! Es war nicht schlimm, mit ihm zusammenzuleben. Es war auch nicht schlimm, wie er drauf war. Nicht wirklich. Rain wusste, dass sie es schlimmer hätte treffen können. Nicht, dass sie ohne ihn mit hoher Wahrscheinlichkeit nun tot wäre - hätte sein altes Ich ihr geholfen, hätte sie es vermutlich nicht ausgehalten, so lange in seiner Nähe zu sein. Bestimmt nicht.

Er hat sich verändert, dachte sie verwirrt. U*nd ich auch. Seit damals ist viel passiert. Klar ist er nicht mehr derselbe.*

Und Rain stellte fest, dass sie diesen neuen David mochte. Auf eine andere Art als damals, als sie sich zumindest vorgestellt hatte, wie es wäre mit ihm ins Bett zu gehen. Etwas, das sie heute nicht mehr wollte. Aber sie akzeptierte es und das war okay. Rain mochte David und fertig.

So kann ich damit leben. Er ist, wie er ist. Und das ist in Ordnung. Ohne ihn - wäre alles vorbei ...

Eine Tatsache. Nicht mehr und nicht weniger als das.

Rain kochte das Mittagessen und David kam erst wieder aus seinem Zimmer, als sie fertig war und den Tisch deckte. Schweigend half er ihr dabei, setzte sich dann hin und aß genauso stumm auf. Und dafür war sie ihm erstaunlich dankbar.

Wir gewöhnen uns sicher aneinander. Wird schon schiefgehen.

Sie lächelte ihm zu und er erwiderte das Lächeln schließlich nach einem kurzen Zögern. Und außerdem war es ja eh nicht für immer. Also.

Lose control

David

David warf Rain einen Blick von der Seite zu, ohne den Kopf zu bewegen. Sie sollte nicht denken, dass er sie beobachtete, während er die Tageszeitung vor sich hielt, als wäre es das Größte, sich durch den Wirtschaftsteil zu wühlen. Ohne eine Ahnung von dem zu haben, was überhaupt auf diesen Seiten stand. Wen interessierte der Börsenteil? Niemanden! Er investierte einen Teil seiner Kohle zwar in Aktien, wickelte das Ganze aber über einen Berater ab. Er hatte nicht die geringste Ahnung davon.

Außerdem ist es interessanter, sie zu beobachten, dachte er belustigt und sah unbemerkt zu, wie Rain ihr Brötchen mit Marmelade beschmierte. Gähnend. Ohne sich die Mühe zu machen, die Hand vor den Mund zu halten. Überraschenderweise störte es ihn nicht. Auch nicht, dass sie das Radio über der Mikrowelle eingeschaltet hatte. Normalerweise hörte er zu Hause kein Radio.

David räusperte sich, als er merkte, dass seine Gedanken abgedriftet waren. »Hast du gepackt?«

»Hm?« Kauend sah sie von ihrem Teller auf und riss die Augen auf. »Nein.«

»Dann beeil dich, wir müssen in dreißig Minuten los, wenn wir den Flieger kriegen wollen.«

Rain schluckte und warf einen Blick zur Küchenuhr. »Ich mach ja schon«, knurrte sie, stopfte den Rest des Brötchens nach und schob ihren Hocker zurück.

Er musste zugeben, dass es tatsächlich schwer war, sie nicht anzustarren. Also - ihren Arsch. Gar nicht so leicht, sich dazu zu zwingen, weiter auf die Zeitung zu schauen.

Etwas mehr als zwei Wochen. Solange »lebte« Rain jetzt bei ihm. Sie hatte sich erstaunlich gut eingefügt und inzwischen kamen sie ganz gut miteinander aus. Noch hatte er es nicht über sich gebracht, sein Arbeitszimmer gänzlich für sie zu räumen. Aber bisher hatte sie auch nicht danach gefragt, ob sie etwas daran verändern dürfte.

David sah aus dem Augenwinkel, wie sie die Badezimmertür hinter sich schloss, und atmete erleichtert auf. Mann. Es war wirklich erstaunlich, wie blöd er sich in ihrer Gegenwart vorkam. Dabei gab es dafür nicht einmal einen plausiblen Grund. Klar war sie heiß. Aber verdammt - sie war so ganz anders drauf als früher. Definitiv.

Die Rain, die er in der Schule gekannt hatte, schien gänzlich verschwunden zu sein. Was auch immer ihr sauberer Ehemann mit ihr angestellt hatte - es war ziemlich endgültig. Und ziemlich beschissen. Zwar hatte sie sich inzwischen von den körperlichen Blessuren weitestgehend erholt, aber David wusste, dass sie mit diesem Abschnitt ihres Lebens zu kämpfen hatte. Er hörte sie. Nachts. Manchmal. Wenn sie Albträume hatte, sich auf seinem Schlafsofa nebenan herumwälzte und er sich fragte, ob er diesen Scheißkerl nicht einfach abknallen sollte, ohne auf die Erlaubnis von SYSTEM oder seinem Vater zu warten. Ein sauberer Schuss durch den Hinterkopf und Rain musste sich nie wieder vor ihm fürchten. Ein verlockender Gedanke. Ein gefährlicher Gedanke. Alleingänge waren nicht gerne gesehen und das war eine glatte Untertreibung. Es könnte ihn seinen Kopf kosten, wenn er es versuchen sollte.

Die nächsten beiden Tage würden ihn hoffentlich davon abbringen, ständig über sie und ihre - Lage - nachzudenken. Es war ihre erste gemeinsame Reise. Wenn man das so bezeichnen konnte. David hatte sein Geld aus dem Schließfach am Bahnhof geholt. Den Koffer mit den nicht durchnummerierten Scheinchen. Zehntausend Dollar, die er zuerst nach Nashville in Tennessee, dann nach Dallas und anschließend nach Atlanta und auf dem Rückweg nach Phoenix bringen wollte. Zwei Tage, an denen sie damit beschäftigt sein würden, von einem Flugzeug in ein anderes zu steigen, nebenbei die bescheuerten indischen Restaurants zu besuchen und - Mist!

Mist, verdammte - David hatte vergessen, ein Hotel zu buchen! Wie hatte er ausgerechnet diesen Punkt in seiner Planung übersehen können? Das war wirklich unfassbar dämlich! Scheiße ...

Er atmete durch. Gut. Ruhig bleiben. Er griff nach dem Handy neben sich auf dem Tresen und rief das Telefonregister und anschließend die Website des erstbesten Hotels auf. Kein Problem. Sie würden etwas finden. In Atlanta. Da gab es genug Hotels.

Leider sorgte dieses Versäumnis aber dafür, dass Davids Laune unerwartet in den Keller ging. Es störte ihn. Die Tatsache, dass er so nachlässig war. Egal, ob es ein Problem werden würde oder nicht.

Okay. Ich habe auch zwei Wochen lang mit ihr aufeinandergehockt ... Vielleicht liegt es daran ...

»Was ist?« Rains Stimme hinter ihm riss ihn aus seinen Gedanken. »Ich dachte, du hast es so eilig.«

»Ich hab verpennt, ein Hotel zu buchen. Muss ich gerade noch erledigen. Du kannst deine Tasche neben meine stellen«, sagte er möglichst kühl, ohne von seinem Handy aufzusehen. Von den hundert Hotels musste es doch wenigstens eines geben, das noch freie Zimmer hatte ...

Gab es. Aber ob es Rain gefallen würde, blieb dahingestellt. David beschloss, dass er sich nicht darum kümmern würde, wie sie es fand. Sollte ihr ja auch egal sein, schließlich zahlte er die Rechnung.

Rain fing an, das Frühstück wegzuräumen. Schweigend, wie immer. Überhaupt redete sie wenig und er wusste nicht, ob er das gut oder schlecht finden sollte.

Es macht es jedenfalls leichter, mich an die neuen Umstände zu gewöhnen. Immerhin.

»In Ordnung, ich bin fertig. Wir können.« David schob ihr seine leere Kaffeetasse zu, damit sie sie in die Spülmaschine stellen konnte, steckte sein Blackberry in seine Hosentasche und griff nach den beiden Taschen auf dem Boden.

»Ich kann meine Tasche selber tragen«, protestierte sie und er stellte fest, dass er lächeln musste.

»Okay, ganz wie du willst«, antwortete er im selben Tonfall wie vorhin und überließ es ihr, ihre Reisetasche zu tragen. Gut, dass er ihr inzwischen einen Pass besorgt hatte. Mit ihrem richtigen Namen. Zu seinem großen Bedauern. Aber anders ging es nicht, wenn er nicht wollte, dass sie misstrauisch wurde.

Sein Vater hatte ihm geraten, ihr eine neue Identität zu besorgen. Sogar einen Umzug in eine andere Stadt hatte er ihm ans Herz gelegt. Aber noch war David nicht bereit, so weit zu gehen. Bisher lief alles ganz gut. Er hatte weder ihren Mann in der Nähe seines Wohnhauses gesehen, noch sonst einen Spinner aus seiner

Familie. Niemand wusste, dass Rain bei ihm war. Wahrscheinlich gingen sie davon aus, dass sie es über die Stadtgrenze geschafft hatte. Das Nummernschild seines Wagens hatte David selbstverständlich längst entsorgt. Für den unwahrscheinlichen Fall, dass der Scheißkerl sich daran erinnerte ...

»Also. Zuerst fliegen wir nach Nashville?«, fragte Rain, als David ihr die Tasche schließlich eine halbe Stunde später am Check-in abnahm. »Anschließend nach Dallas und dann schlafen wir in Atlanta und fliegen morgen nach Dallas und dann?«

»Phoenix«, antwortete er geduldig, warf die beiden Taschen auf das Förderband und schenkte der Dame hinter dem Schalter ein strahlendes Lächeln, als sie ihnen die Pässe zurückgab. Auch er reiste mit seinem eigenen Pass. Schließlich gab es keinen Grund dafür, den britischen Notfallpass und die Papiere zu benutzen, die ihn als diplomatischen Kurier auswiesen. Um unkontrolliert durch die Sicherheitszonen zu kommen. Diese äußerst praktischen Dinge hatte er vor drei Jahren von seinem Vater bekommen. So eine falsche Identität hätte er am liebsten auch für Rain gehabt. Aber im Augenblick wäre das zu auffällig gewesen. Leider.

»Können wir in deinen Restaurants essen? Ich habe noch nie Indisch gegessen.«

»Können wir«, lächelte er, ohne es steuern zu können. *Seltsam ...*

»Und was mache ich, wenn du unterwegs bist?«

»Sightseeing«, antwortete er und ließ sich auf einen der unbequemen Sitze in der Abflughalle fallen. Bis zum Boarding hatten sie noch ein paar Minuten. David war heute erstaunlich müde. Wieso wusste er nicht.

Zwei Wochen, ohne etwas zu tun, außer einkaufen zu gehen, Zeitung zu lesen und so zu tun, als wäre man normal. Daran liegt's.

»Aha. Und was kann man in diesen Städten so ansehen?« Rain setzte sich neben ihn, ohne ihn anzusehen. Ihr Blick wanderte in der Halle umher und sie wirkte ziemlich nervös auf ihn. Weil sie die ganze Zeit mit ihren Fingern spielte. Eine dumme Angewohnheit, die *David* nervös machte.

»Naja, es gibt eine Reihe Musen und Parks, die es sich anzuschauen lohnt.« *Überall dort, wo es keine Kameras gibt,* ergänzte er in Gedanken. »Heute Abend in Atlanta könntest du dir das Aquarium ansehen. Es soll sehr schön sein.«

»Warum ich allein? Wirst du den ganzen Tag weg sein?«

»Ja.«

»Irgendwann musst du aber doch mal eine Pause machen«, widersprach sie und David drehte widerwillig den Kopf in ihre Richtung.

»Du stellst verdammt viele Fragen«, antwortete er mit einem kühlen Grinsen. »Du erinnerst dich an unsere Abmachung, oder? Keine Fragen mehr!«

Es war nicht ganz seine Absicht gewesen, Rain zurechtzuweisen. Aber die Fragerei nervte ihn tatsächlich. Zusammen mit der Tatsache, dass er den Bruchteil einer Sekunde lang ein Ziehen in seinem Magen gespürt hatte, weil sie - ihn ansah.

Verdammt! Reiß dich zusammen, David. Bist du ein Teenager?

Nein. Aber David war nicht in der Lage dazu, sich selbst etwas vorzumachen. Er fand Rain heiß. Keine Frage. Bedauerlicherweise war es nicht ganz so leicht für ihn, sich damit abzufinden. Damit, dass sie unfreiwillig und ohne ihr Wissen unter seinem Schutz stand. Damit, dass er noch nie mit einer Frau zusammengelebt hatte. Damit, dass es ihm *nicht* missfiel. Obwohl er annahm, dass es eigentlich so sein sollte ...

Es fühlte sich nicht schlecht an, mit ihr zusammenzuleben. Sie konnte gut kochen (was er tatsächlich überhaupt nicht konnte), half ihm wie selbstverständlich bei der Hausarbeit und war insgesamt eine angenehme Mitbewohnerin. Weil sie viel für sich blieb, wenig redete und keine Fragen stellte. Nur jetzt, weil sie offenbar nervös war. Und David wollte nicht, dass Rain nervös war. Dazu gab es schließlich keinerlei Grund, solange er bei ihr war.

Wenn Dad all das wüsste, würde er mir den Arsch aufreißen.

»Vielleicht komme ich mit«, gab David schließlich nach, als Rain keine Anstalten machte, ihre Gesichtsmuskeln wieder zu entspannen.

»Ich würde mich jedenfalls freuen.«

»So? Warum? Denkst du, meine Gesellschaft außerhalb meiner Wohnung ist angenehmer?« Er lächelte zynisch.

»Nein«, antwortete sie mit einem fiesen Grinsen und stand wieder auf, als das Bodenpersonal den Boardingschalter öffnete. »Ich *weiß*, dass sie angenehmer sein wird.«

Was sie damit meinte, sagte sie ihm nicht. Rain ließ David sitzen und marschierte an ihm vorbei zum Schalter, aber vorher zwinkerte sie ihm zu und David schluckte trocken.

Wieso werde ich das Gefühl nicht los, dass sie mich gerade angebaggert hat? Schräg.

Und absurd. Rain hatte bisher keine Anstalten gemacht, sich irgendwie in dieser Hinsicht an David heranzumachen. Die meiste Zeit ihres Tages verbrachte sie damit, die Bücher zu lesen, die David in den letzten Jahren angehäuft hatte. Er hätte nicht erwartet, dass ihr Geschmack in dieser Hinsicht so war, wie der seine. Ein bisschen verwirrend, aber nicht unbedingt etwas, das es ihm schwer machte, sich keine Gedanken über sie zu machen.

Als er sie darauf angesprochen hatte, hatte sie ihn angelächelt und: »Ich steh auf Ken Follett. Und Tolstoi konnte ich schon immer leiden« gesagt. Und dabei ziemlich -

Gott. Er verdrängte den Gedanken an ihre geröteten Wangen, weil es ihr offenbar peinlich gewesen war, von ihm beim Lesen beobachtet zu werden. Und ihm müsste es zuwider sein, sie überhaupt zu beobachten, richtig?

Fuck!

Was, wenn ich mich darauf einlassen und es doch funktionieren würde ... Was, wenn -

Er brach den Gedanken ab, bevor er sich auf seinem bis jetzt unbewegten Gesicht abzeichnen konnte. Rain hatte weiß Gott genug Probleme und eigentlich bezweifelte David, dass sie überhaupt ein Interesse an ihm hatte. Und was war mit ihm? Er reagierte doch überhaupt nur auf sie, weil er seit der Highschool keine Frau mehr länger als eine Nacht in seiner Nähe gehabt hatte. Sogar das war übertrieben. Ein paar Stunden und dann verpisste er sich wieder. So war es am sichersten für ihn. Keine Chance, zu viele Fragen zu stellen und sich mehr Gedanken über ihn zu machen als unbedingt nötig.

Aber jetzt war auf einmal alles anders. Weil sie da war. Weil sie ihm näher war, als irgendein Mensch sonst. Und, weil er sie an sich heranließ, ohne es zu merken. Obwohl er sie nur beschützen wollte, verdammt! Nähe lag ihm nicht und er hatte dieses Gefühl niemals vermisst. Sie war ein Job. Inoffiziell, aber egal. Er sollte sie nicht an sich heranlassen! Und ganz bestimmt sollte er sich nicht vorstellen, wie es sein könnte, wenn -

David schluckte, als ihm klar wurde, dass er sich unbewusst mehr mit ihr beschäftigte, als gut für ihn war. Er sah Rain nach. Ihre Blicke trafen sich kurz, als sie in der Schlange vor dem Schalter stehenblieb und sich zu ihm herumdrehte. Sie lächelte. Und sie sah - hinreißend aus. Die enge Jeans, die sie wegen der Hitze ein Stück an den Beinen hochgekrempelt hatte, passte ihr wie angegossen. Ihr Hintern sah darin absolut zum Anbeißen aus. Und das hellblaue T-Shirt mit V-Ausschnitt ließ immerhin einen kleinen Einblick in ihr Dekolleté zu. Und David besaß ausreichend Fantasie, um sich auszumalen, was sich darunter verbarg. Von der dezenten Schminke in ihrem mehr als ansehnlichen Gesicht und den langen Haaren, die sie gerade zu einem Pferdeschwanz band, ganz zu schweigen.

Was lässt du da zu, David? Hast du den Verstand verloren? Denk an deine Arbeit, verdammt!

Er versuchte es. Er bemühte sich. Und er hoffte, dass er sich im Flugzeug wieder in den Griff bekam. Um es auf Dauer überstehen zu können. Ihre *Nähe*, von der er nicht einmal wusste, wieso sie ihn so nervös machte. Um es durchzuziehen, ohne schwach zu werden. Die Konsequenzen wollte er sich lieber nicht vorstellen.

David stand auf, ging auf seine ehemalige Schulkameradin zu und reihte sich mit ihr zusammen in die Warteschlange der anderen Passagiere ein, ohne Rain einen weiteren Blick zu schenken. Ohne sich vorzustellen, wie es sich wohl anfühlte, tatsächlich ein normales Leben zu haben. Weil er sich genau das noch nie vorgestellt hatte. Und so sollte es bleiben.

Rain schwieg während des Starts und starrte ziemlich angestrengt aus dem kleinen Fenster zu ihrer Linken. Eine Reihe hinter dem Notausstieg. David war froh, diesen Platz bekommen zu haben. Er war gerne auf alle Eventualitäten vorbereitet. Auch auf Flugzeugabstürze. Nicht, dass er annahm, dass es zum Ernstfall kommen könnte. Aber schaden konnte es auch nicht ...

»Hey, hörst du mir eigentlich zu?«

Rains leise Stimme riss ihn über das Dröhnen der Flugzeugmaschinen hinweg aus seinen Gedanken und er merkte, dass er die ganze Zeit über auf seine Finger gestarrt hatte. »Hm?«, fragte er und verzog das Gesicht zu einem künstlichen schuldbewussten Lächeln. »Entschuldige, ich war in Gedanken. Was hast du gesagt?«

Er schluckte, als er ihr das Gesicht zuwandte und sah, wie sie die leuchtend grünen Augen verdrehte. Süß.

»Warum Indisch?«

Verwirrt zog er die Augenbrauen hoch und schüttelte langsam den Kopf. »Ich verstehe nicht ...«

Rain grinste. »David Harper - wo ist dein Intellekt geblieben, hm? In der Highschool warst du Klassenbester.«

»Witzig«, antwortete er gelassen, konnte aber nicht verhindern, dass er sich leicht genervt fühlte. »Und was ist mit dir? Wo ist dein Intellekt geblieben? Schaffst du es nicht einmal, dich eine Stunde lang an unsere Abmachung zu halten?«

»Ist die Frage unangebracht? Oder liegt es daran, dass es überhaupt eine Frage ist«, sagte sie schnippisch. »Ich könnte dich *ärgern*.« Sie lachte leise und grinste breit. »Ich könnte dir noch jede Menge Fragen stellen. Davon habe ich so viele, dass -«

David ließ sie nicht ausreden. Ohne über die Konsequenzen nachzudenken oder auch nur einen Gedanken daran zu verschwenden, wie verrückt es war, (oder wie verrückt es zumindest auf sie wirken musste), beugte er sich über die Armlehne zwischen ihnen hinweg und küsste sie unvermittelt auf den Mund. Das elektrisierende Kribbeln, das er sofort auf seinen Lippen verspürte, fühlte sich gut an. Fast schon zu gut, um es bei dieser beinahe schon unschuldig zarten Berührung zu belassen. Jedenfalls vermied er es, seine Zunge zum Einsatz zu bringen, auch wenn er das gern getan hätte. Sein Herz schlug schneller, seine Handflächen fühlten sich feuchter an, als üblich und das Verlangen danach, es zu wiederholen, war fast übermenschlich. David widerstand. Er löste sich von Rain, sah mit wachsender Genugtuung, dass ihr Mund offenstand und fand, dass ihr die Sprachlosigkeit ziemlich gut stand.

»Stell keine Fragen mehr«, sagte er leise, aber mit fester Stimme. »Sonst wiederhole ich das.« Dann lehnte er sich zurück und tat, als wäre nie etwas passiert. Mit geschlossenen Augen saß er auf seinem unbequemen Flugzeugsitz und war froh, dass der Flug nicht lange dauern würde. So würde er es immerhin nicht allzu sehr bereuen, nicht die erste Klasse gebucht zu haben. Und wenn sie jetzt endlich den Mund hielt, könnte er die beiden Stunden in der Luft vielleicht sogar pennen.

Je weniger er sie beachtete, desto geringer war sein Bedürfnis danach, sie erneut zu küssen. Hoffentlich.

Aber es hat sich verdammt gut angefühlt.

Und das hatte es. Aber David war schon weit genug gegangen. Zu weit, verdammt.

Eine Weile lang schwieg Rain tatsächlich. David musste sie nicht ansehen, um zu wissen, dass er sie aus dem Konzept gebracht hatte. Ein Teil von ihm fand, dass er sich wie ein Arschloch benommen hatte. Weil er sie überrumpelt hatte, ohne im Vorfeld eine Andeutung zu machen. Der andere Teil ...

Gut. Er fand sie heiß. Nur ein Blinder würde das anders sehen. Er war sich zumindest hinreichend sicher, dass Rain sehr wohl wusste, welche Reize sie zu bieten hatte. Und er vermutete immerhin, dass sie hin und wieder mit genau diesen Reizen spielte. Auch mit *ihm*. So dumm war David nicht. Er ahnte, weshalb sie das machte und vor wenigen Wochen hätte ihn das auf die Palme gebracht. Er hasste es, wenn Frauen meinten, sie müssten ihn erst heißmachen und dann fallen lassen, weil sie die erhoffte Aufmerksamkeit von ihm zwar bekamen, es aber keinesfalls in ihrer Absicht lag, ihn tatsächlich in ihre Betten zu lassen. Nicht, dass er diese Art von Erfahrung in seinem Leben häufig gemacht hätte.

Aber mit Rain war das etwas anderes und deswegen nahm er es ihr nicht ganz so übel. Sie trieb vermutlich eher der Drang nach der Art von Aufmerksamkeit, der ihr zeigte, dass sie mehr wert war, als Besitz und ein billiges Spielzeug, das ihr ekelhafter Mann in ihr gesehen hatte.

Okay, David. Bleib auf dem Teppich. Du interpretierst hier ganz schön viel rein. Pass auf, dass du dich nicht in deine Wunschvorstellungen verrennst ...

Ein guter Rat seines Gewissens. Einer, der es immerhin wert war, näher betrachtet zu werden. Und was für Wunschvorstellungen überhaupt? Sie einmal flachzulegen? Und dann?

Fuck!

Was, wenn er sich das wirklich nur eingebildet hatte? Was, wenn er sich nur erhoffte, dass Rain um seine Aufmerksamkeit buhlte, es aber in Wahrheit gar nicht tat? Wie auch? Er hatte doch längst festgestellt, dass sie ihm die vergangenen beiden Wochen mehr oder weniger regelmäßig aus dem Weg gegangen war. War es da nicht vermessen, arrogant und dumm, anzunehmen, sie könnte sich zu ihm hingezogen fühlen? Mit *ihrer* Vergangenheit? Mit dem verdammten Trauma, das sie bei der Drecksau von Ehemann garantiert bekommen hatte?

Sicher nicht. Sei realistisch, David. Deine Fantasie spielt dir Streiche, und wenn du das nicht raffst, bist du nicht besser als ihr Macker. Oder jeder andere dahergelaufene Mistkerl, der nur mit seinem Schwanz denkt.

Und wo sollte das schließlich hinführen?

Am liebsten hätte er gelacht. *Laut*. Aber das ging natürlich nicht, wenn er nicht wollte, dass das Flugpersonal ihn für einen Verrückten hielt.

Es führt nirgendwo hin, David. Sieh dich an. Sieh sie *an. Und dann denk noch mal darüber nach, was eine unwissende Kartellbraut mit einem Untergrundkiller wie dir anfangen sollte.*

Die Antwort war - gar nichts.

Rain

Ohne es zu wollen oder es verhindern zu können, schweiften Rains Gedanken immer wieder zu David. Zu dem Gefühl, seinen warmen Atem auf ihrem Gesicht zu spüren und dem absurden Verlangen in ihrem Unterleib, als er sie Stunden zuvor so unerwartet geküsst hatte. Im Flugzeug. Mitten in der Öffentlichkeit. Aus heiterem Himmel. Einfach so.

Verdammt! Was war in ihn gefahren? Und in sie? Weil sie sich nicht gewehrt und es auch noch *gut* gefunden hatte?

Nicht, dass er sie überrumpelt und sich wahrscheinlich innerlich über sie totgelacht hatte - sondern dass sie es genossen hatte, von ihm geküsst zu werden. Weil es sich gut und richtig und unsagbar schön angefühlt hatte. Total anders als bei Mike oder der Hand voll Kerle, die sie in der Highschool geküsst hatte. Darüber hinaus war ja kaum etwas anderes gelaufen. Schließlich wollte ihr Vater nie, dass sie sich wie ein Flittchen aufführte. Wenn er sie nur beim Knutschen oder Fummeln erwischt hätte -

Rain verpasste sich für ihre eigene Nachlässigkeit von vorhin eine innerliche Ohrfeige. Selbstverständlich wusste sie, dass David auf sie stand. Sie war nicht dumm und naiv genug, um es zu übersehen. Aber sie hatte ihn weder ermutigt, ihr so nahe zu kommen, noch dem sonderlich viel Bedeutung beigemessen. Wozu auch? Ihr Verhältnis war von Anfang an klar definiert gewesen. Es gab eine Abmachung. Einen ungeschriebenen Vertrag und Rain wollte nicht diejenige sein, wegen der dieses Arrangement scheiterte. Sie war von David abhängig, ob ihr das nun passte, oder nicht. Zwar hätte sie sich lieber die Zunge abgebissen, als das vor ihm zuzugeben, aber sie brauchte ihn. Oder vielmehr das Geld, das er ihr versprochen hatte, wenn sie ihn auf seinen bescheuerten Reisen begleitete.

Und jetzt läuft alles schon auf der ersten gemeinsamen Tour aus dem Ruder. Klasse, Rain. Gut gemacht!

Weil Rain wusste, dass sie es eh nicht ungeschehen machen konnte, wünschte sie sich plötzlich, wenigstens drüberstehen zu können. So wie David offensichtlich, der weder ein Wort darüber verloren hatte, seit sie in Nashville aus dem Flugzeug gestiegen waren, noch dass er sie überhaupt ansah.

Er hat mich nur verarscht, schoss ihr ein wenig schmeichelhafter Gedanke in den Sinn, der unerwartet heftigen Zorn in ihrem Magen verursachte. Ungerechtfertigterweise. Was hatte sie schon für einen rationalen Grund, um sich darüber aufzuregen? Sie wusste doch inzwischen, wie er war. Oder nicht?

Rain zwang sich, sich das wieder und wieder ins Gedächtnis zu rufen. David Harper hatte absolut nichts mehr mit dem Kerl gemein, mit dem sie jahrelang in dieselbe Highschool gegangen war. Er war arrogant, wichtigtuerisch, versnobt, und stolz. Ein Macho. Ein Mann, der es vielleicht darauf anlegte, sie einmal in die Kiste zu bekommen, nur um auch danach so zu tun, als wäre das nie passiert. Genau wie nach dem Kuss. Außerdem wies er Rain bei jeder sich ihm bietenden Gelegenheit darauf hin, dass sie für ihn arbeitete. Oder auf die Klauseln des nicht existenten Vertrages. Nämlich, dass sie keine Fragen zu stellen hatte. Das galt offenbar für - alles.

Vielleicht hätte ich nachfragen sollen, dachte sie zynisch, *ob das ausschließlich für seinen Beruf gilt, oder auch für alle anderen Dinge des Universums. Zu spät.*

Die drei Jahre, in denen sie sich nicht gesehen hatten, reichten offenbar aus, damit sie ihn kaum wiedererkannte. Manchmal kam es ihr vor, als wäre er ein völlig Fremder. Und dann wieder -

Sie beendete den Gedanken schnell, bevor er zu dem Vorfall im Flugzeug driften konnte. Besser so. Nicht wahr?

Dabei hatte es sich so überraschend gut angefühlt, von ihm -

»Hey, pennst du im Stehen? Wir müssen los!«

Irritiert sah Rain auf, als sie Davids Stimme hörte. Er starrte sie mit hochgezogenen Augenbrauen an, während er die schwarze kleine Tasche zurück in seine Reisetasche stopfte, in der er offensichtlich Geld gehabt hatte.

Eine Menge Geld, beharrte ihr Verstand einen Augenblick, nur um sich sofort wieder ablenken zu lassen, nur weil sie David ansah. Und weil dieses ›Ansehen‹ dieses unpassende Gefühl von Wärme in ihren Magen zurückbrachte, das absolut nichts darin zu suchen hatte.

Rain nickte schnell und stopfte ihre Hände in die Taschen der Jeans, die David ihr vor fast zwei Wochen gekauft hatte. Dabei wollte sie um jeden Preis vermeiden, dass er ihr etwas von ihren Gedanken am Gesicht ablesen konnte.

Sie sah zu, wie er die Reisetasche wieder in die Hand nahm, dem Mann zunickte, der offensichtlich der Geschäftsführer des kleinen indischen Restaurants war, und sich dann in Bewegung setzte.

»Wollten wir nicht hier essen?«, fragte sie unsicher, als er ihr die Tür aufhielt. Eine Klingel über der Tür verriet, dass sie geöffnet wurde. Sofort vermischte sich der Geruch nach Nudeln und Gewürzen aus dem Restaurant mit dem der frischen Luft von draußen. Einen kurzen Moment lang verspürte Rain ein schwaches Hungergefühl, aber David schien nicht länger bleiben zu wollen. Und sein Versprechen, dass sie hier essen würden, schien er auch vergessen zu haben.

»Nicht jetzt«, antwortete er knapp und sah sie noch immer nicht an. »Wir müssen unseren Anschlussflug bekommen. Sonst sitzen wir bis morgen hier fest.«

»Oh.« Das war also der Grund für seine Hektik. Na gut. In Atlanta, ihrem nächsten Zwischenhalt, hatte er schließlich auch so ein Restaurant. Bis zum Abend könnte sie noch ohne Essen durchhalten.

Dummkopf. Wegen ein paar Stunden Hunger hast du doch sonst nie gejammert.

Eine Tatsache, wenn auch eine reichlich - traurige. Irgendwie zumindest. Aber Rain war es schließlich gewohnt, Stunden und manchmal Tage ohne Essen auszukommen. Je nach Mikes Laune. Manchmal hatte er es amüsant gefunden, den Kühlschrank leerzuräumen und drei Tage lang nicht einkaufen zu gehen. Heute wusste sie, dass er es absichtlich gemacht hatte. Damals hatte er sie in dem Glauben gelassen, kein Geld fürs Einkaufen zu haben. Dabei hatte er ihre Vorräte nur irgendwo gebunkert, damit sie keinen Zugang dazu hatte. Er selbst hatte sich aller Wahrscheinlichkeit nach den fetten Wanst vollgeschlagen, wenn sie nicht hingesehen hatte.

Heute wusste sie nicht mehr, wie sie je so dumm und naiv sein konnte, um auch nur ein Sterbenswörtchen von dem zu glauben, was der Wichser ihr erzählt hatte. Das mit dem Essen war ja nur ein lächerlich kleiner Teil der Lügen.

»Alles in Ordnung?«, fragte David mit einem Hauch Besorgnis in der Stimme, als er ihre Taschen in den Kofferraum des wartenden Taxis warf und neben sie auf die Rückbank stieg.

Rain nickte, vermied es aber, ihm ins Gesicht zu sehen. Sie kam sich blöd in seiner Gegenwart vor. Das war auch in Tacoma schon so gewesen. Aber seit dem - Kuss - war es noch schlimmer.

Es war nicht so, als bildete sie sich etwas darauf ein. Ohne wirklich zu wissen, was seine Gründe dafür gewesen waren, diese Grenze zwischen ihnen zu überschreiten, ahnte Rain immerhin, dass dieser Kuss nicht mehr als ein weiteres Produkt seiner mangelnden Sozialkompetenz war.

War er schon früher so?, fragte sie sich und spürte einen unerwartet heftigen Schmerz in ihrem Magen. *Hatte er sich in der Schule nur verstellt? Oder gab es in den letzten Jahren etwas, das ihn verändert hat ...*

Gute Fragen. Fragen, die sie ihm nicht stellen durfte, wenn sie nicht wollte, dass er wieder - ausflippte.

Herrgott Rain! Reiß dich zusammen. Das ist ja erbärmlich!

Alles nur, weil ihre Gedanken eine Millisekunde mit der Möglichkeit gespielt hatten. Mit der Option, David doch auszupressen und dadurch zu erreichen, dass er es wiederholte. Erbärmlich. Definitiv.

Der Fahrer wartete nicht auf zusätzliche Anweisungen von ihnen, startete den Motor und fädelte sich in den laufenden Verkehr ein. Zum Flughafen würden sie normalerweise zwanzig Minuten brauchen. Weil ihr erster Flug allerdings eine Verspätungszeit von fast dreißig Minuten gehabt hatte, und sie entsprechend später hier angekommen waren, mussten sie sich nun durch den einsetzenden Feierabendverkehr kämpfen.

Etwas, das zumindest David nervös zu machen schien. Rain sah aus dem Augenwinkel, dass er unablässig mit den Fingern auf seinem Knie herumtrommelte. Dabei sah er aus dem Fenster und schien seinen eigenen Gedanken nachzuhängen.

Sie fragte sich, ob er wohl auch an sie dachte. Und schalt sich sofort eine Idiotin. Natürlich würde er das nicht tun. Nur eine blauäugige und emotional halb verhungerte Göre wie sie würde davon ausgehen, ein Kerl wie David würde sich etwas daraus machen. Ihn konnte sie vielleicht an der Nase herumführen, indem sie ihm weismachte, sie sei nicht naiv. Aber sie selbst wusste es besser. In Anbetracht ihrer bisherigen spärlichen Erfahrungswerte wahrscheinlich logisch. Oder sie war doch inzwischen verkorkster, als sie angenommen hatte.

Was hat Mike nur aus mir gemacht. Großartig. Ich sitze hier und denke über diese affigen Dinge nach. Als wenn -

»Mist!«, fluchte David neben ihr und riss sie erneut aus ihren vor Selbstmitleid triefenden Gedanken.

Irritiert sah sie ihn an. »Was ist?« Sie folgte seinem Blick, als er auf dem Zifferblatt seiner Armbanduhr herumtippte. Sein Gesichtsausdruck beantwortete ihre Frage eigentlich. Sie würden den Anschlussflug nach Atlanta nicht rechtzeitig erwischen. Sie steckten in einem Stau in der Innenstadt fest und Rain war so in Gedanken vertieft gewesen, dass sie das gar nicht gemerkt hatte. Herrlich.

»Wie weit ist es von hier bis zum Flughafen?«, fragte David an den Fahrer gewandt. Der ältere Mann mit der kreisförmigen Halbglatze am Hinterkopf schien nicht im geringsten vom Verkehr genervt zu sein. Eilig schien er es offenbar auch nicht zu haben, denn er nahm sich die Zeit, einen Schluck aus dem braunen Becher zu trinken, der neben ihm in der Mittelkonsole stand. Rain vermutete, dass es sich um Kaffee handelte. Allein die Vorstellung von einem Kaffee und vielleicht einem Bagel ließ ihren Magen knurren.

»Etwa sieben Blocks«, antwortete der Fahrer schließlich und rülpste ungeniert. »Das werden Sie nicht rechtzeitig schaffen.«

Rain warf David einen weiteren Seitenblick zu und stellte zu ihrer Verwirrung fest, dass er grinste. *Sie* angrinste. »Wie schnell kannst du rennen?«, fragte er, ohne auch nur mit der Wimper zu zucken.

Sie schluckte hart und öffnete gerade den Mund zu einer Antwort, als er nur unwirsch den Kopf schüttelte. David stieß einen unverständlichen Fluch aus und warf dem Taxifahrer einen Geldschein über die Kopfstütze des Beifahrersitzes zu, bevor er die Autotür des stehenden Wagens aufstieß. Rain schaffte es gerade noch, missbilligend die Nase zu rümpfen, als sie den Fünfzig-Dollar-Schein sah, den der Mann sich blitzschnell in die Brusttasche seines schmutzigen Hemdes stopfte. Als sie eingestiegen waren, waren ihr die Fettflecken auf der Brust aufgefallen. Eigentlich wollte sie gegen das protestieren, was David offensichtlich gerade vorhatte, aber dafür war es längst zu spät. Zwischen seinem Ausstieg, dem Quietschen der Kofferraumklappe, die auf- und wieder zugemacht wurde und dem Öffnen ihrer eigenen Hintertür vergingen nicht einmal sieben Sekunden.

»Los, mach schon.« David grinste ihr ins Gesicht, als sie seiner Aufforderung zögernd nachkam. »Willst du deine Tasche selbst tragen?«

Rain nickte und verzog nur eine Sekunde später das Gesicht, als sie sich bewusst machte, dass er das vollkommen ernst gemeint hatte. Er *würde* zum Flughafen laufen - und zwar nicht langsam und gemächlich.

Prompt bereute sie es, so viele Klamotten in ihre Tasche geschmissen zu haben.

Sie kam nicht dazu, sich zu fragen, ob sie wirklich vier verschiedene Outfits brauchte. Im selben Moment, in dem sich ihre Finger um den Henkel der Tasche schlossen, rannte David los und zerrte sie an der Hand hinter sich her. Verflucht - sie konnte sich nicht einmal losreißen, weil sie wahrscheinlich sonst direkt auf die Fresse geflogen wäre. So blieb ihr nichts anderes übrig, als die Zähne zusammenzubeißen und darauf zu hoffen, dass sie beide auf der verstopften Straße nicht plötzlich von einem anfahrenden Wagen erfasst wurden.

David schlängelte sich zwischen den hupenden Fahrzeugen hindurch auf die andere Straßenseite und zog sie weiter. Durch eine Gruppe Menschen, bei denen es sich offensichtlich um Touristen handelte. Rain wusste nicht einmal, in welchem verdammten Stadtviertel von Nashville sie sich aufhielten. Allein wäre sie vollkommen aufgeschmissen gewesen. Ihr ehemaliger Schulkamerad hingegen schien sich hier blind zurechtzufinden.

Rain keuchte erschrocken auf und schnappte nach Luft, als er abrupt stehenblieb. Vor einer auf Rot geschalteten Fußgängerampel, vor der noch eine Reihe anderer Leute wartete. Sie spürte Davids Ungeduld. Am Rande registrierte sie, dass er weder aus der Puste war, so wie sie, noch dass er ihre Hand losließ.

»Komm schon«, murmelte er wohl mehr zu sich selbst als zu ihr. Nur einen Moment später sprang die Ampel um und er setzte seinen Weg mit ihr an der Hand fort. Im gleichen Tempo wie zuvor, ohne dass Rain in der kurzen Pause nennenswert zu Atem gekommen war. Ihr linker Fuß schmerzte. Anscheinend war ihr Knöchel noch nicht wieder zu einhundert Prozent in Ordnung.

Innerlich verfluchte sie David, weil er sie unbarmherzig weitertrieb, während ihre Lungen mit jeder Straßenkreuzung und jeder Ecke mehr brannten. Sie bekam Seitenstechen. Und verdammt - sie brauchte eine Pause! Sofort!

»Stop, David!«, rief sie und zerrte ihre Hand zurück. Ihre Handfläche war schweißnass. Für eine Millisekunde spürte sie seinen Widerstand, dann rutschte ihre feuchte Hand aus seiner und sie stolperte zurück. Rain schaffte es gerade noch, einigermaßen galant zum Stehen zu kommen, bevor sie sich in aller Öffentlichkeit dadurch blamieren konnte, auf ihrem Arsch zu landen. Sie atmete in kurzen flachen Zügen und ihr Hals brannte mindestens so sehr, wie ihre Lungen. Eine solche Tortur war sie nicht gewohnt. Auf einen verdammten Marathon war sie nicht vorbereitet gewesen.

»Was ist?«, rief David hörbar angepisst und machte prompt einen Schritt auf sie zu, um sie weiterzuziehen. »Komm schon, wir müssen uns beeilen. Es ist nicht mehr weit.«

»Ich kann aber nicht mehr!«, zischte sie zwischen zwei hektischen Atemzügen hervor und funkelte ihn wütend an. »Sorry, aber dann müssen wir eben einen Flug später nehmen. Wo ist das Problem?«

Für einen Augenblick hatte Rain den Eindruck, als zöge David es in Erwägung, sie sich auf die Schulter zu laden, um den Weg weiter fortzusetzen. Und absurderweise zweifelte Rain keinen Moment daran, dass er das wahrscheinlich problemlos bewältigt hätte.

Bei der Vorstellung, wie er mit ihr auf dem Rücken durch die halbe Stadt rannte, ohne auch nur ein bisschen außer Puste zu geraten, verspürte sie das überwältigende Bedürfnis danach, in einen hysterischen Lachanfall zu verfallen. Sie riss sich zusammen.

»Ich hasse es, wenn mein Zeitplan durcheinandergerät«, knurrte er. »Außerdem gibt es heute keine weiteren Flüge mehr.«

»Dann eben nicht!« Rain war nicht bereit, sich ihm zu unterwerfen. Sie - oder besser ihr Körper - spielte einfach nicht mehr mit. Es war zu weit. Sie konnte weder so schnell noch so lange laufen wie er. Das war nicht fair.

»Lass es uns wenigstens versuchen«, beharrte er stumpf und strecke schon wieder die Hand nach ihr aus.

Rain wich einen weiteren Schritt zurück. »Geh doch allein, wenn du es nicht ausstehen kannst, eine spontane Änderung in deinem tollen Plan zuzulassen.« Ihr rasender Puls beruhigte sich ein kleines bisschen. Trotzdem hatte sie keine Lust, das Ganze noch mal durchzustehen. Sie spürte, dass ihr Shirt bereits an ihrem Rücken klebte, weil sie selbstverständlich schwitzte. Es war verdammt heiß draußen und die lange Jeans hatte sie nur angezogen, weil sie wusste, wie kalt es im Flugzeug sein würde. Jetzt wünschte sie sich, sich für die Shorts entschieden zu haben, die sie immerhin eingepackt hatte.

»Spontanität liegt mir nicht«, antwortete David so ernst, dass Rain nicht anders konnte, als ihn anzustarren.

»Wie bitte?« Und obwohl sie ganz sicher nicht lachen wollte, konnte sie nicht mehr anders. Sie lachte. So laut, dass sich ein älteres Paar in ihrer Nähe zu ihnen herumdrehte und sie beide anstarrte. »Oh Mann«, rief sie und rieb sich dabei die schmerzende rechte Seite. »Das ist echt dein Ernst, oder?«

»Was bitte ist daran so komisch?« Ihr ehemaliger Mitschüler verzog das Gesicht zu einer seiner spöttischen Grimassen, aber Rain ließ sich nicht davon beeindrucken. Nicht dieses Mal.

»Und was war an dem Abend, als du mich auf der Straße aufgesammelt hast? Oder mit deinem ach so spontanen Jobangebot?« Sie wies mit einer ausladenden Armbewegung auf einem imaginären Punkt in ihrer Nähe. »Ehrlich, David. Wenn ich es nicht besser wüsste, würde ich sagen, du hast einen Stock im Hintern.« Sie grinste ihm so frech ins Gesicht, das sie schon fast damit rechnete, dass er ausflippte. Es wäre interessant, eine andere Seite an ihrem sonst so ruhigen und abgeklärten Begleiter zu sehen. Schließlich schien er es absolut vermeiden zu wollen, etwas anderes auszustrahlen als beherrschte Gelassenheit.

Meine Güte, Mädchen! Was ist nur in dich gefahren? Subtiler geht's wohl nicht, was?

Ein sarkastischer Einwand ihres Gewissens, den sie schnell erstickte, bevor sie darüber nachdenken konnte.

David reagierte nicht. Er stand einfach weiter da, starrte sie an und schien zu erwarten, dass sie sich wieder unter Kontrolle bekam. Wie eine verdammte Maschine!

»Gott«, presste sie nach ein paar Sekunden hervor, als er sich nicht rührte und auch nicht auf ihre Vorlage einstieg. Sofort fühlte sie sich blöd, weil sie sich tatsächlich nicht im Griff gehabt hatte. Affig und kindisch. »Los, versuchen wir es.« Rain gab nach, unterließ es aber, seine Hand zu nehmen, die er ihr wieder wie selbstverständlich hinhielt. Stattdessen schloss sie ihre Finger fest um den Tragegriff ihrer Tasche und beeilte sich, mit ihm Schritt zu halten. Und sofort schien es, als würde ihr die Puste erneut völlig ausgehen.

Großartig. Ich werde schweißgebadet und halb tot am Flughafen ankommen. Wetten, dass wir den Flug eh verpassen?

Ein zynischer Gedanke, den sie zu gerne laut ausgesprochen hätte. Sie tat es nicht und biss die Zähne zusammen. Schließlich hätte David eh nicht darauf reagiert.

David

Sie verpassten den Flug natürlich. Davids Augen wanderten sofort zu der Anzeigetafel vor dem Check-in-Schalter, als sie den Flughafen von Nashville durch die Vordertür betraten. Rain, die nur einen Schritt hinter ihm stand, keuchte, als hätten sie gerade zwanzig Meilen zurückgelegt. Er versuchte, sie zu ignorieren, schaffte es aber nicht ganz. Er hatte ein ungewohnt schlechtes Gewissen, weil er sie den ganzen Weg hierher getrieben hatte. Fehlte wohl nur, dass er das mit einer Peitsche gemacht hätte. Außerdem war sie stinksauer auf ihn, aber auch das ignorierte er vorerst.

»Fuck!«, fluchte er unkontrolliert, als die Anzeigetafel über ihnen verkündete, dass das Boarding bereits abgeschlossen war. Er wog kurz seine Chancen ab, doch noch irgendwie den Sicherheitsbereich überbrücken zu können, verwarf den Gedanken aber schnell wieder. Seine Diplomatenpapiere und den ausländischen Pass hatte er schließlich nicht bei sich. Und ohne war er nur ein ganz gewöhnlicher Passagier. Hier in Nashville fehlten ihm die entsprechenden Kontakte, um ihn und Rain durchzuschleusen. Wenn sie in New York oder Washington D.C. gewesen wären -

»Hey, was machen wir denn jetzt?« Die Anstrengung war deutlich aus Rains Stimme herauszuhören. Im Gegensatz zu David, der die Rennerei gewohnt war, schnaufte sie und pfiff nun buchstäblich aus dem letzten Loch.

»Was schon«, knurrte er, ohne sich zu ihr umzudrehen. Allein die Tatsache, dass sich seine Hände von selbst zu Fäusten geballt hatten, versetzte ihm einen

Dämpfer. Wut war keine der Emotionen, denen er gestattete, ihn zu beherrschen.

Schon wieder! Dieses Mädchen ist wirklich -

»Na, wenn es heute keinen Anschlussflug mehr gibt, müssen wir doch bis morgen warten, oder? Wo verbringen wir die Zeit bis dahin?«

David widerstand dem ersten Impuls, ihr an den Kopf zu werfen, dass sie das genau *hier* tun würden. Notfalls auf einer der unbequemen Bänke im Wartebereich der Abflughalle. Ihr Gesicht hätte er zu gerne gesehen, wenn ihr klar würde, dass das Desaster mehr oder weniger auf ihre Kappe ging.

Er atmete tief durch und schloss für einen Moment die Augen. Er war es nicht gewohnt, sich aus der Ruhe bringen zu lassen. Es war jedenfalls kein Zustand, der es ihm sonderlich angetan hatte. Also zwang er sich, sich wieder zu beruhigen. Um hoffentlich zu seiner normalen unerschütterlichen Selbstsicherheit zurückzukehren, die er wesentlich mehr zu schätzen wusste.

»Wir suchen uns ein Hotel«, antwortete er schließlich mürrisch, zückte in der nächsten Sekunde bereits seinen Blackberry und fing an, die Websites der hiesigen Hotels nach freien Zimmern zu durchforsten. Ohne Rain anzusehen schlenderte er auf eine Sitzgruppe neben der Eingangstür zu, die immerhin nicht ganz so unbequem aussah. Graue Sessel und ein Dreisitzersofa, auf dem ein alter Mann mit Krempenhut und kariertem Sakko saß. Er schenkte den beiden Gestrandeten keinen Blick und las weiter in seiner Zeitschrift.

Rain ließ sich schweigend auf den Sessel rechts von David fallen. Sie schien immer noch ganz schön aus der Puste zu sein. Aus dem Augenwinkel sah er, wie sie sich mit der Hand Luft zufächelte und mit der anderen fahrig die langen Haare hinter ihre Ohren strich, die sich strähnenweise aus ihrem Pferdeschwanz gelöst hatten.

So eine Scheiße!, fluchte er innerlich und öffnete einen weiteren Tab. Die Seite über die nationalen Messen. Eigentlich hätte ihm das vorhin längst klar werden müssen. Der Stau auf dem Weg hierher war viel zu schnell und zu plötzlich aufgetreten. Zu früh. Noch war der Höhepunkt der Rush Hour nicht erreicht.

»Eine Messe«, sagte er irgendwann trocken, als er seinen Verdacht bestätigt sah. »Darauf hätte ich auch eher kommen können. Mist!«

»Eine Messe?«, wiederholte Rain leise und in ihrer Stimme klang eine Spur Verunsicherung. Anscheinend fing sie inzwischen an, sich die Schuld für ihre Miesere zu geben.

»Eine Computermesse. Sie läuft eine ganze Woche. Das ist der Grund, wieso es heute so wenige Flüge aus der Stadt raus gibt, aber dafür ganz schön viele rein.« Logisch. Man brauchte die Kapazitäten auf den Landebahnen eher, um die vielen Menschen abzufertigen, die extra wegen der Messe anreisten. *Großartig. Was bist du nur für ein Idiot, David! Übersiehst so ein wichtiges Detail ...*

»Dumm gelaufen«, sagte sie kleinlaut und er sah, wie sie anfing, mit ihren Fingern in ihrem Schoss zu spielen. Es machte ihn nervös, wenn sie das machte. Er hasste es!

»Hör auf damit!«, forderte er unwirsch und griff im nächsten Moment nach einer ihrer Hände, damit sie nicht weiter machen konnte. »Es ist nicht deine Schuld.« Der Grund, aus dem er genau diese Worte benutzte, war die Tatsache, dass sie genau das annahm. Ja, er war sauer. Aber nicht auf sie, sondern auf sich. Und wenn Rain nicht langsam damit aufhörte, sich selbst so fertigzumachen, würde er wirklich wütend werden.

»Ja, ich weiß«, antwortete sie und reckte ihm hochmütig ihr schmales Kinn entgegen. Ihr langer schlanker Hals wirkte dadurch noch anziehender.

Ungewollt lächelte er ihr zu. Dieser Ausdruck, auch wenn sie ihn gerade erzwang, gefiel ihm deutlich besser. »So viel zur Spontanität, was?« Als er merkte, dass er ihre Hand weiter festhielt und sie sie ihm nicht entzog, tat er es. David ließ Rains Hand los, zögerte kurz mit einem letzten Blick auf das Handy in seiner Hand und stand dann auf. »Komm. Es gibt ein Hotel, das noch freie Zimmer hat. Wenn wir Glück haben, bekommen wir zwei davon.«

Rain nickte, griff nach ihrer Reisetasche und folgte David aus der Flughafenhalle nach draußen.

Dreißig Minuten, zwei Staus und einen alles andere als stillen Taxifahrer später standen sie vor dem Hotel, das die App auf seinem Handy ihm genannt hatte. Ein protziger Bau, der von außen genauso teuer aussah, wie die Zimmer hier wahrscheinlich waren. Normalerweise stieg David nicht gerade in Nobelhotels ab. Er bevorzugte es unauffälliger, auch wenn er sich die Zimmer zweifellos leisten konnte. Die Mittelklassehäuser reichten für seine Touren allerdings vollkommen aus. Naja. Pech.

»Oh mein Gott«, stieß Rain neben ihm aus, als sie ihren Blick über das Gebäude ein wenig abseits der Hauptstraßen wandern ließ.

David bezahlte den Fahrer, der auf dem Weg hierher unablässig Flüche in arabischer Sprache ausgestoßen hatte. Ein Dialekt, den man bevorzugt im Norden des Iraks sprach. Dass David diese Sprache verstand, hatte er für sich behalten. Besser so.

»David, das geht doch nicht«, protestierte sie leise, als sie ihm auf die vergoldete Flügeltür zwischen den

Marmorsäulen zu folgte. »Weißt du, was diese Zimmer hier kosten?«

»Ja, das weiß ich. Spesen, schon vergessen?«, antwortete er leicht amüsiert, nickte dem Mann zu, der die ankommenden Gäste empfing und ihnen mit einer angedeuteten Verbeugung die schwere Tür öffnete.

Die Hotellobby war genauso geschmackvoll und dekadent eingerichtet, wie David es leider erwartet hatte. Das Stimmengewirr der Gäste und des Personals blendete er aus seiner Wahrnehmung aus. David blieb in der Mitte der riesigen Halle stehen und sah sich schnell um. Zuerst suchten seine Augen nach den Schildern für die Notausgänge. Davon sah er drei. Eins auf der rechten Seite, direkt neben den geschlossenen Flügeltüren zum Restaurantbereich, eins links von ihnen (er vermutete, dass es sich um den Bereich für die Angestellten und das Reinigungspersonal handelte) und eins bei den Treppen, deren glänzende Stufen ebenfalls aus Marmor gefertigt waren. Direkt neben den beiden Aufzügen. Gut. Er nahm an, dass es noch mehr gab, die er auf den ersten Blick nicht erkennen konnte. Sobald Zeit dafür war, würde er den Gebäudeplan studieren und sich auch die restlichen Fluchtwege einprägen. Eine Angewohnheit, die ihm in Mark und Bein übergegangen war. Eines Tages würde ihm diese Vorsicht vielleicht das Leben retten. Zumindest hatten sein Vater und sein späterer Ausbilder Mr. Smith ihm genau das mit auf den Weg gegeben.

»Wow!« Rain starrte mit offenem Mund und unverhohlener Neugier umher. David folgte ihrem Blick, der zur Decke wanderte. Sie war wie eine kleine Kuppel geformt. Ein funkelnder Kronleuchter von gigantischer Größe hing direkt in der Mitte und warf sein angenehm weiches Licht zusammen mit den LED-Spots an den Seiten in den Raum.

»Hm, ja. Ist toll.« Das sagte er eigentlich nur, um irgendwas zu zum Ausdruck bringen. Eigentlich interessierte ihn weder, wie viel Kohle der Besitzer in das stilvolle Ambiente gesteckt hatte, noch wie viel Umsatz er damit erzielte, nur die Reichen und Schönen in seinem Haus zu beherbergen. Das Einzige, das ihn interessierte, war ein Zimmer zu bekommen, sich aufs Bett zu werfen und sich zu überlegen, was er mit dieser unverhofften (und nervigen) Planänderung nun anfangen sollte.

»Tut mir leid, Sir. Ich weiß auch nicht, wieso die Informationen auf der Website falsch waren, die Sie -«

»Das weiß ich auch nicht«, unterbrach David den Rezeptionisten mürrisch, »Und es ist mir ehrlich gesagt auch egal. Sie wollen mir ernsthaft weismachen, dass Sie nur noch ein einziges Zimmer frei haben?«

»Was ist los?«, fragte Rain neben ihm leise. Bisher hatte sie dem Gespräch nicht allzu viel Bedeutung beigemessen. Erst, als sie hörte, dass es nur ein Zimmer gab, schien sie ihre Aufmerksamkeit immerhin genug von dem ganzen Funkelkram in der Lobby abzuwenden, um David nun ziemlich entgeistert anzustarren.

»Es gibt nur ein freies Zimmer«, wiederholte er, ohne den Angestellten aus den Augen zu lassen. Der Mann schien nervös zu sein. David wusste, dass er bei seinem Gegenüber eine einschüchternde Wirkung erzielen konnte, wenn er es darauf anlegte.

Aber - Mann! Das konnte echt nicht wahr sein! Der Tag, der ohnehin schon ziemlich dumm angefangen hatte, ging einfach so weiter. Als wäre er morgens aufgestanden und einfach die Kontrolle über alles verloren hätte.

»Ist doch nicht so wild«, sagte Rain und tippte zu seiner Überraschung auf seine Hand, als wollte sie ihn beruhigen. »Dann nehmen wir das und ich schlafe auf dem Boden.«

Es war die Ernsthaftigkeit in ihrer Stimme und das scheue aber sichtlich gequälte Lächeln auf ihren Lippen, das ihn seine Stirn in Falten legen ließ. Offensichtlich wollte sie ihm keine Umstände machen und anscheinend schien sie anzunehmen, er würde es zulassen, dass sie auf dem Boden schlief. Allein der Gedanke daran war absurd. David hatte vielleicht nicht gerade das beste Sozialverhalten, was aber nicht hieß, dass er keine Manieren besaß. Und wenn sie annahm, er würde es auch nur in Erwägung ziehen, sich ihr gegenüber wie ein Arschloch aufzuführen, dann hatte sie sich getäuscht.

»Ich schlafe auf dem Boden«, antwortete er knapp und nickte dem Rezeptionisten zu. »Wir nehmen das Zimmer.«

»Nun ja«, sagte der Mann Ende dreißig und kratzte sich nervös am akkurat rasierten Kinn, »Es handelt sich hierbei um die Suite im obersten Stockwerk. Die ist ein wenig - teurer - als unsere -«

»Wie viel?«, unterbrach David den Mann erneut, weil er im Begriff war, seine Geduld nun vollends zu verlieren.

»800 Dollar«, sagte der Mann hastig, wartete nicht auf die Antwort und drehte sich bereits zu der Konsole an der Wand hinter ihm um. Der Platz, an dem die Schlüsselkarten der Hotelzimmer aufbewahrt wurden.

Innerlich seufzte David. Das war eine Menge Geld, das er zunächst von seinem Privatkonto bezahlen müsste. Natürlich hatte er ausreichend Bargeld in der Tasche - aber das war schließlich noch immer schmutziges Geld. Und er wollte, dass es am Ende sauber auf seinem

Konto landete. Das war schließlich der Grund für diese bescheuerte Tour.

Rain neben ihm trat unruhig von einem auf das andere Bein. Er musste ihr nicht ins Gesicht sehen, um zu wissen, dass sie bleich geworden war. Angesichts einer Summe, die sie mit ihrem Ehemann wahrscheinlich nicht in einem ganzen Monat zur Verfügung gehabt hatte.

Oh, er schon. Und wesentlich mehr. Aber davon hatte sie nichts, weil sie ja nicht einmal ahnte, in was für Geschäfte ihr sauberer stinkender Mann hinter ihrem Rücken wirklich verwickelt war, richtig?

Ohne weitere Kommentare stopfte David schließlich seine Kreditkarte in das Lesegerät, das der Mann ihm hinhielt, nahm die beiden Schlüsselkarten entgegen und nickte dem Mann knapp zu. Er folgte Rain zu den Aufzügen und ließ seinen Blick umherschweifen, während sie darauf warteten, dass der Aufzug hielt.

Ohne zu wissen, weshalb, blieben seine Augen an einem Pärchen hängen, das mit einem Mann zusammenstand, der ihm bekannt vorkam. Der Mann war etwas größer als der andere, der neben der blonden jungen Frau stand, die etwa in seinem Alter war. Er drehte sein Gesicht beiläufig in Davids Richtung und dann wusste er, dass es sich um den Manager und Besitzer des Schuppens handelte. Hinter dem Rezeptionisten an der Wand hing ein gerahmtes Foto von ihm. Irgendwas mit Ashford. Den Vornamen hatte David in der Tat längst ausgeblendet. Irgendwie amüsierte ihn der andere Kerl viel mehr. Für jeden anderen Menschen sah der junge Mann vermutlich aus, als passte er haargenau hierher. Aber bei genauem Hinsehen war das nicht der Fall und David konnte sich das amüsierte Schnauben nicht verkneifen, als sein Blick auf die Schuhe des jungen Mannes fiel. Vorne ausgefranste Turnschuhe, unter deren Sohlen unübersehbar allerhand Schmutz klebte. Der Anzug war aller Wahrscheinlichkeit nach geliehen. Der Kerl bewegte sich auch nicht gerade wie jemand, der es gewohnt war, diese Kleidung zu tragen. David erwischte sich bei der Frage, was jemand wie er an der Seite der hübschen Blondine zu suchen hatte, rief sich dann aber in Erinnerung, dass es Dinge gab, die ihn einfach nichts angingen.

Selbsttäuschung, dachte er zynisch. *Ich will mich nur nicht mit der Tatsache auseinandersetzen, in einem Zimmer mit ihr schlafen zu müssen.*

Ganz kurz wanderte sein Blick zu Rain, der er den Vortritt ließ, als sich die Türen des Fahrstuhls öffneten. Begleitet von dem typisch melodischen Klingeln. Ihr Gesicht hatte längst wieder den normalen Farbton angenommen. Sie schien sich den Zopf neu gebunden zu haben, denn die losen Haarsträhnen waren verschwunden.

»Willst du zuerst duschen?«, fragte er höflich und schwer bemüht, ihren Duft nicht einzuatmen. Eine Mischung aus dem frischen Schweiß durch die Anstrengung von vorhin und dem Parfum, das sie heute Morgen aufgelegt hatte. Alles andere als unangenehm. Eine Tatsache, die ein schweres Gefühl in Davids Magen verursachte, weil sein Körper schon wieder ungewollt auf sie ansprang. Wenn sie geduscht hatte, roch sie vielleicht nicht mehr ganz so anziehend. Wünschenswert - für seine Disziplin.

»Ja, danke.« Sie nickte, vermied es aber offenbar ebenfalls, ihn anzusehen. Wieso wusste er nicht und es war egal. Er war froh, dass sie es nicht tat.

»Wow!«, rief sie zwei Minuten später, als der Aufzug in der obersten Etage zum Stehen kam und er eine der beiden Türen auf dem winzigen Flur mit der Schlüsselkarte öffnete. Allein der Blick in ihr Zimmer schien sie schwer zu beeindrucken. »Das ist ja abgefahren!«

»Schön, dass es dir gefällt«, antwortete er etwas kühler, als beabsichtigt. Er wartete aber auch jetzt, bis sie voranging und betrat hinter ihr die Suite, die ihrem Namen immerhin alle Ehre machte. »Wenigstens muss ich nicht auf dem Boden schlafen.« Er lachte leise, als sie ihm einen verwirrten Blick zuwarf.

David deutete auf den Raum rechts von ihnen. Das Bett darin war so gigantisch, dass es fast den ganzen Raum ausfüllte. Im mittleren Bereich, eine Art Wohnzimmer, gab es eine Couch und zwei Sessel aus dunklem Leder. Auf dem kleinen Eschenholztisch davor lag eine Infomappe des Hotels, zusammen mit einer Streichholzschachtel, einem Aschenbecher und einem Flaschenöffner. Die Minibar, eine untertriebene Bezeichnung, befand sich an der gegenüberliegenden Wand. Er ließ seinen Blick nur kurz darüber wandern, war aber froh, als er einen Whiskey entdeckte, von dem er sich auch zu Hause gerne hin und wieder ein Gläschen genehmigte.

Rain ließ ihre Tasche neben David auf den Boden fallen und warf einen sichtlich verunsicherten Blick ins Badezimmer auf ihrer rechten Seite. »Meine Güte, das ist ja schon fast ein Pool«, sagte sie und deutete auf die riesige Badewanne.

»Von mir aus kannst du auch gerne baden«, antwortete er lächelnd. »Ich hau mich aufs Ohr, bis du fertig bist.«

»Ist das wirklich in Ordnung?« Sie fing schon wieder an, am Saum ihres Shirts zu zupfen. Als wäre es ihr peinlich, das überhaupt zu fragen.

Meine Güte ...

»Klar.« Kurz und knapp, damit er den aberwitzigen Gedanken nicht laut aussprechen konnte, der sich inzwischen in seinem Hirn manifestierte. Oder vielmehr in seiner Hose. *Es sei denn, du willst mit mir zusammen baden.*

Das innerliche Grinsen konnte er sich nicht verkneifen. David sah Rain nach, als sie ins Bad schlüpfte, die Tür hinter sich schloss und den Schlüssel von innen herumdrehte. Einen Augenblick später hörte er, wie sie den Wasserhahn aufdrehte.

Ein zugegeben verlockender Gedanke. Die Versuchung war da, das konnte er nicht leugnen. *Sie* war eine einzige Versuchung. Weil sie etwas in ihm auslöste, das er sich selbst nur äußerst selten zugestand: Begehren.

Ja, verdammt. Er hatte One-Night-Stands. Einige. Zwar nicht annähernd so viele, wie er hätte haben können, aber ausreichend. Es war okay und normal, dass man seine sexuellen Bedürfnisse befriedigt haben wollte. Wenn er merkte, dass es dafür mal wieder an der Zeit war, zog David los. In die Bars und Kneipen der jeweiligen Stadt, in der er sich gerade aufhielt. Er riss eine Frau auf, deren Namen er nicht kannte, weil er nicht danach fragte, verschwand mit ihr in einem billigen Motelzimmer oder in ihrer Wohnung und haute anschließend ab, bevor sie ihn vermissen konnte. Schnell, einfach, unkompliziert.

Okay, atmen. Beruhig dich, David. Vielleicht lässt du sie heute Nacht einfach allein hier und suchst dir irgendwo ein Ventil. Das letzte Mal ist eben schon ganz schön lange her.

Und das war es. Mindestens drei Wochen. Seit Rain bei ihm war, hatte er es nicht in Erwägung gezogen, sie abends allein in seiner Wohnung zu lassen. Nicht, weil er ihr nicht vertraute, oder das Bedürfnis nach zwanglosem Sex nicht da gewesen wäre, sondern weil er sie nicht schutzlos zurücklassen wollte. Jedenfalls nicht, solange er nicht wirklich wusste, wozu ihr verrückter Ehemann oder dessen Familie fähig sein könnte, sollten sie tatsächlich auf der Suche nach Rain sein. Für Rains Sicherheit hatte er seine körperlichen Dränge zurückgehalten. Aber jetzt war sie ja nicht in Gefahr, richtig? Niemand wusste, dass sie mit ihm zusammen nach Nashville geflogen war. Woher auch ...

Sie wäre hier in Sicherheit und ich könnte mich ein bisschen austoben ...

Verlockend. Auf jeden Fall.

Seufzend fuhr sich David mit den Fingern durch die Haare. Ein letzter Blick zur verschlossenen Badezimmertür, bevor er sich widerstrebend umdrehte, um sich auf das riesige Bett im Raum nebenan fallen zu lassen. Bequem, das musste er zugeben. Fast schon zu bequem, um sich nicht ein bisschen darauf auszuruhen. Das tat er. Er schloss die Augen, atmete tief durch und lauschte dem stetigen Rauschen des Wasserhahns im Badezimmer, bis er schließlich abgestellt wurde. Und dabei vermied er es unter Aufbietung all seiner Willenskraft, sich vorzustellen, wie Rain gerade in die Wanne stieg. Nackt. Im heißen Badewasser. Allein.

Das kann ja heiter werden ... Derselbe Gedanke, den er in letzter Zeit oft hatte, wenn es um sie ging. Zu oft.

Dark desire

Rain

Rain ließ sich Zeit damit, sich abzutrocknen. Erst vorhin war ihr eingefallen, dass sie total vergessen hatte, sich neben ihrer Kulturtasche auch frische Kleidung mit ins Badezimmer zu nehmen. Eine Tatsache, die es ihr unmöglich machte, sich so zu entspannen, wie sie es gerne gehabt hätte. Jetzt blieb ihr nämlich nichts anderes übrig, als nur mit einem um ihren Körper geschlungenen Handtuch zurück ins Zimmer zu gehen. In dem David garantiert sitzen und auf sie warten würde. Schließlich wollte er ja auch duschen und hatte es sicher eilig. Und dann würde er sie ansehen und -

Verdammt! Allein bei dem Gedanken daran, dass er sie in diesem Aufzug sehen konnte, wurde ihr warm. Ein Blick in den leicht beschlagenen Spiegel mit dem vergoldeten Rahmen reichte, um ihr das vor Augen zu führen. Sie war knallrot im Gesicht und ihr war verdammt heiß und das sicher nicht nur von der Hitze, die sich durch das verdunstende Badewasser im Raum verteilte.

Was ist nur mit mir los, fragte sie sich zum tausendsten Mal an diesem Tag und schüttelte langsam den Kopf.

Die nassen Haare hingen in ungekämmten Strähnen auf ihren Schultern.

Aber eigentlich hatte Rain eine ziemlich genaue Vorstellung davon, was mit ihr los war. Es lag nicht an David an sich. Es lag an ihrer Situation. An ihrer ungeahnten Freiheit, tun, sagen oder denken zu können, was sie wollte, ohne Angst vor den Konsequenzen haben zu müssen. Seit sie bei ihm war und der Hölle ihrer Ehe entkommen war, fand sie Stück für Stück zu sich selbst zurück. Die Wochen, in denen sie nicht rund um die Uhr Angst davor haben musste, was ein falscher Schritt oder ein unpassendes Wort von ihr für ihre körperliche Gesundheit zu bedeuten hatte, hatten sie verändert. Zum Positiven. Früher war sie morgens aufgewacht und hatte sich gewünscht, einfach tot zu sein. Oder irgendwie krank genug, um nicht aufstehen zu müssen. Tag für Tag dieselbe Trostlosigkeit. Tag für Tag dieselbe Furcht vor ihrem gewalttätigen Ehemann, den sie nicht verlassen durfte, weil sie nicht zulassen konnte, dass ihrem Vater etwas zustieß. Immerhin war er ihr Dad, richtig? Schwein oder nicht. Rain konnte es nicht mit ihrem Gewissen vereinbaren, etwas zu unternehmen, das ihre Familie in Gefahr brachte. Wenn es nur sie und Mike gegeben hätte, wäre das vielleicht anders gewesen. Sie wäre gegangen, ohne einen Blick zurückzuwerfen.

Und jetzt?

Jetzt gab es keine Angst mehr. Sie schlief in den meisten Nächten durch. Sie wachte am Morgen auf, ohne sich vor einem sofortigen sexuellen Übergriff oder Mikes Prügel fürchten zu müssen. Sie hatte sogar ein bisschen an Gewicht zugelegt, weil ihr ehemaliger Schulfreund darauf bestand, dass sie genug und regelmäßig aß. David war freundlich zu ihr, auch wenn er nicht viel redete. Er drängte sie weder, Gespräche mit ihm zu führen, noch überhaupt ihre Zeit mit ihm zu verbringen. Klar, sein Sozialverhalten war buchstäblich für den Arsch, aber er bemühte sich immerhin.

Und ja - Rain mochte ihn.

Seine ruhige Art, die Dinge anzugehen. Sei es der ganz gewöhnliche Alltag in Tacoma, oder eben Unvorhergesehenes, wie diese spontane Änderung seiner säuberlichen Planung, auch wenn ihm das nicht gefallen hatte. David war immer die Ruhe selbst, wurde Rain gegenüber nie ausfallend und war sogar einigermaßen höflich. Zumindest in dem Maß, in dem man es von einem Junggesellen erwarten konnte, der die meiste Zeit damit verbrachte, wie ein Einsiedler zu leben. Sie mochte sogar seine Überheblichkeit. Ein bisschen wenigstens. Er brachte sie manchmal durch seine Sprüche zum Lachen. Rain war sicher, dass das unbewusst geschah und genau das mochte sie.

Außerdem war da ja noch die Tatsache, dass er ihr Wochen zuvor überhaupt geholfen hatte. Etwas, das sonst niemand getan hatte. Er hätte nicht anhalten müssen und erst recht hatte er sie nicht bei sich aufnehmen und ihr diesen Job anbieten müssen. Ein Job, von dem sie inzwischen sicher war, dass etwas anderes dahintersteckte, als er sie glauben ließ.

Rain war sich durchaus bewusst darüber, dass er ein seltsamer Zeitgenosse war. Ein Teil von ihr kaufte ihm die ganze Geschichte mit den Restaurants und der Reisesache nämlich nicht ab. Sie hatte gehört, wie er telefoniert hatte. Vermutlich mit seinem Vater, denn er hatte sein Gegenüber ›Dad‹ genannt. Und ihr Name war an diesem Abend auch gefallen. Genau wie die Namen ihres Schwiegervaters und ihres Mannes. An dem Abend, als er sie auf der Straße aufgesammelt hatte.

Bisher hatte sie nichts gesagt, weil sie im Augenblick nichts weiter als Vermutungen hatte. Über den Safe in Davids Schlafzimmer, den er stets sorgfältig verschlossen hielt. Über sein ausgedehntes Fitnessprogramm, das er jeden Vormittag ebenfalls in seinem Schlafzimmer durchzog. Er besaß ein Laufband und eine Hantelbank. Beides stand neben seinem Bett in seinem riesigen Schlafzimmer. Wozu brauchte man das, wenn man nur hin und wieder durch das Land jettete, um sein Geld in seinen blöden indischen Restaurants abzuholen?

Oder es dort hinzubringen, warnte sie ein kleines Stimmchen in ihrem Hinterkopf. Sie hatte nämlich auch gesehen, dass David dem Mann hinter dem Küchentresen des kleinen indischen Restaurants heute Geld *gegeben* hatte. Nicht genommen. Er hatte das Geld die ganze Zeit bei sich gehabt und sie war zumindest hinreichend sicher, dass er auch jetzt noch eine Menge Bargeld mit sich herumschleppte.

Wozu? Was wollte er damit? Und wo hatte er es her - wenn nicht durch die Einnahmen, die er eigentlich hier abholen wollte? Mehr als seltsam.

Du siehst Gespenster, Mädchen. Reiß dich zusammen. Bestimmt bildest du dir nur ein, dass das komisch ist. Du hast ja keine Ahnung, wie solche Geschäfte laufen.

Ein gutes Argument. Sie sollte ohnehin nicht zu viel über David nachdenken. Er hatte ihr verboten, Fragen zu stellen oder hinter ihm her zu schnüffeln. Und sie würde sicher nicht riskieren, die neugewonnene sichere Freiheit wieder zu verlieren, weil er sie vor die Tür setzte.

Rain fuhr sich mit den Fingerspitzen durch die nassen Haare und betrachtete einen Moment lang ihr Spiegelbild. Sie musste in der Tat zugeben, dass sie längst keinen so bemitleidenswerten Eindruck mehr erweckte, wie noch vor ein paar Wochen. Damals waren ihre Wangen eingefallen gewesen und unter ihren Augen hatten sich dunkle Schatten gebildet. Davon war nun nichts mehr zu sehen.

Die Verletzungen, die Mike ihr vor ihrer Flucht zugefügt hatte, waren alle verheilt. Manchmal tat ihr der Fußknöchel weh. So wie vorhin, als sie hinter David hergerannt war, weil er unbedingt versuchen wollte, das blöde Flugzeug zu erwischen. Ihre Einwände hatte er gekonnt ignoriert und auch jetzt war sie ihm noch ziemlich böse deswegen.

Aber das war eigentlich auch alles. Die Abschürfungen an ihren Knien waren verschwunden. Sie hatte sich vorhin akribisch die Beine rasiert und es war kein einziger blauer Fleck mehr zu sehen. Nirgends.

Auch der Rest von mir wird heilen, dachte sie ermutigt vom Anblick ihres Spiegelbildes und straffte sich. Schließlich hatte sich Rain in den drei trostlosen Jahren ihrer noch trostloseren Ehe zwar einiges gefallen lassen, sich aber nie von Mike brechen lassen. Egal, was er mit ihr angestellt hatte - ihre Seele hatte sie dadurch nie verloren. Sie war stolz darauf, nie aufgegeben zu haben. Heute, mit der Freiheit vor Augen, umso mehr.

Wer weiß, was in einem Jahr gewesen wäre, überlegte sie in einem kurzen Anflug von Bitterkeit. *Was wäre gewesen, wenn es kein Ende gefunden hätte? Gott - wenn er mich vielleicht eines Tages geschwängert hätte und dem Baby etwas passieren würde?*

Ein Gedanke, der ihr früher oft genug in den Sinn gekommen war. Schließlich hatte Mike selten so viel wachen Verstand besessen, ein Kondom zu benutzen, wenn er seine kleine wertlose Frau vergewaltigte. Wie oft hatte Rain gebetet, nicht durch einen seiner zahlreichen Übergriffe geschwängert worden zu sein? Hin und wieder hatte er ihr die Anti-Babypille besorgt. Aber durch seine Nachlässigkeit und die Tatsache, dass er sie ja kaum aus dem Haus gelassen hatte, hatte sie sie nie regelmäßig einnehmen können. Es lagen immer Wochen oder Monate dazwischen, in denen sie keine Tabletten gegen eine potenzielle Schwangerschaft gehabt hatte. Und andere Möglichkeiten zur Empfängnisverhütung hatte sie einfach nie gehabt.

Es war wohl einfach Glück.

Egal. Das war ein Thema, mit dem sie sich in Zukunft sicher nicht mehr beschäftigen würde. Immerhin hatte sie keinerlei Verwendung dafür, richtig?

Das Bild von David, das sich ungefragt in ihren Kopf schleichen wollte, vertrieb sie rigoros. Zusammen mit dem warmen Gefühl in ihrem Unterleib.

Nur weil er gut aussah und sie heute im Flugzeug geküsst hatte, musste sie sich noch lange nichts darauf einbilden. Dass er sich über sie lustig gemacht hatte, war schließlich klar. Oder nicht? Wahrscheinlich hatte es ihm einen Heidenspaß gemacht, sie so sprachlos zu sehen.

Aber verdammt - es hat sich so gut angefühlt.

Und das hatte es. Aber das spielte keine Rolle, denn er hatte ihr gegenüber sicher nicht die Absicht, ihre Beziehung in diese Richtung auszudehnen. Sonst hätte er es sicher gesagt. So direkt schätzte sie ihn ein.

Rain streckte ihrem Spiegelbild die Zunge heraus, unterdrückte ein nervöses Kichern und wickelte dann das Handtuch wieder um ihren inzwischen getrockneten Körper. Sie konnte nicht ewig hier drin bleiben und sich diesen kindischen Gedanken hingeben. Wenn sie sich beeilte und sich an ihm vorbei ins Schlafzimmer stahl, konnte sie sich schnell anziehen, ohne dass er sie in diesem Aufzug überhaupt zu Gesicht bekam. Und wenn er mit duschen beschäftigt war, würde sie sich einfach einen Drink aus der Minibar genehmigen, die sie vorhin nur kurz gesehen hatte. Gar keine so schlechte Idee. Immerhin musste man den plötzlichen und definitiv unerwarteten Luxus hier ja genießen, oder?

Sie beschloss, genau das zu tun, schloss leise die Badezimmertür auf und streckte den Kopf heraus. Dass es inzwischen dunkel geworden war, war ihr gar nicht aufgefallen. Also musste sie ziemlich lange in der Wanne gelegen haben. David war nirgends zu sehen.

Vielleicht ist er noch mal kurz runter gegangen, dachte sie und setzte ermutigt von der vorherrschenden Stille um sie herum einen Fuß vor die Tür.

Auf Zehenspitzen schlich sie durch das mittlere der drei Zimmer, stieß geräuschlos die Tür zum Schlafzimmer auf und hielt inne, als sie David auf dem Bett liegen sah.

Rain widerstand dem ersten Impuls, auf der nackten Ferse kehrt zu machen. Ihre Tasche stand neben dem Bett. Sie musste also rein, wenn sie an ihre Klamotten wollte. Und David schien tief und fest zu schlafen. Jedenfalls hatte er die Augen geschlossen und rührte sich nicht, als sie vorsichtig auf das Bett zuging.

Sie wollte ihn nicht wecken. Sie wollte ihn auch nicht näher betrachten. Und doch tat sie es. Zumindest Letzteres. Ihre Augen wanderten über ihren alten Schulfreund und schienen sich an ihm festzusaugen. An seinem dichten braunen Haar, seinen ebenmäßigen aber markanten Gesichtszügen, seiner perfekt geschwungenen Nase, den langen Wimpern, die ebenso einer Frau gehören könnten und den Lippen, die sich so angenehm angefühlt hatten, dass sie auch jetzt wieder das imaginäre Kribbeln auf ihren eigenen spüren konnte, nur weil sie sie betrachtete. Sie ließ ihre Augen im Halbdunklen des Raumes über seinen Hals wandern, seine breiten

Schultern und seine Brust, die sich langsam mit seinen Atemzügen hob und senkte. Sie hatte in den vergangenen Wochen oft genug gesehen, was er unter dem schlichten schwarzen Shirt verbarg. Im Gegensatz zu ihr machte David sich nämlich nicht die Mühe, voll bekleidet durch seine Wohnung zu laufen. Nach dem Duschen trug er oft genug nicht mehr als eine Jeans. Und selbst die wohl nur, weil Rain eben jetzt auch in seiner Wohnung lebte. Sonst hätte er vielleicht gar nichts angehabt ...

Ein Gedanke, bei dem ihr Mund seltsam trocken wurde. Rain schluckte den kleinen Kloß in ihrem Hals hinunter, der überhaupt nur da war, weil sie sich vorstellte, wie sich die Muskeln an seiner Brust, seinen Armen und seinem Bauch wohl anfühlen würden.

Himmel Herrgott - Anziehen! Trinken! Schnell! Das ist doch bescheuert!

Und das war es, verdammt! Wie konnte sie nach allem, was sie in ihrer beschissenen Ehe in Sachen Sex erlebt hatte, so kurz danach an nichts anderes mehr denken? Wäre es nicht normal, total traumatisiert zu sein? Allein die Gedanken an Nacktheit, Leidenschaft und Lust abstoßend zu finden?

Die Antwort ihres Verstandes lautete definitiv ja. Aber das Gefühl in ihrem Unterleib verriet Rain etwas gänzlich anderes. Nämlich, dass es vollkommen okay war, diesen Mann zu begehren. Weil er nichts mit dem Menschen gemeinsam hatte, der sie in der Vergangenheit wie Abfall behandelt hatte. David war anders. Nicht nur im Alltag. Irgendwie wusste sie einfach, dass es eine einzigartige Erfahrung sein würde, mit ihm zu -

Sie unterbrach sich selbst so schnell in ihren Gedanken, dass sie erschrocken die Luft zwischen ihren Zähnen einsog. Beinahe hätte sie es ernsthaft in Erwägung gezogen, mit David zu schlafen. Das war bescheuert! Sie hatte den Verstand verloren, das war alles. Nur ein Produkt ihrer bisher unterdrückten Fantasie. Oder was auch immer der Grund dafür war, dass sie sich solche Dinge vorstellte. Es war einfach verrückt.

Rain widerstand dem kurzen aber heftigen Impuls, laut loszulachen. Dabei verschwand das Verlangen in ihrem Unterleib zumindest weit genug, damit sie es schaffte, sich nach der Tasche zu bücken, die neben dem Bett auf dem weinroten Teppich stand.

»Beobachtest du immer Leute beim Schlafen?«

Davids tiefe aber leise Stimme ließ Rain erschrocken zusammenfahren. Sie hatte gar nicht bemerkt, dass er nicht geschlafen hatte. Hatte er gesehen, dass sie einfach dagestanden und ihn angestarrt hatte? Mist! Verflucht! Das war so verdammt peinlich ...

Tatsächlich lachte er leise, als sie es nicht schaffte, ihm zu antworten. Weil ihr Mund einfach offenstand, sie es aber nicht fertigbrachte, auch nur den Kopf zu schütteln.

Ein paar Sekunden lang schauten sie sich einfach nur an, ohne dass einer von ihnen etwas sagte. Etwas in seinem Blick ließ Rain den Atem anhalten. Auch im Dämmerlicht, das durch die geöffnete Tür aus dem Wohnzimmerbereich hereinfiel, konnte sie seine dunklen Augen sehr gut erkennen. Für eine Millisekunde hatte sie den Eindruck, er ließe seinen Blick über sie wandern, ohne den Kopf zu bewegen. Und dann wusste sie, dass seine eigenen Gedanken zumindest in eine ganz ähnliche Richtung gingen, wie die ihren.

Sofort wünschte sie sich, vor lauter Scham im Boden zu versinken. »Sorry«, murmelte sie hastig, strich sich die feuchten Haare hinter die Ohren und hob ihre Tasche entschlossen auf. »Ich wollte dich nicht wecken. Ich habe nur vergessen, meine Klamotten mit ins Bad zu nehmen.«

»Ja, das sehe ich.« Jetzt schaute er sie tatsächlich mit unverhohlener Neugier an. Es kam ihr vor, als zerrte er mit seinen Augen an dem weißen Hotelhandtuch, das sie mit der freien Hand so fest vor ihre Brust presste, dass es ihr schon fast albern vorkam.

Herr im Himmel - lass mich aufwachen!, flehte sie innerlich und betete, dass es ihr gelang, das Zimmer zu verlassen, ohne ihm allzu viel Einblick in ihre Fantasien von vorhin zu gewähren. Wenn sie sich nicht zum Affen machen wollte, musste sie so selbstsicher und normal tun, wie sie konnte. Damit er bloß nicht glaubte, sie könnte sich irgendwas einbilden.

»Das Bad ist frei. Du kannst duschen.« Dann schluckte sie den Kloß in ihrer zugeschnürten Kehle so unauffällig wie möglich hinunter, drehte sich auf ihren nackten Sohlen um und stürmte schon fast aus dem Zimmer. Dabei schlug ihr das Herz beinahe bis zum Hals.

Alles nur, weil er mich ansieht. Verdammt! Wieso reagiere ich so auf ihn? Und wieso ausgerechnet heute? Nur wegen des einen blöden Kusses?

Vielleicht. Vielleicht steckte auch mehr dahinter, als sie bereit war, vor sich selbst zuzugeben. Egal. Davids Interesse an ihr war allenfalls oberflächlich. Und ihres an ihm? Auch nicht mehr. Vielleicht stellte sie sich vor, wie es war, mit ihm zu schlafen. Aber das war's auch schon. An eine Beziehung oder irgendetwas, das dem annähernd gleichkam, wollte sie bis zum Ende ihres Lebens nicht mehr denken. Unter keinen Umständen! Davon hatte sie für alle Zeiten die Schnauze voll und ihre Gründe dafür waren schließlich gut genug.

Es ist eine Sache, sich jemandem körperlich hinzugeben, dachte sie mit einer plötzlich aufkeimenden Bitterkeit. *Aber eine ganz andere, jemandem sein Herz zu schenken. Guter Sex hat vielleicht wenigstens das Potenzial, die beschissenen Erfahrungen der letzten Jahre aus meinem Kopf zu tilgen.*

Und genau so, fand Rain, war es. Und das war okay.

David

David stand regungslos unter der heißen Dusche und fragte sich, was er eigentlich erwartet hatte. Alles. Aber sicher nicht das.
Während Rain in der Badewanne gewesen war, hatte er sich hingehauen, um ein bisschen runterzukommen. Er hatte gedöst, aber nicht geschlafen. Als er sie im Zimmer gehört und ihre Blicke auf sich gespürt hatte, war er still liegengeblieben, ohne sich zu rühren. Er hätte ihr eher offenbaren können, dass er gar nicht schlief. Aber er war neugierig gewesen. Darauf, wie lange sie ihn wohl anstarren würde, ohne sich zu bewegen. Dass sie ihre Tasche suchte, war ihm sofort klar gewesen. Immerhin hatte sie ihr Zeug vorhin nicht mit ins Bad genommen.

Mann! Ihr Duft war sogar noch atemberaubender gewesen, als vor dem Bad. Dabei hatte er so sehr gehofft, dass genau das nicht der Fall sein würde. Pech gehabt. Zusammen mit der nicht zu übersehenden Tatsache, dass sie ihn länger beobachtet hatte, als nötig gewesen wäre, ergab es immerhin ein ziemlich seltsames Gefühl in seinem Magen. Oder vielmehr in den noch tieferen Regionen. David war froh, dass es ihm gelungen war, ins Badezimmer zu gelangen, ohne ihr dabei direkt in die Arme zu laufen. Sonst hätte sie seine nicht zu übersehende Erektion nämlich auch bemerkt. Das wäre - peinlich geworden.

Wieso beobachtet sie mich überhaupt, verdammt! Sollte sie Männer allgemein nicht eher abstoßend finden?

Er an ihrer Stelle hätte sicher so empfunden. Aber Rain schien sich nicht davor zu scheuen, sich mehr oder weniger intensive Gedanken darüber zu machen. Über *ihn.* Spätestens jetzt gab es daran nämlich keinen Zweifel mehr. David wusste, dass sie es tat. Und es missfiel ihm nicht. Ganz und gar nicht.

Und doch fragte er sich, wie ausgeprägt ihr vermeintliches Interesse an ihm wohl war. Ob sie ihn bloß anziehend fand, weil er eben gut aussah, oder ob es mehr war, was sie von ihm wollte. So einfältig war er nicht, dass er davon ausging, sie könnte sich etwas Festeres erhoffen. Aber Sex? In ihrer Lage? Unwahrscheinlich.

Bis eben. Himmel. Wie komme ich aus dieser Sache wieder raus? Sie ist bloß neugierig. Und wenn ich es darauf ankommen lassen würde, würde sie eh Panik kriegen und dann?

Nichts und dann. Was sollte schon passieren, außer dass Rain auf den Boden der Tatsachen zurückkehrte. Der Realität, in der sie eigentlich nicht in der Position sein sollte, sich derartige Dinge mit einem Mann überhaupt vorzustellen. Verdammt - das Dreckschwein von ihrem Ehemann hatte sie wer weiß wie oft gegen ihren Willen gevögelt, sie misshandelt und sie behandelt, als wäre sie Abfall. Wieso sollte sie auf einmal darüber hinweg sein? Unmöglich.

Oder es ist meine Schuld, dachte er mit einem Anflug von Schuldbewusstsein, den er sich vielleicht eher hätte zu Gemüte führen sollen. *Bevor* er sie im Flugzeug hierher geküsst hatte.

David zwang sich, die Gedanken an seine ehemalige Mitschülerin weitestgehend aus seinem Kopf zu verbannen, wenn er heute noch wollte, dass die Latte zwischen seinen Beinen verschwand. Er war kein kleiner Junge, der sich von so etwas Banalem wie der Vorstellung von Sex aus der Ruhe bringen ließ. Er hatte sich im Griff. Immer! Daran würde sich hier und jetzt nichts ändern.

Vier Minuten später verließ er die Dusche. Er nahm sich vor, das Thema auf keinen Fall anzusprechen, so zu tun, als wäre nie etwas gewesen und sich so schnell wie möglich aus der Affäre zu stehlen, indem er das Zimmer einfach verließ. Nashville war groß genug. Er würde eine Bar in der Nähe des Hotels aufsuchen, sich ein bisschen betrinken und sich anschließend irgendeine Frau für eine schnelle Nummer suchen. Er wäre wieder im Zimmer, bevor Rain ihn vermissen könnte. Dann, wenn sie tief und fest schlief und ihm keine Fragen stellen konnte. Oder wo er in Versuchung geraten könnte, diese rein berufliche (erzwungene) Beziehung zwischen ihnen auf diese Art zu vertiefen.

David biss sich auf die Zunge, als sich ihr Bild erneut in seinen Kopf schlich. Mit tropfnassen Haaren. Mit dem weißen Handtuch, das alles war, das ihren perfekten feuchten Körper bedeckte. Anziehend. Unglaublich heiß. *Zu* heiß, verdammt!

So viel zu deiner Selbstbeherrschung, Mann.

Bevor er das gigantische Badezimmer verließ, atmete er tief durch. Immerhin hatte er daran gedacht, sich frische Klamotten mitzunehmen. Um nicht in dieselbe Situation zu geraten, wie sie vorhin.

»Hi«, sagte Rain knapp und mit überdeutlich hörbarer Nervosität in der Stimme.

Also habe ich es mir nicht bloß eingebildet, dachte er nüchtern und gestattete sich, sie einen Augenblick lang anzusehen. Sie saß auf dem Sofa. Die Beine ausgestreckt und eines seiner Bücher in der Hand. Aufgeschlagen. Aber David ging jede Wette ein, dass sie nicht eine Seite gelesen hatte.

Arroganter Bastard. Was bildest du dir ein ...

Immerhin hatte sie sich inzwischen angezogen. Wenigstens etwas, das seine Fantasie ab jetzt im Zaun halten würde.

»Hi«, antwortete er leise, riss seinen Blick von ihr los und durchquerte den Raum, um sich an der Minibar zu schaffen zu machen. Whiskey. Dringend.

»Willst du noch weg?«

»Hm?«, fragte er und drehte sich mit dem halbvollen Glas Single Malt in der Hand zu ihr um.

»Du siehst aus, als wolltest du noch ausgehen.« Mit einem schwachen Lächeln auf den perfekten Lippen deutete sie auf seine Klamotten. Er hatte sich eine frische Jeans und ein schwarzes Shirt angezogen. Seine übliche Aufreißergarnitur. Falls man das Outfit als solches bezeichnen konnte.

»Ja, ich wollte -«, er überlegte kurz, was er ihr sagen sollte, »noch raus.«

Rain nickte. »Kann ich mitkommen?«

Irritiert schaute er ihr ins Gesicht. Ihre Frage war ernst gemeint, auch wenn er nicht wusste, wieso sie ihn begleiten wollte. Außerdem passte ihm das nicht in den Kram. Wenn sie ihn begleitete, verpuffte seine Chance auf schnellen unkomplizierten Frustabbau durch zwanglosen Sex im Nichts. Keine gute Idee. Keine Option.

»Keine gute Idee«, knurrte er kurz angebunden, ging möglichste weit entfernt von ihrem Sitzplatz durch das Zimmer und zog die schweren grauen Vorhänge vor der riesigen Fensterfront zu. David musste zugeben, dass der Ausblick auf die Stadt von hier aus wirklich beeindruckend war. Aber er war auch gefährlich. Mit einer Drohne oder einem Hubschrauber konnte man wahrscheinlich sehr genau sehen, wer sich im Zimmer aufhielt und was derjenige gerade machte. Sicherheit ging

David über alles. Allen voran seine eigene. Schließlich wusste niemand besser als er, dass er ein durchaus lohnendes Ziel für eventuelle Beobachter war. Auf Zuschauer konnte er gut und gerne verzichten.

»Wieso nicht?«

David musste Rain nicht ansehen, um zu wissen, dass sie schmollte. Seine Vorstellung von ihrem Gesicht war auch so schon intensiv genug ...

»Ich war seit der Highschool nicht mehr aus! Bitte, David.«

David schloss die Augen, atmete erneut tief durch und zwang sich, nicht zu lachen oder das Gesicht zu verziehen. »Und was, wenn ich dir sagen würde, dass du nichts verpasst hast?« Er grinste. Das konnte er nicht unterdrücken. Leider. »Alkohol trinken kannst du auch hier, oder?« Er deutete mit dem Glas in seiner Hand auf Rains, das sie auf dem kleinen Tisch vor dem Sofa abgestellt hatte. Es war leer, aber ein kleiner Rest am Boden verriet ihm, dass es vorhin noch nicht leer gewesen war.

»Dann gilt das auch für dich«, antwortete sie schnell und lächelte kalt. »Ich will Spaß haben. Andere Leute sehen. Irgendwas unternehmen. Ich finde es doof, hier eingesperrt zu sein.«

»Du bist nicht *eingesperrt*«, sagte er trocken. »Hier bist du in Sicherheit.«

»Witzig.«

»Das war kein Scherz.«

»Ach nein? Hat sich aber wie einer angehört.« Sie verschränkte sichtlich beleidigt die Arme vor der Brust und starrte ihn böse an. »Ich wette, du willst vor mir verheimlichen, dass du gar nicht weißt, wie man feiert, hab ich recht?«

Mit wachsender Belustigung zog David seine Augenbrauen hoch. »Wieso sollte ich nicht wissen, wie man feiert?« Er ahnte, dass sie ihn provozieren wollte, und entschied spontan (schon wieder!), sich auf das Spielchen einzulassen.

»Weil du es hasst, dich fallenzulassen«, antwortete sie prompt und vor lauter Überraschung zog er die Brauen noch höher. »Kannst du überhaupt Spaß haben?«

»Sicher kann ich das«, antwortete er seinerseits umgehend, aber mit einem deutlich sarkastischeren Lächeln auf den Lippen. »Ich bin nur nicht sicher, ob mein Verständnis von Spaß mit deinem kompatibel ist.« Sein ursprüngliches Vorhaben verriet er ihr selbstverständlich nicht. Diese Art von ›Spaß‹ meinte sie nicht, soviel war ihm auch klar. Rain wollte ausgehen und feiern. Wahrscheinlich in einen Club oder eine Kneipe. Wer wusste schon, wann ihr bescheuerter Mann sie so von ihrem Umfeld abgekapselt hatte, dass sie alle Kontakte aus ihrem früheren sozialen Leben verloren hatte. Wahrscheinlich stimmte es, dass sie seit Jahren keinen Fuß mehr in eine Diskothek gesetzt hatte.

»Komm schon. Sei kein Spielverderber. Lass uns einen draufmachen.« Ihre Augen leuchteten, als sie das sagte, aber ihr Blick verriet ihm außerdem, dass der Alkohol schon seine Wirkung auf sie entfaltete.

Was jetzt? Nachgeben? Oder ablehnen und einen Streit riskieren ... Was schadet es, sie mitzunehmen? Dann gibt's halt heute keinen Fick. Und?

Bevor er nur den Mund aufmachen und antworten konnte, warf Rain das Buch in ihrer Hand auf den Tisch und sprang vom Sofa auf. Verwirrt stellte David fest, dass sie es genau auf so etwas angelegt zu haben schien. Wahrscheinlich hätte sie das Thema von sich aus angesprochen, wenn er nicht so offensichtlich selbst geplant hätte, auszugehen. Ursprünglich allein.

»Du hast das geplant«, stellte David absurderweise lächelnd fest und schluckte einen Kloß in seinem Hals hinunter. Er konnte nicht verhindern, dass sich seine Augen an ihrem Outfit festbissen. Genau wie vorhin, als sie nur das Handtuch umgebunden hatte. Sie trug normale Jeans und ein schlichtes Shirt, aber beides konnte nicht verhindern, dass er sie anziehend fand.

Rain grinste. »Und wenn?«

»Und wenn ich nein sage?«

Sie zuckte ungerührt mit den Schultern. »Dann gehe ich allein. Ich bin schließlich nicht deine Gefangene, oder?«

Meine Fresse! Wie hat sie es geschafft, den Spieß so schnell umzudrehen?

Irritiert über ihre plötzliche Selbstsicherheit und die damit verbundene Begeisterung, die sie für ihr Vorhaben an den Tag legte, konnte David nicht anders, als nachzugeben.

Kein Sex. Mist!

»Von mir aus. Aber denk nicht, dass ich es lustig finde, dich mitzunehmen, kapiert?« Den Zusatz, dass er es nicht verantworten wollte, sie allein gehen zu lassen und sie dadurch vielleicht in Gefahr zu bringen, sparte er sich. Ebenso wie die nicht zu leugnende Tatsache, dass ihm die Vorstellung, mit ihr auszugehen, nicht halb so sehr missfiel, wie er sie glauben ließ. Besser so. Auf jeden Fall.

»Klasse! Ich brauche fünf Minuten um mich umzuziehen. Wehe, du haust ohne mich ab!« Die kaum ernstzunehmende Drohung in ihrer Stimme ließ ihn lächeln. Er schaute Rain nach, als sie herumwirbelte und mit sichtlicher Freude ins Schlafzimmer lief, um sich umzuziehen.

Mann. Was habe ich mir da an den Hals geladen ...

Eine Frage, die er sich nicht zum ersten Mal stellte, seit er Rain Collins aufgegabelt und in sein Leben gelassen hatte, ohne etwas Derartiges jemals geplant zu haben.

Keine Stunde später betraten sie einen der Clubs in der Nähe des Hotels. Natürlich hatte Rain länger als fünf Minuten gebraucht, um sich ausgehfertig zu machen. Aber das war nicht schlimm, denn als David sie gesehen hatte, hatte er schwer damit zu kämpfen gehabt, sie nicht allzu unverhohlen anzustarren. Sie trug ein schwarzes kurzes Kleid, mit einem tiefen, aber nicht nuttigen Ausschnitt, das er ihr eigentlich für einen anderen Anlass gekauft hatte. Dazu schwarze Highheels mit silbernen Riemen, die man um die Wade befestigte und das zusammengehörige Schmuckset, das er ihr kurz vor der Fahrt hierher besorgt hatte. Eine dezente Kette, Ohrringe und ein Armband. Echtes Silber, aber nicht annähernd so teuer, wie er es erwartet hatte. Bei jeder anderen Frau wäre er vermutlich deutlich mehr Geld losgeworden. Er hatte Rain beim Juwelier in Tacoma selbst wählen lassen. Diskreter Schmuck gehörte in seinen Augen zum perfekten Outfit einer Frau dazu. Immerhin wollte er sich mit ihr überall sehen lassen können. Und jetzt, wo er ihren zweifelsfrei guten Geschmack so großartig bewundern konnte, musste er zugeben, dass er sie mehr als nur heiß fand.

Plötzlich hatte er nämlich ernste Schwierigkeiten damit, dem Bedürfnis zu widerstehen, sie anzufassen. Das Kleid, das nicht einmal ihre Oberschenkel ganz bedeckte, aber trotzdem lang genug war, um nicht als ordinär zu gelten, schmeichelte ihrer Figur einfach zu gut. Sie sah nicht nur hinreißend aus - sondern absolut scharf!

»Wow, ganz schön voll hier«, rief sie ihm über den Lärm der Housemusik und der feiernden Menschen hinweg zu.

David nickte stumm und schob sie vor sich her durch die Menge auf eine der drei Bars zu. Für seinen Geschmack war es schon fast zu voll; was in erster Linie wohl an der Messe lag. In der Woche war hier sonst sicher nicht so viel los. Die Tanzfläche war brechend voll und er hatte Mühe, ein freies Plätzchen an der Bar zu bekommen.

»Was willst du trinken?«

»Was trinkst du denn?«, antwortete Rain mit einer Gegenfrage und grinste ihn an. »Ich nehme das, was du nimmst.«

»Sicher?« David lachte, bevor er die Hand hob, um die Bedienung anzulocken. Die junge Frau mit dem rotgelockten Pferdeschwanz und den gigantischen Ohrringen nickte ihm kurz zu und erschien einen Augenblick später vor seiner Nase. Dass er in Begleitung war, schien sie dabei nicht im Geringsten zu interessieren. Sie flirtete ihn ungeniert an.

»Was darf's sein, Süßer?« Die Frau lehnte sich vor und stützte ihre Ellenbogen auf dem Tresen ab. Dabei klimperte sie mit den langen künstlichen Wimpern und zwinkerte ihm zu, als wollte sie ihm durch ihr billiges Auftreten zu verstehen geben, dass sie nicht abgeneigt war, mit ihm auf der Toilette zu verschwinden, wenn er darauf ansprang.

David sprang nicht auf sie an. Sie hätte ihn nicht reizen können, selbst wenn er nicht mit Rain zusammen hier gewesen wäre. Er bevorzugte es etwas - stilvoller.

»Wodka, Süße«, antwortete er mit derselben blöden Floskel, die sie auch benutzt hatte, und warf Rain einen unauffälligen Blick zu. Sie beachtete ihn nicht und schien sich voll und ganz auf die Musik und die tanzenden Menschen hinter ihm zu konzentrieren. Gut. »Zwei Mal, bitte. Danke.«

»Kommt sofort!«, antwortete die junge Frau zerknirscht, weil sie seinem Blick offenbar gefolgt war. Ihre Mundwinkel zuckten verräterisch, als sie Rain ansah, dann drehte sie sich abrupt um und rauschte davon, um seine Bestellung fertigzumachen.

Zufrieden drehte David sich um und lehnte sich gegen den Tresen. »Und? Ist es wenigstens so, wie du erwartet hast?« Den sarkastischen Unterton konnte er sich nicht verkneifen. Er widerstand dem Bedürfnis, sich zu ihr hinzubeugen, um nicht so laut gegen die Musik anschreien zu müssen. Aber er wusste leider zu gut, dass er allein bei ihrem Geruch schwach geworden wäre. Dann war's das mit seinem Vorsatz, seine ehemalige Mitschülerin nur abzufüllen und sie anschließend ins Hotel zu verfrachten, ohne sie anzurühren. Ein Teil von ihm hoffte, dass sie schnell betrunken genug war, um zurück zu müssen. Dann könnte er vielleicht noch einmal alleine losziehen, wenn sie schlief.

»Besser!«, rief sie mit Begeisterung in der Stimme, drehte sich um und strahlte ihn an.

David schluckte.

»Können wir tanzen?«

»Ich tanze nicht«, antwortete er trocken.

»Hier, Süßer«, hörte er die rothaarige Bedienung hinter sich sagen und spürte nur einen Augenblick später, dass sie ihn gegen den Oberarm tippte, um seine Aufmerksamkeit wieder auf sich zu lenken.

»Danke«, sagte er knapp, reichte ihr einen Zehner und fügte mit einem falschen Lächeln hinzu: »Stimmt so.«

Die Frau bedankte sich mit einem letzten sehnsüchtigen Zwinkern und ließ ihn endlich wieder in Ruhe.

»Hier«, sagte er an Rain gewandt und reichte ihr eines der beiden Gläser. Die Eiswürfel schlugen gegen das Glas.

»Was ist das?«, fragte sie und roch vorsichtig daran. Er sah, wie sie kaum merklich das Gesicht verzog.

»Wodka. Du wolltest doch das, was ich trinke, oder?«

»Ja!«, antwortete sie schnell, um ihren offenkundigen Ekel zu verbergen. Bevor sie trank, prostete sie ihm zu, dann setzte sie das Glas an ihre Lippen und stürzte es in einem Zug hinunter.

Überrascht über so viel Entschlossenheit grinste David sie an. »Na, da hat aber jemand Durst.«

Rain schüttelte sich und verzog das Gesicht, als sie das leere Glas schwungvoll auf dem Bartresen abstellte. »Ekelhaft.«

Belustigt schüttelte David den Kopf und trank dann sein eigenes Glas leer. Er verzog keine Miene. »Willst du noch einen?«

»Ja!«, antwortete sie erneut wie aus der Pistole geschossen und nickte eifrig. Irgendwie wirkte sie auf ihn entschlossen, sich heute Abend ausgiebig zu betrinken. Ihre Vorstellung vom Spaßhaben. Anscheinend.

Logisch. Wenn ihre letzte Party echt zu Highschoolzeiten war, sollte mich das nicht wundern, richtig?

Die Partys früher waren einige Saufgelage gewesen. Wenn das alles war, was sie sich unter ›feiern‹ vorstellen konnte, konnte das lustig werden. Naja. Immerhin brachte ihn ihr trinkwütiges Verhalten dazu, anzunehmen, doch noch eine Chance zu bekommen, seinen Druck loszuwerden. Sobald sie im Hotelzimmer liegen und selig ihren Rausch ausschlafen würde.

Auch den zweiten Wodka, den die Bedienung dieses Mal ohne allzu viel Aufhebens sofort brachte, kippte Rain in einem Rutsch hinunter. David beobachtete sie dabei, wie sie sich mit dem Handrücken über den Mund wischte und kurz die Augen schloss. Dann zog sie die Nase kraus und sah einfach - niedlich dabei aus.

»Okay. Wenn du nicht mitwillst, gehe ich eben allein tanzen«, sagte sie zufrieden und wartete seine Antwort nicht ab. Sie stellte ihr Glas neben die anderen, drehte sich um und marschierte auf die Tanzfläche zu.

Und bei Gott - David hatte Mühe damit, ihr nicht auf den Hintern zu glotzen, als sie sich von ihm entfernte. Oder auf ihre ellenlangen perfekten Beine in diesen heißen Schuhen. Oder sich dabei vorzustellen, wie es wäre, sie -

Er schluckte hart, als er sich bewusst machte, dass das nicht die Art von Gedanken war, die gut für ihn waren.

Heute steht aber auch wirklich alles Kopf, dachte er resigniert, fuhr sich mit der Hand durch die Haare und bestellte seufzend einen weiteren Drink. Dieses Mal für sich allein.

Tatsächlich gelang es ihm eine Weile lang, Rain beim Tanzen zuzusehen, ohne dass seine Fantasie mit ihm durchging. Es gefiel ihm, wie viel Spaß sie offenbar hatte. Sie wirkte zufrieden und das fand er gut. Vielleicht sollten sie zu Hause auch mehr aus dem Haus gehen. Auf Dauer war der Zustand, in dem sie momentan lebten, eh keine Lösung. Er konnte und wollte sie nicht rund um die Uhr einsperren und er wusste zumindest, dass es sie irgendwann nerven würde, nur mit ihm aufeinanderzuhocken. Was nützte es ihr schließlich, aus dem Gefängnis ihrer Ehe entkommen zu sein, nur um in ein anderes zu kommen?

Vielleicht sollten wir doch wegziehen. In eine andere Stadt. Weit weg von der scheißkriminellen Familie ihres Mannes. Ein Tapetenwechsel wäre auch für mich nicht schlecht ...

Ein durchaus verlockender Gedanke. Dann könnte sie in einer eigenen Wohnung leben, sich einen vernünftigen Job suchen und ihre Wege würden sich dauerhaft trennen. Die Versuchung, die sie verkörperte, würde auf einen Schlag erlöschen. Und mit ihr die problematische Tatsache, dass er in ihrer Gegenwart eben doch nicht viel mehr war, als ein gewöhnlicher Mann.

So viel zur Kontrolle ...

David dachte gerade darüber nach, sich einen weiteren Drink zu gönnen, als er sah, wie Rain von einem Typen angetanzt wurde. Den unpassenden Stich von Eifersucht in seinen Magen ignorierte er. Er hatte sie schließlich nicht begleiten wollen, richtig? Außerdem war er nicht so blöd anzunehmen, ihre Reize würden nur ihn irgendwie interessieren. Sofort wurde er wütend auf sich selbst, winkte die Bedienung herbei und bestellte zwei weitere Gläser Wodka. Wenn schon, denn schon.

Als er sich schließlich doch wieder zu Rain und ihrem Tanzpartner umsah, hatte er das erste der beiden Gläser bereits geleert. Gerade rechtzeitig, um zu sehen, wie der Schmierfink zudringlich wurde. Durch den künstlichen Rauch, der aus ein paar Rohren um die Tanzfläche herum ausgestoßen wurde, konnte David deutlich erkennen, wie der Kerl sie betatschte. Er presste sich von hinten an ihren Rücken, während seine Hände unablässig über ihre Arme, ihre Taille und ihren Bauch wanderten. Bis Rain die Nase voll zu haben schien. Sie drückte den Typen von sich weg und trat zur Seite, davon ließ der Kerl sich allerdings nicht beeindrucken. Er griff nach ihren Händen, als sie David einen hilfesuchenden Blick über ihre Schulter zuwarf, und zog sie wieder zu sich heran.

David setzte sich ohne zu zögern in Bewegung. Rain hatte sich darauf beschränkt, am Rand der überfüllten Tanzfläche zu tanzen, was es nicht schwer machte, sie zu erreichen. Ein tanzendes Pärchen in ihrer Nähe wich ihm aus, als er sich seinen Weg durch die Menge bahnte.

»Nimm deine Pfoten weg, wenn du nicht willst, dass ich sie dir abhacke«, zischte er dem Kerl zu, der dem verklärten und reichlich verwirrten Blick nach zu urteilen ganz schön tief ins Glas geguckt hatte. Immerhin schien Davids Wirkung auf ihn einschüchternd genug zu sein, damit er der Aufforderung umgehend nachkam. Er ließ Rains Hände los, stieß einen unverständlichen Fluch aus und trollte sich dann. Nicht ohne Rain noch einen letzten sehnsüchtigen Blick zuzuwerfen. Fehlte nur, dass er auf seine Schuhe sabberte.

»Danke«, rief Rain ihm zu, um die laute Musik zu übertönen und wischte sich die Hände am Saum ihres Kleides ab, als ekelte sie sich. »Er wollte nicht aufhören.«

David nickte. »Hab ich gesehen.«

»Äh, also du kannst wieder gehen, wenn du willst.«

Das sollte ich lieber tun, ja. Aber David bewegte sich nicht vom Fleck. Er stand vor Rain auf der Tanzfläche, roch ihren einmaligen Duft, der sich auch hier von den anderen unterschiedlichsten Gerüchen abhob, und schaffte es nicht, sich auch nur einen Millimeter zu rühren.

Also blieb er, wo er war und sah Rain einfach nur in die Augen, die trotz ihrer Verunsicherung strahlten und einfach - wunderschön waren.

»Ich sollte dir beibringen, wie man sich solche Typen vom Hals hält«, sagte er irgendwann trocken, als er nicht mehr wusste, wie lange sie einfach schweigend herumgestanden hatten. »Schließlich kann ich vielleicht nicht immer da sein, um dich zu retten.«

Bei seinen Worten legte sie ihren Kopf schief, als müsste sie darüber nachdenken, was er gesagt hatte, dann lachte sie schließlich und die seltsam angespannte Stille zwischen ihnen verpuffte im Nichts.

»Ja, vielleicht solltest du das tun. Oder ich lege mir auch einfach so ein griesgrämiges Gesicht zu, wie deins. Dann quatscht mich garantiert keiner mehr an.« Rain grinste ihn an.

»So, du findest also, ich gucke griesgrämig?«, fragte er und erwiderte ihr Grinsen kühl.

»Ein bisschen.« Rain zuckte gelassen mit den Schultern und deutete dann auf das Glas, das er vorhin an der Bar stehengelassen hatte. »Komm, wir trinken noch was. Vielleicht taust du dann ja mehr auf.«

Sie wollte sich gerade in Bewegung setzen, als David sie an der Hand zurückhielt. Unplanmäßig. Impulsiv. Genauso spontan, wie er sie zu sich heranzog, sie um die eigene Achse drehte und sich nur einen Wimpernschlag später selbst an sie presste. Genau, wie der Kerl von vorhin es getan hatte. Er spürte ihren kurzen überraschten Widerstand, der aber sofort verebbte, als er anfing, sich im Takt der dröhnenden Housemusik zu bewegen. Die einsetzenden Proteste seines Verstandes drängte er dabei rigoros zurück, bevor sie ihn dazu bringen konnten, sie wieder loszulassen.

»Ich dachte, du tanzt nicht«, sagte sie gerade laut genug, damit er sie verstehen konnte. Das Zittern ihrer Finger reichte, damit ihm bewusst wurde, dass er sie anscheinend nervös machte.

»Hab's mir anders überlegt«, antwortete er knapp und beließ es dabei. Das Bedürfnis danach, seine Nase sonst in ihren wahnsinnig gutriechenden Haaren zu vergraben, würde andernfalls überhandnehmen.

Nur einmal so tun, als wäre ich ein normaler Kerl ... Ein ebenso verrückter wie verlockender Gedanke. Vor allem, weil Rain alles andere als abgeneigt zu sein schien. Logisch. Vorhin im Hotel war ihm schon alles klar gewesen. Und jetzt - mit reichlich Alkohol intus, würde die Wirkung, die er selbst unbeabsichtigt auf sie erzielte, wahrscheinlich nur stärker sein.

David gestattete sich sogar, die Situation weiter zu spielen. Wenn sie sich auf einen Tanz mit ihm einließ, würde sie vielleicht auch weiter gehen. Er dachte an den kurzen Kuss im Flugzeug. An das Gefühl, es einfach gewagt zu haben, ohne es zu planen. Und auch jetzt bereute er es nicht. Kein Stück.

Es kostete David einiges an Mühe, sich nicht dazu hinreißen zu lassen, mit seinen Fingern über ihre nackten Arme zu wandern. Oder über ihren flachen Bauch, den er immerhin an seinem Unterarm spüren konnte. Oder ihre Taille. Oder ihren Hintern. Oder unter ihr knappes Kleid -

»David«, hörte er sie irgendwann sagen, als der DJ ein anderes Stück anspielte und sie somit nicht ganz so laut brüllen musste, damit er sie hören konnte.

Mit wachsender Irritation stellte er fest, dass er sich so darauf konzentriert hatte, sie nicht anzufassen, dass er gar nicht gemerkt hatte, dass Rain genau das jetzt tat: *Sie* fasste *ihn* an. Und nicht nur das - sie starrte ihn auch geradeheraus an. Mit einem Blick, den er sich in seinen kühnsten Träumen nicht ausgemalt hätte. Ihre Arme lagen um seinen Hals (wie zum Teufel waren sie da hingekommen?) und ihr Gesicht war nur Zentimeter von seinem entfernt. Er konnte ihren Atem auf seiner Haut spüren, roch den Wodka und ihr Parfum und fragte sich verwirrt, was in sie gefahren war. Wie sie es geschafft hatte, ihn einfach so aus dem Konzept zu bringen und er es auch noch zuließ!

»Willst du mich?«

Okay. Das hat sie nicht wirklich gefragt. Ich träume.

»Hä?«, fragte er so perplex, dass es gar nicht anders sein konnte, als dass sein Verstand ihm einen Streich spielte.

Rain lachte und er sah das verräterische Funkeln in ihren Augen, das ihm verriet, dass sie zwar sehr wohl wusste, was sie gesagt hatte, es ihr aber auch ein Stück weit peinlich war. Offenbar nicht peinlich genug, um ihn ausgerechnet *danach* zu fragen.

»Ich will wissen, ob du mich attraktiv findest«, sagte sie nun deutlich lauter, weil der Song von den Chainsmokers inzwischen Fahrt aufgenommen hatte. »Und ob du es in Erwägung ziehen würdest, ein einziges Mal mit mir zu schlafen.«

David - starrte sie an. Mit offenstehendem Mund und unfähig, seine Gesichtsmuskulatur wieder in den Griff zu bekommen. Gleichzeitig spürte er, dass Rain ihre Arme wieder runternehmen und ihn loslassen wollte. Erst da registrierte er, dass sie aufgehört hatten zu tanzen, und dass seine nicht einsetzende Reaktion offenbar dafür sorgte, dass sie anfing, sich unwohl zu fühlen.

»Warum willst du das wissen?«, fragte er und griff schnell nach ihren Handgelenken in seinem Nacken, bevor sie ihn wirklich loslassen konnte. Er wollte nicht, dass sie es tat.

Rain legte den Kopf ein bisschen schief und lächelte weiter, wenn auch sichtlich nervöser. »Du hast mich im Flugzeug geküsst«, sagte sie. »Seit ich von Mike weg bin, muss ich ständig darüber nachdenken, wie es wohl wäre, mit einem Mann zu schlafen, der mich nicht nur benutzt und dabei auch noch verprügelt. Ich glaube, ich will einfach wissen, wie das ist. Ich weiß. Eine schräge Art, sich selbst zu therapieren, oder?«

Wegen dieser gleichermaßen offenen und niederschmetternden Erklärung wurde Davids Mund trocken. Seine Zunge fühlte sich wie ein alter Autoreifen an. Steif und gummiartig. Für eine Sekunde bezweifelte er, dass er überhaupt einen Ton von sich geben konnte. »Und warum gerade ich?«

Rain zog sichtlich amüsiert die Augenbrauen hoch. »Würdest du mich denn losziehen lassen, damit ich mir eine Alternative suchen kann?« In ihren Augen sah er, dass sie die Antwort darauf längst kannte. Und er auch. Sie war wesentlich klüger, als er ihr zugestehen wollte. Schließlich hatte sie es schon wieder geschafft, ihn zu überrumpeln.

»Würdest du das denn tun, wenn ich ja sagen würde?«

Sie nickte und sah ihm dabei fest in die Augen.

Das ist also tatsächlich ihr Ernst - Fuck!

Sofort setzte das brüllende Verlangen in seinem Unterleib ein, das er bisher so beherrscht unterdrückt hatte. Allein die Vorstellung, sie komplett nackt zu sehen und mit ihr zu schlafen, ließ einen wahren Tornado in seinem Magen entstehen. Aber der Gedanke, sie könnte sich stattdessen jemand anderen suchen, wenn er es nur zuließe, gefiel ihm nicht. Ganz und gar nicht.

»Und wenn ich stattdessen mit dir schlafe?«

»Dann wäre mir das lieber«, gab sie zu, nahm eine Hand von seiner Schulter und strich sich ein paar Haarsträhnen hinter ihr Ohr. Aber die Art, wie sie ihn dabei ansah und gleichzeitig mit den Schultern zuckte, verriet David, dass sie dieses absolut verrückte Gespräch nicht annähernd so kalt ließ, wie sie ihn glauben machen wollte.

David atmete tief durch, bevor er schließlich nickte und betete, dass er dabei nicht aussah, wie ein notgeiler Freak. »Dann komm. Ich brauche frische Luft.«

Rain

Rain schlug das Herz bis zum Hals. Auf dem kurzen Weg zurück zum Hotel hatte sie unablässig mit ihren Fingern gespielt und sich gefragt, ob sie den Verstand verloren hatte. War es das wirklich wert? Das einigermaßen gute Verhältnis zwischen David und ihr dafür zu riskieren, ein einziges Mal mit ihm ins Bett zu gehen? Was, wenn sie doch nicht so cool und selbstsicher darüberstehen könnte, wie sie sich gerade einredete?

Ich bin doch gar nicht der Typ für solche Aktionen, dachte sie immer wieder, aber dafür war es zu spät. Für einen Rückzieher war es schlicht und ergreifend zu spät. Spätestens in dem Moment, in dem sich die Fahrstuhltüren hinter ihnen schlossen. Rain starrte auf den Fußboden und hörte das leise Dudeln der klassischen Musik aus dem Lautsprecher über ihnen und das typische Klingeln, als sich der Aufzug in Bewegung setzte. Nur eine Sekunde danach spürte sie Davids Hand an ihrer Taille, als er sie behutsam zu sich herumdrehte, um ihr ins Gesicht sehen zu können.

Rain rechnete eigentlich fest damit, dass er etwas sagen würde. Dass er das Gespräch wieder aufnahm, das sie vorhin in der Disco unterbrochen und bisher nicht weitergeführt hatten. Dass er sie vielleicht fragte, ob sie das wirklich wollte. Oder sonst irgendwas sagte, verflucht.

Aber das tat David nicht. Er schaute sie einfach einen Moment lang mit unbewegter Miene an, ohne ein Wort zu sagen und beugte sich dann vor, während er seine Hand an ihren Rücken legte und sie gleichzeitig enger an sich zog, damit er sie küssen konnte.

Sofort versteifte sich Rain. Unbewusst. Sie schaffte es gerade so, den Reflex abzuwehren, der ihr befehlen wollte, sich gegen ihn zur Wehr zu setzen, und spürte schon, wie ihr Körper auf ihn ansprang. Sie konzentrierte sich auf das Gefühl, seine warmen Hände an ihrem Rücken und ihrer Hüfte zu spüren. Darauf, seine Haare an ihrer Stirn und seine Nase an ihrer zu fühlen. Und darauf wie es sich anfühlte, von ihm geküsst zu werden. Nicht so harmlos und kurz, wie er es heute im Flugzeug getan hatte. Sondern heiß und fordernd und neugierig und -

Gott! Wenn er nicht aufhört, schmelze ich ...

Rain war unglaublich heiß. Ihre Hände fühlten sich ein bisschen feucht an, als sie sie zunächst auf Davids stahlharte Oberarme legte und schließlich, ein bisschen mutiger geworden, hoch zu seinem Hals und seinem Nacken wandern ließ. Durch seine ungestylten wirr fallenden Haare, an denen sie wie von selbst herumzerrten, als wollten sie um jeden Preis verhindern, dass er sich von ihr entfernte. Sie spürte die Wärme seines Körpers, seinen Herzschlag und die deutlich hervortretende Erektion in seiner Jeans, lauschte seinen schneller werdenden Atemzügen und zweifelte plötzlich keine Sekunde mehr daran, dass es eine gute Idee war, das hier zu tun. Weil David sie genauso wollte wie sie ihn.

Egal, dass es nur um Sex ging. Egal, dass es nur eine Nacht sein würde. Ein einziges Mal. Das spielte keine Rolle, denn Rain wusste einfach, dass er der Richtige dafür war, die schlechten Erinnerungen an Intimität und körperliche Nähe zu vertreiben und ihr auf diese Weise vielleicht dabei helfen könnte, wieder zu sich selbst zu finden.

War das verrückt? Teufel, ja! Das war es. Vielleicht wäre es besser gewesen, einfach eine Therapie zu machen. Vielleicht aber auch nicht. Darüber könnte sie sich den Kopf zerbrechen, wenn diese Nacht vorbei war. Wenn sie morgen früh aufwachen und feststellen würde, dass es vielleicht doch nicht so toll gewesen war, mit David zu schlafen. Wahrscheinlich gab es viele Gründe, aus denen ihr reichlich unausgereifter Plan nach hinten losgehen könnte. Sicher sogar. Aber das würde sie morgen mit sich selbst ausmachen. Nicht heute. Und ganz bestimmt nicht jetzt.

Mit geschlossenen Augen und wild klopfendem Herzen stand Rain vor David. Seine Zunge fuhr immer wieder über ihre Lippen, glitt in ihren Mund und spielte mit ihrer Zunge. Dass es sich so gut anfühlen könnte, ihn nur zu küssen, war für Rain schon fast Beweis genug. Wenn ihr so etwas Banales wie ein Kuss schon so viele positive Gefühle brachte, würde alles, was danach kam, nur noch großartiger sein. Ihr ganzer Körper kribbelte. Vor erwartungsvoller Ungeduld entwich ihr beinahe ein Seufzen, das David aber schnell erstickte, indem er seinen Mund fest auf ihren presste. Atemberaubend heiß und definitiv der perfekte Vorgeschmack auf das, was sie vermutlich noch zu erwarten hatte, sobald sie den Fahrstuhl verließen.

Als der Lift langsamer wurde und Rain nach und nach die Luft ausging, unterbrach David den unglaublich leidenschaftlichen Kuss schließlich und grinste sie an. Seine Lippen waren feucht und ein bisschen geschwollen und sahen für Rain einfach nur unverschämt anziehend aus.

Aber leider registrierte sie nun auch zum ersten Mal, dass sie nicht allein im Fahrstuhl waren! Ein Mann und eine Frau mittleren Alters standen auf der anderen Seite des Aufzugs. Beide schienen extrem bemüht zu sein, ihre Fassungslosigkeit über so viel Impertinenz zu verbergen. Schließlich war das hier immer noch ein sauteueres Nobelhotel.

Verdammt! Wie konnte ich mich in der Öffentlichkeit so gehen lassen ...

Vor Scham und einsetzender Reue wäre sie am liebsten im Boden versunken. Das war ihr definitiv noch nie passiert. Dass sie sich so aufführte und absolut die Kontrolle über sich und ihre Handlungen verlor - Mist!

Ihr Gesicht wurde schlagartig heiß. Sie brauchte keinen Spiegel, um zu wissen, dass es die Farbe einer überreifen Tomate angenommen hatte. Zu ihrem Entsetzen schien David das Ganze wenig auszumachen. Er griff nach ihrer Hand und drückte ihre Finger. Als sie aufsah, sah sie, dass er sie anlächelte. Verschmitzt wie ein kleiner Junge, der einen Streich ausgeheckt hatte. Und sofort fühlte sie sich etwas weniger mies.

Die Wirkung, die er auf mich hat, ist unfassbar ...

Eine Tatsache. Nicht mehr und nicht weniger. David musste nur in der Nähe sein und sie fühlte sich, als wäre sie ein anderer Mensch.

Gut, schaltete sich ihr Verstand ein. *Vielleicht liegt es gerade auch an der nicht unbeträchtlichen Menge Alkohol, die mich überhaupt erst dazu getrieben hat.*

Der Fahrstuhl hielt im siebten Stock. Ein Stockwerk unter dem, in dem sie beide ihre Suite gemietet hatten. Die Türen sprangen mit dem Klingeln auf und das andere Paar verließ den Aufzug beinahe fluchtartig, was Rain wenig überraschte. Sie sah gerade noch, wie die Frau ihr einen herablassenden Blick zuwarf und ihr Mann seine Augen mit unverhohlener Neugier über sie und David wandern ließ, als sich die Türen auch schon wieder schlossen. Nur einen Atemzug später brachen

David und Rain in schallendes Gelächter aus und die angespannte Stimmung zwischen ihnen löste sich auf. Sie lachten, bis Rain Bauchschmerzen davon bekam, stiegen in ihrer Etage aus dem Aufzug aus und es irritierte sie nicht im Geringsten, dass ihre Hand automatisch nach Davids suchte, während er seine Schlüsselkarte hervorzog und die Tür zum Zimmer aufstieß.

Irgendwie rechnete Rain damit, dass David nun etwas sagen würde. Irgendwas. Aber auch jetzt schwieg er nur, warf die Tür hinter sich zu, legte die Karte und sein Portmonee auf den kleinen Schrank neben der Garderobe und zog sie sofort an sich, als fürchtete er, sie könnte ihre Entscheidung revidieren.

Sie schloss die Augen und hielt den Atem an, als er sie erneut küsste. Dieses Mal ein bisschen weniger fordernd als vorhin im Fahrstuhl, aber nicht weniger leidenschaftlich. Die Hitze in ihrem Unterleib schien sich augenblicklich auf ihren ganzen Körper zu übertragen. Ein unbeschreibliches Gefühl, das alle Gedanken an richtig oder falsch wieder aus ihrem Kopf vertrieb.

Ist es das? Fühlt es sich so an, wenn es ›normal‹ ist?

Rain wusste es nicht. Nicht mehr. Die wenigen sexuellen Erfahrungen, die sie vor Mike gemacht hatte, waren nicht wesentlich besser gewesen, als alles, was sie in ihrer Ehe erlebt hatte. Gut. Die Rückbank eines alten Ford Mustang war vermutlich nicht der beste Ort, um seine Unschuld zu verlieren. Ausgerechnet an Jason DeGree, einen Mitschüler aus ihrem Chemiekurs an der Highschool. Er hatte wahrscheinlich nicht viel mehr Erfahrung gehabt als sie damals. Entsprechend schmerzhaft und unangenehm war es gewesen, von einem Tölpel wie ihm entjungfert zu werden. Und die paar Male danach waren nicht erfüllender oder schöner gewesen als diese beschissene Aktion damals.

Wie Mike getobt hat, als ihm klar geworden ist, dass ich keine Jungfrau mehr war ...

Ein Gedanke, den sie so schnell und unbarmherzig zurückdrängte, wie sie konnte.

»Alles in Ordnung?«, hörte sie David fragen und öffnete widerstrebend die Augen, weil sie erst jetzt merkte, dass er aufgehört hatte, sie zu küssen. Zusammen mit der Tatsache, dass sie fast stocksteif vor ihm stand, als wäre ihr Körper plötzlich zu Eis gefroren.

»Sorry«, murmelte sie und rang sich ein möglichst ungekünsteltes Lächeln ab. Sie wollte nicht, dass er dachte, etwas hieran könnte ihr missfallen. »Ich war gedanklich gerade - woanders.«

David lachte leise, hob eine Hand an ihre Wange und streichelte sanft mit den Fingern darüber. »Du solltest nicht an jemand anderen denken, wenn ich mit dir schlafen will«, sagte er und machte ihr dadurch bewusst, dass er anscheinend ahnte, worum sich ihre Gedanken drehten.

»Tut mir leid!« Ihr Gesicht wurde warm und das Schamgefühl kehrte zurück. »Aber es ist nicht so, wie du denkst.«

»Ich versteh schon.« Er lächelte aufmunternd, strich ihre Haare zur Seite und schob dann seine Hand unter ihr Kinn, damit sie sich nicht abwenden konnte, als er sie wieder küsste. Noch sanfter. Noch langsamer und noch viel zärtlicher als zuvor. Als wollte er sie unbedingt von ihren düsteren Erinnerungen ablenken.

Rain bemühte sich, sich wieder zu entspannen. Etwas, das angesichts seiner Umsicht einfacher war, als sie zunächst annahm. Sie konnte sich bei ihm fallenlassen, wenn sie es nur wollte. Und ja - das wollte sie. Wenn es bedeutete, mehr von ihm und seinen Berührungen zu bekommen, dann würde sie so entspannt sein, wie noch nie zuvor in ihrem Leben.

David war - sie schaffte es nicht einmal, ihn in Gedanken in Worte zu fassen. Seine machohafte Art, die er normalerweise an den Tag legte, war gänzlich verschwunden. Keine Spur von Überheblichkeit, Arroganz und Stolz. Er war wie ausgewechselt und sie wusste nicht einmal, warum das so war. Wieso er überhaupt erst eingewilligt hatte, als sie ihn gefragt hatte, ob er mit ihr schlafen würde. Irgendwie hatte ein Teil (ein masochistischer Teil) von ihr eher damit gerechnet, dass er sich über sie lustig machen würde.

Und dann? Wie hätte sie auf eine Abfuhr reagiert?

Indem ich einfach alles auf den Alkohol geschoben und so getan hätte, als wäre es nur ein Scherz. Ganz einfach.

Aber das war nicht nötig. David schien das hier mindestens so ernst zu nehmen wie Rain. Seine behutsamen Küsse wurden allmählich fordernder, während seine Finger langsam über ihre Hände hoch zu ihren Armen, ihren Schultern und ihrem Hals wanderten. Irgendwie schaffte er es, Rain genau auf diese Art und Weise so weit zu bringen, dass sie sich tatsächlich irgendwann traute, seine Zärtlichkeiten zu erwidern. Bisher hatte sie sich darauf beschränkt, ihn zu küssen. Jetzt wollte sie mehr.

Rain ließ ihre Fingerspitzen über Davids Arme wandern. Seine Haut war genauso heiß wie ihre, die mit jeder weiteren Berührung von ihm in Flammen aufzugehen schien. Sie mochte es, seine Arme anzufassen. Sie vermittelten ihr den Eindruck von wahnsinniger Kraft und Stärke. Dinge, die sie früher allenfalls als oberflächlich und nichtssagend abgetan hätte. Heute gab es ihr ein Gefühl von Sicherheit. Ihm hatte sie es zu verdanken, dass sie ihrer Ehehölle entkommen war. Nur ihm allein.

Er beschützt mich die ganze Zeit, schoss es ihr in genauso schnell in den Sinn, wie der Gedanke auch wieder verschwand und Rain wusste nicht, ob sie sich ihn nur eingebildet hatte ...

Rain streichelte über Davids Brust, ertastete dabei jede Falte im Stoff seines T-Shirts und wunderte sich darüber, wie hart sich sein ganzer Oberkörper darunter anfühlte. Jeder Muskel schien trainiert zu sein. Ebenmäßig und absolut perfekt proportioniert. Unvorstellbar, dass es im Augenblick außer ihr niemanden gab, der dieses Gefühl genießen konnte. Denn genau das tat Rain. Sie fand Gefallen an der Vorstellung, ihn für sich allein zu haben - geistig wie körperlich - auch wenn es nur eine einzige Nacht lang so sein würde.

»Rain«, flüsterte er ihr ins Ohr und allein sein Atem jagte einen heißen Schauer über ihren Rücken, der ihre Knie weich werden ließ.

»Gott!« Selbst ihre Stimme zitterte. Rain klappte den Mund schnell wieder zu und senkte den Kopf, weil sie unbedingt verhindern wollte, dass sie jetzt schon nach Atem ringen musste. Und dass er sehen konnte, wie wahnsinnig angeturnt sie war, obwohl eigentlich noch gar nicht viel passiert war. Sie hatten beide ihre Klamotten noch an. Kein Grund also, jetzt schon nicht mehr zu wissen, wo ihr der Kopf stand.

David lachte leise, ließ seine Finger durch ihre Haare wandern und streichelte schließlich über ihren Hinterkopf, bis sie sich gefangen hatte.

So schnell ging das nur leider nicht. Ihr Gesicht brannte, als sie es an seine Brust presste, seinen unbeschreiblichen Geruch inhalierte und um ihre Selbstbeherrschung rang. Sein Herz schlug schnell. Sie hörte und spürte es und es faszinierte sie, dass es im Gleichklang mit ihrem eigenen Herzen zu schlagen schien.

Wenn er der Erste gewesen wäre - mein *Erster - dann wäre mir vieles erspart geblieben*, dachte sie bitter und ließ einen Moment lang zu, dass es wehtat. Ja. Wenn sie schon damals in der Highschool etwas mit ihm angefangen hätte, wäre sie vielleicht anders drauf gewesen. Dann hätte sie sich niemals von ihrem Vater dazu zwingen lassen, die Ehe mit Mike einzugehen. Sie wäre selbstbewusster gewesen. Kämpferischer. Vielleicht hätte sie ihrem Vater hocherhobenen Hauptes die Stirn geboten und alles wäre anders gekommen.

Möglichkeiten, die Rain auf einmal Tränen in die Augen trieben, nur weil sie an das ›was wäre, wenn‹ denken musste. Weil ihr bewusst war, dass sie in Davids Gegenwart ein anderer Mensch war. Er brachte Eigenschaften an ihr zum Vorschein, von denen sie nicht einmal wusste, dass sie sie besaß. Und dabei machte er kaum etwas. Es war - verrückt.

»David, wieso haben wir in der Schule nie was miteinander gehabt?«, fragte sie irgendwann kaum hörbar, weil sie ihr Gesicht nach wie vor gegen seine Brust drückte.

Eine Frage, die ihn offenbar nachdenklich werden ließ. Er ließ sich Zeit mit seiner Antwort, streichelte weiter über ihr Haar und hielt sie einfach nur fest. Eine Geste, die Rain emotional beben ließ. »Ich denke, ich hätte damals nicht wirklich gut zu dir gepasst«, sagte er schließlich und sie konnte die leise Lüge erkennen, die in seiner Stimme mitschwang.

Am liebsten hätte sie ihn gefragt, was er damit meinte. Aber sie wollte ihn auch nicht drängen, ihr mehr zu erzählen, als *er* wollte. Also beließ sie es dabei, löste sich ein Stück von ihm und schaute ihm ins Gesicht. Und das, was sie sah, ließ sie schlucken.

In Davids Blick lag pures Verlangen. Ein unglaublich tiefes Begehren, das sich einzig und allein auf sie richtete. Jetzt und hier wollte er sie - nur sie. Und das zu sehen war besser als alles, was er ihr sonst gab. Das Gefühl, begehrenswert zu sein, ohne sie sich mit Gewalt nehmen zu müssen, stellte alle anderen Empfindungen in ihrem Herzen in den Schatten.

Schließlich schaltete Rain ihr Hirn wieder ab, stellte sich auf ihre Zehenspitzen und küsste David so vorsichtig und sanft auf den Mund, wie er es vorhin bei ihr getan hatte. Auf einmal war es fast natürlich, dass sie die Initiative ergriff. Es fühlte sich unglaublich gut an, so mutig zu sein. Etwas, das ihr bisher fremd gewesen war.

David drängte sie nicht. Er trieb das Ganze weder voran, noch gab er ihr zu verstehen, was er von ihr erwartete. Er schien es zu genießen, schloss sichtlich zufrieden die Augen und ließ zu, dass Rain ihre Hände unter sein Shirt schob.

Seine Haut darunter war so warm und angenehm, wie sie erwartet hatte. Ein bisschen belustigt stellte sie fest, dass er offenbar eitler war, als sie angenommen hatte. Seine Brust war glatt, als würde er sich auch dort regelmäßig rasieren. Sie erwischte sich kurz bei dem Gedanken daran, ob das auch für den Rest von ihm galt. Aber das würde sie schließlich bald herausfinden.

Rain zog das T-Shirt höher und ließ sich von David dabei helfen, es über seinen Kopf zu ziehen. Er warf es achtlos auf den Boden, hob seine Hand an ihre Wange und lächelte sie an. Sie hätte schwören können, dass er etwas sagen wollte, er schien es sich aber anders zu überlegen und auch darüber war sie froh. Sie ahnte immerhin, dass es etwas mit ihrer Entschlossenheit zu tun haben würde, das hier fortzusetzen. Weil sie jetzt noch zurück konnten, ohne dass es am Ende nur peinlich sein würde.

Aber Rain wollte nicht abbrechen. Sie wollte David berühren, ihn spüren und den unglaublichen Duft seines Parfums einatmen, das zusammen mit dem leichten Geruch von frischem Schweiß und dem Wodka aus der Disco eine atemberaubende Mischung ergab. Sie wollte, dass er sie berührte. Sie küsste. Mit ihr schlief. Jetzt sofort.

»Hat dir eigentlich mal jemand gesagt, wie schön du aussiehst, wenn du diesen Blick aufsetzt?«

Verwirrt von seinen Worten und der Feierlichkeit, mit der er sie aussprach, starrte Rain David an. Sie konnte nicht verhindern, dass sie dabei wahrscheinlich total bescheuert aussah. Ob es seine Absicht war, sie dadurch aus dem Konzept zu bringen, wusste sie natürlich nicht. Aber die Art, wie er seine Lippen zu einem leicht anzüglichen Grinsen verzog, sprach auf jeden Fall dafür.

Zu perplex, um zu reagieren, ließ Rain zu, dass David kurz mit seinem Daumen über ihre Wange strich und sich dann unendlich langsam vor ihr in die Knie sinken ließ, ohne den Blickkontakt zwischen ihnen abreißen zu lassen. Seine Hände wanderten dabei über ihre Taille, ihre Hüften und ihre Schenkel, ohne dass er dabei zu forsch vorging. Als seine warmen Finger ihre nackte Haut unterhalb des Kleides berührten, biss sie sich auf die Unterlippe.

»Ich mag deine Füße.«

»Meine - Füße?«, wiederholte sie seinen irgendwie seltsamen Kommentar und starrte ihn an.

David neigte den Kopf und lachte. »Ja. Keine Ahnung wieso. Sie sind irgendwie einfach perfekt.« Während er sprach, löste er den silbernen Riemen an ihrem rechten Schuh, hob gleichzeitig ihr Bein an, indem er ihre Wade umfasste und nur einen Atemzug später zog er ihr den Schuh aus. Aber er ließ ihren Fuß nicht sofort los. Als wollte er seine Worte unbedingt bekräftigen, fuhr er mit den Fingerspitzen ihre nun nackte und wahnsinnig empfindliche Fußsohle entlang, übte ein kleines bisschen Druck auf ihre Ferse und ihren Ballen aus und setzte ihn dann langsam wieder ab. Dasselbe wiederholte er mit ihrem linken Fuß. Noch langsamer. Noch intensiver und -

»Gott!«, presste Rain hervor, als sie das verräterische Seufzen nicht länger zurückdrängen konnte, das ihrer Kehle mit aller Macht entweichen wollte.

Sie hatte nicht die geringste Ahnung, wie dieser Mann es fertigbrachte, sie durch so etwas Gewöhnliches beinahe dazu zu bringen, die Beherrschung zu verlieren. Aber jede noch so winzige Berührung von ihm jagte kleine elektrisierende Impulse über ihren ganzen Körper!

David sagte nichts. Er lächelte sie einfach weiter an, als wüsste er haargenau, was gerade in ihr vorging, streichelte wieder gemächlich über ihre Beine und seine Finger nahmen denselben Weg zurück nach oben, als er sich langsam wieder aufrichtete. Nur, dass er dieses Mal sehr wohl weiter ging. Nämlich unter den Saum des schwarzen Minikleides. Und keineswegs so unschuldig, wie es alle seine bisherigen Berührungen gewesen waren. Auf einmal hatten die nämlich etwas sehr Besitzergreifendes an sich, als sich seine Hände unvermittelt zu ihrem Hintern schoben. Er umfasste ihre Pobacken in dem Moment, in dem er seine Lippen erneut auf ihre presste. Mit derselben eindringlichen Bestimmtheit, mit der er sich ihrem Hintern widmete.

Bevor Rain wusste, wie ihr geschah, war es zu spät. Sie ließ sich von David gegen die Wand in ihrem Rücken pressen und stöhnte tatsächlich ziemlich ungeniert in seinen Mund, als er seine Hände so fest um ihre Pobacken schloss, dass es fast schmerzhaft war. Aber nur fast, denn viel mehr gefiel es ihr, wie er sie nun anfasste. So sehr, dass sie nicht mehr versuchte, ihre Sehnsucht nach mehr vor ihm zu verbergen. Es hätte ohnehin keinen Sinn gehabt.

Sie wussten beide, dass David eine Menge von dem verstand, was er hier tat. Schließlich hatte sie es deswegen gewollt. Weil sie wusste, dass *er* wusste, was er zu tun hatte.

Eine seiner Hände wanderte unter ihrem Kleid höher über ihren Rücken, während die andere weiter an ihrem Po ruhte. Ihr Kleid rutschte höher.

David unterbrach den Kuss gerade lange genug, damit Rain nach Luft schnappen konnte, beugte sich dann noch weiter vor und leckte mit seiner Zunge über die linke Seite ihres Halses. Rain spürte die heiße feuchte Spur, die er auf ihrer Haut hinterließ, und keuchte erneut, als er unendlich langsam aber doch bestimmt hineinbiss. An der Stelle, unter der ihre Hauptschlagader verlief und ein weiterer Schauer über ihren ganzen Körper lief.

Wieder ließ er ihr keine Zeit, zu reagieren. Er zog seine Hände wieder unter ihrem Kleid hervor, legte sie an ihr Gesicht und hielt es fest, als er ihr so tief in die Augen schaute, dass sie das Gefühl bekam, sich darin zu verlieren. Ihr Puls raste. Sie war vollkommen berauscht von ihm, seinem Blick, seinen Berührungen und seinem wahnsinnig anturnenden Geruch. Absolut unfähig, an etwas anderes zu denken, als an ihn.

Und genau das ist seine Absicht ...

Rain schluckte und bemühte sich, sich wenigstens ein bisschen wieder zu fangen, während sie gespannt darauf wartete, was nun passieren würde.

Einen sehr langen Augenblick über schaute David sie einfach nur an. Dann strich er mit seinem Daumen über ihre halb geöffneten und plötzlich wahnsinnig empfindlichen Lippen und lächelte. »Wenn es dir zu viel ist, musst du es sagen«, sagte er leise. »Ich werde nichts tun, was du nicht willst.«

Rain hielt seinem Blick stand und schüttelte langsam den Kopf. Mit den Fingern strich sie durch seine Haare und legte die andere Hand auf seine Schulter. »Es ist nicht zu viel«, antwortete sie ebenso leise, obwohl es keinen Grund dafür gab. Sie waren allein. Niemand konnte sie sehen oder hören. »Es ist perfekt.«

David lachte. »Gut. Denn das ist noch längst nicht alles. Ich lasse dich bestimmt nicht aus dem Bett, bevor ich nicht sicher weiß, dass du garantiert an nichts anderes mehr denken kannst, als an -«

»Dich?«, unterbrach sie ihn und grinste sarkastisch. »Du traust dir ja ganz schön viel zu, mein Lieber. Bist du wirklich so gut?«

David erwiderte ihr Grinsen deutlich reservierter als zuvor. »Wie wär's, wenn du das selber herausfindest?«

Rain schluckte. Das, was sie bei seinen Worten empfand, war keine irrationale Furcht. Keine Angst davor, zu weit zu gehen oder sich vielleicht zu blamieren. Keine Reue, keine Scham. Nur unheimliche Vorfreude und eine ungeduldige Erwartung darauf, es wirklich herauszufinden.

David wartete ihre Antwort nicht ab. Ihr Schweigen schien ihm zu reichen. Er streichelte noch einmal voller Zärtlichkeit über ihre Arme und ihre Schultern, bevor seine Finger den Reißverschluss fanden, der das Kleid an ihrem Rücken zusammenhielt. Der schwarze Stoff glitt geschmeidig hinunter und lag bereits auf dem Boden, als Rain klar wurde, dass sie nun nur noch in ihrer Unterwäsche vor David stand. Er betrachtete sie, schien jeden Millimeter ihres Körpers aufzusaugen und in seinem Blick sah sie nur unverhohlene Gier.

»Fuck«, presste er so gequält hervor, dass sie ihn verwirrt anstarrte. »Du machst mich fertig«, antwortete er auf ihren fragenden Blick und grinste schon wieder. Aber dieses Mal schien selbst er Schwierigkeiten damit zu haben, seine wahren Gefühle vor ihr zu verbergen. Denn außer seiner offensichtlichen Begierde sah Rain einen Hauch Unsicherheit in seinen dunklen Augen.

Okay. Habe ich es gerade tatsächlich irgendwie fertiggebracht, ihn zu aus der Fassung zu bringen? Wahnsinn!

Und genau das war es. Es verlieh ihr für einen kurzen Augenblick ein Gefühl von Macht. Eine Macht, die sie über *ihn* hatte, ohne zu wissen, dass sie sie besaß. Ein wahnsinnig berauschendes Gefühl. Eines von so vielen, das David in ihr auslöste, und sie war sich nicht sicher, ob er wirklich all das beabsichtigte.

Bis jetzt hatte sie ihren Körper zwar nicht als abnormal oder abstoßend empfunden, sich aber auch nicht viel daraus gemacht. Mike hatte es immerhin wenig interessiert, sie anzusehen. Alles, was er gewollt hatte, war sie zu ficken. Wie sie aussah, war ihm dabei egal. Egal, dass sie eigentlich immer zu mager gewesen war, ihr Hintern viel zu flach und ihre Brüste viel zu klein waren. Seit sie bei David war, hatte sie ein bisschen Gewicht zugelegt. Das wirkte sich auch auf diese Stellen ihres Körpers aus. Sie wusste, dass ihre Brüste immer noch nicht viel größer waren. Klar. Aber sie füllten den neuen BH, den sie sich letzte Woche gekauft hatte, trotzdem perfekt aus.

Davids offensichtliches Begehren reichte, um sie ihre eigenen Unzulänglichkeiten vergessen zu lassen. Und das war definitiv mehr wert, als alles andere.

Ermutigt von seiner Reaktion beschloss sie, selbst wieder die Initiative zu ergreifen. Immerhin war er ihr gegenüber nun deutlich im Vorteil, weil sie weniger Klamotten anhatte als er. Das würde sie ändern. Sie sah ihm fest ins Gesicht, während sie sich am Knopf seiner Jeans zu schaffen machte. Normalerweise kein großes Problem, aber jetzt zitterten ihre Finger. Trotzdem gelang es ihr und sofort glitt sie in den Bund der engen Hose, um sie ihm genauso langsam von den Hüften zu schieben, wie er es mit ihrem Kleid getan hatte. David ließ sie gewähren und spielte gelassen mit einer ihrer Haarsträhnen.

Zentimeter für Zentimeter legte sie frei, sah, dass er unter der Jeans schwarze enge Boxershorts trug, und biss sich so unauffällig wie möglich auf die Zunge. Unfassbar, aber allein der Anblick seiner nun deutlicher zu erkennenden Erektion versetzte Rain in erwartungsvolle Ungeduld.

Auch jetzt half er ihr wieder, streifte sich zunächst die Schuhe von den Füßen und anschließend die Jeans.

Rains Mund wurde auf einmal ziemlich trocken, nur weil sie ihren Blick über ihn wandern ließ. Auch der Rest seines Körpers war durch und durch trainiert. Sie sah seine muskulösen Beine an, die aussahen, als wären sie es gewohnt, weite Strecken zu rennen. Kein Wunder also, dass er heute auf dem Weg zum Flughafen nicht annähernd so aus der Puste gewesen war wie sie. Sie erwischte sich bei einem sehnsüchtigen Blick auf seinen Hintern und der Frage, wie er sich wohl anfühlen würde. Ob er genauso fest war, wie er aussah. Genauso gut in ihre Hände passte, wie ihrer in seine Hände.

»Na, immerhin scheint dir ja zu gefallen, was du siehst«, sagte David hörbar amüsiert und riss sie dadurch unsanft aus ihren Gedanken.

Verschämt wandte sie den Blick von ihm ab und strich sich fahrig mit der Hand durchs Haar. »Fass dir mal an deine eigene Nase«, antwortete sie zerknirscht und sah zu, wie er sich lachend zu seiner Hose runterbückte. Er durchwühlte die Hosentaschen, als suchte er nach etwas Bestimmtem. Nur einen Moment später hielt er grinsend das Kondom in seiner Hand hoch.

»Ich habe keinen Grund, zu verheimlichen, wie scharf ich dich finde, oder? Sonst hätte ich dem hier sicher nicht zugestimmt.«

Rain öffnete den Mund zu einer Antwort. Die Frage, wieso er dann zugestimmt hatte, lag ihr abermals auf der Zunge. Aber auch jetzt ließ David nicht zu, dass sie sie stellte. Er packte sie an den Oberarmen, stieß sie mit einem Ruck wieder zurück gegen die Wand und grinste, als sie aufkeuchte.

Der Moment, den er nutzte, um ihre Arme loszulassen und seine Hände stattdessen wieder an ihren Hintern zu legen, während er sie so atemberaubend schnell und leidenschaftlich küsste, dass ihr alle Proteste im Hals stecken blieben. Ein erneuter Ruck ging durch ihren Körper und plötzlich fand sie sich auf seinen Armen wieder. Eingekeilt zwischen der Wand hinter sich und David, der sie herausfordernd anlächelte.

Rain schlang ihre Arme um seinen Hals und ihre Beine um seine Hüften, damit sie den Halt nicht verlor. Die Tatsache, dass sie seine Erektion nun durch den Stoff seiner Shorts an ihrem Hintern spüren konnte, machte sie augenblicklich noch nervöser.

»Ich schlage vor, wir verlagern den Rest auf das Schlafzimmer«, murmelte er, bevor er eine Hand von ihrem Po löste und damit sanft durch ihr Haar fuhr. »Das Bett ist nämlich jeden verdammten Cent wert, den ich hierfür geblecht habe.«

Weil sie nicht wusste, was sie darauf antworten sollte, nickte sie nur. Irgendwie rechnete Rain damit, dass er sie wieder herunterlassen würde, aber das schien David nicht in den Sinn zu kommen. Er trug sie einfach auf seinen Armen Richtung Schlafzimmer, setzte sie dann langsam auf der weichen Matratze ab verharrte einen Moment lang davor, als müsste er darüber nachdenken, wie er weitermachen sollte.

Rain nahm ihm die Entscheidung ab, indem sie nach seiner Hand griff und ihn zu sich runter aufs Bett zog. Sie rutschte mit angewinkelten Beinen zurück ans Kopfende und er folgte ihr bereitwillig. Das Kondom legte er auf das kleine Tischchen daneben, schaltete die Lampe darauf aber nicht aus. Etwas, das sie überraschenderweise stark irritierte.

»Was ist?«, fragte er und machte ihr bewusst, dass er sie auch jetzt die ganze Zeit über beobachtete.

»Nichts«, antwortete sie schnell und zwang sich zu einem Lächeln. »Das Licht ist an.«

»Und?«

»Äh, ich -« Rain brach mitten im Satz ab. Verwirrt und absolut verunsichert über ihre eigene Reaktion.

»Hat er es immer ausgemacht?«

Überrascht schaute sie ihm ins Gesicht und spürte, wie ihre Wangen heiß wurden. Sie wollte nicht nicken, konnte es aber nicht verhindern. Es hatte eh keinen Zweck, es zu verbergen. Die Tatsache, dass Mike meistens in völliger Dunkelheit über sie hergefallen war. Sogar tagsüber hatte er die Vorhänge zugezogen, damit so wenig Licht wie möglich in den Raum fiel. Vielleicht, weil er ihre Tränen nicht hatte sehen wollen. Oder, weil er sie doch abstoßender fand, als man angesichts seiner vielen Übergriffe vermuten könnte. Hauptsache, den eigenen stinkenden Schwanz irgendwo versenken. Wo, war demnach völlig egal.

Als Rain den metallischen Geschmack von Blut in ihrem Mund schmeckte, kniff sie erschrocken die Augen zusammen. Sie hatte sich zu fest auf die Innenseite ihrer Wange gebissen. Aber allein die Erinnerung an sein Grunzen in der Dunkelheit und den stechenden Schmerz zwischen ihren Beinen ließ das Blut in ihren Adern gefrieren. Sofort verspürte sie den Ekel und das Schamgefühl, das sie doch eigentlich nur verdrängen wollte. Mike war immer egal gewesen, dass ihr Körper nie bereit dafür gewesen war, sich benutzen zu lassen. Er hatte sich niemals die Mühe gemacht, es ihr wenigstens etwas angenehmer zu machen. Manchmal hatte sie nach einem Fick kaum laufen können, weil sie wundgescheuert gewesen war. Und jetzt erschienen all diese Bilder in ihrem Kopf und machten ihr mit aller Deutlichkeit bewusst, wie viel dieser Mann tatsächlich von ihr und ihrer Seele zerstört hatte.

»Rain«, flüsterte David ihren Namen und sie spürte seine Finger, die ihre Hände von ihrem Gesicht lösen wollten.

Sie weinte nicht. Noch nicht. Aber ihre Augen brannten und wenn sie sich nicht zusammenreißen konnte, würde es nicht mehr lange dauern. Dann wäre das hier auf jeden Fall vorbei. Sie wollte nicht weinen. Sie wollte nicht, dass David sein Interesse an ihr verlor. Sie war doch so froh darüber, dass er ihr diese Möglichkeit überhaupt zugestand. Dass er eingewilligt hatte, mit ihr zu schlafen, obwohl er gar keinen Grund dafür hatte. Sie war selbst in dem Club gewesen - sie hatte gesehen, wie viele Alternativen es allein dort für ihn gegeben hatte. Wie viele der anwesenden Frauen ihn angesehen hatten - auch wenn sie ihm nur sehnsüchtig nachgeschaut hatten. Und ja - es war ein verdammt gutes Gefühl gewesen, diesen Club an seiner Seite zu verlassen. An seiner Hand und mit der Aussicht darauf, ihn heute Nacht für sich allein zu haben. Dieses Hochgefühl war unbeschreiblich gewesen und jetzt?

»Wenn du lieber aufhören willst, kann ich das verstehen«, hörte sie sich selbst sagen und war überrascht darüber, dass ihre Stimme fester klang, als sie gedacht hätte. Aber sie wollte unbedingt vermeiden, es noch schlimmer zu machen. »Ich glaube, ich würde mich in diesem Zustand auch nicht vögeln wollen.« Sie lachte trocken und betete, dass es ausreichte, um ihre Angst und die plötzlich wiederkehrende Unsicherheit zu überspielen. Dabei vermied sie es, David direkt in die Augen zu sehen.

Bitte, bitte, mach dass ich nicht heule ...

Es dauerte einen Moment, bis David ihr antwortete und Rain wappnete sich für seine Abfuhr. Er würde es nicht durchziehen, solange sie in diesem Zustand war. Teufel - das hier war ihre einzige Chance gewesen. Und sie *versaute* es. Dabei hatte sie sich verdammt viel hiervon erhofft. Bisher hatte er alles richtig gemacht. Es war nicht seine Schuld, dass sie gerade innerlich durchdrehte, sondern ganz allein ihre. Und wahrscheinlich würde er das genauso sehen. David würde zu der Erkenntnis gelangen, dass es eine dumme Idee gewesen war. Dass sie seine Zeit nur verschwendet hatte. Zeit, die er stattdessen dafür hätte aufbringen können, sich eine andere Frau für die Nacht zu suchen, die -

»Es ist deine Nacht«, sagte er leise und riss sie durch die aufmunternde Sanftheit in seiner tiefen Stimme aus ihren trübsinnigen Gedanken. »Ich höre auf, wenn du es willst und ich mache weiter, wenn du es willst. Du gibst das Tempo vor - oder das Ende. Du hast mich darum gebeten, und wenn du denkst, dass ich mich hiervon abschrecken lasse, hast du dich geirrt. Aber wenn du jetzt sagst, dass es vorbei ist, dann ist es so und das ist in Ordnung. Wenn du trotzdem weitermachen willst, ist es genauso in Ordnung. Ich verurteile dich für gar nichts, Rain.«

»Warum tust du das, David?« Ungläubig schüttelte Rain den Kopf. Sie konnte es nicht fassen. Dass er immer noch nicht die Nase von ihr voll zu haben schien, obwohl das Ganze gerade völlig aus dem Ruder gelaufen war. Obwohl es so anders geplant gewesen war ...

Er lächelte, beugte sich ein Stück zu ihr herunter und hauchte einen Kuss auf ihre Stirn. »Ist das wichtig? Vielleicht kann ich dich einfach gut genug leiden, um dir wenigstens dabei zu helfen, dich besser zu fühlen.«

Rain lachte auf. Ihre Stimme klang krächzend. »Als wenn es eine großartige Freizeitbeschäftigung ist, sich mit einem Wrack wie mir abzugeben«, antwortete sie voller Abscheu auf sich selbst und verzog das Gesicht.

»Nur, dass du keine Freizeitbeschäftigung bist.« Auch dieses Mal wartete David ihre Antwort nicht ab. Er griff nach ihren Schultern, drückte Rain aufs Bett runter und schwang sich über sie, bevor sie ihn aufhalten konnte. Er war verdammt schwer, auch wenn er noch nicht einmal mit seinem ganzen Gewicht auf ihr lag. Er kniete so über ihr, dass ihre Beine ausgestreckt zwischen seinen lagen. Ihre Arme konnte sie problemlos bewegen und irgendwie hätte sie schwören können, dass er genau das beabsichtigte. Dass sie so viel Bewegungsfreiheit hatte wie möglich, um nicht wieder in Panik auszubrechen. »Und als ›abgeben‹ würde ich das auch nicht gerade bezeichnen.«

»Du willst mich immer noch? Wirklich?«, flüsterte sie mit erstickter Stimme und wusste, dass sie sich anhören musste, als würde sie ihn anbetteln. Und ein kleines bisschen tat sie das auch. Rain wollte nicht, dass es vorbei war. Sie brauchte David und das Gefühl, das er ihr heute vermittelte. Das Gefühl, mehr wert zu sein, als sie sich selbst zugestand.

»Wirklich.« Mehr sagte er nicht, aber das war auch nicht nötig. David küsste sie auf den Mund, die Nasenspitze, die Wangen und die Stirn. Dabei strich er mit den Fingern durch ihr Haar, und ganz allmählich verschwand die Angst wieder in den Hintergrund. *Er* ließ sie verschwinden. Genau wie vorhin. Und genau wie vorhin gab er ihr auch jetzt wieder das Gefühl, begehrenswert und wichtig zu sein.

Rain schloss die Augen, zwang sich, ihre Muskeln zu lockern und tatsächlich fiel die Anspannung langsam von ihr ab. Sie konzentrierte sich bewusst auf ihn. Auf seine sanften Berührungen, seine Küsse, seinen Herzschlag. Und es half. Die Wärme kehrte in ihren Magen zurück, breitete sich ganz langsam darin aus und schließlich war sogar ihr eigenes sachtes Verlangen wieder da, das sie vorhin beinahe um den Verstand gebracht hatte. Das Verlangen danach, von ihm berührt zu werden. Sich fallenzulassen und sich ihm hinzugeben, weil auch er es wert war, dass sie es tat.

David war mit seinen Küssen inzwischen wieder bei ihrem Hals angelangt. Er hauchte einen davon auf ihr Schlüsselbein, bevor er sich ein Stück hochdrückte und ihr kurz in die Augen schaute, bevor er seine Lippen wieder auf die ihren presste. Dieses Mal dehnte er den Kuss ausgiebig aus, ließ sich Zeit damit, als genoss er es unglaublich, sie so leidenschaftlich und heiß zu küssen und dann war es tatsächlich so weit - Rain schaltete ihren Verstand komplett ab.

Gott - diese Erleichterung ...

Am liebsten hätte sie vor Freude geseufzt. Aber das sparte sie sich für den Moment, als David ein paar Sekunden später die Hand unter ihren Rücken schob. Seine Finger tasteten nach dem Verschluss des BHs. Sie richtete sich so weit auf, dass er ihn problemlos zu fassen bekam und wartete mit klopfendem Herzen darauf, dass er ihn aufmachte.

Rain ließ zu, dass er ihr die Träger von den Schultern streifte. Mit den Fingern strich er die Linie zwischen ihren nunmehr nackten Brüsten nach; bis hinunter zu ihrem Bauchnabel. Er nahm denselben Weg zurück, umrundete dann langsam ihre rechte Brust und anschließend die Linke, bevor er den Kuss mit einem leisen Seufzen beendete und sich stattdessen sofort ihren Brüsten widmete. Vorsichtig hauchte er einen Kuss auf ihre Brustwarze, die sich bei dieser unerwartet zärtlichen Berührung sofort aufrichtete, bevor er mit der Zunge darüber leckte und sie kurz in seinem Mund verschwinden ließ.

Rain schloss die Augen und presste die Lippen fest aufeinander, während sie ihre Finger in Davids Haaren vergrub und ihn einfach machen ließ, was er wollte. Bisher fühlte es sich nämlich verdammt gut an. Atemberaubend gut. Seine Hände wanderten unablässig über ihren Körper. Sie wusste nicht, auf was sie sich konzentrieren sollte: auf seine Lippen und seine Zunge, die ihre Brüste abwechselnd verwöhnten, oder auf seine Hände, von denen sich zumindest eine allmählich zum Bund ihres Höschens geschlichen hatte.

Wieder nahm David ihr alle Möglichkeiten aus der Hand. Er zog seine Hände weg und stützte sie neben ihre Schultern auf die Matratze, während er darauf zu warten schien, dass sie ihn ansah.

Widerstrebend öffnete Rain die Augen, weil sie nicht genau wusste, was er nun von ihr erwarten würde.

»Du zuerst, oder ich?«, fragte er mit einem breiten Lächeln im Gesicht und deutete dabei runter auf ihren Slip. Sofort kehrte die Hitze mit voller Wucht in ihr Gesicht zurück. Natürlich mussten sie sich ganz ausziehen, wenn sie weitermachen wollten. Aber Rain war sehr wohl bewusst, dass er diesen Regionen wahrscheinlich ebenso viel Aufmerksamkeit schenken würde, wie dem Rest ihres Körpers. Ein Gedanke, der erwartungsvolle Unruhe in ihr freisetzte. Bisher hatte sich nämlich nie ein Mann dafür interessiert ...

»Äh, du?«, antwortete sie schließlich knapp und schluckte, als er sich grinsend hochstemmte. Mit einem Satz sprang David aus dem Bett, riss sich die Boxershorts förmlich von den Hüften und sah dabei aus, als hätte er es gar nicht erwarten können, genau das endlich zu tun.

»Guck nicht so«, sagte er leichthin, bevor er zurück ins Bett kam. »Es wurde verdammt eng darin!«

Rain starrte ihn an - und lachte. Schon wieder. David gab ihr nicht nur das Gefühl, attraktiv und für einen Mann begehrenswert zu sein, sondern brachte es auch fertig, dass es sich absolut normal und natürlich anfühlte, mit ihm zu schlafen.

Erst dann gestattete sie sich, einen Blick auf das zu werfen, was sie bisher mehr oder weniger aus ihrer Wahrnehmung ausgeblendet hatte.

Bei Gott - dass muss *ja unangenehm sein - in der Hose ...*

Unschlüssig, ob ihr der Anblick seiner gigantischen Erektion nun Angst einjagen oder sie heiß machen sollte, lächelte sie ihn an. Ein Ausdruck ihrer Unsicherheit, den David schon wieder richtig zu deuten schien. Er grinste stetig weiter, kletterte zurück aufs Bett und drückte sie ungefragt zurück auf die Matratze.

»Nicht denken«, befahl er leise, bevor er mit einer Hand ihre Beine weit genug auseinander drückte, damit er sich dazwischen knien konnte, und sie gleichzeitig auf den Mundwinkel küsste. »Ich verspreche, dass ich dir nicht wehtue.«

Am liebsten hätte sie laut gelacht. Obwohl David in dieser Hinsicht wesentlich besser bestückt war, als Mike, wäre sie jede Wette eingegangen, dass er ihr niemals wehtun könnte. Einfach, weil Mike sich eben ganz und gar nicht um die Dinge gescherrt hatte, die David ziemlich wichtig zu sein schienen. Nämlich, dass ihr das hier genauso viel Spaß machte, wie ihm.

Rain musste David nur ins Gesicht sehen und wusste, dass er sie wollte. Seine Augen leuchteten, sie sah die Röte in seinem Gesicht und schaute auf seine halb geöffneten Lippen und wusste, dass er seinen Spaß hatte. Denselben Spaß, den er ihr auch bereiten wollte - koste es, was es wolle. Ein unglaublich gutes Gefühl, allein das zu wissen und es zu spüren.

Es war ein Ziehen und Zerren an ihrer Hüfte, das Rain in die Realität zurückholte und ihr bewusst machte, dass sie in genau dieser Sekunde - völlig nackt vor David lag. Er hatte ihren Slip heruntergezogen, ohne sich dafür extra ein Einverständnis von ihr zu holen und sie hatte es nicht einmal gemerkt. Ihr Herz setzte einen Schlag lang aus, als sie seinen Blick registrierte. Sie sah: Verlangen. Leidenschaft. Begierde. Alles Dinge, die sie auch von anderen Männern kannte. Aber bei ihm hatten sie nicht annähernd die besitzergreifende brutale Zweideutigkeit, die sie früher vor Angst hätte schlottern lassen. Es fühlte sich erstaunlich gut an, dass er sie auf diese

Weise betrachtete. Und wieder fühlte sie sich einfach respektiert.

Unfassbar. Wie macht er das nur ...

Völlig egal, wie er es machte. Tatsache war, dass Rain zwar nervös war, aber auch unglaublich angespannt, weil sie sehnsüchtig darauf wartete, dass er weitermachte. Dass er sie erneut küsste, sie anfasste und endlich endlich mit ihr schlief.

»Entspann dich«, sagte er leise und Rain, die eher damit gerechnet hatte, dass er nun nach dem Kondom auf dem Nachttisch greifen würde, schaute ihm verwirrt ins Gesicht, als sie seine Hände wieder zwischen ihren Schenkel spürte. Er drückte ihre angewinkelten Beine noch weiter auseinander, rutschte auf der Matratze herum und -

Oh mein Gott!

Sie warf den Kopf zurück und kniff überrascht die Augen zusammen. Das verblüffte Stöhnen in ihrer Kehle konnte sie gerade noch zurückdrängen, als er seine Lippen unvermittelt auf die unglaublich empfindliche Stelle zwischen ihren Beinen presste, die außer ihr noch nie jemand zuvor richtig berührt hatte. Sofort spürte sie das Feuer der Lust in ihrem ganzen Unterleib wüten. Sie krallte die Finger in das Seidenlaken unter sich und versuchte angestrengt, keinen Mucks von sich zu geben. Sie wollte nicht, dass David merkte, wie sehr er sie dadurch um den Verstand bringen konnte. Dass er es überhaupt konnte. Es war schon schwer genug, sich das selber einzugestehen. Aber *wenn* er es wüsste, wüsste er auch, wie viel Macht er gerade über sie hatte ...

Seine Zunge schien extrem geübt darin zu sein, eine Frau zu verwöhnen. Jede noch so winzige Berührung jagte heiße Schauer über ihren Körper, ließ sie innerlich zittern und sich um Himmelswillen wünschen, er würde niemals damit aufhören.

»Ist das in Ordnung für dich?«, hörte sie ihn irgendwann am Rande ihres schwindenden Verstandes fragen und zwang sich, die Augen wieder aufzumachen. Er hatte die wahnsinnig geschickte Liebkosung ihrer Klitoris unterbrochen und schien etwas von ihr zu erwarten. Nur was?

Aber dann registrierte sie, dass sie fast die ganze Zeit über den Atem angehalten hatte. Etwas, das ihm offenbar aufgefallen war, denn sein Blick ruhte auf ihr und strahlte Besorgnis aus.

Rain riss sich zusammen und rang sich ein schwaches Lächeln ab. Zu mehr war sie im Augenblick nicht fähig. »Es geht mir gut.« Sie nickte. »Es -« Sie wusste nicht, was sie noch sagen sollte, also starrte sie ihn einfach nur an.

»Gefällt es dir?«, half er nach und lächelte sichtlich zufrieden, als sie erneut nickte. »Gut. Denn ich will, dass du das hier -«, er presste seinen Daumen mit sanftem Druck gegen ihre Klitoris und Rain biss sich vor lauter Erregung fest auf die Unterlippe, »nie wieder vergisst.«

Verdammt - ich werde es unter keinen Umständen vergessen können. Niemals!

»Soll ich weitermachen? Oder aufhören.« Der Klang seiner Stimme verriet ihr, dass er es darauf anlegte, sie aus der Reserve zu locken. David wollte sie provozieren. Sie herausfordern. Sie reizen.

Es funktionierte. Weil Rain nicht sofort antwortete, nahm er seine Finger weg, was sie sofort mit einem bedauernden Knurren quittierte. Rain schloss ihren Mund hastig, doch es war zu spät. Das Grinsen auf Davids Lippen wurde breiter.

»Mach ... weiter«, stieß sie endlich hervor, weil das Verlangen und der Wunsch nach mehr tatsächlich ihre Scheu überdeckten. »Bitte!«

»Okay. Genau das wollte ich hören.« Er nickte offensichtlich zufrieden, bevor er ihrer Aufforderung nachkam und da weitermachte, wo er aufgehört hatte.

Über Rains Verstand breitete sich erneut die schwere dunkle Decke aus kaum gekannter Leidenschaft aus. Heiße Wellen aus reiner Sehnsucht und Hingabe überrollten sie - genau wie der Orgasmus, der sie Augenblicke später endgültig alle Hemmungen vergessen ließ. Rain stöhnte, krallte sich im Laken unter ihr fest und bewegte sich, ohne sich dabei allzu weit von David und seinem Mund zu entfernen. Es war der absolute Wahnsinn. Sie konnte sich nicht daran erinnern, jemals etwas derart Überwältigendes gefühlt zu haben. Es ließ sie nicht mehr los, packte sie und schien sich in ihrem ganzen Körper auszubreiten, bis sie nicht mehr wusste, wo ihr der Kopf stand.

Rain hielt die Augen geschlossen, kämpfte um jeden Atemzug und spürte, wie dieses unglaubliche Gefühl allmählich verebbte. Ihr Herz schlug so schnell, dass sie fürchtete, es könnte aus ihrer Brust springen. Sie spürte auch die Feuchtigkeit zwischen ihren Beinen, als David ein letztes Mal mit den Fingern über ihre pulsierende Klitoris streichelte, bevor er sich endgültig davon entfernte und sich wieder aufrichtete.

Erst jetzt traute sie sich, ihn anzusehen. Und das, was sie sah, stellte alles andere in den Schatten. Plötzlich wusste Rain, dass das hier erst der Anfang gewesen war. Der Anfang der umwerfendsten und längsten Nacht ihres Lebens.

FÜNF

In the realm of shades

David

Mit geschlossenen Augen stand David unter der Dusche des scheißteueren Hotelzimmers und gab sich alle erdenkliche Mühe, nicht nachzudenken. Das fiel ihm normalerweise nicht schwer. Wenn er durch guten Sex seinen ganzen Druck abgelassen und sich ordentlich ausgepowert hatte, wollte er alles Mögliche - aber sicher nicht denken.

Leider war seit dem Moment, in dem er mit Rain geschlafen hatte, alles anders. Denn leider verschwand weder sie noch ihre Vergangenheit noch ihr absurd verletzlicher Blick aus seinem Kopf.

Verdammt! Er hatte zwar befürchtet, dass so etwas passieren würde, dem Gedanken aber nicht allzu viel Raum zugestehen wollen, bevor er es nicht ausprobiert hatte: David war von der ersten Sekunde an klar gewesen, dass es ein Fehler war!

Warum habe ich Vollidiot es dann zugelassen?

Ein zynischer Gedanke seines Verstandes, den er in den letzten Stunden so hervorragend ignoriert hatte.

Er war froh, dass Rain inzwischen schlief. Er hatte sie vor ein paar Minuten mit einem der Laken zugedeckt, bevor er leise aufgestanden und im Bad verschwunden war. Sie war so erschöpft, dass sie nicht einmal gezuckt hatte und zumindest das konnte er ansatzweise nachvollziehen. Der Sex mit ihm schien nicht nur emotional eine Menge in ihr ausgelöst zu haben. Es hatte sie total fertiggemacht und verdammt - es war wirklich gut gewesen! Viel besser, als er zunächst gedacht hatte.

Ihre anfängliche Unsicherheit hatte sich schnell gelegt. Sie war mutiger geworden. Fordernder. David hatte es gefallen, mit ihr zu schlafen, obwohl er sich anfangs wirklich nicht viel davon versprochen hatte. Rain war lernfähig, ausdauernd und offensichtlich erpicht darauf gewesen, es für sie beide gut zu machen. Genau, wie er selbst ...

Allein der Gedanke an ihr gerötetes Gesicht, das Strahlen in ihren wunderschönen Augen und die Erinnerung an ihre feuchten halb geöffneten Lippen ließen das Blut in seine Lenden schießen. Die erneute Erektion zwischen seinen Beinen war der beste Beweis dafür, dass er es eigentlich kaum erwarten konnte, es noch einmal zu tun. Dabei hatte er in dieser Nacht drei Kondome plattgemacht. Es war -

Oh Mann - sie bringt mich um den Verstand ...

Er drängte die Gedanken an Rain zurück, hielt den Atem so lange an, bis das Blut aus seinem Schwanz zurück in den Rest seines Körpers floss und betete, dass es bald vorbei war. Dass er aufhörte, ausgerechnet darüber nachzudenken. Etwas, das er dringend unterbinden musste!

David seufzte. Sein Kopf wurde wieder leer. Ein angenehmeres und besseres Gefühl.

Die Sonne ging bereits auf. An Schlaf war für David nun nicht mehr zu denken. Auch ein Fehler, dessen er sich schon jetzt bewusst war. Schlafentzug konnte gefährlich werden. Er könnte ihn langsam und schwach machen, sodass er nicht rechtzeitig auf lebensbedrohliche Situationen reagieren konnte.

Solche Erfahrungen hatte er im Laufe seiner Ausbildung häufig machen müssen. Mr. Smith verstand eine Menge davon, seine ›Kinder‹ zu quälen. Sie ohne Essen, Wasser oder eben Schlaf tage- und nächtelang durch Wälder, Eiswüsten und Dschungel zu treiben, um ihren Willen zu brechen - oder ihn zu stärken. Mr. Smith war der Beste auf seinem Gebiet. Wenn man seine Ausbildung überstand, überstand man alles. Und das hatte Davids Vater schließlich gewusst, als er seinen Sohn vor fast zehn Jahren in dessen Obhut übergeben hatte.

So war David zu Schulzeiten häufiger offiziell ›krank‹ gemeldet, während er eigentlich durch den venezuelischen Dschungel marschiert war. Die kompletten Sommerferien verbrachte er schon mal in der sibirischen Pampa. Bei Minus fünfzehn Grad. Alternativ im Zagrosgebirge im Norden des Iraks; in dem Sommer, in dem er sechzehn geworden war. Eine herrliche Art, einen Heranwachsenden großzuziehen, dessen einzige Aufgabe darin bestand, der Beste bei etwas zu sein, das es im Leben der meisten Menschen dieser Welt gar nicht gab. Blöd nur, dass David das nie gelungen war. Jedenfalls nicht ganz.

David vertrieb die Bilder aus dieser Zeit unbarmherzig aus seinem Kopf. Er hatte andere Sorgen. Wie die nicht zu leugnende Tatsache, dass er sich aller Wahrscheinlichkeit nach mit Rain über das unterhalten musste, was sich vorhin zwischen ihnen abgespielt hatte. Weil er nämlich wie ein untervögelter Teenager auf sie und ihre Bitte angesprungen war, ohne die Konsequenzen zu bedenken.

Klar. Sein Körper hatte sich gefreut. Er war lange nicht so bescheuert und unbedarft, dass er das vor sich selbst nicht hätte zugeben können: Er hatte sie gewollt. Von der ersten Minute an, seit sie seine Wohnung betreten hatte; an dem Abend, als sie durch sein Eingreifen unausweichlich aneinander gekettet worden waren - so lange, wie ihr perverser Mann und dessen kriminelle Familie auf der Suche nach ihr sein würden.

David hatte sich mehr als nur einmal vorgestellt, wie es sein würde, Rain anzufassen, sie auszuziehen und sie zu vögeln. Natürlich hatte er auch Mitgefühl mit ihr und ihrer Lage gehabt - aber alles in allem war das ganz offensichtlich längst nicht so ausgeprägt gewesen, wie das Verlangen danach, sie zu besitzen. Wenigstens ein Mal. Eine einzige Nacht lang.

Und genau das hatte ich jetzt. Und nun?

Eine gute Frage. Und berechtigt.

Obwohl er lange und intensiv über das ›danach‹ grübelte, fand er keine Lösung. Er hoffte schon fast, dass sie aufwachen und einfach so tun würde, als wäre nie etwas gewesen. Das würde es ihm leicht machen und ihn gleichzeitig nicht wie ein gefühlloses Arschloch dastehen lassen, wenn er selbst genau das versuchen sollte. Bis vor ein paar Stunden wäre es David nie in den Sinn gekommen, ein großes Aufsehen um so eine Sache zu machen. Aber bis vor ein paar Stunden war er auch nie in einer Situation gewesen, in der er mit einer Frau geschlafen hatte, die zufälligerweise in seiner Wohnung lebte. Die unter seinem verdammten Schutz stand, auch wenn sie das noch nicht einmal wusste.

Und machte es das nicht eigentlich noch schlimmer? Weil er ganz genau wusste, was sie wirklich zu befürchten hatte, wenn er nicht da wäre? Weil er wusste, was sie in der Hölle ihrer Ehe hatte erleiden müssen und es trotzdem getan hatte? Weil er das nagende Gefühl von Schuld und Scham nicht loswurde?

Beschissen nutzlose Fragen.

Ich habe sie ausgenutzt. Ob mir das nun passt, oder nicht. Sie hätte sich jemand anderen dafür suchen können. Teufel - ich hätte genau das einfach zulassen können!

Rain selbst hatte es gesagt. Dass sie es in Erwägung gezogen hätte, mit jedem x-beliebigen Macker ins Bett zu gehen, wenn er sie gelassen hätte. Jetzt sah es nämlich ganz danach aus, als wäre das die bessere Option gewesen. Für sie beide. Rain hätte unkomplizierten Spaß haben und ihre Erfahrungen machen können, während er einfach unauffällig in der Nähe geblieben wäre. Sie hätte nicht einmal bemerkt, dass er da war. Selbstverständlich hätte er sie und sich selbst auch dafür verflucht. Den unsichtbaren Aufpasser zu spielen, der dafür sorgte, dass ihr bei ihren kleinen Abenteuern nichts passierte. Aber das war jetzt ohnehin egal, weil es zu spät war. Mist!

Seufzend drehte David die Temperatur des Wassers runter. Wenn er kalt duschte, würde er vielleicht endlich seinen Verstand zurückbekommen. Den brauchte er nämlich dringend, wenn er nicht wollte, dass sich die Situation noch mehr verkomplizierte.

Ein paar Minuten später verließ er das Badezimmer mit einem Handtuch um seine Hüfte und feuchten Haaren. Ohne es sonderlich eilig zu haben, sich etwas anzuziehen, wühlte er im Seitenfach seiner Reisetasche herum und zog die schwarze Tasche heraus, in der sich noch immer das Bargeld aus seinem Schließfach befand. Achttausend Dollar, die er in vier weiteren seiner Restaurants unterbringen musste. Die Geschäftsführer - allesamt in den Staaten geborene Männer indischer Abstammung - ahnten sicher, dass dieses Geld nicht ganz koscher war. Aber sie stellten keine Fragen, nahmen es und integrierten es ganz normal in den alltäglichen Ablauf. Deswegen hatte er sie schließlich eingestellt. Weil sie den Mund hielten, wo es gar nichts zu halten gab.

David hatte sich auch nie die Mühe gemacht, die sechs Restaurants zu einer Kette zusammenzuschließen, um es sich steuerlich einfacher zu machen. Den offiziellen Kram überließ er seinem Berater, und solange der nicht über die zusätzliche Arbeit meckerte, würde David nichts daran ändern.

Allerdings müsste er sich demnächst auch mit dem neusten Vorschlag auseinandersetzen, den dieser ihm letzte Woche unterbreitet hatte. Peters hielt es aus irgendeinem Grund für sinnvoll, den bisher nur er selbst nachvollziehen konnte, auch in andere Bereiche zu investieren. Da David sein Vermögen (das gänzlich lupenrein und sauber war - wenn es auf dem Endkonto ankam) nur selten überhaupt anrührte, sollte er es eben in andere Projekte stecken. Peters hatte Motels vorgeschlagen. Oder Pensionen. Oder eine Ranch im Mittleren Westen. Irgendetwas, das unauffällig gewinnbringend war.

Tja. Es war immerhin sein Job, sich Gedanken zu machen. David musste nur zustimmen, schließlich war es ihm eigentlich herzlich egal. Dann sollte Peters sich aber auch darum kümmern, dass die Kohle hingebracht wurde. Wie war ihm egal. Am besten gleich für alle Botengänge dieser Art. Er hatte wirklich keine sonderlich große Lust auf diese Reisen durchs ganze Land. Vielleicht einmal im Jahr, aber doch bitte nicht vier Mal. Oder öfter, wie im vergangenen Jahr. Nervig und ätzend.

Urlaub, dachte er resigniert. *Ich sollte wirklich bald Urlaub machen. Hawaii oder so. Abschalten und runterkommen. Und vielleicht einfach eine Weile keine Aufträge annehmen ...*

Unwillkürlich ließ er seinen Blick zum Schlafzimmer wandern und fragte sich, was Rain wohl sagen würde, wenn sie die Wahrheit kannte. Über alles. Über ihren Mann und dessen Familie, von der sie immerhin wusste, dass sie in kriminelle Machenschaften verwickelt war. Wie tief und wie gefährlich diese Leute wirklich waren, würde sie nicht wissen. Woher auch? Ehefrauen - erst recht so blutjunge wie sie - hatten nichts mit den geschäftlichen Dingen zu tun. Ähnlich geregelt, wie bei der Mafia. Nur dass diesen Frauen meistens bewusst war, in welchen Kreisen sie sich bewegten. Das Kartell, dem die Familie Collins zugehörig war, war in den letzten Jahren mehr oder weniger subtil im Hintergrund geblieben. Sie schienen Aufmerksamkeit nicht zu mögen. Erst in letzter Zeit hatten sie ihre Bemühungen um territorialen Ausbau an der Westküste vorangetrieben, weshalb das FBI nun ein so reges Interesse daran hatte, diesen Leuten vor den Karren zu pissen. Etwas, das David durchaus begrüßte. Sobald das Kartell ausgehoben war, würde Rain keinen Schutz mehr brauchen.

David wusste ja noch nicht einmal, ob überhaupt eine reelle Gefahr für ihr Leben bestand. Sie wusste schließlich nichts. Also konnte sie auch niemandem etwas sagen. Was für ein Interesse sollte ihr Schwiegervater demnach daran haben, sie auszuschalten?

Dad hat mir etwas verschwiegen, schoss es ihm in den Kopf und David biss sich auf die Unterlippe. Wieso erschien ihm diese Möglichkeit nicht annähernd so abwegig, wie sie es tun *sollte*? Bisher hatte der Austausch von Informationen zwischen ihm und seinem Vater immer reibungslos funktioniert. Einige der Aufträge, die David von SYSTEM erhielt, kamen direkt von ihm und seinen Leuten. Das FBI hatte seine Finger ebenso tief in diesem schmutzigen Geschäft, wie die CIA, auch wenn das natürlich niemand zugeben würde. Wieso nahm David dann plötzlich an, sein Vater könnte ihm etwas verschweigen?

Ich drehe durch. Sie *ist daran schuld.*

Kopfschüttelnd riss er seinen Blick von der halb geöffneten Schlafzimmertür los, und setzte sich auf die Couch. Die Vorhänge waren nach wie vor zugezogen, als er kurz die Augen schloss. Vielleicht könnte er wenigstens ein Stündchen dösen ...

Aber das Vibrieren des Blackberrys auf dem Tisch vor ihm versaute ihm das dringend benötigte Nickerchen. Widerstrebend griff David danach und schaute mit gerunzelter Stirn auf das Display. Ein eingehender Anruf seines Vaters. Er schaute auf das Ziffernblatt seiner Armbanduhr, die ebenfalls auf dem Tisch lag. Halb sechs. Das bedeutete, dass es in Washington D.C. immerhin schon halb sieben war, auch wenn das eigentlich nicht die übliche Zeit war, zu der sein Vater im Büro zu sein pflegte. Seltsam.

»Was gibt's, Dad«, meldete er sich, nachdem er den Anruf auf der eigens dafür vorgesehenen App entgegennahm. Sie erzeugte eine schlüsselbasierte sichere Leitung, die nahezu unantastbar war. Zumindest für ein gewisses Zeitfenster. Das Beste, was es derzeit in Sachen Kommunikationstechnik auf dem Markt gab.

»David!«, sagte sein Vater am anderen Ende ernst und bestärkte David dadurch in der Annahme, dass es sich um etwas Wichtiges handelte. Wichtig genug, damit sie innerhalb eines so kurzen Zeitraums erneut Kontakt miteinander aufnehmen mussten. »Ich mache es so kurz wie möglich, denn uns rennt die Zeit davon. Ich weiß, dass du in Rains Begleitung in einem Hotel in Nashville bist. Vor zwei Tagen habe ich auf dem Server von SYSTEM einen codierten ausstehenden Auftrag entdeckt, den man absichtlich vor deinem Zugang verborgen hält. Der Name der Zielperson -« Sein Vater musste es nicht aussprechen, damit David es wusste. Sein Magen zog sich so schmerzhaft und so plötzlich zusammen, dass er sich am liebsten sofort übergeben hätte. »- ist Rain Collins und es ist kein Geheimnis mehr, dass sie sich in deiner Begleitung bewegt. In der gestrigen Nacht hat es einen unbefugten Zutritt zu deiner Wohnung gegeben. Der stille Alarm, der dich normalerweise sofort darüber in Kenntnis setzen sollte, wurde abgeschaltet. Ein eindeutiger Beweis dafür, dass da ein Profi am Werk war. Es hat vierundzwanzig Stunden gedauert, bis ich so viele Informationen zusammenbekommen habe, dass sie dir etwas nützen.«

»Schieß los, Dad«, antwortete David schnell und machte sich bereits auf das schlimmste gefasst. Für Fragen war jetzt keine Zeit. Es reichte, sich den gehetzten Klang in der Stimme seines Vaters zu vergegenwärtigen, um das zu wissen. Was auch immer los war - es war übel. Sehr übel! Und er ahnte sehr wohl, *wer* auf den Auftrag angesetzt war.

»Zunächst einmal war es Zufall, dass ich überhaupt auf SYSTEM zugegriffen habe. Ich wollte den Auftrag zu einem russischen Kollaborateur einstellen, der auf amerikanischem Boden seine Zelte aufschlagen will. Das mögen unsere Freunde vom FSB nicht sonderlich und baten uns um Mithilfe bei seiner Beseitigung, bevor er zu viele ihrer geheimen Informationen auf dem Schwarzmarkt verkaufen kann. Dabei habe ich den versteckten Auftrag entdeckt. Allein konnte ich nicht darauf zugreifen, also musste ich mir Johnny aus der IT borgen. Er schuldete mir noch was. Auf diese Weise konnten wir den Auftraggeber identifizieren. Es handelt sich um Thomas O'Deer, ehemals Collins. Er ließ seinen Namen vor zwei Jahren nach einem längeren Gefängnisaufenthalt ändern. Er ist der Vater von -«

»Mike Collins«, fiel ihm David ins Wort und stieß einen Fluch aus. Am liebsten hätte er den Tisch vor seinen Füßen gepackt und mit voller Wucht gegen die Zimmerwand gepfeffert. Wieso zum Teufel hatte er nicht auf sein Bauchgefühl gehört? Er hätte den beschissenen Hurensohn auf der Stelle töten sollen. An dem Abend, als Rain ihm so übel zugerichtet in die Arme gestolpert war. David biss die Zähne so fest zusammen, dass sein Kiefer wehtat. Er musste all seine Willenskraft aufbringen, um nicht komplett auszurasten. Eine Gefühlsregung, die er vor allem vor seinem Vater verbergen musste. Wenn der ahnen sollte, wie emotional David in dieser Sache war, könnte er im Anschluss an diese Aktion seinen symbolischen Schreibtisch räumen.

»Rain Collins' Ehemann, korrekt«, fuhr sein Vater offensichtlich unbeeindruckt fort. Es schien also zu stimmen, dass er es mehr als nur eilig damit hatte, all seine Informationen preiszugeben. »Jetzt kommen wir zum Knackpunkt an der Sache.« Deputy Director Jack Harper atmete hörbar durch, was Davids Bedürfnis zu kotzen nicht gerade milderte. »Es sind keinerlei zusätzliche Hintergrundinformationen angegeben. Weder irgendetwas, das auf Hintergrund und Motiv hindeutet, noch etwas darüber, wie man überhaupt herausgefunden hat, dass sie bei dir ist. Das Honorar allerdings ist unverhältnismäßig hoch.«

»Wie viel.«

»Sechzigtausend Dollar.«

Fuck! So viel verdiente man extrem selten an einem Auftrag! Diejenigen, auf die derart exorbitante Summen ausgeschrieben waren, bewegten sich gewöhnlich in ganz anderen Kreisen, als Rain oder ihr Arschlochehemann. Das waren Spitzeninformanten, Whistleblower oder andere Typen, die auf den Listen der Meistgesuchten die obersten Ränge füllten. David hatte erst ein einziges Mal erlebt, dass ein höheres Honorar ausgeschrieben war. Für einen der ranghöchsten Paten der italienischen Cosa Nostra, der sich sein Nest irgendwo in den Wäldern Oregons gebaut hatte. Fünfzigtausend Dollar für den Tod eines Menschen, der das Leben Hunderter auf dem Gewissen gehabt hatte. Und es war *nicht* David gewesen, der den Auftrag ausgeführt hatte.

»Steht mein Name auf der Liste?«

Sein Vater antwortete nicht sofort. Sein Zögern versetzte Davids Nervensystem sofort in äußerste Alarmbereitschaft.

»Dad!«, wiederholte er schneidend und sprang bereits vom Sofa in der Mitte der Suite auf, bevor er sich auch nur in Gedanken einen Plan zurechtgelegt hatte.

»Dein Name steht nicht auf der Liste. Aber es gibt einen Vermerk. Solltest du dich dem Auftragnehmer in den Weg stellen, giltst du als Kollateralschaden und ›Shadow Two‹ wird aus der Bank entfernt. Deswegen ist das Honorar auch so hoch. Wegen des Schwierigkeitsgrades.«

Unmissverständlich und klar. Deutlicher konnte sein Dad es nicht machen. Wenn David sich demjenigen, der sich diesen Job unter den Nagel gerissen hatte, entgegenstellen und versuchen sollte, Rain zu beschützen, würde er mit seinem Leben dafür bezahlen und keine Sau würde es interessieren. Klasse.

So vergeudet man also die Steuergelder für die härteste Ausbildung der Welt, ja?

Ein Gedanke, der kaum zynischer sein könnte. Aber darüber könnte er sich auch später noch den Kopf zerbrechen. Über den Grund dafür, warum man es sich so leicht machte, einen wertvollen Killer wie ihn einfach abzuschreiben.

Wir sind alle nur kleine Rädchen im Getriebe. Austauschbar. Entbehrlich.

»Wer hat den Auftrag angenommen?« Eine dumme Frage, angesichts der Tatsache, dass es nur einen Menschen gab, der es mit David aufnehmen konnte. Der Einzige, der ihn immer in allem überboten hatte; schon in der Anfangszeit der Ausbildung. Großartig.

»Shadow One.«

David nickte, obwohl sein Gesprächspartner ihn nicht sehen konnte, und stieß den angehaltenen Atem zwischen seinen Zähnen aus.

»Gibt es einen Zeitrahmen?«

»SYSTEM schreibt die sofortige Ausführung vor.«

»Klasse. Und? Hast du irgendeinen Plan?«

»Ja.«

Immerhin etwas. David wartete darauf, was sein Vater ihm vorschlagen würde, während er unruhig vor dem Sofa auf und ab lief. Die Müdigkeit war gänzlich aus seinen Gliedern und seinem Verstand verschwunden, aber leider ahnte er auch, dass er in den kommenden Stunden nicht einmal an Schlaf zu denken brauchte.

»Ihr steigt umgehend in Nashville in den nächsten Flieger nach D.C. Ich werde mich nach eurer Ankunft dort mit euch treffen, um euch die Ausweispapiere mit euren vorläufigen Identitäten zu übergeben. Dort bekommst du auch die Koordinaten für den sicheren Unterschlupf, den ich auf die Schnelle organisieren konnte, ohne dass mein Wissen um die geplante Aktion auffliegt. Der Aufenthalt ist von meinem Privatkonto bezahlt und als Urlaub verzeichnet. Du verstehst sicher, wie heikel es für mich ist, dir die Informationen überhaupt zuzuspielen.« Der Tonfall seines Vaters ließ keinerlei Zweifel daran aufkommen, dass er zumindest eine Weile mit sich gerungen hatte, bevor er sich mit seinem Sohn in Verbindung gesetzt hatte.

So viel zur herzlichen Verwandtschaft. Beeindruckend.

David sagte nichts dazu. Lieber schweigen, als seinem Vater einen Schwall hasserfüllter Flüche an den Kopf zu werfen, die ihn und Rain nur wertvolle Zeit kosten würden. Zeit, die sie unter Garantie benötigen würden, wenn sie beide mit heiler Haut aus dieser Sache herauskommen wollten.

Sie, dachte er bitter und musste das zynische Lachen zurückdrängen, das sich aus seinem Hals winden wollte. Er könnte jederzeit verschwinden und sie ihrem Schicksal überlassen. Sie beide verband rein gar nichts - außer der Tatsache, dass sie vor Jahren dieselbe Schule besucht hatten. Dass David sie vor ein paar Wochen unbeabsichtigt gerettet hatte, schien ihm nun endgültig zum Verhängnis zu werden. Und was hätte er am Ende davon? Er würde seinen Job loswerden und vielleicht dabei draufgehen.

»Sobald ihr auf dem Weg hierher seid, werde ich einen Koffer mit einer Auswahl Waffen und Ausrüstung zusammenstellen. Du wirst sie brauchen, denn in deine Wohnung kannst du schließlich nicht zurück. Ich spare mir die Frage, was du haben willst. Deine Vorlieben sind mir hinreichend bekannt.«

»Gut«, knurrte David und raufte sich mit der freien Hand die Haare.

»Alles Weitere besprechen wir dann, wenn ihr hier seid. Ich checke von hier aus die Passagierlisten. Und David«, fügte sein Vater nun um einiges schärfer hinzu, »komm nicht auf die Idee, dich einfach abzusetzen, oder gar zu versuchen, dich mit Rain allein durchzuschlagen! Wer auch immer den Auftrag codiert hat, will auch deinen Kopf. Wenn ich dahinterkommen will, wer hier heimlich die Strippen zieht, musst du als Zielscheibe herhalten.«

»Wie nett von dir, Dad. Schön, dass du dir so viele Sorgen um mein Wohlergehen machst.« David biss sich wieder fest auf die Zunge, um nicht noch mehr zu sagen. Er hatte bereits zu viel von seiner Wut und seinen Gefühlen preisgegeben. Sein Vater war vielleicht ein gefühlskaltes Schwein, aber dumm war er nicht.

»Unser Zeitfenster schließt sich in drei Sekunden.«

David antwortete nicht darauf. Zwecklos. Selbst mit der abhörsicheren Software war es gefährlich, solche Gespräche via Telefon zu führen. Einen Hacker, der es auf einen Lauschangriff anlegte, hielt das auch nicht ewig auf und die Gefahr wurde mit jeder Minute größer, dass man das Signal orten und sogar das Handy aufspüren konnte.

»Schalte dein Telefon ab. Und David«, fügte er überraschend freundlich hinzu, bevor er das Telefonat beendete, »bleib am Leben.«

Dann war das Gespräch beendet. David schaltete den Blackberry umgehend aus, ließ seine SIM-Karte aber drin. Er würde sie erst austauschen können, wenn sie in Washington gelandet waren und er seine Informationen hatte.

»So eine Scheiße«, murmelte er in die Stille der Suite, deren Wände plötzlich ein ziemlich erdrückendes Gefühl in seinem Magen verursachten.

Unentschlossen, wie er nun vorgehen sollte, wischte sich David die nassen Haare aus der Stirn und starrte wieder auf die Schlafzimmertür.

Anziehen. Packen. Rain wecken. Abhauen, so schnell es geht.

Niemand wusste besser als er, wie gefährlich Sam Hayes sein konnte. Wie blitzschnell und lautlos er zuschlug, ohne eine einzige Spur zu hinterlassen. Unbarmherzig, gnadenlos, sauber. Und vor allem: ohne jemals Schuld oder Bedauern zu empfinden. Shadow One war der perfekte Killer.

David erinnerte sich nur zu gut an ihn. Sam war ein Jahr jünger gewesen als David. In den Phasen, in denen die Jungen parallel von Mr. Smith unterrichtet wurden, hatten sie zusammen ›gehaust‹ - der durchaus passende Begriff für diverse notdürftig errichtete Hütten in irgendwelchen Regenwäldern oder schlecht belüftete wackelige Zelte in irgendeiner arabischen Wüste. Zwischen scharfkantigen Felswänden oder im tiefsten Dschungel hatten sie sich besser kennengelernt, als ihre Eltern sie kannten. So gut, dass sie die Stärken und Schwächen der anderen kannten, als wären es ihre eigenen.

Nicht alle Jungen hatten sich nach Abschluss der Ausbildung SYSTEM angeschlossen. Ein paar hatten sich andere Aufgaben gesucht. Mindestens zwei waren übergelaufen. Zu anderen Regierungen, von denen sie sich wahrscheinlich mehr Geld erhofft hatten, als Uncle Sam ihnen geboten hatte. Andere waren inzwischen sogar tot. David wusste nur von zwei sicher, dass sie es waren, kannte die Umstände ihres Todes allerdings nicht näher. Es hätte ihn nicht überrascht, wenn die Initiatoren von SYSTEM sie aufgespürt und ausgeschaltet hatten, bevor sie Schaden anrichten konnten.

Aber wohin auch immer es sie verschlagen hatte - sie waren sich nie wieder über den Weg gelaufen. So wollte es SYSTEM. Keine Kontakte, keine Risiken. Er hatte nie ein Problem damit gehabt, denn die Charaktereigenschaften der anderen hatten ihn durch und durch abgestoßen. Sam war der Schlimmste, aber die anderen waren auch keine Chorknaben.

Ein gewisses soziopathisches Profil braucht man wohl, wenn man diese Scheiße durchziehen will, dachte er bitter und machte sich dadurch seine eigenen Unterschiede zu den anderen bewusst. Aber auch die Gemeinsamkeiten, denn David wäre niemals für den Job ausgebildet worden, wenn er nicht dazugepasst hätte.

Ein hoher Intelligenzquotient, emotionale Kälte, mangelndes Gewissen und ein ausgeprägtes aber kontrollierbares Aggressionspotenzial waren Eigenschaften, von denen er sich niemals trennen könnte - selbst wenn er es versuchen sollte. Sie gehörten zu ihm und seiner Persönlichkeit, wie seine Arme zu seinem Körper gehörten. Wenn es erforderlich war, funktionierte David wie eine Maschine, ohne auch nur einen einzigen Gedanken an Schwarz oder Weiß zu verschwenden. Diese Seite von David kannte nur ein ewig verschwimmendes Grau in allen Facetten. Fragen zu stellen war nicht seine Aufgabe - also unterließ er es.

Wenn es darauf ankommt, bin ich genauso ein Monster, wie die anderen, ob mir das passt, oder nicht. Nur, dass ich noch nicht meine ganze Menschlichkeit eingebüßt habe.

Und wohin hatte ihn das geführt? An einen Punkt, an dem sein eigenes Leben plötzlich auf dem Spiel stand, nur weil er seine Grundsätze über den Haufen geworfen und sich die Verantwortung für Rains Überleben an den Hals geladen hatte, ohne auch nur einen Gedanken an die möglichen Konsequenzen für sich selbst zu verschwenden. Großartig.

Jetzt war es zu spät. Das hätte er sich eher überlegen müssen. Das hier war der Punkt, an dem es kein zurück mehr gab. Würde er Rain jetzt verlassen und sie sich selbst überlassen, würde er seine Seele dafür opfern. Er würde zeit seines Lebens nicht mehr in den Spiegel sehen können. Und nach seinem Tod würde er in den Feuern der Hölle schmoren.

Das werde ich ohnehin, dachte er zynisch. *Aber vielleicht nicht mit ihrem Bild vor Augen. Nicht, wenn ich es verhindern kann ...*

Und David wusste, dass er das konnte. Er konnte Rain und sich selbst heile aus dieser Sache herausbringen. Außer ihm gab es niemanden, der es gekonnt hätte. Er war ihre einzige Chance zu überleben. Und egal, was er versuchte, sich vorzumachen: David wollte, dass Rain überlebte.

Rain

Der tiefe Schlaf der Erschöpfung hielt Rain so fest in seinem Griff, dass sie zunächst glaubte, nur zu träumen, dass David ihren Namen rief. Sie konnte doch noch gar nicht so lange schlafen, dass es Zeit war, aufzubrechen, oder? War er etwa schon wieder in den Sklaventreibermodus gefallen, der ihr nicht einmal ein paar Stündchen Ruhe gönnte?

Oder will er noch mal ...

Ein Gedanke, der als Einziges die Oberfläche des dichten Nebels wohltuender Leere in ihrem Kopf durchstieß, noch bevor sie sich dazu durchringen konnte, die Müdigkeit abzuschütteln. Ein Gedanke, der sie unwillkürlich den Atem anhalten ließ.

»Bitte nicht, David«, murmelte sie schlaftrunken, ohne die Augen zu öffnen. »Ich kann nicht noch mal mit dir schlafen, sonst falle ich ins Koma ...« Sie vergrub ihr Gesicht im Kissen unter sich und zog unter dem leichten Seidenlaken über ihrem nackten Körper die Beine an. Viel zu bequem, um auch nur daran zu denken, dieses Bett jemals wieder zu verlassen ...

Aber dann spürte sie, wie jemand an dem Laken zerrte und nur eine Sekunde später war es weg - und Rain war hellwach.

»Hey, was soll das?«, rief sie wütend, stützte sich auf die Ellenbogen auf und warf David, der tatsächlich neben dem Bett stand und den roten Seidenstoff nun in der Hand hielt, einen biestigen Blick zu. »Geht das nicht ein bisschen netter?«

»Nein, tut mir leid«, antwortete er mit ausdrucksloser Miene. Er starrte sie an, aber in seinen Augen sah sie weder das tiefe Begehren, das sie in den letzten Stunden beinahe um den Verstand gebracht hatte, noch eine sonstige Gefühlsregung. »Du musst aufstehen und dich anziehen. Wir müssen verschwinden. Sofort!« Der Tonfall seiner Stimme ließ keinerlei Widerspruch zu, aber so schnell war Rain nicht bereit, die andere Seite von ihm gedanklich ad acta zu legen, auf die sie immerhin in dieser Nacht einen kleinen Blick geworfen hatte.

»Warum?«

»Stell keine Fragen«, antwortete er genauso kalt und warf das Laken zurück aufs Bett. »Wir müssen hier weg, und zwar auf der Stelle!«

»Willst du mich verarschen?« Rain funkelte ihn wütend an, bevor sie sich langsam aufsetzte. Absurderweise suchten ihre Hände umgehend nach dem anderen Laken, damit sie sich damit bedecken konnte. Seine Augen waren wie Eis und sie fühlte sich plötzlich schutzlos und extrem verletzlich unter seinem Blick. Was natürlich Blödsinn war, aber trotzdem ...

»Nein. Wenn wir nicht innerhalb einer Stunde am Flughafen sind und den nächsten Flieger nach D.C. nehmen, sind wir beide tot.«

»Was?« Jetzt starrte sie David so perplex an, dass ihr Mund offen stand und sie spüren konnte, wie ihr Herz einen Schlag lang aussetzte. »Hast du ... den Verstand verloren?«

David schüttelte den Kopf. »Mach schon! Willst du es wirklich darauf ankommen lassen, weil du zu stolz bist, deine Fragerei einzustellen und mir zu vertrauen?«

Was für eine verrückte Forderung war das denn bitte? Sie sollte ihm vertrauen, obwohl er aus heiterem Himmel in ihrem Zimmer auftauchte, sie brutal aus dem Schlaf riss und jetzt so einen an den Haaren herbeigezogenen Schwachsinn von sich gab? Wie käme sie dazu?

»Du hast sie doch nicht mehr alle!«, rief sie angepisst und rutschte mit dem Laken zur Bettkante, das sie fest vor ihre Brust presste. »Ich werde garantiert nirgendwo mit dir hingehen, bevor du mir nicht sagst, was eigentlich los ist! Wir wollten doch heute nur nach Dallas, Atlanta und -«

»Dein Mann hat im Namen deines Schwiegervaters einen Killer auf dich angesetzt«, unterbrach David sie unwirsch, und packte Rains Hand, bevor sie seine Worte auch nur ansatzweise verinnerlichen konnte. Er riss sie vom Bett hoch, sodass sie beinahe in seine Arme geflogen wäre, und drehte sie dann blitzschnell um. Mit der Hand fuchtelte er in ihrem Gesichtsfeld herum und deutete auf ihre Reisetasche neben dem Bett. »Zieh dich endlich an, oder muss ich dir dabei helfen?«

Vor lauter ungläubiger Verwirrung hätte sie am liebsten gelacht. Ihr Magen zog sich schmerzhaft zusammen, weil ein Teil von ihr längst anfing, ihm zu glauben. Es gab keinen rationalen Grund dafür - es war einfach so. Als hätte sie die ganze Zeit über gewusst, dass David viel mehr über gewisse Dinge wusste, als er ihr weismachen wollte. Allen voran die Tatsache, dass er schon am Abend, nachdem er sie aufgegabelt hatte, bestens über die Hintergründe von Rains Eheschließung informiert gewesen war. Ein Wissen, das er nie und nimmer aus dem Internet haben konnte. Schon da hatte sie es geahnt und ihn darauf angesprochen - aber er hatte dichtgemacht und schien auch jetzt keine weiteren Informationen herausrücken zu wollen.

David Harper ist nicht der, für den ich ihn halte ... Ein Gedanke, den sie in den vergangenen Wochen rigoros unterdrückt und verdrängt hatte. Aber hin und wieder hatte er sich in ihren Kopf gestohlen, als wollte er sie daran erinnern, dass sie ihm nicht trauen durfte. *Und jetzt habe ich den Beweis. Er ist doch ein Psychopath!*

Aber stimmte das? Wieso sollte er versuchen, sie wegzubringen und sie offensichtlich davor zu bewahren, von irgendeinem Kerl abgemurkst zu werden? Was hatte er davon? Und wieso -

»Mach schon, verdammt!«

Rain biss sich auf die Unterlippe und schluckte hart. Ihre aggressive Wut verrauchte und an ihre Stelle trat Furcht. Sie gehorchte stumm, riss ein paar saubere Kleidungsstücke aus ihrer Reisetasche und begann hastig damit, sich anzuziehen. Selbstverständlich unter Davids forschem Blick, als müsste er sie dabei kontrollieren, damit sie auch ja tat, was er ihr befahl. Seltsamerweise überraschte es sie nun nicht mehr, dass er längst fertig war. Seine gepackte Tasche hatte er neben sich auf den Boden gestellt, bevor er sie geweckt hatte. Er war bereit, das Hotelzimmer zu verlassen und schien wirklich nur noch auf sie zu warten.

In Rains Ohren rauschte es, als sie Minuten später fertig angezogen und mit der Tasche in ihrer Hand hinter ihm aus dem Hotel auf die Straße trat. David schien ungewohnt nervös zu sein. Sie sah, dass er sich immer wieder umschaute, als hielte er nach etwas Bestimmtem Ausschau. Wahrscheinlich nach besagtem Killer. Eine Erklärung hatte er ihr immer noch nicht geliefert und sie ahnte immerhin, dass ihr keine Wahl blieb, als darauf zu warten, dass er seine Informationen von sich aus preisgab.

Großartig. Wo bin ich hier nur reingeraten ...

Am Flughafen von Nashville hielt David ihr die Hintertür des Taxis auf und wartete, bis Rain ausstieg. Auch auf der Fahrt hierher hatte er keinen Ton gesagt, unablässig mit seinen Fingern auf seinem Knie herumgetrommelt und aus dem Fenster gestarrt. Auf der Hälfte der Strecke ließ David den Fahrer anhalten und befahl ihm zu warten, damit er in einer Filiale der Bank of America Geld abheben konnte. Rain schleifte er dabei selbstverständlich hinter sich her, als wäre sie sein Schoßhund. Oder sein Eigentum. Oder eben seine Gefangene. Was auch immer. Ansonsten behandelte er sie, als wäre sie Luft und ignorierte Rain, die so viele verdammte Fragen hatte, dass ihr Kopf rauchte.

Bevor der Taxifahrer weiterfahren und Rain sich in Bewegung setzen konnte, griff David grob nach ihrem Ellenbogen und hielt sie zurück. Erschrocken schnappte sie nach Luft, als sie zwar die Ungeduld in seinen Augen sah, aber auch die Sorge. Sorge - um sie!

»Hör mir jetzt ganz genau zu!«, befahl er scharf. »Wenn wir da reingehen, gehen wir direkt zu einem Geschäft. Es ist das dritte auf der linken Seite. Ein Bekleidungsgeschäft, vor dem Schals und Mützen hängen. Wir werden nicht reingehen oder anhalten. Du wirst dir möglichst schnell und unauffällig eine Baseballmütze nehmen und sie umgehend aufsetzen. Ich tue das Gleiche. Auf dem Weg zum Check-in wirst du dein Gesicht nicht ein einziges Mal heben und stumpf auf deine Füße sehen, damit dich keine der Kameras da drin erfassen kann. Hast du das verstanden?«

Rain nickte, antwortete aber nicht. Sie war viel zu durcheinander, um auch nur irgendwas von dem zu verstehen, was er ihr erklärte. Sie wusste nicht einmal, woher er so genau wusste, wo sich das Geschäft befand. War sein Gedächtnis wirklich so gut, dass er sich den Plan des Gebäudes eingeprägt hatte?

»Gut. Für den unwahrscheinlichen Fall, dass dir irgendjemand da drin eine Frage stellen sollte, wirst du mich antworten lassen. Sobald wir durch den Sicherheitscheck sind, gehen wir ohne Umwege zum Gate. In der Abflughalle gibt es Toiletten. Sollte ich auch nur den Verdacht haben, dass eine Gefahr für dich besteht, wirst du dich in den Toiletten verstecken, dort zwei Minuten warten und den Flughafen durch den Hinterausgang verlassen. Notfalls allein. Sollte mir etwas passieren, nimmst du die Beine in die Hand und rennst! Such dir Hilfe, aber nenn unter keinen Umständen irgendwem deinen richtigen Namen, verstanden?«

»Ja!« Wieder nickte Rain, aber ihr Kopf tat jetzt nur noch weh. Sie konnte und wollte sich nicht vorstellen, was David damit meinte. Wieso sie überhaupt in eine Situation kommen sollten, in der Gefahr bestehen könnte. Für sie - oder ihn. Dass ihm etwas passierte, wollte sie einfach nicht, auch wenn ihr diese ganze Aktion hier dermaßen gegen den Strich ging, dass sie ihn danach sicher niemals wieder sehen wollte. Wenn sie angekommen waren - wo auch immer das sein sollte - würde sie sich von David loseisen und zur Polizei gehen! Sie ahnte immerhin, dass Washington D.C. nur ein Zwischenstopp war. Er wollte dort irgendetwas erledigen, sagte ihr aber nicht, was.

Davids Augen verengten sich kurz, als suchte er in ihrem Gesicht nach einem Anhaltspunkt dafür, ob sie dieser Sache wirklich gewachsen war, dann nickte er schließlich, griff nach ihrer Hand und zog sie hinter sich her auf den Eingang des Flughafens von Nashville zu.

Die lauten Geräusche in der Halle drängte Rain weg so gut sie konnte, während sie verbissen darauf achtete, ja nicht nach oben zu sehen. Genau, wie er es befohlen hatte, schaute sie in keine der Kameras, die an der Decke hingen. Sie wandten sich nach links. David steuerte zielsicher auf das Geschäft zu, von dem er gesprochen hatte, wühlte sich dabei mitten durch eine große Gruppe Menschen, die eine Sprache sprachen, die sie nicht verstand, und schaute sich kein einziges Mal um.

Vor dem Laden stand tatsächlich ein Metallständer, auf dem Mützen und Hüte für die Laufkundschaft drapiert waren. Rain griff mit zitternden Händen nach einer schwarzen Baseballmütze, auf der das Logo der hiesigen Major League Baseballmannschaft prangte. David ebenfalls. Sie blieben nicht stehen und als sie zum Ticketschalter von American Airlines kamen, ließ er ihre Hand los.

Ihre Handfläche war schweißnass. Rain wischte sie so unauffällig wie möglich an ihrer Jeans ab und achtete darauf, sich nicht zu weit von David zu entfernen. Er bezahlte ihre Tickets bar, hatte ihren Pass aber längst in der Hand. Sie hatte nicht einmal bemerkt, dass er ihn schon an sich genommen hatte. Wahrscheinlich schon vorhin im Hotel. Die beiden Reisetaschen stellte er kommentarlos auf das Packband.

Sie sah, dass er der Frau hinter dem Schalter sein übliches strahlendes Lächeln für öffentliche Zwecke schenkte, bevor er wieder nach ihrer Hand griff und sie auf den Abfertigungsbereich zuschob.

Rains Finger zitterten so stark, dass ihr die Frau einen schiefen Blick zuwarf, die Rain mit dem Metalldetektor auf verbotene Gegenstände am Körper kontrollierte. Sie musste sich zum Lächeln zwingen, dabei hätte sie am liebsten geheult. »Flugangst«, sagte sie knapp und die Frau nickte verständnisvoll.

»Soweit so gut«, sagte David schließlich leise, als sie auch diesen Teil hinter sich gelassen hatten, schien sich aber nicht im Geringsten zu entspannen. Sie sah, dass er einen Blick nach links und anschließend nach rechts warf.

Für Rain gab es nichts Auffälliges zu sehen. Auch hier war es fast genauso voll wie in der Halle. Sie sah kleinere und größere Gruppen Touristen, ein paar alleinreisende Geschäftsleute und Pärchen, aber nichts, das auch nur annähernd einen gefährlichen Eindruck erweckte.

David hingegen schien sehr genau zu wissen, nach wem oder was er Ausschau hielt, auch wenn er sie auch dieses Mal nicht in seine Gedanken einweihte. Sein Gesicht im Schatten des Baseballkappenschirms war ausdruckslos und angespannt, während er im höchsten Maße konzentriert zu sein schien. Ein Teil von ihr bewunderte ihn nun für seine grenzenlose Selbstbeherrschung. Während ihr unablässig die Knie schlotterten, war er die Ruhe in Person. Selbst mit einem offensichtlichen Mörder auf ihren Fersen.

»David!«, rief Rain, als er einfach dastand, ohne sich zu rühren oder ihr eine ihrer sehnsüchtig erwarteten Erklärungen zu geben. »Sag mir jetzt endlich, was los ist, verdammt! Bitte!« Das letzte Wort klang genauso flehend, wie sie befürchtet hatte. Wenn er ihr jetzt nicht antwortete, würde sie einfach einen hysterischen Anfall bekommen. Seit er sie geweckt hatte, stand sie unter Dauerstrom. Noch etwas länger, und sie würde einfach durchdrehen.

»Für ausführliche Erklärungen haben wir jetzt keine Zeit«, antwortete er stumpf, aber dann wurde sein Blick endlich ein bisschen weicher und Rain hielt den Atem an, als sie seinen Daumen spürte, mit dem er kurz und unerwartet sanft über ihren Handrücken streichelte. »Es ist kompliziert.«

»Dann versuch es wenigstens«, bettelte sie erneut und hoffte, wenigstens ein bisschen was aus ihm herauszubekommen.

»Also schön.« Er seufzte, setzte sich dann aber wieder in Bewegung. Langsam, aber trotzdem verdeutlichte es sein scheinbar drängendes Bedürfnis danach, auf jeden Fall in Bewegung zu bleiben. »Ich habe heute Morgen einen Anruf von meinem Vater erhalten. Er ist Deputy Director beim FBI. Er hat einen - Hinweis - darauf erhalten, dass dein Mann im Namen deines Schwiegervaters einen Auftragskiller auf dich angesetzt hat. Der Auftrag ist bereits angenommen worden und derjenige, der dir nun auf den Fersen ist, ist sehr - konsequent.«

Ein paar Worte betonte er extra und die Pausen, die er zwischendurch machte, verstärkten Rains Vermutung, dass er ihr noch immer nicht die ganze Wahrheit sagte. Diese Erklärung war zwar mehr, als er ihr bisher gegeben hatte, klaffte aber an allen Ecken und Enden auseinander. Und sie warf schon wieder mehr Fragen auf, als sie klärte.

»Du kennst ihn«, stellte sie nüchtern fest und wartete seine Reaktion ab. Eine Tatsache, die auf einmal deutlich auf der Hand lag. Keine bloße Vermutung.

David zögerte erneut, dann nickte er stumm.

Rain schloss die Augen und kämpfte den plötzlichen Drang nieder, sich auf der Stelle zu übergeben. Die Informationsfetzen, die sich in ihrem Kopf gerade zu einem Bild zusammensetzen, raubten ihr den Atem und ließen ihre Finger unkontrolliert zittern. Wenn sie in diesem Moment etwas in der Hand gehalten hätte, hätte sie es fallen lassen. Aber David hatte ihren Pass eingesteckt und die Bordkarten und -

»Rain, sieh mich an«, befahl er leise und blieb so abrupt stehen, dass sie beinahe in ihn reingelaufen wäre. Erschrocken riss Rain die Augen auf, als sie seine Finger auf ihrem Gesicht spürte. Und mit ihnen ihre eigenen

Tränen. Kalte Tränen, die eine feuchte Spur auf ihrer kochend heißen Haut hinterließen. Er wischte sie weg und starrte sie an. »Ich werde nicht zulassen, dass er dich erwischt, hast du mich verstanden? Ich werde ihn ausschalten, bevor er dir auch nur ein Haar krümmen kann.«

»Du bist - wie er«, sagte sie mit tränenerstickter Stimme. Normalerweise hätte sie sich dafür in Grund und Boden geschämt, in der Öffentlichkeit zu heulen. Sie musste sich nicht umsehen, um zu wissen, dass die Blicke einiger Leute auf ihnen ruhten. Weil sie nicht einmal das Schluchzen unterdrücken konnte, das sich mit aller Macht aus ihrer zugeschnürten Kehle wand. Rain stand mitten in der Abflughalle und heulte Rotz und Wasser, weil sie - fertig war. Mit sich und ihrer ohnehin schon beschissenen Welt, die in diesem Augenblick endgültig in sich zusammenfiel. Sie wollte nur noch die Augen schließen, sich irgendwo verkriechen und nichts mehr hören oder sehen. Am allerwenigsten David, der sie von vorne bis hinten nur belogen hatte.

Wie hatte sie so dumm sein und das Offensichtliche übersehen können? Die beschissene teuere Wohnung, seinen Wagen, den riesigen Safe in seinem Schlafzimmer, die viele Zeit, die er hatte und die Tatsache, dass er körperlich so fit war, wie niemand, den sie sonst kannte - zusammen mit der Tatsache, dass er so unglaublich gut über sie und ihr Leben bescheid wusste -

Und jetzt das! Das war einfach - verrückt. Unfassbar. Völlig irre.

Vielleicht schlief sie auch noch. Das hier war ein Traum, und wenn sie aufwachte, würde sie noch immer in dem unglaublich bequemen Hotelbett liegen und feststellen, dass sie nur -

»Rain!« Davids Stimme riss sie erneut aus ihren Gedanken. Er starrte sie nach wie vor an, hielt ihr Gesicht fest umklammert und sah aus, als hätte er Angst davor, dass sie jeden Moment in Ohnmacht fallen würde.

Und am liebsten würde Rain das auch tun. Denn das hier war kein Traum. Es war die Realität und in dieser Wirklichkeit war ihr Leben wirklich in Gefahr. Alles, was zwischen ihr und diesem geistesgestörten Killer stand, war David! Und auch, wenn sich ihr Verstand entschieden dagegen wehrte - er war ihre einzige Hoffnung. Sie konnte nicht einmal zur Polizei gehen, verflucht! Wer würde ihr so eine haarsträubende Geschichte schon abkaufen? Sie hatte keinerlei Beweis. Nur Vermutungen und Davids Worte.

»Warum?« Mehr bekam sie nicht heraus. Rain stand kopfschüttelnd vor David und starrte zu ihm hoch. Es gelang ihr irgendwie, die Tränen zurückzudrängen, aber ihr Gesicht brannte nach wie vor wie Feuer. Es fühlte sich tatsächlich an, als hätte David ihr ins Gesicht geschlagen.

»Ich wollte nicht, dass du es erfährst. Und ich hätte im Traum nicht daran gedacht, dass dein Mann so weit gehen würde. Eigentlich wollte ich nur abwarten. Das FBI versucht im Augenblick, das Drogenkartell deines Schwiegervaters auszuheben. Danach wärst du frei gewesen, verstehst du das?«

Sie wollte nicken oder etwas sagen, aber beides gelang ihr nicht. Sie stand einfach da und starrte ihn an.

»Wir können hier nicht stehenbleiben. Wir müssen weiter. Mein Vater hat auf die Schnelle ein Versteck für uns organisiert und hat vielleicht inzwischen ein paar Informationen, die uns weiterhelfen können. Komm schon.«

»Aber wenn du diesen Killer kennst und er uns findet -«

»Werde ich ihn töten, bevor er dir etwas antut«, versprach er so eindringlich, dass sie nicht anders konnte, als ihm zu glauben. Wenigstens seine Entschlossenheit, sie zu beschützen, schien echt zu sein. Wenn auch sonst nichts an ihm ...

Rain zog die Nase hoch und wischte sich mit dem Handrücken übers Gesicht, bevor sie sich ein schwaches Nicken abrang und ihm wieder folgte. Zum Terminal und schließlich ins Flugzeug, das sie zunächst nach Washington D.C. und anschließend ins Ungewisse bringen würde. Und sie betete, dass sie es irgendwie schaffte, zu überleben. Denn eines wollte Rain auf keinen Fall: Sterben. Sie hatte es nicht umsonst so weit gebracht und die Hölle mit Mike überstanden, um kurz danach einfach umgebracht zu werden. Auf keinen Fall wollte sie aufgeben, bevor sie nicht wenigstens versucht hatte, sich zu retten.

David

»Wohin gehen wir und was passiert jetzt?«, fragte Rain leise, als sie dicht neben David hergehend das Hauptgebäude des Ronald Reagan-Flughafens verließ. Es war das erste Mal, das sie den Mund aufmachte, seit sie vor fast zwei Stunden in Nashville ins Flugzeug gestiegen waren.

David antwortete nicht sofort. Er zog sein Handy aus der Hose und schaltete es ein. Da sein Vater ihm keinen Treffpunkt genannt hatte, ging er zumindest davon aus, dass er sich schnellstmöglich melden würde.

»Wir warten.«

Aus dem Augenwinkel sah er, wie sie ihm einen hasserfüllten Blick zuwarf, den Mund aber wieder zumachte und stur geradeaus starrte.

David musste zugeben, dass er Mitgefühl mit ihr hatte. Wenigstens ein bisschen. Immerhin hatte er sie mehr oder weniger belogen oder sie zumindest über die Dinge, die unmittelbar mit ihr zu tun hatten, eiskalt im Dunkeln gelassen. Er selbst wäre wahrscheinlich auch angepisst. Aber es nützte weder ihr noch ihm etwas, sie mit Samthandschuhen anzufassen. Es war besser, sie ins kalte Wasser zu schmeißen, bevor es zu spät war.

Wenn sie mich verabscheut, ist sie auf der Hut. Allgemein - nicht nur bei mir ...

Ein Gedanke, der ihm definitiv eher hätte kommen sollen. Nicht erst dann, wenn der Karren bereits so tief im Dreck steckte, dass er nicht wusste, wie er ihn jemals wieder rausziehen sollte.

Aber auf der anderen Seite wollte David auch nicht, dass sie ihn wirklich hasste. Nur, weil das besser für sie beide wäre, hieß es nicht, dass ihm die Vorstellung zusagte, sie könnte ihn nun genauso verabscheuen wie Sam. Schließlich war nicht er es, der ihr Leben beenden wollte - sondern Sam!

Fuck! So eine bekloppte Situation!

Als hätte sein Vater das Signal seines Handys in dem Augenblick erfasst, in dem alle Anwendungen startbereit waren, vibrierte das Gerät in seiner Hand. David spürte auch jetzt Rains neugierigen Blick auf sich, ignorierte sie aber und gab ihr stattdessen mit einer ungeduldigen Handbewegung zu verstehen, dass sie ihm schweigend folgen sollte. Er wandte sich nach rechts. Hinter dem Bereich für die Taxen gab es ein winziges Rasenstück unter einer riesigen Eiche. Darauf steuerte er zu, denn dort bekam man vom Kommen und Gehen der Passagiere nicht viel mit.

»Dad«, sagte er ins Telefon, als er den Anruf über die App entgegennahm. »Wann und wo?«

»Alpha-November-Foxtrott - Siera - 38. T-10 Minuten.« Die unverkennbare Stimme seines Vaters leierte die Anweisung in Rekordgeschwindigkeit herunter.

»Jawohl«, antwortete David trocken und verzog angewidert das Gesicht, weil sein Vater ausgerechnet diesen Treffpunkt vorschlug. Den Arlington-Nationalfriedhof. Sektion 38. Fuck!

»Zerstör die SIM-Karte.«

»Jawohl.« David beendete das Gespräch, bevor sein Vater es tat, öffnete mit geschickten Bewegungen die hintere Klappe des Blackberrys und entfernte erst den Akku - dann die kleine verräterische Karte darin. Erst jetzt wurde er sich darüber bewusst, dass Rain ihn die ganze Zeit über mit offenem Mund angestarrt hatte. Offensichtlich hatte sie gelauscht.

»Was war das denn?«

»Anweisungen«, antwortete er knapp und machte sich nicht die Mühe, ihr eine ausführliche Nachhilfestunde in militärischer Ausdrucksweise zu geben. Sein Blick wanderte auf der Suche nach etwas Brauchbarem schnell hin und her. »Gib mir einen deiner Schuhe. Die Highheels«, befahl er knapp und deutete auf die Tasche in ihrer Hand. Die Absätze waren vielleicht spitz genug. Obwohl - »Oder eine Nagelfeile.«

»Wofür?«

»Ich muss die Karte zerstören! Jetzt mach schon, oder ich suche selbst.«

Rain zögerte und sah aus, als wollte sie ihm am liebsten die Augen auskratzen. Aber dann rührte sie sich doch und öffnete den Reißverschluss ihrer Reisetasche auf der Suche nach etwas, das David benutzen könnte. Einen Augenblick später riss er ihr die Nagelfeile aus den Fingern, stieß sie mit einem gezielten Hieb auf den Mikrochip an der Rückseite und die Karte war absolut unbrauchbar. Gut.

David wischte sich mit der Hand über die Augen. Hier in der Landeshauptstadt war es beinahe noch heißer als in Nashville. Dabei war es noch nicht einmal Mittag und er würde vermutlich nicht allzu bald eine Chance bekommen, sich umzuziehen. Er prüfte, ob er alles bei sich hatte, begutachtete dann schnell sein und Rains Aussehen und setzte sich wieder in Bewegung.

»Wohin gehen wir?«, rief sie und zerrte schließlich an seinem Handgelenk.

»Verdammt, jetzt halt endlich den Mund, oder ich knebel dich mit meinem verschwitzten T-Shirt! Ich werde dir alles erklären, aber nicht jetzt um Himmelswillen.

Hier gibt es viel zu viele unbekannte Variablen. Ich weiß nicht, wer hier alles mithört. Hast du eine Ahnung, wie viele verdammte Kameras es allein in diesem Teil der Stadt gibt? Wie viele Regierungsbeamte hier rumrennen, von denen jeder Einzelne Schuld an der Scheiße sein könnte, in der wir jetzt stecken? Nein? Dann halt endlich den Mund!«

Diese Ansage schien immerhin auszureichen, um Rain endgültig zum Schweigen zu bringen. David sah zwar das Funkeln in ihren Augen, aber auch das verräterische Schimmern von Tränen, die sie offenbar angestrengt zu verdrängen versuchte. Verübeln konnte er es ihr nicht. Sie war eine Frau. Und Frauen neigten seiner begrenzten Erfahrung nach dazu, in Situationen wie diesen zu heulen. Sie war emotional kompromittiert, wenigstens daran bestand kein Zweifel.

Ja - sie tat ihm leid, verflucht.

Und nein - es lag nicht daran, dass sie ihn nervte.

David hatte das Gefühl, seit der letzten Nacht nicht mehr klar denken zu können! Selbstverständlich wollte er es nicht zugeben. Aber dass Rain so viel von sich preisgegeben hatte, hatte ihn mehr fertiggemacht, als er angenommen hätte. Nicht der Sex - sondern ihre wahren Gefühle, die sie die ganze Zeit unterdrückt und verdrängt hatte. Die Schrecken ihrer Ehe, die nach und nach zu Tage gefördert wurden und die sie allmählich aufarbeitete. Dass sie ihn daran hatte teilhaben lassen, war mehr, als er verkraften konnte.

Dabei wirft mich sonst gar nichts aus der Bahn. Und jetzt? Ich bin erbärmlich! Diese Gefühlsduselei wird mir zum Verhängnis ...

David biss die Zähne zusammen, atmete tief durch, bevor er sich erneut umsah. Niemand beachtete sie. Ein Geschäftsmann in Anzug und viel zu warmem Jackett ging an ihnen vorbei, während er in das Handy in seiner Hand sprach. Die Gruppe asiatischer Touristen, die mit ihnen zusammen die Ankunftshalle verlassen hatte, scharrte sich nun um ihren Reiseführer. Ein Pärchen in der Nähe knutschte und fummelte herum, ohne sich an der Neugier eventueller Zuschauer zu stören. Noch eine Gruppe Geschäftsleute schlenderte auf den Burgerladen an der Ecke links von ihm zu. Ein Taxi wenige Meter hinter ihnen hupte, als der Fahrer eines der Anderen in eine viel zu enge Parklücke fuhr. Aber nichts und niemand, der den Eindruck erweckte, er könnte sie beide beobachten oder ihnen auf den Fersen sein. Keine Spur von Shadow One.

»Komm«, sagte er leise zu Rain und war erleichtert darüber, dass sein Tonfall die Schärfe verloren hatte. Er steuerte auf eine der Taxen zu, hielt Rain die hintere Tür auf und wartete, bis sie eingestiegen war, bevor er dem Fahrer ihren Zielort nannte.

Aus einem Impuls heraus, den David weder verstand, noch sich wirklich um die Konsequenzen scherte, warf er ihre beiden Taschen auf den linken äußeren Sitz, rutschte auf den Mittelplatz und schlang einen Arm um Rain, die sich sofort versteifte. Aber sie sagte nichts, wehrte seinen Übergriff nicht ab und reagierte - gar nicht. Sie starrte stumm aus dem Fenster, schien verbissen darauf bedacht zu sein, ihn keines Blickes zu würdigen und tat, als wäre er Luft.

Großartig. Offenbar hatte er es ein bisschen übertrieben und sein Versuch, die angespannte Stimmung wenigstens etwas zu mildern, indem er ihr zu verstehen gab, dass sie in Sicherheit war, schlug fehl.

»Ich weiß, dass du Angst hast«, flüsterte er ihr irgendwann zu. »Ich verstehe auch, dass du wütend auf mich bist. Aber jetzt musst du mir vertrauen, denn ich *werde* dich beschützen.«

Es dauerte eine gefühlte Ewigkeit, bis Rain ihm schließlich zögernd das Gesicht zuwandte. In ihren Augen sah er Enttäuschung, aber auch einen Funken Hoffnung. Besser als nichts. »Du verstehst gar nichts, David. Lass mich in Ruhe.«

David beließ es widerstrebend dabei und sagte nichts mehr. Was blieb ihm schon anders übrig, wenn sie sich nicht auf einen Waffenstillstand einlassen wollte, um stattdessen weiter eingeschnappt zu sein.

»Wir sind da«, sagte er fünf Minuten später, reichte dem Fahrer einen Zwanzig-Dollarschein und verließ hinter Rain das Taxi. »Komm, wir sind spät dran.«

»Der Nationalfriedhof?« Er sah, dass sie angewidert die Nase rümpfte. »Nicht dein Ernst, oder? Aber hey - das ist super. Dann haben wir es wenigstens nicht mehr weit bis zur letzten Ruhestätte. Vielleicht haben sie sogar schon Gräber für uns ausgehoben. Meinst du, wir können uns ein nettes Plätzchen unter den Bäumen dahinten reservieren?«

Mit hochgezogenen Augenbrauen starrte er sie an und - lachte dann. Laut. Scheißegal, dass ihr zynischer Kommentar alles andere als angebracht oder nett war. An einem Ort wie diesem war es sogar mehr als pietätlos. Und trotzdem -

Rain erwiderte sein Grinsen zumindest in Ansätzen. Er sah, dass sich ihre Mundwinkel nach oben zogen, dass sie sich nervös eine Strähne ihrer langen haselnussbraunen Haare hinter das Ohr steckte und die Baseballmütze ein bisschen gerade rückte. »Sorry«, murmelte sie ein bisschen verschämt. »Das war unpassend.«

»Naja, hoffen wir mal, dass das nicht nötig sein wird. Los, komm. Ich stelle dir meine Eltern vor.«

Immerhin war Rain über diesen Einwurf wohl so überrascht, dass sie ihm ihre Hand nicht entzog, als er wie selbstverständlich wieder danach griff und sie hinter sich her auf das Gelände des Nationalfriedhofs von Arlington führte. Klar. Sie rechnete nur damit, seinem Vater zu begegnen, der diesen Treffpunkt nicht grundlos ausgewählt hatte. Zielsicher bewegte sich David auf Sektion 38 zu, wo sich das Grab seiner Mom befand und wo sein Vater inzwischen auf ihre Ankunft wartete. Und das Gefühl, das sich auf dem Weg dorthin in seinem Magen ausbreitete, weckte in David zum ersten Mal seit Jahren das Bedürfnis danach, seinem Dad die Fresse zu polieren. Dafür, dass er ihn vor mehr als zehn Jahren dazu gezwungen hatte, diesen Weg zu beschreiten. Zum ersten Mal, seit er nach Abschluss der Ausbildung seinen innerlichen Frieden mit seinem Vater geschlossen hatte. Eigentlich.

David sah ihn schon von Weitem. Er trug den für ihn typischen schwarzen Anzug, hatte das Jackett aber ausgezogen. War wohl zu heiß darin. Es hing über seinem Arm, während er die Hände tief in den Hosentaschen vergraben hatte, während er auf den Grabstein von Elizabeth Harper hinunterstarrte und David und Rain den Rücken zudrehte. David warf einen Blick nach rechts, als sie über den Weg zwischen dem Meer aus weißen Steinen gingen. Sein Wagen samt Fahrer wartete an der Straße. Keine Überraschung. Ein älteres Paar kniete vor einem Stein in der Nähe. Die Frau presste sich ein Taschentuch vor ihr Gesicht, als müsste sie Tränen darauf trocknen. David ignorierte sie weitestgehend. Außer den beiden befand sich niemand sonst in ihrer Reich- oder Hörweite. Gut.

»Miss Rain«, sagte sein Dad, ohne sich zu David und Rain umzudrehen, als sie nur noch gut drei Meter von ihm entfernt waren. »Es freut mich zu sehen, dass Sie wohlauf sind.« Dann drehte er sich um und - David schluckte überrascht.

Jack Harper hatte dunkle Schatten unter seinen Augenlidern. Seine Wangen schienen eingefallen zu sein, eine tiefe Falte zog sich über seine Stirn und das ansonsten so akkurat rasierte Kinn wurde durch Bartstoppeln verunstaltet, die mindestens drei Tage alt waren. Sogar seine Haltung wirkte irgendwie ... erschöpft. Davids Vater sah müde und abgeschlagen aus, als hätte er seit Tagen nicht geschlafen. Ein mehr als ungewohnter Anblick, auch wenn David ihn in den letzten Jahren nicht regelmäßig zu Gesicht bekommen hatte. Treffen vermieden sie meistens. Telefonate oder codierte Mails waren die sicherere Kontaktart.

»Mr. Harper«, antwortete Rain knapp und schüttelte die Hand zögerlich, die sein Dad ihr hinhielt, bevor er auch David die Hand reichte.

David ergriff sie, beließ es aber dabei. Gefühlsduseleien, egal welcher Art, waren nicht sein Fall. Das Verhältnis zwischen ihm und seinem Vater ließ Derartiges ohnehin nicht zu, selbst wenn er nach all den Jahren noch so etwas wie Liebe für seinen Vater empfunden hätte. »Dad.«

»Schön, dass du dich an meine Anweisungen gehalten hast«, fügte sein Vater trocken hinzu, ließ seinen Blick kurz über Rain und ihn wandern und nickte dann. »Wir haben nicht viel Zeit.«

Wieder nickte David, während Rain neben ihm stand, nervös mit ihren Fingern spielte und ansonsten schwieg.

»Shadow One ist bereits auf dem Weg hierher. Eine seiner Identitäten checkte vor einer Stunde in Nashville am Flughafen ein. Es ist mir gelungen, dafür zu sorgen, dass man ihn hier eine Weile aufhalten wird, aber das verschafft euch lediglich ein kleines bisschen Zeit. Außerdem habe ich Flugtickets auf eure richtigen Namen gekauft, aber auch das wird ihn selbstverständlich nicht aufhalten.«

»Wohl kaum.« David grinste zynisch und ließ seinen Blick auf seinem Vater ruhen. Seine Augen wollten abschweifen. Abwärts. Zum Grabstein, dessen Inschrift immerhin zu einem Großteil von seinem Dad verdeckt sein würde.

Jack Harper nickte ausdruckslos. »Ich weiß. Deswegen werdet ihr unter falschen Namen das Land verlassen. Ihr fliegt vom Washington-Dulles aus nach Mexiko. Und von dort aus weiter auf die Kaiman-Inseln. Ich dachte, das ist dir lieber als Sibirien«, fügte er mit einem schwachen Lächeln hinzu, als David irritiert die Augenbrauen hochzog.

»Können Sie ihn nicht aufhalten?«, fragte Rain neben ihm und das verängstigte Flehen in ihrer Stimme versetzte David einen unerwarteten Stich. Sie schien ihm tatsächlich überhaupt nicht zu vertrauen. Klasse.

Sein Vater musterte Rain einen Moment, bevor er bedauernd den Kopf schüttelte. »Tut mir leid, Miss Rain.« Auch jetzt sprach er sie nicht mit dem Nachnamen an, den sie nach ihrer Eheschließung angenommen hatte. Etwas, für das er seinem Vater unerwartet dankbar war. *Verrückt* ... »Ich bin nicht befugt, die Abläufe zu unterbrechen oder mich in SYSTEMs Server zu hacken. Es würde sofort auffallen. Unabhängig von der Tatsache, dass es ohnehin keinerlei Nutzen haben würde.« Sein Blick huschte erneut zu David, der sich sofort versteifte. Ein Kommentar, der einen reichlich schalen Beigeschmack hatte, weil er nichts anderes war, als ein versteckter Vorwurf.

»Warum nicht?«, beharrte Rain kopfschüttelnd.

»Der einzige Grund, aus dem Shadow One den Auftrag umgehend angenommen hat und nicht zögern wird, ihn auszuführen, steht neben Ihnen«, antwortete er. »David und ihn verbindet eine - alte Rivalität. Ein Jungenspiel, das Shadow One immer ernster genommen hat als David. Man sollte meinen, dass es ihm nach eurer Einstellung langweilig geworden wäre, dich herauszufordern. Offenbar nicht.«

»Ist doch nicht meine Schuld, dass er sich selbst immer wieder beweisen muss, der Bessere zu sein, oder?«, knurrte David angewidert und fuchtelte mit der Hand in der Luft herum. Es passte ihm nicht, dass das Thema auf dem Tisch war. Weder gehörte es hierher, noch war gerade der passende Zeitpunkt, um David seine ach so vielen Unzulänglichkeiten vor Augen zu führen.

Wenigstens sein Vater schien zu derselben Ansicht zu gelangen, während Rain ihn einfach verwirrt anstarrte. »Nun, wie auch immer. Ich habe noch einige Strippen in der Hinterhand, die ich ziehen kann, um es ihm so schwer wie möglich zu machen, euch aufzuspüren. Ich hätte euch lieber gleich in einem unserer sicheren Häuser untergebracht, aber auf dem offiziellen Weg darf das Ganze selbstverständlich nicht ablaufen und ausreichen würde das auch nicht. Ihr verweilt eine Weile auf den Kaiman-Inseln. Dann werdet ihr weiterziehen. Es ist besser, wenn ich erst mal nicht weiß, wohin ihr geht. Bleibt nie länger als eine Woche am selben Ort. Es ist zwar unwahrscheinlich, dass euer Versteckspiel Shadow One tatsächlich dazu bringen kann, seine Bemühungen einzustellen, aber immerhin möglich. Ich würde vorschlagen, ihr springt ein bisschen in Südamerika umher. Meidet Rebellengebiete und Staaten, die als ›gefährdet« eingestuft sind. Unsere diplomatischen Beziehungen sind nicht überall die Besten.«

David nickte stumm, als sich sein Blick doch an der Inschrift des Grabsteins festgesaugt hatte, unter dem seine Mom vor über zehn Jahren beerdigt worden war. Er erwischte sich bei der Frage, was sie wohl zu all dem gesagt hätte. Sicher hätte sie ihrem Mann die Hölle auf Erden bereitet, wenn sie von dessen Plänen für Davids Zukunft gewusst hätte. Aber schließlich hatte sie nie ein Mitspracherecht bekommen, richtig? Ebenso wie David selbst.

Scheiß auf den ganzen Mist ...

»Verabschiede dich«, sagte sein Dad mit einem erstaunlichen Anflug von Emotionalität in der Stimme, weil er Davids Blick offenbar gefolgt war. »Du warst lange nicht hier. Sie hat dich sicher vermisst.«

David kämpfte das Bedürfnis nieder, erst laut loszulachen und seinem Vater anschließend die Fresse zu polieren, und nickte dann. »Was ist mit den Hintergründen«, wechselte er das Thema wieder auf das Wesentliche.

Er schluckte den Kloß hinunter, der sich in seinem Hals gebildet hatte und ihm nun die Luft zum Atmen nahm. *Auf Wiedersehen, Mom. Wenn ich das überlebe, komme ich dich öfter besuchen. Ich wünschte, ich wäre ein besserer Sohn gewesen ... Verzeih mir!*

»Ich habe Nachforschungen angestellt und einen Informanten an die Strippe bekommen, der für das Drogenkartell arbeitet, zu dem die Familie Collins gehört. Es sieht so aus, als hätte Ihr Mann, Rain, jeden Bezug zur Realität verloren. Bisher wurde er von seinem Vater als ungeeignet und schwach klassifiziert. Mike Collins ist unberechenbar, gewalttätig und definitiv nicht intelligent genug, um einen wichtigen Posten innerhalb der Hierarchie zu übernehmen. Trotzdem ist es ihm offenbar gelungen, seinen Vater davon zu überzeugen, Rain könnte geflohen sein, um wertvolle Geheimnisse über den inneren Führungszirkel an die Behörden zu verkaufen.«

»Was?«, rief Rain ungläubig und schüttelte sichtlich verwirrt den Kopf. »Ich weiß gar nichts. Okay, ich wusste vielleicht, dass Mikes Familie Dreck am Stecken hat, aber ich habe doch keine Ahnung, was die genau machen. Und wieso sollte ich das -«

»Hey, bleib ruhig«, unterbrach David sie leise und berührte sie automatisch an der Schulter, um sie zu beruhigen. Am liebsten hätte er sie an sich gezogen. Als ihm das klar wurde, ließ er seine Hand schnell wieder sinken. »Natürlich wusstest du nichts. Es ist eine Finte, habe ich recht?«, fragte er an seinen Vater gewandt, der zustimmend nickte. »Er hat das nur behauptet, damit er die Unterstützung seines Vaters auf seiner Seite weiß. Er ist durchgeknallt.«

»Ja. Es sieht so aus, als hätte ihn seine Besessenheit für Sie jeden Sinn für Verhältnismäßigkeit vergessen lassen. Dass er zu aggressivem und rücksichtslosem Verhalten neigt, war uns ja bereits bekannt. Das hier scheint ein persönlicher Racheakt zu sein.«

Großartig. Frei nach dem Motto: Wenn ich dich nicht kriegen kann, kriegt dich auch sonst niemand. Scheiß Wahnsinniger!

»Woher weiß der Wichser überhaupt, dass Rain bei mir ist?«

Sein Vater zog missbilligend die Nase kraus. Derartige Ausdrucksweisen duldete er normalerweise nicht, aber das war David gerade herzlich egal. »Er hat ganz Tacoma auf der Suche nach deinem Wagen auf den Kopf gestellt. Sicher ist er nicht der Hellste, aber Kontakte hat er offenbar ausreichend zur Verfügung gehabt. Er hat deinen BMW aufgespürt, auch wenn du die

Kennzeichen ausgetauscht hast. Entsorge dein Auto beim nächsten Vorfall sofort, muss ich dir das erst sagen?«

David stieß einen weiteren Fluch aus.

»Wer auch immer seine Quelle war - derjenige wusste zumindest, dass mit dir nicht gut Kirschenessen ist. Das muss Mike Collins wohl veranlasst haben, gleich die harten Bandagen auszupacken. Er will kein Risiko bei der Beseitigung seiner Frau eingehen.«

Rain war kreideweiß geworden, während sie den Männern zuhörte. Sie wirkte auf David, als würde sie am liebsten gleich tot umfallen, hielt sich aber tapfer aufrecht. Natürlich hatte sie Angst, schien aber noch nicht bereit zu sein, einfach aufzugeben. Immerhin etwas.

»Kommt. Im Auto habe ich eure Unterlagen. Mein Fahrer ist absolut vertrauenswürdig. Er bringt euch zum Flughafen, nachdem ich euch alles Nötige ausgehändigt habe.«

David nickte und folgte seinem Vater und Rain über den Friedhof zum Osteingang. Er warf keinen Blick mehr zum Grab seiner Mutter zurück.

»Eine USP Tactical von H&K mit vier Magazinen und Schalldämpfer, eine kleinere Walther P99 für Miss Rain und die CZ Phantom für dich. Alle mit zusätzlicher Munition. Für die Phantom habe ich noch ein aufschraubbares Laservisier eingepackt. Außerdem ein Infrarotnachtsichtgerät, eine Hand voll M21-Handgranaten und zwei Kampfmesser mit extra gehärteter Klinge. Alle Waffen sind bereits bei den Flugsicherheitsbehörden angemeldet und auf den Namen deiner neuen Identität registriert.« Mit diesen Worten klappte Davids Dad den ersten der beiden Koffer zusammen und reichte David einen Stapel Papiere.

David warf einen Blick in die beiden US-Pässe oben drauf, bevor er Rain ihren übergab. »Wie nett. Nathan Potter? Verheiratet? Ich finde ja nicht, dass ich wie ein typischer Ehemann aussehe, aber bitte. Ganz toll, wirklich.« Mit einem sarkastischen Grinsen schüttelte David den Kopf.

»Du mochtest die Bücher, als du noch ein Kind warst«, antwortete sein Vater mit dem Anflug eines Lächelns im Gesicht. »*Harry* konnte ich leider nicht nehmen.«

David ging nicht weiter darauf ein und deutete auf den anderen Koffer, der auf der Kofferraumhaube des schwarzen Mercedes lag. Selbstverständlich Eigentum der Bundesregierung. »Was ist da drin?«

»Ein Remington MSR mit einklappbarer Schulterstütze, falls du es wider Erwarten auf kürzere Distanz verwenden musst.« Sein Vater klappte den Deckel des schwarzen unscheinbaren Koffers auf.

David ließ seinen Blick über das auseinandergebaute Scharfschützengewehr wandern. So ein Modell besaß er ebenfalls, auch wenn seines mit einigen komfortablen Modifizierungen ausgestattet war. Ein spezieller Griff, ein leichterer Lauf und ein deutlich verbessertes optisches Visier mit Entfernungsmesser. Natürlich. Er mochte es bequem.

»Mein Gott«, keuchte Rain neben ihm und nun sah er, dass ihr tatsächlich alle Farbe aus dem Gesicht gewichen war. »Ziehen wir in einen Krieg? Das kann doch nicht Ihr Ernst sein!« Kopfschüttelnd starrte sie seinen Vater an, der nur bedauernd mit den Schultern zuckte.

»Doch«, antwortete David stumpf, warf den Deckel zu und nahm die beiden Koffer an sich. »Eigentlich bräuchten wir ganz andere Mittel, um Sam auszuschalten. Aber besser als nichts.«

»Unter dem Gewehr sind zehn Wegwerfhandys verstaut. Mit austauschbaren SIM-Karten. Du musst dein Telefon entsorgen, ich gehe davon aus, dass Shadow One es bereits auf dem Schirm hat.«

»Gut. Ich melde mich in zwei Tagen. Wenn du nichts von uns hörst, sind wir höchstwahrscheinlich tot.«

Rain stöhnte bei seinen Worten auf, protestierte aber nicht, als David sie auf die hintere Wagentür zuschob.

»Bleibt am Leben«, sagte sein Dad mit Blick auf Rain, bevor er ihr zum Abschied die Hand reichte, und fügte dann zu Davids Riesenüberraschung hinzu: »David wird nicht zulassen, dass Sie getötet werden. Er ist besser als euer Verfolger. Er hat nur niemals versucht, das zu zeigen.«

Zu perplex, um darauf zu reagieren, ließ David sich von seinem Vater auf die Schulter klopfen. Mit einem letzten Nicken in seine Richtung stieg er hinter Rain auf die Rückbank und sah im Rückspiegel, wie er noch einen Moment an Ort und Stelle verharrte, als der Wagen anfuhr. Dann drehte sein Vater sich um und lief den entgegengesetzten Weg über den Friedhof zurück. Vermutlich wieder zum Grab von Davids Mom, die David in diesem Moment mehr vermisste, als alles andere. Zum ersten Mal, seit sie gestorben war, wünschte er sich, sie würde noch leben.

SECHS

No more lies

Rain

Obwohl Rain nach ihrer Ankunft auf Little Cayman beinahe einen halben Tag lang geschlafen hatte, ließ sie die Müdigkeit einfach nicht los. Sie fühlte sich so ausgepowert und kraftlos, dass sie am liebsten rund um die Uhr geschlafen hätte. Auf der kleinsten Kaiman-Insel im Karibischen Meer südlich von Kuba war es heiß! Einfach nur unfassbar heiß und daran konnte nicht einmal die Klimaanlage etwas ändern, die den ganzen Tag lang ihr kaum hörbares monotones Brummen von sich gab.

Rain verfluchte David, seinen Vater und allen voran ihren Mann. Dafür, dass sie dieses Paradies nicht genießen konnte, weil ihre Gedanken unentwegt um den Mörder kreisten, der ihr und David nach wie vor auf den Fersen war.

Sie wusste nicht, was sie sich von dem Treffen mit seinem Vater erhofft hatte. Vielleicht hatte sie sich insgeheim gewünscht, der Mann, der Davids Aussage nach immerhin für eine Regierungsbehörde arbeitete, könnte in die Hände klatschen und all ihre Probleme lösten sich mit einem Schlag in Luft auf. Als das nicht passiert war, war sie in ein dunkles tiefes Loch aus Angst und Melancholie gefallen, das von nichts und niemandem durchbrochen werden konnte. Also schlief sie, um David aus dem Weg gehen zu können.

Die vielen Lügen, die er ihr aufgetischt hatte, waren zu viel. Die Halbwahrheiten waren nicht besser. Er wusste so viel mehr, als er ihr sagen wollte, daran bestand kein Zweifel.

Auf dem Flug in der winzigen Cessna von der Hauptinsel hierher hatte sie versucht, ihn auszuquetschen. Aber er hatte dichtgemacht und sie auf einen späteren Zeitpunkt vertröstet. Nur, dass der bisher noch nicht gekommen zu sein schien.

Missmutig quälte sie sich nun aus dem riesigen Doppelbett im Hauptraum ihrer Unterkunft und schlurfte zum Badezimmer. Unterkunft war deutlich untertrieben. Der Pavillon, den sie mit David hier bewohnen sollte, war das Abgefahrenste, was sie je gesehen hatte. Er stand beinahe direkt am weißen Sandstrand, war aus gigantischen Holzstäben errichtet worden und besaß ein Dach aus einer Mischung aus Schilf und weißem Segeltuchstoff. Die Fenster waren riesig, gingen fast von einer Wand zur anderen und ließen sich komplett zur Seite schieben, wenn man mehr Luft hineinlassen wollte.

David hatte geflucht, als er das gesehen hatte. Sein Kommentar auf wiederholte Nachfrage war für Rain irgendwie verwirrend gewesen. Er hatte etwas von »Sichtschutz« und »Präsentierteller« gefaselt. Dabei war Rain inzwischen zu der Ansicht gelangt, dass sie sich genauso gut in einem Bunker unter der Erde aufhalten könnten, und das Ergebnis wäre dasselbe gewesen. Der Killer *würde* sie aufspüren, wenn er es wollte. Egal, wo sie waren.

Aber diesen reichlich negativen Gedanken hatte sie für sich behalten. Immerhin schien David noch nicht aufgeben zu wollen, auch wenn ihre Lage ziemlich aussichtslos zu sein schien.

Verrückt. Es kam Rain vor, als hätte sie sich längst damit abgefunden, vielleicht draufzugehen. Jedenfalls fühlte es sich verdächtig danach an, als würde sie depressiv werden, als sie unter die gewaltige offene Dusche im Nebenzimmer trat. Der einzige Raum, den man von außen nicht einsehen konnte. Es gab noch ein weiteres Bad, wenn man das als solches bezeichnen wollte. Es besaß eine in den Boden eingelassene runde Whirlpoolwanne, von der aus man einen umwerfenden Blick aufs Meer raus hatte. Fast zu schön, um wahr zu sein.

Gut. Wenn ich schon sterbe, dann wenigstens im Paradies, dachte sie zynisch, seifte sich mit dem Duschgel ein, das das Resort den Gästen hier zur Verfügung stellte, und gab sich alle Mühe, nicht mehr darüber nachzudenken, auf welche Weise sie wohl ihr Ende finden würde.

»Das Essen ist gekommen«, sagte David wenig später tonlos, als sie angezogen aber mit feuchtem Haar auf die Veranda nach draußen trat. Er saß auf den beiden Stufen vor dem Pavillon, steckte die nackten Füße in den weißen Sand und rührte sich nicht.

»Hast du überhaupt schon geschlafen?«, fragte sie, bevor sie sich auf den kleinen Tisch rechts von ihr zubewegte. Tatsächlich sah sie zwei Teller und eine Auswahl an Wein und Wasser darauf stehen. Erst jetzt fiel ihr auf, dass sie gar nicht danach gefragt hatte, was dieser ganze Spaß hier eigentlich kostete.

»Ja, aber nur ein paar Stunden.« David drehte ihr den Kopf zu, als sie sich an den Tisch setzte.

Beim Geruch, den das Essen unter den Servierhauben verströmte, lief Rain das Wasser im Mund zusammen. Sie kam beinahe um vor Hunger, auch wenn sie vorher nicht einmal an Essen gedacht hatte. Sie wollte sich schon über ihren Teller hermachen, als ihr auffiel, dass David sitzengeblieben war. »Willst du nichts essen?«

Zunächst zögerte er, aber dann stand er langsam auf und setzte sich schweigend auf den Stuhl ihr gegenüber.

Genauso maulfaul wie immer, dachte sie angepisst, sagte aber nichts und begutachtete stattdessen das Essen auf ihrem Teller. »Was ist das?«

»Riesengarnelen mit Weißbrot. Noch nie gegessen?« Sichtlich interessiert legte David seinen Kopf schief und griff dann nach den beiden Weingläsern auf dem Tisch.

»Nein«, antwortete sie skeptisch und schnupperte vorsichtig an den orangefarbenen Dingern auf ihrem Teller. Sie rochen gut, aber ob sie auch schmeckten? »Wie spät ist es?«

»Fünfzehn Uhr Ortszeit. Warum?«

»Weil du den Wein aufmachst.« Sie deutete auf die Flasche in seiner Hand.

»Und? Ist doch vollkommen egal, um welche Uhrzeit man trinkt. Nach meiner Schätzung braucht Sam mindestens 36 Stunden, bis er uns hier aufspüren kann. Frühstens. Zeit genug also, sich volllaufen zu lassen und anschließend nüchtern genug zu werden, um ihm den Arsch aufzureißen.«

»Sam? Heißt er so? Mein Henker?« Es überraschte Rain nicht, dass ihre Stimme nüchtern klang. Beinahe emotionslos. Klasse. Wenigstens das Schalentier auf ihrer Gabel schmeckte. Und zwar hervorragend. Richtig lecker ...

Innerlich verpasste sie sich eine Ohrfeige. Sich aufs Essen zu konzentrieren, wenn man jeden Moment eine Kugel im Schädel haben könnte, war wirklich das Letzte.

»Sam Hayes ist Shadow Ones richtiger Name, ja«, antwortete er zögernd, als müsste er sich kurz selbst noch mal vor Augen führen, dass es jetzt keinen Grund mehr für die ganze Geheimniskrämerei gab.

»Ah. Und hast du auch so einen putzigen Spitznamen?« Obwohl das angeschnittene Thema alles andere als komisch war, musste Rain tatsächlich lachen. »Ich nehme an, seiner steht dafür, dass er die Nummer eins ist, richtig? Konntest du ihm nicht das Wasser reichen? Hast du weniger Menschen getötet? Oder woran messt ihr euch da sonst noch in eurem Verein. Vielleicht daran, wie grausam eure Morde so waren?« Irgendwo am Rande ihres Verstandes wusste Rain, dass sie aufhören musste. Sie sollte einfach hier sitzen, essen und den Mund halten, aber das konnte sie nicht. Als fiele in diesem Augenblick all die Anspannung und die verdrängte Panik von ihr ab, sprudelten die Worte und Vorhaltungen nur so aus ihr heraus. Sie rechnete fast damit, dass David sie zum Schweigen bringen würde. Wie auch immer. Ob er sie einfach nur anbrüllte oder richtig ausflippte, war ihr schon fast egal. Hauptsache, er saß nicht weiter stumm wie ein Fisch am Tisch und tat so, als steckten sie beide nicht in dieser Situation - die er allein verursacht hatte!

Wenn er mich einfach hätte laufen lassen - wenn er mich mit Mike hätte gehen lassen - vielleicht hätte er mich nicht getötet. Vielleicht hätte er mich nur verprügelt und ich wäre gehorsam gewesen und -

Rain blieb die Garnele beinahe im Hals stecken, als sie sich klar machte, worüber sie gerade nachdachte. Dass es besser gewesen wäre, sie wäre David nie über den Weg gelaufen.

Ja, ein Teil von ihr stimmte dem auf jeden Fall zu. Der Teil, der wütend und sauer und enttäuscht über sein mangelndes Vertrauen war. Aber was war mit ihr? Hatte sie ihm vertraut? Hatte sie David von sich aus gesagt, dass sie Schwierigkeiten damit hatte, mit diesem Teil ihres Lebens klarzukommen? Nein, das hatte sie nicht getan. Er hatte es vor zwei Nächten, als sie ihn mehr oder weniger mit ihrer Bitte nach Sex überfallen hatte, selbst herausfinden müssen. Auf die harte Tour, weil sie fast angefangen hatte zu heulen. Weil sie eigentlich viel zu traumatisiert gewesen war, um es da schon zu versuchen. Sie hatte sich selbst eingeredet, dass es schon gehen würde, sich aber eindeutig überschätzt. Wahrscheinlich war es schon scheiße für David gewesen, festzustellen, dass sie ihn mehr oder weniger über ihren Zustand belogen hatte. All die Zeit davor, als sie noch in seiner Wohnung gewesen war und so getan hatte, als wäre alles in bester Ordnung.

Sie spürte Davids Blick auf sich ruhen und machte endlich den Mund zu. Eine Weile lang aß sie schweigend weiter, ohne ihn anzusehen. Ihr Gesicht fühlte sich heiß an, und das nicht nur wegen der vorherrschenden Hitze. Sie kam sich blöd und kindisch für ihren Ausraster vor, traute sich aber auch nicht, sich dafür zu entschuldigen. Das kam ihr mindestens genauso bescheuert vor, schließlich war es nicht ihre Schuld, dass sie jetzt in dieser Scheiße steckten.

»Shadow Two. Unter diesem Namen bin ich bei SYSTEM registriert«, sagte er irgendwann, als wäre er zu dem Schluss gekommen, dass sie recht hatte und es keinen Sinn mehr machte, ihr Informationen vorzuenthalten.

Beinahe hätte sie vor Erleichterung geseufzt, konnte es aber gerade noch zurückhalten. Sie wollte ihm auf keinen Fall einen Grund dafür geben, nicht weiterzureden. Also saß sie schweigend da, aß weiter und trank sogar einen Schluck aus dem Weißweinglas, das David ihr rüber schob.

»SYSTEM ist die Bezeichnung für eine supergeheime Datenbank. Du kennst die offiziellen Listen vom FBI oder beispielsweise Interpol, auf denen die Namen der meistgesuchten Verbrecher der Welt stehen, oder?«, fragte er, schwenkte den Wein im Glas leicht herum und schaute sie an.

Rain nickte, antwortete aber nicht.

»Dort werden lediglich Namen und gegebenenfalls Kopfgelder ausgeschrieben. SYSTEM geht noch einen Schritt weiter, wenn auch nur auf nationaler Ebene. Wann immer jemand jemanden wie mich braucht«, er deutete mit einem schwachen Grinsen auf den Lippen auf sich selbst und Rains Mund wurde trocken, »kann er einen entsprechenden Auftrag bei SYSTEM einstellen. Das funktioniert über gewisse Zwischenstellen. Personen, die dazu befugt sind, quasi. Wie mein Vater. SYSTEM wird außerdem streng kontrolliert. Es wird vermieden, ein und denselben Auftragnehmer über kurze Zeitabstände wiederholt einzusetzen.«

»Auftragnehmer?«, warf sie leise ein, obwohl sie bereits ahnte, dass es sich dabei nur um eine weitere nette Umschreibung handelte. Trotzdem …

»Killer«, antwortete er zur Bestätigung und trank einen Schluck aus seinem Glas.

Rains Bedürfnis nach Alkohol wuchs plötzlich extrem, also trank sie einen großen Schluck, schluckte ihn aber nicht sofort hinunter. Ihre Zunge brannte, was gut war. Denn es erinnerte sie abermals daran, dass das hier real war. Ob ihr das nun passte, oder nicht.

»Und wie funktioniert das dann? Du bekommst einen Auftrag und knallst diese Leute dann einfach ab?«

Wieder schwieg David, bevor er ihr antwortete. Obwohl es ihm offensichtlich nicht gefiel, diese Details ausgerechnet mit Rain zu diskutieren, stand er ihr Rede und Antwort. Er müsste es nicht tun und trotzdem ...

»In der Regel gibt SYSTEM vor, wie es gemacht wird. Die Daten werden gründlich geprüft. Manchmal muss eine Menge Vorarbeit geleistet werden. Bewegungsprofile, Milieuaufklärung, Gefährdungspotenzial - solche Dinge.«

»Machst das auch du?«

David schüttelte den Kopf. »Das machen die Veteranen. Die, die entweder für meinen Job zu alt geworden sind, oder einfach keine Lust mehr darauf hatten. Sie übergeben ihre Berichte und SYSTEM wertet sie aus. Dann entscheidet SYSTEM, wann und wo der beste Zeitpunkt ist und auf welche Weise das Ganze über die Bühne geht. Die Auftragnehmer führen die Hits aus und geben ihre Berichte ihrerseits an SYSTEM zurück. Dann werden sie bezahlt. Zwischen den Hits liegen in der Regel mehrere Wochen. Manchmal Monate.«

»O mein Gott«, stieß sie angeekelt von der Vorstellung hervor, David könnte einem anderen Menschen das Genick brechen. Oder ihm die Kehle aufschneiden. Oder ihn mit bloßen Händen erwürgen. Oder ihn mit so einem Gewehr abknallen, das -

»Vielleicht hilft dir die Information, dass keiner der Auftragnehmer freiwillig zu dem geworden ist, was er heute ist«, fügte er so leise hinzu, dass Rain ihm doch widerstrebend ins Gesicht schaute.

In Davids Augen sah sie ehrliches Bedauern, Reue und - Trauer.

Rain sah ihm in die Augen und empfand den Anflug eines Gefühls, das sie sicher nicht mehr in seiner Gegenwart empfinden wollte; geschweige denn *für* ihn:

Mitgefühl. Was auch immer die Ursache dafür war, dass David heute der Mann war, der ihr nun gegenübersaß - es war nicht aus seinem Mist gewachsen. Vielleicht hatte er ursprünglich ganz andere Vorstellungen davon gehabt, wie sein Leben zu verlaufen hatte. Träume, Wünsche und Hoffnungen, die nichts mit diesem Leben zu tun gehabt hatten.

Rain hätte ihn gerne danach gefragt. Auch danach, was mit seiner Mutter passiert war. Es war ihr Grab gewesen, bei dem sie sich Stunden zuvor mit seinem Vater getroffen hatten, daran bestand kein Zweifel. Rain hatte den Namen auf dem weißen Stein lesen können: Elizabeth Harper. Rain hätte wirklich gern gewusst, was es mit seiner Familiengeschichte auf sich hatte, denn auch die reichlich unterkühlte Stimmung zwischen David und seinem Vater war ihr nicht entgangen. Aber sie wusste auch, dass er ihr nicht geantwortet hätte. Das Blitzen in seinen Augen und die Tatsache, dass er das Weinglas in seiner Hand nun in einem Zug leerte, verrieten ihr, dass er nicht sonderlich scharf darauf war, das Gespräch an dieser Stelle fortzusetzen.

Also aß Rain ihren Teller schweigend leer, bemühte sich, David keinen einzigen Blick mehr zuzuwerfen und stand schließlich auf.

»Wohin gehst du?«, fragte er, als sie sich streckte und zurück ins Innere des Pavillons ging.

»Ich hole meine Tasche«, antwortete sie, ohne den eingeschnappten Tonfall gänzlich verbergen zu können. »Ich will zum Haupthaus und nach einem Geschäft suchen. Die werden doch sicher sowas haben. Ich brauche einen Bikini.«

David musterte sie und für den Bruchteil einer Sekunde hätte Rain schwören können, das lüsterne Blitzen in seinen Augen zu sehen, das sie erst vor zwei Nächten noch fast um den Verstand gebracht hatte.

Und jetzt? Jetzt wollte sie ...

Rain verwarf den Gedanken schnell, bevor er in ihrem Kopf Gestalt annehmen konnte. Zu spät. Für alle Gedanken an die Anziehung, die er auf sie ausübte und daran, dass ihr Körper auch jetzt noch auf ihn reagierte. Dafür war es endgültig zu spät.

»Ich begleite dich«, sagte er und war bereits im Begriff, von seinem Platz aufzustehen, als Rain abwehrend die Hände hochriss.

»Musst du nicht. Du hast selbst gesagt, dass dieser Sam noch mindestens 36 Stunden braucht, um uns hier aufzuspüren. Bis dahin werde ich also alleine aufs Klo gehen, alleine im Meer schwimmen und verdammt noch mal auch alleine einen bescheuerten Bikini kaufen gehen. Lass uns -«, sie überlegte, wie sie es formulieren sollte, ohne seine ohnehin nicht vorhandenen Gefühle zu verletzen, »einfach einen Bogen umeinander machen, soweit das hier möglich ist, okay? Sorry, David. Aber das ist mir gerade alles zu viel.«

Sie wartete seine Antwort nicht ab, drehte sich um und betrat den Vorraum der Hütte. Das Herz schlug ihr bis zum Hals, aber so war es am besten. Sie wollte David aus dem Weg gehen und wollte verdammt noch mal ihre Ruhe. Wenigstens ein bisschen Zeit, um all das zu verdauen. Zeit, um sich auf das vorzubereiten, was auf sie zukommen würde, auch wenn es bedeuten würde, sich gedanklich mit ihrem Tod auseinanderzusetzen. Selbst dann.

»Pack die ein und steck sie in deine Handtasche. Weißt du, wie man damit umgeht?«

Verwirrt starrte Rain erst David an, und dann die Pistole in seiner Hand, die er ihr hinhielt, als sie ein paar

Minuten später mit ihrer Handtasche wieder rausging. Allein über seinen Vorschlag war sie so verwundert, dass sie nur mit dem Kopf schütteln konnte.

»Nein, natürlich weiß ich nicht, wie man die benutzt. Denkst du, Mike hätte mich damit rumspielen lassen?«, antwortete sie hörbar entnervt, wehrte sich aber erstaunlicherweise nicht, als David ihr die Waffe mit dem Griff voraus in die Hand drückte.

»Sie ist gesichert«, erklärte er stumpf und zeigte dann auf einen kleinen Knopf an der linken Seite der Waffe. »Damit holst du das Magazin heraus«, fuhr er fort und drückte den Knopf. Das Magazin sprang tatsächlich heraus. Er fing es geschickt auf und steckte es langsam zurück an seinen Platz, ohne Rains Hand mit der Pistole darin loszulassen. »Auf der anderen Seite ist der Sicherungshebel. Damit entsicherst du die Waffe. Dann musst du nur noch zielen, den Hahn spannen«, er tippte auf das Ding am anderen Ende des Laufs, »und abdrücken.«

»Äh, ich -«, begann sie plötzlich ziemlich verunsichert und verwirrt, als er ihre Hand schließlich losließ und sie das Gewicht der Pistole nun deutlich spüren konnte.

»Schon gut«, unterbrach er sie so freundlich, dass sie ihm nun doch ins Gesicht sah. In seinen Augen erkannte sie ehrliche Sorge und das ließ Rain schlucken. »Wenn du willst, zeige ich dir, wie man damit schießt. Wenn du unterwegs irgendetwas Verdächtiges sehen solltest, komm sofort zurück.«

Rain nickte und strich sich fahrig die Haare hinter die Ohren, bevor sie die Waffe in ihre Handtasche fallen ließ und sie sorgfältig verschloss.

Sie wandte sich zum Gehen und wollte eigentlich gerade an ihm vorbeischlüpfen, um endlich aus seiner

Nähe zu verschwinden, als er sie erneut zurückhielt. Rain spürte die Wärme seiner Haut, als er ihr Handgelenk packte und sie festhielt. Bevor sie reagieren oder ausweichen konnte, beugte sich David vor und küsste Rain auf die Stirn. Nur das. Keine weiteren Berührungen, kein weiteres Wort. David ließ ihre Hand so schnell wieder los, wie er danach gegriffen hatte, drehte sich auf den nackten Füßen um und verschwand im Inneren der Hütte, bevor Rain auch nur wirklich verstehen konnte, was er gerade getan hatte.

Scheiße! Wieso kann ich ihn nicht einfach hassen? Wieso muss ich ihn ansehen und mich so - schwach fühlen?

Aber das tat sie nicht. Rain fühlte sich in Davids Gegenwart alles andere als schwach oder bemitleidenswert. Und weil sie sich das nicht einmal selber einreden konnte, wusste sie, dass sie es auch vor ihm nicht verbergen konnte.

Auch jetzt noch - nach allem, was passiert war und nachdem sie die Wahrheit über ihn erfahren hatte - fühlte sie sich zu David hingezogen. Ob sie wollte, oder nicht.

David

Ja, genau so!«, rief David und grinste zu Rain hoch. Er lag auf dem Rücken im Sand vor ihrem Pavillon. »Aber jetzt müsstest du mein Handgelenk eigentlich loslassen und wegrennen«, fügte er hinzu, weil Rain wie angewurzelt über ihm stand, ohne sich zu rühren. Ihr Gesicht war gerötet und auf ihrer Stirn glänzte Schweiß. Er konnte sich gut vorstellen, wie anstrengend es für sie sein musste, seinen Selbstverteidigungstipps zu folgen, obwohl es so brütend heiß auf der Insel war. Trotzdem wollte er sie auf keinen Fall schonen, denn erstens war es ihre Idee gewesen und zweitens gab es in der Realität auch niemanden, der ihr eine Pause gönnte.

Selbstverständlich trainierte er sie hier nicht wirklich unter realen Bedingungen, denn das hätte schließlich wenig Sinn. Sie hätte niemals eine Chance gegen ihn gehabt und es ging schließlich nur um Technik und vielleicht noch darum, ihr klarzumachen, wie wichtig der Überraschungsmoment für sie war. Vielleicht im Ernstfall alles, was ihr überhaupt helfen könnte.

»Puh!« Rain stöhnte und wischte sich den Schweiß von der Stirn. Sie ließ sein Handgelenk los, das sie ein paar Sekunden zuvor nach seinen Anweisungen erst gepackt und dann mit einer schnellen Hebelbewegung so gedreht hatte, dass sie seinen Schwung für sich nutzen und ihn auf den Rücken werfen konnte.

Rain lernte schnell, das musste David ihr lassen. Ob diese Lernbereitschaft von der Tatsache herrührte, dass ihr genauso klar war, dass ihr keine Wahl blieb, oder ob sie sich inzwischen damit abgefunden hatte, nicht mehr als das tun zu können, wenn es hart auf hart kam, wusste David nicht. Es spielte auch keine Rolle, denn zumindest er wusste, dass sie in der Lage sein musste, sich selbst zu helfen. Und wenn es eben nur der Überraschungsmoment war, den sie zu ihrem Vorteil nutzen könnte. Sollte Sam wider Erwarten Zugriff zu ihr erhalten und David aus irgendwelchen Gründen außer Gefecht sein, würde sie ihn überraschen können. Vielleicht nützte ihr das nichts, vielleicht aber auch doch. Das würde er hoffentlich niemals erleben müssen.

»Alles klar.« David schwang sich geschickt wieder auf die Füße, trat einen großen Schritt von Rain zurück und winkelte erneut die Arme an, als wollte er sofort auf sie losgehen. »Die nächste Technik. Ich versuche jetzt, dich frontal anzugreifen. Vergiss diesen niedlichen Handkantenschlag auf die Nase, das wird dir bei Sam rein gar nichts nützen. Er wird vermutlich erwarten, dass du so etwas versuchst.«

»Aber in den Videos im Internet funktioniert das immer«, protestierte sie und rieb sich das rechte Handgelenk, als würde es wehtun. Als er nicht reagierte und nur mit hochgezogenen Augenbrauen abwartend dastand, ließ sie die Schultern hängen und seufzte ergeben.

David musste sich auf die Zunge beißen, um sie nicht mit unverhohlener Sehnsucht anzustarren. Als sie die Arme hob, um ihren Pferdeschwanz fester zu ziehen, rutschte das weiße Top hoch, das sie trug. Ihr flacher Bauch darunter war aber auch ein viel zu verlockender Anblick. Sand klebte an ihrer schweißnassen Haut und rieselte herunter, wenn sie sich bewegte. Sie trug keine Hose, sondern nur das Höschen ihres neuen Bikinis, den sie sich gestern im Haupthaus besorgt hatte. Schlicht schwarz, über den Hüftknochen mit Bändern zusammengeknotet und so unfassbar -

»Hey, hör auf mich anzuglotzen!«, sagte sie mit hörbarem Tadel in der Stimme, weil sie seinem Blick wohl gefolgt war.

David wusste, dass er sich vermutlich dafür schämen oder entschuldigen sollte - ihrer Ansicht nach - aber ihm gefiel, was er sah und Teufel - wieso sollte er sich entschuldigen? Er war nur ein Mann und auch, wenn Rain ihn seit zwei Tagen behandelte, als wäre er der Leibhaftige persönlich, konnte er nicht anders. Er wusste, wie sie sich anfühlte und wie es war, sie zu vögeln und das reichte aus, um sein Gewissen zumindest in seiner Fantasie auszuschalten.

»Du bist selber schuld«, knurrte er und klopfte sich die Hände an der viel zu langen Badehose ab, die sie ihm freundlicherweise gestern mitgebracht hatte. Nicht sein Stil, aber besser als Jeans. »Zieh dir einfach mehr an, wenn du nicht willst, dass ich dich angucke.«

»Es ist brütend heiß. Bilde dir nicht ein, dass ich mich deinetwegen so anziehe.« Rain schaute ihm trotzig ins Gesicht.

»Wie bedauerlich«, antwortete David sarkastisch und ließ seinen Blick abermals über sie wandern. Dieses Mal absichtlich langsam und genüsslich. Er hoffte, dass es sie hinreichend provozieren würde. Sie brauchte ihre Aggressionen. Zumindest wollte ihm der ›Lehrer‹ in ihm genau das suggerieren.

»Hör endlich auf damit! Das ist -«

»Warum sollte ich aufhören?« David verzog die Lippen zu einem überheblichen Grinsen.

»Weil das absolut unangemessen ist! Du denkst doch wohl nicht, dass ich nach allem, was passiert ist, je wieder auch nur einen Gedanken an Sex mit dir verschwende, oder?« Rains Stimme verriet, dass sie bereits vor Wut kochte. Gut. Und verdammt heiß.

»So?«, antwortete er lachend, während er einen weiteren Schritt zurücktrat. Nur einen kleinen. Aber er wollte ein bisschen mehr Abstand zwischen sie beide bringen, auch wenn er sie am liebsten an sich gezogen hätte, um über sie herzufallen. Was wiederum nur ein verrückter Einfall seines triebgesteuerten Ichs war. Schließlich käme es ihm niemals in den Sinn, eine Frau gegen ihren Willen Gewalt anzutun. Diese ganze Aktion hier diente schließlich nur dem Zweck, Rain in die Lage zu versetzen, sich derartige Dinge in Zukunft selbst ersparen zu können. Und dennoch ...

Verlockend. Sie - unter mir - im Sand - nackt ...

Das Grinsen wurde breiter. »Ich sollte ja ab jetzt die Wahrheit sagen«, begann er und seine Augen saugten sich automatisch an ihren Brüsten fest. Unter dem weißen Stoff ihres Shirts schimmerte das schwarze Bikinioberteil deutlich hindurch. Der Ausschnitt war außerdem tief genug, um das deutliche Ziehen zwischen seinen Beinen zu verstärken. »Ich finde dich leider gerade anbetungswürdig heiß. Deine passiv-aggressive Haltung mir gegenüber, diese Klamotten«, er deutete auf ihr reichlich knappes Outfit, »und die Tatsache, dass du mir absolut unterlegen bist«, sagte er extra provokant, »machen es mir nicht gerade leicht, der Versuchung zu widerstehen. Was daran ist nun also unfair?«

David beobachtete Rains Gesicht sehr genau. Er sah, wie sie erst ein bisschen blass um die Nase herum wurde und dann plötzlich knallrot anlief, weil seine Worte entweder dazu geführt hatten, dass sie sich geschmeichelt fühlte (was leider nicht der Fall war, auch wenn er es gern gehabt hätte), oder sie noch wütender machten. Letzteres war ganz eindeutig der Fall, denn sie stieß einen unverständlichen Fluch aus, bevor sie ohne Vorwarnung auf ihn zustürmte.

»Gut«, rief er lachend aus, hüpfte einen großen Schritt zurück und verschränkte die Arme hinter dem Rücken, um sie noch weiter dorthin zu treiben, wo er sie haben wollte. »Überrasch und überrumpel ihn. Damit rechnet er nicht. Frontal und mit den Handballen zurückdrängen.«

Rain hob die Arme und stolperte durch den Sand auf David zu. Auch, wenn sie wütend auf ihn war, weil er sie gerade verarscht hatte, hörte sie seinen Anweisungen trotzdem zu. Sie machte sich bereit, ihm einen kräftigen Schubs zu verpassen, weil sie offensichtlich nicht mit seiner Gegenwehr rechnete.

David grinste. Nur, weil er die Arme hinter dem Rücken hielt, hieß das noch lange nicht, er könnte sie nicht aufhalten. Rain würde nicht damit rechnen, das war alles. Und genau das war ihr Fehler. Er wich mit einer schnellen Seitwärtsbewegung nach links aus, ließ seinen Ellenbogen gleichzeitig mit seinem Knie vorschnellen und nur eine Sekunde später hing Rain bäuchlings über seinem Knie, während sein Ellenbogen bedrohlich nah über ihrer Wirbelsäule schwebte.

»Ein Fehler, der dich teuer zu stehen kommen könnte«, sagte er leise. »Lass dich niemals provozieren, es macht dich zwar schneller, trübt aber deine Sinne.«

Rain antwortete nicht. Sie schien Mühe damit zu haben, zu begreifen, was gerade passiert war und wie es ihm so schnell gelungen war, ihren Angriff abzuwehren. Sie rührte sich nicht einmal, obwohl sie sekundenlang ausgestreckt über seinem Knie hing, während David mit seinem und ihrem Gewicht auf dem linken Bein balancierte, ohne auch nur zu schwanken.

»Wie gerne würde ich dir jetzt den Arsch versohlen«, sagte er mit einem fiesen Lächeln auf den Lippen und ließ zu, dass sie augenblicklich zurücksprang.

»Hör auf damit, David.« Rain schüttelte den Kopf und verzog das Gesicht, aber was David darin sah, war weder Abscheu noch dasselbe Maß an Wut, das er vorhin gesehen hatte. Sie wirkte eher traurig und verbittert, auch wenn er nicht wirklich begriff, wieso er das annahm. »Diese ganze Scheiße hier ist eh sinnlos und das wissen wir beide!«

»Warum sagst du das?«, widersprach er und starrte sie an.

»Weil es so ist! Dieser Typ wird uns aufspüren, dich einfach abknallen und mich danach beseitigen, genau, wie *er* es geplant hat! Und wenn nicht einmal du ihn aufhalten kannst, wie soll ich das dann schaffen?« Rain fuchtelte sichtlich aufgewühlt mit den Händen in der Luft herum, drehte sich dann um und starrte aufs Meer hinaus, das sich still und ohne nennenswerten Wellengang vor ihnen erstreckte. Die Sonne spiegelte sich darin und ließ es glitzern.

David ließ seinen Blick einen Moment lang auf ihr ruhen, bevor er antwortete. Der plötzliche Klumpen in seinem Hals machte es nicht besser. Traute sie ihm tatsächlich so wenig zu? Stimmte es, dass sie nicht auch nur eine Sekunde lang in Erwägung zog, dass er in der Lage war, sie zu beschützen? Oder zweifelte sie an seiner Entschlossenheit, es zu tun ...

»Willst du wissen, wieso ich nicht die Nummer eins bei SYSTEM bin?«, fragte er schließlich und lief durch den weißen Sand unter seinen Füßen auf sie zu. Obwohl er hoffte, dass diese Worte weder überheblich noch arrogant klangen, benutzte er sie trotzdem: »Weil ich Sam in allem den Vortritt gelassen habe. Schon damals, als wir noch Kinder waren. Ich wollte nicht der Beste sein, obwohl ich es war.«

»Warum? Wieso macht man das, wenn es doch nur darum geht, der Beste zu sein?« Rain drehte sich nicht um, als er hinter sie trat, ohne sie zu berühren.

Er hätte es gerne getan. Alles in ihm schrie danach, seine Arme um sie zu legen und sie an sich zu ziehen. Er tat es nicht.

»Das hat dein Vater doch sicher von dir erwartet, oder?«

David lachte trocken. »Ja, das hat er wohl. Ich denke, es war früher meine Art von Rebellion. Nach dem Tod meiner Mom hat er mich in die Ausbildung gesteckt und mich mehr oder weniger meinem Schicksal und dem Wohlwollen eines Mannes überlassen, der aus mir eine Killermaschine gemacht hat. Ich war damals gerade zehn Jahre alt.«

Wieso erzähle ich ihr das ... Bescheuert.

Als David sich bewusst machte, dass er schon wieder etwas über sich und seine Vergangenheit preisgab, ohne es beabsichtigt zu haben, fuhr er sich resigniert mit den Händen durch die Haare und ließ die Arme wieder sinken.

»Mr. Smith, wie wir ihn nennen sollten, hat jeden einzelnen Schritt dieser Ausbildung überwacht. Als ihm auffiel, dass ich mich weigerte, mein wahres Können preiszugeben, hat er mich für einen Monat in Nordkorea ausgesetzt.« David grinste schwach, als er sich an die Kälte und den Hunger erinnerte. Und an seine Angst, in den kaum passierbaren Bergen auf dem Weg zur Grenze von regimetreuen Soldaten gefasst zu werden. Die Legenden über Folter und die grausamen Qualen, die man dort als Gefangener zu erleiden hatte, hatten ihm Albträume beschert. Mr. Smith hat es definitiv verstanden, die richtigen Knöpfe in den Köpfen der Jungs zu drücken. Oh ja ...

»Krank!«, kommentierte sie kopfschüttelnd, aber noch immer ohne ihn dabei anzusehen. Als könnte sie es nicht ertragen, ihm in die Augen zu sehen.

»Tja, wahrscheinlich war es das. Damals war ich zwölf. Ich habe es in die entmilitarisierte Zone und nach Südkorea geschafft, wo er mich zurück in die Staaten geholt hat. Ich habe aber jegliche Kooperation trotzdem weiterhin verweigert. Irgendwann hat Mr. Smith mich wohl aufgegeben. Er hat Sam weiter gefordert und mich weitestgehend in Ruhe gelassen. Die anderen Jungs waren nicht ganz so gut wie wir, was sie heute aber nicht weniger tödlich macht. Jeder hatte seine Stärken und -« Als David auffiel, dass er sich gerade in der Vergangenheit verlor und viel mehr sagte, als nötig, brach er ab.

»Es tut mir leid, dass du so ein Leben hattest, David«, sagte Rain nach einem sehr langen Augenblick des Schweigens, in dem er nur das Rauschen der Wellen und den Wind gehört hatte. »Ist bestimmt mehr als hart gewesen.«

David starrte auf ihren Rücken und nickte, obwohl sie ihn nicht sehen konnte. Er antwortete nicht. Er stand einfach da, sah Rain an, die es mit ihrem Leben schließlich auch nicht besser getroffen hatte und widerstand dem zwanghaften Bedürfnis, sie festzuhalten, seine Nase in ihren Haaren zu vergraben und sie zu küssen. Schwer. Unendlich schwer. Und doch gelang es ihm auch dieses Mal.

Weil er nicht wusste, was er hinzufügen oder tun sollte, ohne sich dabei nur bescheuert vorzukommen, drehte er sich um und lief ohne ein weiteres Wort zurück zur Hütte. Ja, er dachte sofort darüber nach, zurückzugehen und Rain zu sagen, dass er nicht der war, für den sie ihn offensichtlich hielt. Er hatte ihr erklärt, dass er die schlechten Ergebnisse nur erzielt hatte, um seinem Vater die Stirn zu bieten. Dabei hatte er aber verschwiegen, dass seine Persönlichkeit eben Muster aufwies, die es bei den anderen Jungen nicht gegeben hatte. Warum hatte er das getan? Weil sie ihm ohnehin nicht geglaubt hätte, dass er weder zu Grausamkeit noch zu exzessiver Gewalt neigte? Dass er aber sehr wohl Schuld und Mitgefühl empfand und verdammt noch mal auch Angst um seine eigene Seele hatte?

Vielleicht. Vielleicht aber auch deshalb, weil ein Teil von ihm wollte, dass sie ihn weiterhin verabscheute. Damit die Wirkung, die sie auf ihn und seinen Verstand hatte, endlich gebrochen wurde. Wenn Rain David auch in Zukunft hasste, wäre es leichter, sich von ihr fernzuhalten. Damit die emotionale Grenze zwischen ihnen nicht noch mehr verwischte, als sie es schon tat. Spätestens seit der Nacht, in der er mit ihr geschlafen hatte.

Rain

Als Rain auffiel, dass sie sich betrank, war es schon zu spät. Das zweite Glas Weißwein in Folge war schneller geleert, als David auch nur seinen Teller leeressen konnte. Sie selbst hatte keinen nennenswerten Appetit, dafür aber ein ausgeprägtes Bedürfnis danach, sich volllaufen zu lassen. Nicht unbedingt schlechter.

»Hältst du es für eine gute Idee, dich selbst so wehrlos zu machen?«, fragte David, ohne von seinem Fischteller aufzusehen. In seiner Stimme lag weder Spott noch Tadel. Nur Sorge, die Rain weder hören, noch sehen, noch spüren wollte.

Also griff sie erneut nach der Weinflasche und füllte ihr Glas demonstrativ zur Hälfte auf. »Ja, das tue ich. Kann dir doch egal sein. Schließlich brechen wir in zwölf Stunden auf. Du hast selbst gesagt, dass nachts keine Flugzeuge auf der Insel landen.«

»Keine Flugzeuge. Und was ist mit privat gecharterten Hubschraubern und Boten?«, fuhr er unbeeindruckt fort und schaufelte sich eine Kartoffel in den Mund. »Wir sind auf einer Insel, wie du selbst sagst. Wenn er vom Meer aus direkt auf uns zukommt, sind wir geliefert.«

»Du bist so schrecklich positiv«, antwortete sie zynisch. »Pass auf, dass dein Lächeln nicht noch auf dem Cover der Sports Ilustrated landet.«

»Wo es zweifellos hingehört«, grinste er auf die überhebliche Art, für die Rain ihm am liebsten einen weiteren fiesen Spruch entgegengeschleudert hätte.

Sie antwortete nicht und starrte stattdessen aufs Meer hinaus. Die Sonne war vor zwanzig Minuten untergegangen, aber das restliche Licht reichte aus, damit ihr angesichts der Schönheit dieses Ortes schwer ums Herz wurde.

Die vier Tage, die sie mit David auf Little Cayman verbracht hatte, waren gut gewesen. Zumindest hatte Rain sich ein bisschen erholen können. Sie hatte viel geschlafen, gegessen, und sich innerlich auf das vorbereitet, was auf sie zukam. Und ganz vielleicht hatte sie sogar ihren inneren Frieden mit der Vorstellung gemacht, bald ihr Ende zu finden.

War das in Ordnung für sie? Rain schätzte schon, dass es das war. Ein Teil von ihr hatte sich längst damit abgefunden, vielleicht nie wieder lebendig einen Fuß auf amerikanischen Boden zu setzen. Der Teil, der fand, dass es besser so war. Weil sie dann aufhören könnte, davonzurennen und Angst vor ihrem eigenen Ehemann haben zu müssen. Weil sie dann endlich endlich ihre Ruhe hatte.

Der andere Teil wollte noch nicht aufgeben. Der wollte auf David vertrauen und darauf, dass er schon wüsste, wie er sie hier herausbringen konnte. Weil sie nämlich nicht sterben wollte, und sei es nur, um Mike die Stirn zu bieten. Um ihm ins Gesicht zu lachen und ihm auf diese Weise klar zu machen, dass er sogar zu dämlich war, seine kleine dumme wertlose Frau umlegen zu lassen.

Ich gehöre ihm nicht, dachte sie und lächelte schwach. *Ich gehöre nur mir selbst und wenn das hier überstanden ist ...*

Ihre Augen wanderten automatisch zu David, auch wenn sie ihn nur von der Seite musterte. Möglichst unauffällig. Eine spontane Handlung, die der Alkohol hervorrief. Zumindest redete sie sich das ein.

Und wenn nicht?

»Warum bleibst du bei mir, David?«, fragte sie schließlich unvermittelt und war wirklich gespannt auf seine Reaktion. Es war eine gute Frage. Vielleicht die Einzige, die überhaupt etwas zählte. Und plötzlich wusste Rain nicht einmal mehr, wieso sie sie bisher nicht gestellt hatte. Vielleicht, weil der Alkohol gerade ihre Zunge löste. Oder aus Angst vor seiner Antwort. Aber wie könnte die schlimmstenfalls schon aussehen?

David zögerte, bevor er aufsah, antwortete aber nicht sofort. In seinem Blick lag etwas Undefinierbares, das Rain schlucken ließ.

»Warum fragst du das? Soll ich vielleicht gehen und zusehen, wie man dich beseitigt?« Er legte seine Gabel auf seinen Teller, lehnte sich auf seinem Stuhl zurück und wischte sich mit seiner Serviette über den Mund, bevor er weitersprach. »Hältst du mich für so ein Arschloch?«

Die ehrliche Neugier in seinen dunklen Augen ließ Rains Mund trocken werden und sofort wünschte sie sich, einfach nichts gesagt zu haben. Sie schluckte und stellte ihr Glas zurück auf den Tisch. »Ich weiß nicht. Deswegen habe ich ja gefragt. Was hast du davon?«

»Ein reines Gewissen.«

Kurz und knapp und nichts als die Wahrheit, das spürte sie. Aber das war nicht alles und deswegen blieb ihr nichts anderes übrig, als nachzuhaken, wenn sie nicht wieder mit einem seltsam leeren Gefühl im Magen ins Bett gehen wollte. Warum es überhaupt da war - darüber hatte sie sich in den letzten Tagen weiß Gott oft genug den Kopf zerbrochen.

»Du schuldest mir nichts«, sagte sie leise und mit einem Hauch Bitterkeit in ihrer Stimme. »Das Risiko für dich ist verdammt hoch. Entweder gehst du bei dem

Versuch mir zu helfen drauf, oder man wirft dich raus. Zumindest das habe ich doch richtig verstanden, oder? Wieso willst du das riskieren?«

Dieses Mal zögerte er mit seiner Antwort noch länger, als rang er um jedes Wort. »Ich weiß es nicht. Das ist die Wahrheit. Am Anfang bestand ja auch nicht einmal eine richtige Gefahr für dich. Ich habe dich bei mir wohnen lassen und dir diese Sache mit der Reisebegleitung aufgetischt, damit du einen Grund hattest, freiwillig zu bleiben. Ich wollte sehen, was passiert und ob es eine Möglichkeit gibt, dich einfach aus der Stadt zu schaffen, damit dein bescheuerter Kerl keinen Zugriff mehr auf dich hat. Dafür brauchte ich aber ein bisschen Vorlaufzeit und dann -«

»Waren wir in Nashville und da war es schon zu spät«, beendete sie seinen Satz und die Verbitterung in ihrer Stimme war nicht mehr zu überhören.

David nickte. »Als mein Vater mir mitgeteilt hat, wen sie auf dich angesetzt haben, blieb mir keine Wahl mehr. Ich wollte nicht, dass du getötet wirst.«

»Trotzdem ist es nicht deine Aufgabe, mich zu beschützen. Es wird Konsequenzen für dich haben, wenn du bei mir bleibst«, wiederholte sie, aber der Trotz war gänzlich verschwunden.

»Vielleicht. Aber ich konnte nicht einfach so tun, als wäre es mir egal, was mit dir geschieht.«

»Weil *ich* dir nicht egal bin?« Ihr Mund wurde noch trockener und ihre Zunge schien an ihrem Gaumen festzukleben, als David wieder nickte. Er führte keine ausführliche Erklärung an und sagte überhaupt nichts. Er sah sie einfach an und das reichte, damit der Klumpen in Rains Magen unerträgliche Ausmaße annahm.

Ihre Wangen wurden plötzlich so heiß, dass sie es nicht ertragen konnte, weiter von ihm angestarrt zu werden. Rain wandte das Gesicht wieder ab und schaute aufs Meer hinaus, während sie über eine passende Antwort nachdachte. Gab es die überhaupt? Spielte es eine Rolle, dass es wahrscheinlich eine vollkommen bescheuerte Idee wäre, sich auch nur gedanklich mit ihren Gefühlen auseinanderzusetzen? Wenn sie über die Dinge nachdenken würde, die sich in ihrem Inneren gerade abspielten, würde sie schwach werden. Dann würde sie ihre sorgsam errichteten Mauern zwischen sich und David einreißen und -

»Ich gehe schwimmen«, sagte sie tonlos, schob ihren Stuhl zurück und stand auf, ohne auf Davids fragenden Blick zu reagieren.

Nein. Das kann ich einfach nicht. Wenn ich jetzt zulasse, dass ich nur einen Gedanken an eine Zukunft verschwende, die es niemals geben wird, drehe ich durch. Für solche Dinge - ist es längst zu spät.

Rain umrundete den kleinen Tisch, an dem sie all ihre Mahlzeiten bisher eingenommen hatten, ging an David vorbei die beiden Stufen hinunter und spürte den feinen Sand zwischen ihren Zehen, während sie auf die Flutlinie und das Wasser zulief, das ihre unpassenden Gedanken und die Hitze in ihrem Körper hoffentlich abtötete.

Im Gehen band sie den Pferdeschwanz höher, zog sich das Shirt über den Kopf und warf es in den Sand. Gefolgt von ihren Shorts. Obwohl es fast dunkel war, war das Wasser so warm, als schiene noch immer die Sonne darauf. Angenehm warm und erfrischend und so wohltuend, dass sie tatsächlich für einen Augenblick an nichts denken musste. Sie watete Meter für Meter voran, war sich dabei Davids Blick bewusst, der noch immer auf ihr ruhte, und biss sich die ganze Zeit über fest auf die Unterlippe. So fest, dass ja kein Laut ihren staubtrockenen Mund verlassen konnte.

Dabei wollte Rain schreien. Alles rauslassen. Sich Luft machen. Und es zulassen. Zulassen, dass sie David viel mehr mochte, als ihr Verstand ihr einzuhämmern versuchte. Dass sie ihn mehr mochte, als sie sollte, denn es bestand immerhin die nicht besonders unwahrscheinliche Möglichkeit, dass sie beide diese Sache nicht überlebten. Und es war nicht seine Schuld, wenn das passierte. Auch eine Tatsache. Nicht mehr und nicht weniger.

Das wurde ihr endgültig klar, als sie den Blick zum Himmel wandte, an dem sich bereits die ersten Sterne sehen ließen. Sie holte tief Luft und tauchte mit einem kräftigen Satz nach vorn in die Fluten ab. Ein wirklich gutes Gefühl.

David

David wusste nicht, was ihn dazu bewogen hatte, aufzustehen und Rain zu folgen. Ob es die Art war, wie sie sich die losen Haarsträhnen hinter ihr Ohr gestrichen hatte, die aus ihrem Pferdeschwanz herausfielen. Oder, weil sie ihn dabei mit diesem seltsam verträumten Ausdruck in den Augen angesehen hatte. Ob es an ihrem Gespräch lag, das ihn aufgewühlt hatte, obwohl er nicht verstand, wieso das so war. Ob es daran lag, dass er in Rains Augen gesehen hatte, was sie vor ihm und sich selbst verborgen hielt.

Er wusste es nicht und es spielte keine allzu große Rolle. Nicht mehr. Nur ein Gefühl, aber mehr brauchte es im Augenblick nicht und das war durchaus in Ordnung. Weil es sich nämlich überraschend gut und richtig anfühlte, nicht über die Gründe oder möglichen Konsequenzen nachzudenken. Genau wie in der Nacht, die sie in Nashville verbracht hatte. Eine scheinbare Ewigkeit her. Zumindest kam es ihm so vor.

Obwohl sich bereits die ersten Sterne am Himmel sehen ließen, war es noch nicht so dunkel, dass er Schwierigkeiten gehabt hätte, Rain in den Wellen auszumachen. Sie schwamm ein gutes Stück weit draußen, schien dort aber noch immer mit den Füßen den Boden berühren zu können. Ob sie ihn bemerkte, wusste er nicht und auch das spielte keine Rolle. Wenn sie es tat, ließ sie es sich nicht anmerken und wenn nicht, würde sie es spätestens dann tun, wenn er die Distanz zwischen ihnen überbrückt hatte.

David sah ihre Klamotten im Sand liegen, zögerte einen letzten Augenblick und warf sein T-Shirt dann daneben. Die Badehose trug er eh fast den ganzen Tag, weil ihm in all seinen anderen Klamotten definitiv zu heiß war. Dann watete er durch die flachen Wellen auf sie zu.

Rain drehte sich erst zu ihm um, als er schon fast bei ihr war. Wasser tropfte aus ihrem Haar auf ihr Gesicht und ihre Schultern und ihre Augen leuchteten. Sie trug keine Schminke, was sie nicht weniger -

David schluckte hart, schaffte es aber nicht ansatzweise, sie nicht wie ein Vollidiot anzustarren.

Gott, hilf mir ...

Eine stumme Bitte an einen Gott, an den er noch nie geglaubt hatte.

Rain wich nicht zurück. Sie stand einfach da, während sich die kleinen Wellen an ihrer Brust brachen, und schaute ihm ins Gesicht. Als David schließlich so dicht vor ihr stand, dass er glaubte, ihre Körperwärme zu fühlen, lächelte sie.

»Ich schwöre, wenn du mich jetzt küsst, verkaufe ich unsere Geschichte mitsamt all deinen tollen Regierungsgeheimnissen an Hollywood! Du - ich - der Killer, der uns im Nacken sitzt und diese beschissene Insel - das ist ein einziges gewaltiges Klisch-«

David ließ sie den Satz nicht beenden. Er hob seine Hände an ihre Wangen, beugte sich zu ihr hinunter und küsste sie auf den Mund und jedes weitere Wort blieb ihr im Halse stecken. Rain hielt spürbar den Atem an, als er seine Lippen zunächst auf ihre presste, dann mit der Zunge darüber wanderte und sie schließlich in ihren Mund schob; was nicht nur ihm ein leises Seufzen entlockte. Die auflodernde Leidenschaft, mit der er sie an sich zog, sie küsste und sie festhielt, war betörend!

Ebenso wie die nicht zu ignorierende Tatsache, dass sie umgehend darauf ansprang.

Rain erwiderte seinen Kuss genauso stürmisch, klammerte sich an seinem Hals fest und schlang unterhalb der Wasseroberfläche ihre Beine um seine Hüfte, sodass er seine Hände bequem unter ihren Hintern schieben konnte. Unter ihren perfekten Hintern, der wie geschaffen für seine Hände zu sein schien.

Als wäre nie etwas gewesen.

»Versuch es nur«, murmelte er in den Kuss hinein und grinste. »Unsere Story ist selbst für Hollywood zu heiß und keiner wird sie kaufen.«

»Meinst du?«, antwortete sie ebenso leise, ohne sich allzu weit von seinen Lippen zu entfernen. »Ich finde es schon ziemlich filmreif. Aber wahrscheinlich hätte ich danach nicht nur einen Killer an der Backe, der meinen Kopf will, richtig?«

Daraufhin lachte David, presste sie noch enger an sich und küsste sie erneut, bevor er eine seiner Hände von ihrem Po löste und zärtlich über ihr Gesicht streichelte. »Alle, die es gibt. Und ich bin nicht sicher, ob ich es wirklich mit allen auf einmal aufnehmen könnte.«

Ein weiterer Kuss, der es David unglaublich schwer machte, Rain nicht umgehend den Bikini vom Leib zu reißen und sie hier und jetzt zu nehmen. Ihm war wahnsinnig heiß und je länger er einfach hier herumstand, sie berührte und ihren anturnenden Geruch einatmete, desto schwerer war es, nicht die Beherrschung zu verlieren. Allein die nicht zu übersehende Tatsache, dass sie ihn mindestens genauso sehr wollte, war schon fast zu viel.

»Was machen wir hier, David«, seufzte sie, als er sich kurz von ihren Lippen löste, um sich stattdessen ihrem unglaublich verführerischen Hals zu widmen.

»Brauchst du eine detaillierte Beschreibung davon? Ich bin im Begriff, dich flachzulegen«, antwortete er und biss grinsend in die zarte Haut über ihrer Halsschlagader. Er hatte schon beim ersten Mal sehr schnell herausgefunden, dass es sie wahnsinnig machte, wenn er das tat. Es gefiel ihm, wie sie sich dabei anhörte. Es gefiel ihm, dass sie sich immer mehr und mehr von ihren lästigen Gedanken zu verabschieden schien und sich stattdessen nur auf ihn konzentrierte. Nur auf ihn, seine Berührungen, seine Küsse ... Absolut genial!

Und sie gehört mir allein, dachte er mit einem überlegenen Lächeln auf den Lippen, beschloss aber, diesen Gedanken unter allen Umständen für sich zu behalten. Von Machos und Egomanen hatte Rain wahrscheinlich zeit ihres Lebens die Schnauze voll.

»Das meine ich nicht«, sagte sie und keuchte nur einen Augenblick später auf, weil David seine freie Hand kurz über ihren Hals wandern ließ, bevor er ihre Brust über dem nassen Bikinioberteil fest mit seinen Fingern umschloss. Hart, aber nicht so grob, dass es ihr wehtun konnte. Schließlich sollte sie niemals Schmerzen haben, wenn sie in seiner Nähe war. Etwas, das er sich schon am ersten Abend geschworen hatte. Als sie auf seinem Sofa gesessen und sich ihre Wunden von ihm hatte verbinden lassen.

»Was meinst du dann?«

»Das hier -«, setzte sie an, löste dann eine Hand aus seinen Haaren und legte sie an seine Wange, bevor sie ihm so tief in die Augen sah, dass er das Gefühl hatte, darin zu versinken. »Das ist keine gute Idee.«

David, der mehr als eine leise Ahnung davon hatte, worauf sie anspielte, ließ den Gedanken nicht an sich heran. Er hatte keine Lust, über die Konsequenzen zu reden. Er hatte erst recht keine Lust, sich die Stimmung dadurch zu versauen, dass er ihr vielleicht recht geben könnte. Aber vor den Kopf stoßen wollte er sie auch nicht ...

»Vielleicht ist es keine gute Idee«, gab er widerstrebend zu, ohne seine Hand von ihrer Brust zu nehmen. Er spürte ihre steife Brustwarze unter dem Stoff hervortreten und musste sich innerlich kneifen, um sich nicht ausgerechnet jetzt ausführlicher damit zu befassen. »Vielleicht interessiert mich das aber auch einfach einen Scheißdreck. Wen kratzt das noch? Was macht es für einen Unterschied, ob du jetzt mit mir schläfst, oder nicht?« Er machte eine Pause, beugte sich vor und küsste sie auf die Stirn. »Rain - willst du mit mir schlafen? Oder nicht.« Eine Herausforderung und David war gespannt, wie sie darauf reagierte.

»Gott«, presste sie hervor und verzog so offensichtlich gepeinigt das gerötete Gesicht, dass er beinahe gelacht hätte. »Scheiße, ja, ich will dich! Aber was ist dann? Was passiert danach? Morgen? Übermorgen? Verstehst du, David? Ich will mich nicht an dich binden und ich will verdammt noch mal nicht, dass du dich an mich bindest! Es ist - gefährlich! Und scheiße!«

Mit einem Anflug von Belustigung über diese Sammlung von Kraftausdrücken, die er nur selten aus ihrem hübschen Mund hörte, zog er die Augenbrauen hoch. »Hey, das ist nur Sex! Ich will dich bestimmt nicht vor den nächsten Altar schleifen. Auch, wenn du offiziell jetzt mit mir verheiratet bist«, fügte er mit einem süffisanten Grinsen im Gesicht hinzu. »Hast du ein Problem damit, Mrs. Potter?«

»Nein, bestimmt nicht. Dann sind wir uns ja einig, Mr. Potter«, antwortete sie lächelnd und schien sich endlich wieder zu entspannen.

David erwischte sich bei der Frage, weshalb sie das Thema unbedingt hatte ansprechen müssen. Ob es ihr wirklich nur darum ging, eine klare Grenze zu ziehen, bevor es vielleicht peinlich werden könnte, oder ob doch mehr dahinter steckte. Vielleicht wollte sie auch nur um jeden Preis vermeiden, dass David erfuhr, dass sie doch mehr Gefühle für ihn hatte, als sie zugeben wollte. Darin war er sich nämlich sehr sicher, auch wenn sie steif und fest das Gegenteil behauptete.

Scheiß drauf. Sie will keine Gefühle ins Spiel bringen? Kein Problem, kann sie haben.

»Nachdem wir das jetzt geklärt haben, werde ich Sie nun zurück zum Strand tragen, Ma'am. Leider habe ich hier nämlich keine Kondome.«

Ein Jammer, dass die Dinger überhaupt nötig sind, dachte er wehmütig, als er Rain ganz kurz ins Wasser gleiten ließ, bevor er ihr einen Armen unter dem Rücken und einen unter ihren Knien hindurchschob, sie hochhob und auf diese Weise zurück an den Strand trug. David hätte alles dafür gegeben, auf die blöden Gummis zu verzichten. Es lag sicher nicht daran, dass er Rain zugetraut hätte, in der Vergangenheit herumgehurt zu haben, sondern vielmehr an ihrem Mann. Wer wusste schon, wo der Pisser seinen stinkenden Schwanz außerhalb seiner Ehe noch überall versenkt hatte. Allein beim Gedanken an die vielen potenziellen Geschlechtskrankheiten wurde ihm übel. Von einer möglichen Schwangerschaft ganz zu schweigen. In ihrer momentanen Lage durften sie ein solches Risiko unter keinen Umständen eingehen. So verantwortungslos war er nicht. Bestimmt nicht.

Rain protestierte nicht. Sie schaute ihm den ganzen Weg über den Strand zurück zur Hütte tief in die Augen und wirkte tatsächlich ziemlich - entspannt. Als könnte sie es kaum erwarten; genau wie er selbst.

Ihr Gewicht auf seinen Armen fühlte sich gut an. Es war auch ein gutes Gefühl, ihre Hände um seinen Hals zu spüren und die Wärme, die von ihrem Körper ausging, auch wenn sich die Lufttemperatur um sie herum bereits abkühlte. Sie schien nicht zu frieren, als er sie wenig später auf dem Bett im mittleren Zimmer absetzte. Er überlegte kurz, ob er ein Handtuch holen sollte. Sie war klitschnass, genau wie er.

Aber Rain schien sich nicht daran zu stören. Sie griff nach seiner Hand, die auf ihrer Schulter ruhte, und hob sie an ihre Lippen, um einen Kuss auf seinen Handrücken zu hauchen. »Ich mag - das hier«, sagte sie leise, hielt den Blick aber gesenkt. David schluckte. »Ich mag es, mit dir zu schlafen. Es fühlt sich gut an.« Sie führte seine Hand an ihre Wange und hielt sie dort fest, bevor sie ihm in die Augen sah. »Danke, David.«

»Warum bedankst du dich?«, murmelte er mit erstickter Stimme und spürte, dass seine andere Handfläche zu schwitzen begann, nur weil er sie ansah. »Ich mache doch gar nichts.«

Rain lachte leise. »Doch, du tust eine Menge. Du gibst mir trotz allem das Gefühl, nicht völlig unbedeutend zu sein ...«

Bei dieser Antwort lächelte er gequält, legte auch seine andere Hand an ihr Gesicht und beugte sich zu ihr hinunter, um sie auf den Mundwinkel zu küssen. Ihr atemberaubender Duft und der leichte Geschmack nach Meerwasser verstärkten sein Verlangen nach ihr nur noch mehr. Danach, sie überall zu küssen, sie zu berühren und verdammt noch mal mit ihr zu schlafen. Er war froh darüber, dass die Badehose weit genug war, um seine gewaltige Erektion nicht einzuengen und auch weit genug, damit sie nicht auf die Idee kommen könnte, er hätte es besonders eilig. Auch wenn er das hatte. Schrecklich eilig sogar. Er riss sich zusammen, soweit es ging.

»Solange ich in deiner Nähe bin, wird dir niemals jemand sagen, du seist wertlos! Und ich will, dass du aufhörst, dir das selber einzureden, hast du verstanden?« Er schaute ihr eindringlich ins Gesicht und wartete, bis sie nickte. »Gut. Denn du bist so ziemlich die schönste Frau, die mir je über den Weg gelaufen ist, Rain. Von deiner Sturheit und deinem Dickkopf ganz zu schweigen. Nicht viele Menschen trauen sich, mir ins Wort zu fallen. Geschweige denn, mir wirklich die Stirn zu bieten. Wenn du bei diesem kranken Wichser nur ein bisschen mehr von deiner Selbstsicherheit gezeigt hättest, hätte er dir nie etwas antun können. Es ist abartig, was dein Vater dir aufgezwungen hat! Wenn ich könnte, würde ich ihn abknallen, sobald wir diese Sache hier hinter uns gebracht haben!« David redete sich in Rage und merkte es tatsächlich erst, als er eine winzige Träne in Rains Augenwinkel sah. Verunsichert hielt er inne. Es war nicht seine Absicht gewesen, sie zum Weinen zu bringen ...

Rain lachte freudlos und wischte sich die Tränen weg. »Okay, wir sollten aufhören zu reden. Sonst glaube ich dir dein Gewäsch am Ende noch und verliebe mich in dich. Das wäre nicht gut.«

David, dem bereits eine Antwort auf der Zunge lag, schluckte sie hinunter und ließ sich stattdessen vor Rain in die Knie sinken. Er wollte es nicht noch schlimmer machen, indem er ihr vielleicht Dinge versprach, die er unmöglich garantieren konnte. Er wollte ihr nichts versprechen oder ihr falsche Hoffnungen machen, obwohl ein Teil von ihr sicher genau das erwartete. Auch wenn

David wenig von Frauen und ihren Gefühlen verstand, war ihm zumindest hinreichend bewusst, dass Rain bereits im Begriff war, sich in ihn zu verlieben.

Ein Teil von ihm fühlte sich davon geschmeichelt. Der Teil, der sich durchaus eine Beziehung vorstellen könnte. Eine stinknormale Beziehung mit stinknormalem Alltag und einer stinknormalen Zukunft. Weit abseits des Lebens, das er bisher geführt hatte. Mit einem anderen Job. In einer anderen Stadt. Mit anderen Zielen und anderen Träumen ...

Aber der andere Teil von ihm - der dunkle Teil, der seine Existenz im Untergrund und weit weg von dieser normalen Welt fristete - wollte genau das energisch verhindern. Dieser Teil wusste nämlich, wie schwach Gefühle machen konnten, wenn man ihnen zu viel Raum zugestand. Wie gefährlich es war, sie zuzulassen und dadurch zu riskieren, dass sie das Denken und Handeln beeinflussten ...

Verdammt! David wollte Gefühle für Rain haben. Echte ehrliche Gefühle, ohne sie verstecken oder verdrängen zu müssen. Er wollte sie beschützen, auch wenn es ihn sein eigenes Leben kosten würde. Er ahnte immerhin, dass diese Möglichkeit mit Sam hinter ihnen alles andere als an den Haaren herbeigezogen war. Und trotzdem konnte und durfte er es nicht zulassen, weil er sonst nicht nur sich selbst, sondern auch sie in Gefahr brachte. Es würde sie beide angreifbar machen.

»Dann sollten wir jetzt aufhören zu reden«, flüsterte er schließlich, wanderte mit seinen Fingern ihre nackten Arme hinauf zu ihren Schultern, kurz über ihren Nacken und anschließend hinunter über ihren Rücken, bis er das Bändchen erwischte, mit dem das Bikinioberteil zusammengehalten wurde. Er zog daran und nur einen Wimpernschlag später saß Rain mit nackten Brüsten vor ihm und sah so atemberaubend schön aus, dass er sich auf die Zunge beißen musste, um das Stöhnen zurückzudrängen.

Sie lächelte und nickte, bevor sie ihre Hände auf seine Schultern legte. Ihre Fingerspitzen fuhren langsam über seine erhitzte Haut und jede noch so winzige Berührung von ihr jagte ihm einen Schauer über den Rücken, der seine Erregung nur verstärkte. Etwas, das zweifellos in ihrer Absicht lag; zumindest wenn er ihren Blick richtig deutete. Der hatte sich nämlich grundlegend geändert. Die Scheu und ihre Unsicherheit waren verflogen. Statt ihrer sah er dasselbe Maß an Leidenschaft und Begehren darin, wie er es empfand. Es gefiel ihm, das zu sehen. Und wie.

»Was ist? Du starrst mich an«, sagte sie und lachte leise, als er gequält das Gesicht verzog.

»Du machst es mir gerade verdammt schwer, nicht über dich herzufallen«, gab er grinsend zu, hauchte einen Kuss in ihre Handfläche und stand dann wieder auf. »Ich hole die Kackkondome. Wehe, du bewegst dich auch nur einen Millimeter vom Fleck«, befahl er lächelnd und drehte sich zum Nebenzimmer um. Eine Art Ankleidezimmer, auch wenn Rain und er ihre Taschen gar nicht erst ausgepackt hatten. David wollte auf einen schnellen Abgang gefasst sein, falls das erforderlich gewesen wäre.

Mit kribbelnden Fingerspitzen durchwühlte er das Seitenfach, bis er die Schachtel mit den Kondomen zu fassen bekam. Endlich! Er hatte schon fast nicht mehr damit gerechnet, überhaupt noch eine Möglichkeit zu bekommen, sie zu benutzen …

»Wie viele haben wir noch davon?«, fragte Rain und deutete auf seine Hand. Überrascht stellte er fest, dass sie die Kerze angezündet hatte, die neben dem Bett auf dem rechten Nachttisch stand. Der Mond schien zwar heute hell vom Himmel, aber es war inzwischen doch fast vollständig dunkel geworden. Und außer dem Licht aus dem Badezimmer gab es keine andere Lichtquelle. Er sah, dass sie das Haarband rausgezogen hatte. Ihre Haare fielen in langen Wellen über ihre Schulter, ihre Brüste und ihren Rücken. Ein extrem erregender Anblick, wie ihm das Pochen seiner ziemlich gewaltigen Latte nur allzu deutlich vor Augen führte.

»Oh, ich bin sicher, dass sie für heute Nacht auf jeden Fall reichen«, antwortete er grinsend, packte kurzerhand ihre Schultern und drängte sie auf der Matratze höher, damit er nachrutschen konnte. »Morgen in Belize am Flughafen besorgen wir neue. Bevor ich dich in den Urwald entführe.«

»Ich kann es kaum erwarten«, grinste sie sarkastisch und schob ihre Hand in seinen Nacken, damit sie ihn zu sich hinunterziehen konnte. Ihr Kuss war fordernd und heiß, genau wie ihr Atem auf seiner Haut. Rain ging heute wesentlich forscher vor als beim letzten Mal.

Es gefiel David, dass sie ihre Scheu vor ihm gänzlich abgelegt zu haben schien. Beim ersten Mal war sie unsicher und ein bisschen schüchtern gewesen, hatte die Führung größtenteils ihm überlassen und erst für sich entdecken müssen, dass Sex nicht immer nur schlecht und schmerzhaft war. Gut, dass er das letzte Mal so ausdauernd gewesen war. Sonst wäre er vielleicht nicht in den Genuss gekommen, es nun einfach zu genießen und das Ganze voranzutreiben, indem er seine Hand über ihre Brüste wandern ließ; anschließend über ihren flachen Bauch, und runter zu ihrem Bikinihöschen, während er sie küsste. Heiß, atemlos und schnell.

Rain stöhnte ungeduldig in seinen Mund und wand sich unter ihm, als er sich an den Schnüren zu schaffen machte, und sie nur einen Moment später völlig nackt unter ihm lag, während er selbst noch immer seine feuchte Badehose trug. Lästiges Teil. Sie musste weg. Am besten sofort.

David grinste, als er sich von ihr löste, um Luft holen zu können und sich wieder aufzusetzen. Ihr Atem ging schnell und flach. In ihren Augen sah er das verräterische Leuchten, das ihm unmissverständlich zu verstehen gab, dass er sich beeilen sollte. Und genau das würde er tun.

Er rutschte vom Bett, streifte sich die Hose ab und kletterte zurück zwischen ihre angewinkelten Beine, noch bevor ihr Puls sich wieder beruhigt hatte. Oder sein Eigener, der tatsächlich ungewohnt schnell war. Er beugte sich runter und küsste sie noch einmal, bevor er lächelnd in ihre Unterlippe biss und ihrem erneuten Seufzen lauschte. Ein Geräusch, von dem er nicht genug bekommen konnte.

»Sag mir, wie du es willst«, forderte er leise, ließ seine Hand im selben Moment zwischen ihre Beine gleiten und spürte die feuchte Hitze, die er bereits erwartet hatte.

Rain keuchte auf, als er ohne eine Sondereinladung oder Erlaubnis von ihr erst mit einem, dann mit zwei Fingern in sie eindrang. »Schnell?« Er zog seine Finger kaum merklich zurück, nur um sofort wieder in sie einzudringen. Dieses Mal noch tiefer. Rain stöhnte abermals, antwortete aber nicht und richtete ihren Oberkörper stattdessen weit genug auf, um seine Lippen mit ihren erreichen zu können. David tat ihr den Gefallen nicht und wich lächelnd zurück. Es machte ihm viel zu viel Spaß, sie zu provozieren. Sie aus der Reserve zu locken und sie dadurch dazu zu bringen, noch ein kleines bisschen lauter zu stöhnen. »Oder lieber langsam«, fügte er mit einem fast boshaften Grinsen hinzu, als er seine Finger wieder ganz aus ihr herauszog und sich seinen Weg zu ihrer Klitoris bahnte.

Eine Berührung, die Rain noch heftiger anzuturnen schien. Sie kniff die Augen zusammen, warf den Kopf wieder zurück ins Kissen und drängte ihm ihr Becken entgegen. Unbewusst, da war er sicher. Und genau das gefiel ihm. Zu sehen, wie sie sich bei ihm fallen ließ, war verdammt geil.

»David«, presste sie seinen Namen zwischen zwei schnellen Atemzügen hervor, schaffte es aber offensichtlich nicht, ihm dabei ins Gesicht zu sehen.

Er wartete. Als sie seiner Aufforderung auch nach drei Sekunden noch nicht nachgekommen war, nahm er ihr die Entscheidung aus der Hand. Bevor Rain protestieren konnte, packte er sie an den Hüften und drehte sie auf den Bauch. Er schlang ein Bein über ihre Schenkel, setzte aber nicht sein ganzes Gewicht ein. Noch nicht.

»Vertraust du mir?«, flüsterte er in ihr Ohr, spürte, wie ihr ganzer Körper unter ihm zu zittern schien, und atmete ihren unglaublichen Duft ein. Ihre Haare kitzelten ihn an der Nase.

Seine Frage, die eigentlich mehr einer Forderung glich, war gewagt; das war ihm bewusst. Weil sie so viel mehr einschloss, als bloßen Sex. Sehr viel mehr.

Und Rain wusste das auch. Nach einem kurzen Zögern nickte sie schließlich, wandte ihm ihr Gesicht zu und schaute ihm in die Augen. David sah Entschlossenheit, Hingabe und Zustimmung. Und tatsächlich - uneingeschränktes Vertrauen. Mehr, als er zu hoffen gewagt hatte.

David beugte sich vor, küsste sie auf den Mundwinkel und griff dann nach einem der Kondome, die er vorhin neben die Kerze gelegt hatte. Lästig, aber notwendig. Leider.

Einen Moment später berührte er sie an den Hüften, um sie so weit hochzuziehen, dass sie im perfekten Winkel unter ihm lag. Eine weitere Erlaubnis holte er sich nicht.

Rain hielt den Atem an und versteifte sich, als er vorsichtig in sie eindrang. David sah, wie sie ihre Finger ins Laken unter sich krallte, und zwang sich, einen Gang zurückzuschalten. Er wollte sie nicht erschrecken, auch wenn er spüren konnte, dass sie genauso bereit dafür war wie er. Sie war eng, aber auch wahnsinnig heiß und unglaublich feucht und als er sich erneut vorbeugte, um ihr einen Kuss auf die Schulter zu drücken, drehte sie ihm ihr Gesicht wieder zu.

»Was ... machst du mit mir?«, flüsterte sie mit einem schwachen Lächeln auf den Lippen, löste eine ihrer Hände von der Matratze und zog sein Gesicht zu sich heran. Ihr Kuss war unglaublich temperamentvoll. Intensiv und fast unerträglich heiß. »Es fühlt sich - unglaublich an!«

David musste all seine Willenskraft aufbringen, um sich nicht zu vergessen und mit roher Ungeduld tiefer in sie einzudringen. Stattdessen hielt er den Atem an, als er ihren Kuss unterbrach, und verschränkte seine Finger mit ihren. Es war ihm selten so schwergefallen, sich zu beherrschen. Es war ihm aber auch noch nie passiert, dass er das Bedürfnis danach hatte, es wenigstens zu versuchen.

»Ich nehme an, eine hollywoodreife Antwort ist wohl nicht gerade angemessen, oder?«, grinste er und strich ihr die Haare aus dem Gesicht. »Ich schätze, es ist einfach etwas anderes, gewisse Dinge auf freiwilliger Basis zu machen, meinst du nicht?« Sanft streichelte er über ihre Wange. Ihre Haut war heiß und er sah die Röte in ihrem Gesicht im schwachen Schein der Kerze. »Fühlt es sich gut an?«

Rain nickte schwach.

»Gut. Denn das soll es.« Mit dem Daumen zeichnete er langsam ihre Unterlippe nach. »Vielleicht ist es egoistisch von mir, aber wenn ich mit dir schlafe, will ich nicht, dass du an irgendetwas anderes denkst. Erst recht nicht an etwas Negatives, verstanden?«

Wieder nickte sie, antwortete aber nicht. Der Moment, den David nutzte, um sich in ihr zu bewegen. Nicht so intensiv, wie er es gern getan hätte. Er drang weiter in sie ein, ließ sich aber noch immer Zeit und ließ es langsam angehen.

»Denk nicht an Morgen«, beharrte er. »Nicht an die Umstände. Auch nicht an Sam oder deinen Arschlochehemann.«

Bei der Erwähnung ihres Mannes zuckte Rain kurz zusammen und sofort bereute David es, seine Gedanken nicht im Zaun gehalten zu haben. Trotzdem machte er weiter, als sie auch darauf nichts sagte. Er zog sich fast ganz aus ihr zurück und drang erneut in sie ein; mit jedem Stoß ein bisschen tiefer. Fester. Härter.

Rain kniff die Augen wieder zusammen, erwiderte aber nichts und er sah, dass sie sich auf die Lippe biss, als wollte sie unbedingt verhindern, ihn an dem teilhaben zu lassen, was sie wirklich dachte.

David ließ seine rechte Hand über ihre Hüfte nach vorn gleiten. Zwischen ihre Beine; während er mit einem festen Stoß so tief in sie eindrang, dass sie ihren Kopf zurückwarf und das Stöhnen nicht länger unterdrücken konnte. Er selbst hatte Mühe damit, nicht jetzt schon aufzukeuchen und sich auch weiterhin so gut unter Kontrolle zu behalten, wie es angesichts der berauschenden Hitze in seinen Lenden nur möglich war.

»Hör auf zu denken«, befahl er atemlos und stieß erneut zu. Wieder und wieder. Er steigerte das Tempo immer weiter, bis er spürte, dass Rain sich tatsächlich gehen ließ und dass sich unter ihm mehr und mehr anspannte. Er trieb sie weiter, massierte mit der Hand unerbittlich aber geduldig ihre Klitoris, lauschte ihren schneller werdenden keuchenden Atemzügen und schaffte es schließlich nicht länger, sich zusammenzureißen.

Zwei weitere Stöße. Wesentlich roher und besitzergreifender als alle vorherigen. Dann baute sich endlich der ersehnte Orgasmus auf und entlud sich im selben Augenblick, in dem auch Rain kam.

Sie zitterte und schnappte nach Luft, als sich ihre Muskeln zusammenzogen und er für eine Millisekunde das Gefühl hatte, vor lauter Erregung endgültig seine Selbstbeherrschung zu verlieren.

David hielt sie fest, ließ aber zu, dass sie unter ihm zusammensackte. Er strich ihr vorsichtig die Haare zur Seite, während er selbst um seinen Atem rang, und drückte ihr einen feuchten Kuss zwischen die Schulterblätter. Langsam zog er sich aus ihr zurück, bevor er sich neben sie legte und ihr ins Gesicht schaute. Nur das. Er sagte nichts und sah Rain einfach nur an. Ein Moment, der sich zu einer Ewigkeit ausdehnte, in dem sie sich in die Augen sahen und der David mit aller Deutlichkeit bewusst machte, dass er für Rain alles tun würde. Er würde für sie sterben - ohne auch nur mit der Wimper zu zucken. Und diese Erkenntnis fühlte sich erstaunlich gut an.

Rain lächelte. Sie sah erschöpft aber auch unendlich zufrieden aus, als sie nach seiner Hand griff, sie an ihre

Lippen führte und seine Fingerkuppen küsste. »Du machst mich fertig, David«, sagte sie leise und schloss mit einem leisen Seufzen die Augen.

»Du mich auch«, antwortete er lächelnd, streichelte ihr zärtlich über die Wange und zog sie schließlich eng an sich.

David hielt Rain fest, lauschte ihrem ruhiger werdenden Atem und strich ihr gedankenverloren die Haare aus dem Gesicht. Und er betete, dass es ihm gelingen würde, Sam auszuschalten, bevor es zu spät war. Er musste es schaffen, wenn er Rain nicht verlieren wollte. Ein Gedanke, der auf einmal unerträglich war.

SIEBEN

As the shadows fall

Rain

Es war heiß, schwül und unerträglich einsam im Dschungel von Belize. Von den Kaiman-Inseln aus waren sie vor zwei Tagen per Direktflug unter ihren falschen Namen in die Hauptstadt Belmopan geflogen. Von dort aus mit einer kleineren Chartermaschine nach Crique Sarco. Und von dort aus mit einem gemieteten Jeep nach -

Gott! Rain hatte nicht den blassesten Schimmer, wo sie hier waren. Außer dem dichtbewachsenen Dschungel, der unbefestigten staubigen Straße hierher und dem kleinen See mit dem Wasserfall vor ihrer Hütte gab es hier rein gar nichts! Ein grünes Meer, das sie von allen Seiten einschloss. Sonst nichts!

David hatte am Flughafen zuletzt mit seinem Vater gesprochen. Sie mussten ihren bisherigen zweitägigen Rhythmus unterbrechen, solange sie hier draußen waren. Es gab kein Telefon, kein Internet und selbstverständlich keinen Handyempfang am grünen Arsch der Welt. Geplant waren fünf Tage Aufenthalt, bevor sie sich von hier aus mit dem Jeep über die dichtbewachsenen Berge zur Grenze nach Guatemala aufmachen wollten.

Rain strich sich die feuchten Haare zur Seite und steckte ihren Kopf aus der Tür der Holzhütte. Von außen sah das Ding schäbig aus, aber der erste Eindruck täuschte Gott sei Dank.

Wie bei so vielen Dingen, dachte sie lächelnd, als ihre Augen David fanden. Er hockte am Ufer des kleinen Sees und drehte ihr den Rücken zu. Rain hörte das Rauschen des winzigen Wasserfalls auf der anderen Seite. Er schien von einer Quelle oben in den Bergen gespeist zu werden und ergoss sich stetig aus den felsigen Wänden in den See. Ihr Versteck befand sich in einem kleinen Tal darunter. Allerdings gab es einen Pfad, über den sie im Notfall zu Fuß fliehen konnten. Rain hoffte inständig, dass es nie so weit kam.

»Hey, was machst du hier? Wieso hast du mich nicht geweckt?«, fragte sie, als sie einen Moment später die knatschenden Treppenstufen hinunterstieg und hinter ihn trat.

David drehte ihr grinsend das Gesicht zu, stand aber nicht auf. »Ich dachte, du könntest ein bisschen Schlaf gebrauchen.« Sein Blick wanderte über sie, als sie sich erneut die feuchten Haare hinter die Ohren strich. »Wie war die Dusche?«

Rain lachte leise. »Gut. Aber bei dieser Luftfeuchtigkeit hier müsste ich dauernd darunterstehen.«

»Dann sollten wir das vielleicht gleich wiederholen«, antwortete er leise und Rain spürte, wie ihr unter seinen Blicken heiß wurde.

»Wie wäre es mit: jetzt sofort?«, fragte sie mit einem aufreizenden Lächeln, von dem sie wusste, dass er auf jeden Fall darauf ansprang.

Erstaunlich, wie schnell das hier ging ...

Eine Tatsache, wenn auch eine ziemlich verrückte. Als hätte Rain in ihrer letzten Nacht auf Little Cayman bewusst entschieden, dass es absolut keine Rolle mehr spielte, wie sie die vermeintlich letzten Tage ihres Lebens verbrachte, warf sie sich David nun an den Hals, wann immer sie es wollte. Es schien ihn weder zu stören noch war es ihm unangenehm. Auch etwas, das sie schnell herausgefunden und zu schätzen gelernt hatte. Rain bekam einfach nicht genug von ihm und wusste nicht einmal, wieso das so war.

Wie Eva, die vom verbotenen Baum der Erkenntnis gegessen hat, dachte sie belustigt und legte David die Hände auf die breiten Schultern. »Wie wäre es, wenn Sie mich unter die Dusche begleiten, Mr. Potter?«

David nahm ihre rechte Hand in seine, drehte sein Gesicht und hauchte einen Kuss auf ihren Handrücken, bevor er aufstand. »Ich würde nichts lieber tun«, antwortete er nachsichtig lächelnd und zog sie in seine Arme. »Aber wir müssen das nach hinten verschieben. Kadir ist auf dem Weg hierher. Er bringt das Satellitentelefon und das GPS-Gerät, das ich haben wollte. Leider hat mein Dad nicht an alles gedacht.«

Rain zog eine Schnute, verstand den Einwand aber selbstverständlich. David reagierte darauf, wie erhofft: Er schob seine Finger unter ihr Kinn, beugte sich zu ihr hinunter und küsste sie so leidenschaftlich, als hätten sie doch alle Zeit der Welt.

Er ist auch nur ein Kerl, dachte sie amüsiert, weil ihre Finte funktionierte. Dabei kribbelten ihre Fingerspitzen vor lauter Erwartung. Oh ja, Rain hatte wirklich schnell herausgehabt, wie sie David um den Finger wickeln konnte. Ein unheimlich gutes Gefühl, diese Wirkung auf ihn zu ihrem Vorteil zu nutzen …

»Ist das der, von dem du den Jeep hast?«, fragte sie leise, ohne sich allzu weit von seinen Lippen zu entfernen und schlang ihre Arme um seinen Hals.

David nickte. »Seinem Vater gehört diese Hütte.« Er lächelte, bevor er seine Lippen erneut auf ihre presste und seine Zunge langsam in ihren Mund schob. Heiß und wahnsinnig - »Wir müssen aufhören, wenn Kadir nicht in Ohnmacht fallen soll«, flüsterte er in ihr Ohr und sein Atem ließ Rain ein bisschen zittern. Gleichzeitig zog er ihre rechte Hand von seinem Hals und legte sie auf die gewaltige Beule in seiner Hose. Rain sog scharf die Luft zwischen ihren Zähnen ein, doch David lachte nur.

So viel zu meiner Macht über ihn, dachte sie und ließ seufzend von ihm ab. »Wenn's sein muss ... Aber wehe, du lässt mich zu lange warten.«

»Würde mir nie in den Sinn kommen«, lachte er, streichelte noch einmal mit seinen Fingern über ihre heißen Wangen und ließ sie dann los. »Du solltest in die Hütte gehen. Kadir weiß zwar, dass du da bist, aber sehen muss er dich nicht unbedingt. Seine Familie ist streng religiös.« Ein Kommentar, den er sich wohl nicht verkneifen konnte. Genau wie der anzügliche Blick, den er genüsslich langsam über Rain wandern ließ, ohne dass sie sich blöd dabei vorkam. Sie trug Hotpants und ein weißes Top mit dünnen Trägern. Für alles andere war es einfach viel zu heiß!

»Beim nächsten Mal ziehe ich mir einen Sack drüber«, antwortete sie giftig, folgte seiner Anweisung aber, als sie in der Ferne ein Motorengeräusch hörte. Ein Auto, das auf dem Weg hierher war. Rain stieg die knarrende Holztreppe hinauf, warf David einen letzten Blick zu und verschwand dann im Inneren.

Die Hütte war eng und klein, bot aber allen erdenklichen Luxus, den man sich nur vorstellen konnte. Abgesehen von Telefon und Internet natürlich. David hatte erklärt, dass es sich hierbei um einen Ort handelte, der gerne von allen möglichen Leuten als Versteck genutzt wurde. So sehr ins Detail war er dabei nicht gegangen, aber Rains Fantasie reichte aus, um sich immerhin vorzustellen, um welche Art Klientel es sich dabei handelte. Verbrecher auf der Flucht und Menschen, die auf keinen Fall gefunden werden wollten. Dafür zahlten sie Kadirs Vater im nächsten Dorf ein hübsches Sümmchen und konnten sich dafür dann hier verstecken. Dessen Familie stammte wohl ursprünglich aus Syrien, wie David ihr auf der Fahrt vom Dorf aus hierher erklärt hatte. Gegen entsprechendes Kleingeld konnte man bleiben, solange man wollte, ohne auch nur einmal einen Fuß vor die Hütte setzen zu müssen, die sogar mit einem geheimen Fluchttunnel ausgestattet war. Unter dem Teppich vor dem Bett lag die versteckte Falltür. Sicher nicht das klügste Versteck, aber besser als nichts.

Für Lebensmittel war auch gesorgt. War anscheinend im Preis inbegriffen. Zwei Mal in der Woche würde Kadir oder einer seiner Brüder herkommen, um die Vorräte aufzufüllen.

Rain, die keinerlei Hunger verspürte, ließ ihren Blick kurz über die DVD-Sammlung wandern, die feinsäuberlich geordnet neben dem modernen Flachbildfernseher aufgereiht worden war. Zu ihrem Bedauern eher auf männliches Klientel ausgelegt, aber nichts anderes hatte sie erwartet. Mit gerümpfter Nase zog sie einen Pornofilm heraus, und schaute sich die Rückseite an. Kyrillisch. Klar. Zum Kundenkreis zählten offensichtlich nicht nur Amerikaner.

Sie stellte den Film zurück, ignorierte den Rest der Sammlung und trat ans kleine Fenster neben der Kochnische. Der Wagen, den sie vorhin gehört hatte, fuhr gerade vor der Hütte vor und zog eine riesige Staubwolke hinter sich her. David begrüßte den Jungen, der noch keine sechzehn Jahre alt sein konnte per Handschlag.

Mit der Hand fächelte sie sich Luft zu, denn der Ventilator an der Decke reichte kaum aus, um die schwüle Luft wenigstens ein bisschen in Bewegung zu bringen. Leider.

Was die beiden sagten, konnte sie nicht verstehen. Selbst, wenn sie direkt danebengestanden hätte, hätte sie kein Wort verstanden. Rain hatte nicht den blassesten Schimmer gehabt, dass David Arabisch sprach.

Sie sah zu, wie der junge Syrer etwas aus seinem Geländewagen holte und es an David übergab. Einen unscheinbaren schmutzigen Koffer. David klappte ihn auf und nickte schließlich, bevor er den Jungen an sich zog und ihn abwechselnd auf die Wangen küsste. Ein Brauch, den sie immerhin aus dem Fernsehen kannte. Der Junge verneigte sich kurz, bevor er erst auf sein Auto deutete und dann auf die Hütte. Rain wich schnell einen Schritt vom Fenster weg, weil sie nicht genau wusste, ob dieser Junge sie überhaupt sehen sollte. Oder ob David vielleicht einfach übertrieb ...

»Rain, komm her«, hörte sie Davids Stimme nur einen Augenblick später. »Kadir hat ein Geschenk für dich.«

Wenn Rain es nicht besser gewusst hätte, hätte sie schwören können, mehr als nur einen Hauch Belustigung in seiner Stimme zu hören. Sie zögerte, bevor sie seiner Aufforderung nachkam, und sah sich schnell in der Hütte um.

Mist! Wieso habe ich keinen Schal dabei?

Es kam ihr plötzlich unpassend und irgendwie falsch vor, ohne Kopfbedeckung nach draußen zu gehen. Wenn dieser Junge wirklich so streng gläubig war, wäre es doch pietätlos, das nicht zu respektieren, oder? Andererseits hatte sie ohnehin zu wenig Ahnung von den Bräuchen in anderen Ländern. Bevor sie David über den Weg gelaufen war, hatte sie ja noch nicht einmal einen Fuß über die Staatsgrenze von Washington gesetzt. Wenn der Junge ihr das unpassende Outfit also krummnahm, war das sein Problem. Fertig.

»Komm, er beißt nicht«, rief David erneut und lachte dann tatsächlich.

»Ich komme ja schon«, antwortete sie kleinlaut und trat dann nach draußen vor die Tür. Unter Davids Blicken fühlte sie sich sonst nicht so unwohl. Jetzt schien er sie allerdings mit Argusaugen zu bewachen und das versetzte ihren Magen immerhin in einen ungewohnt aggressiven Zustand. Es kam ihr vor, als wollte er sie kontrollieren. Vielleicht absurd. Vielleicht auch nicht. Rain stellte fest, dass sie es nicht leiden konnte, auf diese Weise von ihm angesehen zu werden.

Als wäre ich sein verdammtes Eigentum, dachte sie und schob seine Hand einen Moment später unmissverständlich von ihrer Schulter, als sie neben ihn trat und er sie berührte.

»Was gibt's?«, fragte sie stattdessen mit einem falschen kühlen Lächeln und wartete darauf, was nun passierte. »Du musst Kadir sein«, fügte sie an den jungen Syrer gewandt hinzu und schenkte auch ihm ein Lächeln. Ein etwas ehrlicheres, immerhin. »Freut mich, dich kennenzulernen.« Der Junge starrte sie eine Sekunde lang an, und wandte dann sichtlich beschämt das Gesicht ab. Er nahm auch die ausgestreckte Hand nicht, die Rain ihm zur Begrüßung hinhielt.

Verwirrt schaute sie David an, der stetig lächelnd den Kopf schüttelte. »Er darf dich nicht berühren«, sagte er leise. »Und verstehen kann er dich auch nicht. Außerdem - steht er auf dich.« Der belustigte Unterton sorgte dafür, dass Rain ihm am liebsten einen saftigen Schlag mit dem Ellenbogen verpasst hätte. Stattdessen ließ sie die Hand sinken und ließ unsicher die Schultern hängen.

»Was will er denn dann, wenn er nicht mit mir reden kann oder will?«

David antwortete ihr nicht, sondern sprach stattdessen mit Kadir. Wieder auf Arabisch, sodass sie kein Wort verstehen konnte. Der Junge nickte eifrig, warf dann einen mehr als schüchternen Blick zu Rain und ging anschließend zum Kofferraum seines Autos.

»Weil er weiß, dass wir nicht verheiratet sind und sich anscheinend auf der Herfahrt unsterblich in dich verliebt hat, hat er mich angefleht, dir etwas schenken zu dürfen. Sein Vater darf nichts davon erfahren, weil er ihn sonst aus dem Dorf jagen würde. Kontakte zu westlichen Frauen sind streng verboten.« David sprach leise, aber Rain konnte hören, wie viel Spaß er bei seiner Erläuterung zu haben schien. Wenn er gekonnt hätte, hätte er wahrscheinlich losgelacht.

Rain hingegen fühlte sich von ihm verarscht. Plötzlich kribbelte es in ihren Fingern und am liebsten hätte sie ihm wirklich einen Seitenhieb verpasst. Sie riss sich zusammen und beschloss, das auf später zu verschieben. Wenn der Knirps weg war. Eine durchaus passende Beschreibung, denn obwohl er schon fast ausgewachsen sein musste, war er einen halben Kopf kleiner als Rain.

Mit knallrotem Gesicht kam er wieder um den Wagen herum. Seine Hände zitterten, als er etwas hochhielt, dass Rain als eine kleine Holzschnitzerei identifizieren konnte. Eine kleine Katze.

Obwohl sie sich angesichts der ungewohnten Situation unwohl fühlte und nicht wirklich wusste, wie sie reagieren sollte, nahm sie das Geschenk entgegen und schenkte dem Jungen ein strahlendes Lächeln. »Danke schön«, sagte sie leise und war froh, dass der junge Syrer ihr Lächeln immerhin erwiderte.

Er antwortete in seiner Sprache, aber selbst Rain konnte hören, dass er sich beim Sprechen fast überschlug.

»Er sagt, die Katze wird als reinliches Tier und Gefährten des Propheten Mohamed hochgeschätzt«, übersetzte David, hielt dann aber kurz inne und verzog das Gesicht. Ein Hauch Erheiterung lag nach wie vor darin, aber auch etwas anderes. Etwas, das Rain am liebsten triumphierend auflachen lassen wollte: Eifersucht.

Süß. So viel zur Distanz ...

»Kadir findet, deine Augen strahlen wie die Sonne und glänzen wie die der schönsten Katzen. Und wenn er noch mehr sagt, haue ich ihm eine runter!« Es schien David Mühe zu kosten, die Übersetzung weiterzugeben. Er klang etwas - trotzig. Interessant.

Rain, die sich vor lauter innerlicher Befriedigung kaum halten konnte, riss sich mühsam zusammen und bedankte sich schließlich noch einmal höflich bei dem Jungen, der sie so glücklich anstrahlte, dass Rain hoffte, er würde nicht vor lauter Entzückung umkippen.

»Was er über dein Haar gesagt hat, übersetze ich jetzt nicht«, sagte David zerknirscht, nachdem er ihre Worte ins Arabische übersetzt hatte, Kadir nach einer weiteren überschwänglichen Verbeugung zurück hinter sein Lenkrad rutschte und den Wagen mit hochrotem Kopf vor ihnen wendete.

»So? Lass mich raten - er hat es mit dem Fell einer Katze verglichen?« Rain grinste, während sie neben ihm stand und dem jungen Syrer nachwinkte, der nichts als eine Staubwolke zurückließ. In der Hand hielt sie die kleine geschnitzte Katze und betrachtete sie einen Moment. Sie war wunderschön. Der Junge schien ein Talent fürs Schnitzen zu besitzen. Jedes Detail war gut zu erkennen und wenn man bedachte, dass er dafür ja nicht länger als 36 Stunden Zeit gehabt hatte -

»Hey! Was soll das?«, stieß sie völlig überrumpelt hervor, als David seine Arme um sie schlang und sie absichtlich aus dem Gleichgewicht brachte, damit er sie packen und hochheben konnte. Mit einem breiten Grinsen im Gesicht, das ihr sehr wohl zu verstehen gab, was er von dieser ganzen Aktion gerade hielt.

»Ich frage mich, was man in seinem Alter mit einer alten Schachtel wie dir will. Es muss hier ja wirklich an Alternativen mangeln, wenn er sich schon an eine viel ältere Ausländerin heranmachen muss«, sagte er so ernst, als könnte er wirklich keinerlei Verständnis dafür aufbringen.

Rain entschied, sich auf sein Spiel einzulassen. Besser, als so einen Spruch einfach auf sich sitzenzulassen. Sollte David nur nicht glauben, dass sie ihre Krallen verloren hatte, nur weil er jetzt immerhin regelmäßig das Privileg genoss, sie flachzulegen. *Oder*, dachte sie böse, *sich flachlegen zu lassen. Macho!*

»Vielleicht war es auch einfach Liebe auf den ersten Blick. Hast du mal daran gedacht, dass es Schicksal sein könnte, dass er mir hier begegnet ist? Die Alternativen sind sicher nicht annähernd so hinreißend wie ich.«

»Hoppla«, rief er aus und lachte dann. »Was ist passiert, Miss? Woher die plötzliche arrogante Selbstverliebtheit?« Er setzte sich mit ihr auf den Armen in Bewegung, allerdings nicht zur Hütte, wie sie zunächst annahm, sondern auf einen Baum mit einem gewaltigen verschlungenen Stamm zu, der in der Nähe des Teichs stand.

»Ich war eindeutig zu lange in deiner Gesellschaft«, antwortete sie grinsend und klopfte ihm mit gespieltem

Tadel auf die Schulter. »Das färbt ab. Wenn wir je wieder aus diesem Dschungel in die Zivilisation zurückkehren, muss ich normale Umgangsformen sicher ganz neu lernen. Sonst hält man mich noch für eine wahnsinnige Psychopathin, die nicht in der Lage ist, normale Gespräche mit mehr als zwei Sätzen zu führen. Oder fü-« Der Rest des Satzes blieb Rain im Hals stecken, als David sie mit dem Rücken gegen den Stamm hinter ihr presste, bevor er seine Lippen auf ihre drückte und sie so heiß und besitzergreifend küsste, dass ihr sofort die Luft wegblieb.

Rain schlang ihre Arme um seinen Hals, vergrub die Finger in seinen Haaren erwiderte seine leidenschaftliche Zuneigung mit derselben auflodernden Begierde, die sie auch vorhin empfunden hatte. Bevor dieser Junge aus dem Dorf hergekommen war und sie unterbrochen hatte. Als hätte es nie eine Pause gegeben …

»Wenn du nicht sofort die Klappe hältst, muss ich dich fesseln und knebeln, verstanden?«, raunte ihr David nach einer kurzen Unterbrechung zu und schob nur eine Sekunde später seine Hand unter ihr Shirt.

Rain keuchte, als sie seine Hand an ihrer nackten Brust spürte. Den BH, der sich praktischerweise vorne öffnen ließ, hatte er nur den Bruchteil einer Sekunde vorher aufgemacht. »Was denn? Sag nur, du bist eifersüchtig.«

»Und wenn?« David grinste herausfordernd.

»Erinner mich daran, dass wir uns darüber unterhalten müssen, wie es weitergeht, sollten wir diesen Irrsinn hier überleben«, antwortete sie leise, schaute ihm einen Moment lang in die Augen und küsste David erneut. Ein weiterer unfassbar intensiver Kuss, den sie auf keinen Fall zu schnell beenden wollte. Begleitet vom sich ausbreitenden Feuer in ihrem Unterleib und ihrem wild klopfendem Herzen, das sich diesen Moment schon jetzt ebenso sehnlichst herbeiwünschte.

»Ja, dann sollten wir uns unterhalten«, gab David schließlich zu, strich ihr die Haare aus der Stirn und lächelte. »Und du solltest dir dringend die Pille verschreiben und dich durchchecken lassen. Ich hasse Kondome.«

Rain lachte. »Ja, ich auch. Sind schon etwas lästig.« Auf seinen Kommentar mit dem ›Durchchecken lassen‹ ging sie nicht ein. Sie wusste selbst haargenau, dass sie keine Garantie dafür geben konnte, sich nicht bei Mike mit irgendwelchen gruseligen Geschlechtskrankheiten angesteckt zu haben. Ohne es mit Sicherheit zu wissen, vermutete sie immerhin stark, dass er herumgehurt und sich auch anderweitig ausgetobt hatte. Dumm genug, das ohne Schutz zu machen, war er auf jeden Fall. Die Konsequenzen für sie wollte sie sich lieber nicht ausmalen. Jedenfalls nicht jetzt.

»Und zwing mich nie wieder, dir die schmalzigen Huldigungen eines anderen Kerls zu übersetzen«, sagte er und verdrehte mit gespielter Theatralik die Augen. »Das war grausam!«

»So?« Rain grinste ihm frech ins Gesicht. »Wie viele Sprachen sprichst du denn? Vielleicht ergibt sich ja mal wieder eine Gelegenheit. Vielleicht auf Französisch. Klingt bestimmt toll.«

»Bestimmt nicht! Es sei denn, es sind meine eigenen schmalzigen Worte«, antwortete er gelassen. »Vous êtes jolie.«

»Was heißt das?«, fragte sie schnell, nachdem es ihr gelungen war, sich weit genug von ihm wegzudrücken, damit er sich nicht durch einen erneuten Kuss einfach aus der Affäre stehlen konnte. »Hast du mir ein Kompliment gemacht?«

»Vielleicht«, gab er lächelnd zu. »Ich habe nur gesagt, wie scharf ich dich finde. Das könnte ich auch auf Spanisch, Russisch, Italienisch, Arabisch und Koreanisch. Zufrieden?«

»Abgefahren! Du sprichst sechs verschiedene Sprachen?«

David lachte. Offensichtlich belustigte ihn ihre Begeisterung. »Ja. Das sollte man in meiner Branche können.«

»Branche«, antwortete sie giftig. »Klar.«

»Willst du weiter quatschen? Oder wollen wir uns stattdessen anderen Dingen widmen. Feuchteren, heißeren, wesentlich interessanteren Dingen …!« Mit einem breiten Grinsen auf den Lippen beugte er sich vor und leckte kurz über die zarte Haut in Rains Halsbeuge, bevor er mit sanftem Druck hineinbiss und ihr auf diese Weise ein Seufzen entlockte, das sie nicht rechtzeitig zurückdrängen konnte.

»Letzteres! Eindeutig!« Rain nickte und lachte, als David ihr einen Klaps auf den Po gab, bevor er sich mit ihr auf den Armen zur Hütte umwandte.

»Es freut mich, das zu hören«, murmelte er in den nächsten Kuss und setzte sich in Bewegung.

Und Rain konnte es kaum noch erwarten. Wie jedes Mal. Und sie hoffte inständig, dass sich daran niemals wieder etwas ändern würde.

David

David war an diesem Morgen schon eine Weile wach, hatte aber nicht das geringste Bedürfnis danach, die Augen aufzumachen. Es war viel zu angenehm, in diesem viel zu kleinen Bett zu liegen, Rain neben sich zu haben und ihre Haare zu spüren, die ihn an der Schulter kitzelten. Oder ihren Atem. Oder ihre weiche zarte Haut. Ihre Wärme. Ihren unglaublichen Duft ...

Es war der vierte Tag im Dschungel von Belize; knapp zehn Meilen hinter Crique Sarco und zwanzig Meilen vor der Grenze zu Guatemala. Der Tag, an dem sie ihre Zelte hier abbrechen und über die Grenze tiefer nach Mittelamerika und anschließend noch südlicher wandern wollten. Also - fahren. David hatte sicher nicht vor, diesen Weg mit Rain im Schlepptau zu Fuß zurückzulegen. Den Jeep vor der Hütte hatte er gekauft, nicht wie von Rain angenommen gemietet. Zu einem mehr als fairen Preis. Er zog es vor, so viele Meilen wie möglich mit dem Auto zurückzulegen. Das galt auch für die Staatsgrenzen auf ihrem Weg. Je weniger Passkontrollen sie über sich ergehen lassen mussten, desto besser. Desto unwahrscheinlicher, dass Sam ihnen auf die Spur kam.

Wenn er nicht längst auf dem Weg hierher ist ...

Als Rain anfing, sich neben ihm zu bewegen, machte er die Augen auf und schaute sie an. Vorsichtig strich er ihr die Haare aus der Stirn. Ihr Anblick war - David konnte es nicht beschreiben. Aber er wusste, dass er dieses Bild nie wieder vergessen würde. Niemals.

Bescheuert! Früher hätte ich gelacht, wenn mir einer damit gekommen wäre ...

Was zweifellos stimmte. Aber heute war ihm das einfach herzlich egal. Weil er es tatsächlich genoss, ihr so nahe zu sein. Verrückt. Vielleicht.

»Guten Morgen«, sagte er leise und lächelte, als auch sie die Augen aufschlug. Die wunderschönen leuchtend grünen Augen ...

»Guten Morgen. Müssen wir schon aufstehen?« Sie kuschelte sich enger an seine Schulter und schlang ihren Arm um seine Brust.

»Nein, nicht sofort.« Er verschränkte seine Finger mit ihren, spielte mit einer ihrer Haarsträhnen und lag einfach da. Er konnte sich nicht einmal daran erinnern, wann er das letzte Mal so entspannt gewesen war.

»Hm, weißt du - eigentlich will ich nicht weg.«

»Nicht?«, überrascht drehte er den Kopf und sah, wie sie die Stirn nachdenklich in Falten legte. »Ich dachte, du hasst den Dschungel.«

»Den schon«, gab sie lächelnd zu, »Aber wer weiß schon, wo es uns als nächstes hin verschlägt. Bestimmt an einen Ort, der noch schlimmer ist.«

»Belize ist nicht schlimm«, sagte David nachsichtig. »Es ist sicher, man spricht englisch und die Leute sind nett. Außerdem kann man sich hier hervorragend verstecken. Gefährlich ist es schließlich auch nicht.«

»Kommt darauf an, wie du Gefahr definierst«, antwortete sie trocken, bewegte sich dann und stützte sich auf ihren Unterarm, um ihm ins Gesicht sehen zu können. »Wir können doch nicht ewig davonlaufen, David.«

Bevor er ihr antwortete, hob er die Hand und streichelte ihr zärtlich über die Wange. Einen Moment lang musste er wirklich darüber nachdenken. Über seine Antwort. Gab es eine richtige? Hatte sie recht?

Ja, vermutlich. David wusste auch, dass sie nicht für immer und ewig auf der Flucht vor Sam sein könnten. Irgendwann würden sie langsamer werden. Oder sich irgendwo verzetteln. Vielleicht würde David einen Fehler machen und sie würden direkt in seine Arme laufen. Alles möglich, auch wenn es ihm vielleicht nicht gefiel. Von seinem schwindenden Bargeldvorrat ganz zu schweigen. Die fünftausend Dollar, die er sich in Nashville noch zusätzlich besorgt hatte, würden nicht ewig reichen. Und dann? Eines Tages - würde er auf Sam treffen. Und dann würde sich zeigen, wer von ihnen der Stärkere war.

Ich habe etwas, das ich beschützen will. Reicht das, um gegen seinen Zwang anzukommen? Den Zwang, besser sein zu müssen, als ich?

Eine gute Frage, auf die David keine Antwort hatte.

»Ich weiß, dass wir nicht ewig wegrennen können«, sagte er schließlich und fuhr mit dem Daumen langsam die Kontur ihrer Unterlippe nach. Er sah das Blitzen in ihren Augen und ahnte immerhin, was diese scheinbar belanglose Berührung in ihr auslöste. Und Teufel - es gefiel ihm, diese Wirkung auf sie zu haben. Und wie! »Noch ein bisschen. Mir fällt bestimmt bald etwas ein, wie wir ihn austricksen. Vielleicht täuschen wir einfach unseren Tod vor, lassen uns von meinem Vater neue Identitäten besorgen und fangen neu an ...«

Rain lachte trocken. »Klar. Als ob das so einfach wäre.« Sie setzte sich langsam auf, strich sich die Haare aus dem Gesicht und schaute dann traurig auf ihn herunter. »Was, wenn er uns trotzdem aufspürt, wenn wir es am wenigsten erwarten? Wenn er uns unvorbereitet trifft und wir schutzlos und -«

David ließ sie nicht ausreden, griff nach ihrem Arm und zog sie bestimmt zu sich herunter. »Sag das nicht«, flüsterte er, bevor er ihr einen Kuss auf die Lippen hauchte. »Es gibt einen Weg! Wir werden Sam los. Du musst mir nur vertrauen.«

Rain verzog das hübsche Gesicht zu einem gequälten Lächeln, bevor sie nachgab und sich zurück aufs Bett sinken ließ. Ihr Kopf ruhte in seiner Armbeuge und für einen Moment war es wieder still. Ein Augenblick, in dem David um seine Fassung rang und gegen das aufkeimende Bedürfnis ankämpfte, einfach ohne jeden weiteren Kommentar über sie herzufallen. So, wie die letzten Tage und Nächte, wann immer ihm danach gewesen war.

»Wenn wir noch nicht sofort aufbrechen müssen«, sagte sie irgendwann leise und streichelte weiter mit ihren Fingerspitzen über seine nackte Brust, »kann ich dich dann was fragen?«

»Kommt darauf an«, antwortete er leicht belustigt. »Wenn du nicht gerade wissen willst, auf welche Weise ich gedenke, Sams Leiche zu entsorgen ...«

»Haha. Sehr lustig.«

David beugte sich vor und drückte ihr einen Kuss auf die Stirn, ohne sich das Lachen verkneifen zu können. »Frag.«

»Was ist mit deiner Mutter passiert?«

Überrascht über diese unerwartet persönliche Frage starrte er sie an - und schluckte trocken. »Wie kommst du darauf?«

»Na, sie ist doch gestorben. In Washington waren wir auf dem Friedhof. Bei ihrem Grab. Aber auf dem Nationalfriedhof werden doch nur Soldaten und Präsidenten beerdigt, oder?«

Einen Moment lang schwieg David und starrte hoch an die Decke der Hütte. Der Ventilator in der Mitte des Raumes bewegte sich stetig um sich selbst und gab dabei kaum ein Geräusch von sich. Geschweige denn, dass er wirklich etwas gegen die Hitze ausrichten könnte, die sich schon bald wie eine schwere Decke über die Hütte legen würde. Wie an jedem verdammten Tag, den sie nun hier verbracht hatten.

»Meine Mom«, begann er schließlich, ohne Rain anzusehen, »war Ärztin. Sie arbeitete für die Army, war ihr aber nie direkt unterstellt. Als Zivilistin war sie trotzdem ständig unterwegs. Im Irak, in Afghanistan und in einigen Ländern in Afrika. Ich habe sie nicht oft zu Gesicht bekommen. Als ich klein war, hatte ich eine Nanny. Mein Vater hat schon damals viel gearbeitet.«

Ohne es zu wollen, ließ er zu, dass sich das Bild seiner wunderschönen Mutter in seinem Kopf manifestierte. Ihre ebenmäßigen sanften Gesichtszüge. Ihre langen welligen braunen Haare, die sich so weich angefühlt hatten. An ihre ruhige Stimme, wenn sie ihm abends aus einem Buch vorgelesen hatte. Obwohl es so selten passiert war, erinnerte er sich daran, als wäre es gestern gewesen.

»Es passierte 2004 bei einem Bombenangriff auf ein Zeltlager der Vereinten Nationen im Osten des Iraks. Die Taliban griffen an. Ohne Rücksicht auf Verluste. Meine Mutter hat dafür gesorgt, dass zwanzig verwundete Frauen und Kinder aus dem Lazarett über einen Pass in den Bergen entkamen, bevor sie selbst von den Kugeln ihrer Verfolger niedergestreckt wurde.«

Es erstaunte David ein bisschen, wie ruhig und nüchtern er darüber sprechen konnte. Dass er keinerlei Emotionen spürte ... Er erwischte sich bei der Frage, ob das gut oder schlecht war. In seiner Ausbildung hatte er gelernt, dass Gefühle unbedeutend und beeinträchtigend waren. Dass sie einen Mann daran hindern konnten, seinen Verstand zu benutzen und einen das Leben kosten konnten, wenn man ihnen zu viel Raum zugestand. Mr. Smith hat es verstanden, seinen Jungs das begreiflich zu machen. Indem er sie wieder und wieder erleben ließ, welche Verluste sie erlitten hatten. Eltern, Großeltern, Geschwister - keiner der Jungen hatte ein intaktes Umfeld gehabt oder keine Verluste erlitten.

Ansonsten hätten wir nicht ins Programm gepasst, nicht wahr? Wenn Mr. Smith keine Möglichkeit gehabt hätte, uns und unsere Ängste zu manipulieren, wären wir nicht so schön lenkbar gewesen ...

»Oh Gott, das ist furchtbar! Es tut mir wirklich leid, David ...«, stieß Rain leise hervor und in ihrer Stimme konnte er das ehrliche und uneingeschränkte Mitgefühl hören. Etwas, für das David sie einfach nur -

Den Gedanken abrupt abbrechend, schloss er die Augen und hielt den Atem an. *Es geht nicht! Ich darf sie nicht - lieben. Nicht jetzt, verdammt ... Fuck!*

Entschlossen, sich nichts über seine innere Zerrissenheit anmerken zu lassen, sprach er weiter. Mit dem unerschütterlichen Willen, seine wahren Gefühle unter allen Umständen zu verbergen. Koste es, was es wolle! Es war gefährlich, solche Dinge zu empfinden, das wusste er doch, verdammt! Es war eine Sache, mit Rain zu schlafen, aber eine gänzlich andere, sich selbst durch sie so angreifbar zu machen!

Ich bin ein erbärmliches Wrack ... Für meine eigene Mutter empfinde ich nichts, aber für eine Frau, deren Leben am seidenen Faden hängt und die vielleicht meinen Untergang bedeutet ...

Am liebsten hätte David laut gelacht. Er tat es nicht.

»Für die selbstlose Rettung dieser Menschen hat meine Mutter das Heldenbegräbnis in Arlington bekommen. Für ihren edelmütigen Einsatz für das Vaterland.« Er räusperte sich leise, weil er nicht mit Bestimmtheit sagen konnte, ob seine Stimme nicht doch zitterte. »Mein Vater bekam nach ihrem Tod eine gefaltete Flagge überreicht. Zusammen mit dem Silver Star für ihre besondere Tapferkeit. Das war's.«

»Deine Mom muss eine tolle Frau gewesen sein«, sagte Rain nach einem Augenblick des Schweigens und küsste Davids Brust, ohne ihn anzusehen. »Ich denke, ich hätte sie gern kennengelernt.«

»Ja, das hätte ich auch gerne«, antwortete er trocken und war sich darüber bewusst, dass seine Worte wahrscheinlich schroff und kalt rüberkamen. »Sie gekannt, meine ich. Leider hatte ich zu wenig von ihr oder meinem Vater, um ein anständiges Verhältnis zu einem von ihnen aufzubauen. Drei Monate nach ihrem Tod hat mein Vater mich in die Ausbildung gesteckt. Ich konnte nicht einmal richtig um sie trauern.«

Rain verzog bei seinen Worten das Gesicht und David wusste, dass es ihr wehtat, das zu hören. Einfach, weil sie so war, verdammt.

Mitfühlend, großherzig, naiv -

»Warum hat er das gemacht? Was wollte er damit bezwecken?«

»Ich weiß es nicht«, antwortete David zögernd. »Wirklich nicht. Das Programm gibt es schon wahnsinnig lange. Seit dem Ende des Zweiten Weltkrieges; damals war es aber nicht so groß angelegt. Im Kalten Krieg ist es neu entdeckt und vergrößert worden. Die anderen und ich - sind perfekte Soldaten. Killermaschinen. Wir gehorchen Befehlen, handeln, ohne Fragen zu stellen und hinterlassen niemals Spuren. Außerdem vermisst uns niemand, weil keiner von uns soziale Bindungen hat. Wir sind - Geister«, schloss er und schluckte hart. Er wusste, dass seine Worte bedeutungslos waren. Sie beantworteten in keinster Weise Rains Frage nach den Beweggründen seines Vaters, David als Kind ins Programm gesteckt zu haben. Seinen eigenen Sohn. David wusste einfach nicht, wieso er das getan hatte.

Weil ich ihn zu sehr gehasst habe, um ihn danach zu fragen ... Erbärmlich!

»Das ist so schrecklich«, rief Rain und schüttelte sichtlich angewidert den Kopf. »Unschuldige Kinder dazu zu zwingen, so grausame Dinge zu tun - diese Menschen gehören weggesperrt!«

Wenn es nur so einfach wäre ...

»Was ist mit deiner Mom passiert?«, fragte er und wechselte unvermittelt das Thema. Es war nicht seine Absicht gewesen, sie dadurch traurig zu machen, aber offenbar vergaß David einfach zu oft, dass nicht jeder Mensch darauf trainiert war, seine Gefühle zu unterdrücken. Rain schien seine Frage nämlich ganz und gar nicht kaltzulassen. Ihr hübsches Gesicht versteinerte und der Ausdruck in ihren Augen wurde überraschend hart.

»Sie starb, als ich noch sehr klein war. Bei einem Autounfall, zusammen mit meinem älteren Bruder Kevin. Er war erst sieben Jahre alt. Mehr gibt es darüber nicht zu sagen«, sagte sie so schroff, dass es David sofort leidtat, von sich selbst abgelenkt zu haben.

»Wie alt warst du da?« Er rang sein Bedürfnis nieder, die Hand zu heben und ihr beruhigend übers Gesicht zu streicheln. Er ahnte, dass Rain das in diesem Augenblick nicht zulassen würde.

»Fünf. Danach ist mein Dad nicht mehr er selbst gewesen. Hat angefangen zu saufen und zu spielen und sich in den falschen Kreisen herumgetrieben ...« Sie zog hörbar die Nase hoch und wandte das Gesicht ab, als könnte sie es nicht ertragen, ihn anzusehen. Im Gegensatz zu David hatte sie ihre Gefühle für ihre Eltern zwar verdrängt, sie aber keinesfalls gänzlich vergessen. Wahrscheinlich hatte sie ihre Mom geliebt; genau wie ihren Vater. Der sich danach offensichtlich von ihr abgewandt und sie im Stich gelassen hatte. Emotional. Schon damals. Und dann hatte er sie Jahre später schließlich ganz verraten ...

»Es muss auch hart für dich gewesen sein«, sagte er schließlich leise, legte seine Hand nun doch auf ihren Unterarm und fuhr sanft mit den Fingern über ihre warme Haut. »Es tut mir leid, dass deine Mutter gestorben ist. Und dein Bruder. Ich wusste nicht, dass du Geschwister hattest ...«

Was stimmte. David und Rain waren jahrelang auf dieselbe Schule gegangen, aber eigentlich hatte er sie gar nicht gekannt. Sie hatte es gut verborgen. Hinter ihrer eigenen Fassade hatte er nur das fröhliche, hübsche und überall beliebte Mädchen gesehen, das er schon damals unendlich heiß gefunden hatte. Aber während er sämtliche anderen Mädchen flachgelegt hätte, ohne auch nur mit der Wimper zu zucken oder sich dafür zu schämen, hatte er sich niemals an Rain herangemacht. Damals hatte er nicht wirklich gewusst, was ihn von ihr fernhielt. Es war einfach - ein Gefühl gewesen. Dass es keine gute Idee wäre, sich ihr zu nähern. Und jetzt wusste er, wieso das so war. Weil er schon damals geahnt hatte, wie verletzlich sie war. Als hätte er gewusst, dass es etwas gab, das sie beide verband; den Verlust von Menschen, die sie liebten, auch wenn sie unterschiedlich damit umgegangen waren.

Okay, David. Jetzt spinnst du dir hier komisches Zeug zusammen. Bleib realistisch ...

Ein guter Einwand seines wiederkehrenden Verstandes und David befolgte ihn, indem er sich zusammenriss und sich zwang, an etwas anderes zu denken. So viel zu Gefühlsduseleien.

»Tja, wir hatten wohl beide Pech, was?«, fügte sie mit einem traurigen Lächeln hinzu und wischte sich mit den Fingern übers Gesicht. David sah keine Tränen in ihren Augen, konnte sich aber immerhin vorstellen, dass sie damit kämpfte. »Wahrscheinlich hätte ich meinen Dad hassen sollen, als er versucht hat, mich an Mikes Vater zu verscherbeln. Als er sich so viel Geld bei ihm geliehen hat, dass er diese Schulden im Leben nicht hätte zurückzahlen können. Aber ich konnte ihn nicht hassen. Er war alles, was mir von meiner Familie geblieben war ...«

»Warum hast du nicht eher versucht abzuhauen?«, fragte er sanft. »Dir muss doch schnell klar gewesen sein, was für ein Schwein du da geheiratet hast, oder?«

Rain lachte. »Oh, ja, das war es. Mike hat sich unheimlich schnell von seiner besten Seite gezeigt!« Sie spuckte die zynischen Worte förmlich aus und schüttelte angewidert den Kopf. »Als er mich das erste Mal geschlagen hat, wollte ich zur Polizei gehen. Da hat er mir gedroht, meinem Vater etwas anzutun, wenn ich ihn verraten sollte. Beim nächsten Mal drohte er, mich umzubringen. Dann irgendwann - als er gemerkt hat, dass es mir nach all den Vergewaltigungen und Demütigungen einfach egal war, was er mit mir anstellte oder ob er mich umbrachte, hat er geschworen, all meine früheren Freunde aus der Schule aufzuspüren und ihnen etwas anzutun.«

David schwieg, als sie eine Pause machte, genau, wie sie es vorhin bei ihm getan hatte. Er begann, über ihren Rücken zu streicheln, spürte ihr kaum merkliches Zittern und wartete, bis sie fortfuhr.

»Ich wollte ihm das nicht glauben. Aber ich wusste, in welchen Kreisen er sich bewegte. Ich kannte seinen Vater nicht wirklich und hatte ihn vielleicht drei oder vier Mal gesehen. Aber ich wusste sehr wohl, dass dieser Mann gefährlich war. Wenn Mike es tatsächlich darauf angelegt hätte, hätte er dafür sorgen können, dass meinem Vater oder meinen Freunden etwas zustieß und ich hätte rein gar nichts dagegen unternehmen können. Ich hatte - Angst. Einfach schreckliche Angst davor, dass jemand anderes leiden könnte, weil ich zu schwach war, um mein Leben mit ihm ertragen zu können. Das klingt verrückt, ich weiß.«

Rain zog noch einmal die Nase hoch, bevor sie ihm wieder ins Gesicht schaute. In ihren Augen sah er Kummer und den Schatten vergangener Ängste; aber auch Stolz und neues Selbstvertrauen, das er noch vor ein paar Wochen niemals darin gesehen hätte.

»Das klingt nicht verrückt«, antwortete David bestimmt, richtete sich auf und umfasste ihr Gesicht zärtlich mit beiden Händen. »Das klingt nach einer starken Frau, Rain. Du warst schon damals stark, hast es aber nicht zugelassen. Stattdessen hast du dir einreden lassen, du wärst schwach und wertlos. Versprich mir, dass du nie wieder zulässt, dass man dir deinen Mut und deine Selbstsicherheit nimmt, verstehst du mich?«

Rain starrte ihn einen unendlich langen Augenblick lang einfach nur an, dann nickte sie schließlich zaghaft. »Ich verspreche es. Versprichst du mir auch etwas, David?«

»Was?«

»Wenn wir das hier überleben - denk darüber nach, was *du* für dein Leben willst. Was du wirklich willst, meine ich. Nicht, was dein Vater dir für einen Weg vorgegeben hat.«

»Weil du meinst, ich hätte Ziele, von denen ich noch nicht einmal selbst etwas weiß?« Er lachte leise, war aber überraschend angetan von ihren Worten. Worte, für die er sie noch mehr liebte, als er sich eingestehen wollte ...

»Jeder Mensch braucht Ziele«, sagte sie bestimmt und lächelte schwach. »Leb dein Leben so, wie du es willst. Versuch es zumindest. Mehr will ich gar nicht!«

»In Ordnung«, gab er nach und küsste sie auf den Mundwinkel. »Ich werde mir darüber Gedanken machen, was ich sonst noch kann. Außer töten, meine ich.«

»Ja, gute Idee. Vielleicht könntest du Metzger werden. Oder Chirurg. Oder -«

»Hey, das ist nicht lustig«, warf er schnell ein, als Rain ihn mit einem breiter werdenden Grinsen auf den Lippen herausfordernd anschaute. »Ich wäre sicher ein hervorragender Metzger. Aber bestimmt fällt mir noch was Netteres ein.«

Ohne Vorwarnung packte er Rain an den Schultern, drückte sie auf die Matratze runter und rollte sich auf sie. »Dein ganz persönlicher Aufpasser zum Beispiel. Damit ich dich nie wieder auch nur eine Sekunde lang aus den Augen verliere.«

»Oh, bitte nicht«, antwortete sie und verzog theatralisch das Gesicht. »Ich habe für den Rest meines Lebens genug davon, kontrolliert zu werden. Ich verzichte.«

»Wie schade. Dabei meinte ich doch eine ganz andere Art von Kontrolle ...«, grinste er, bevor er sich endlich dem Bedürfnis hingab, sie richtig zu küssen. Langsam, intensiv und wahnsinnig heiß.

David sah nicht zum Wecker auf dem klapprigen Tisch neben dem Bett. Die Zeit für eine letzte kleine Nummer würde er sich nehmen, bevor sie ihr Zeug packten, ihre Spuren verwischten und über den Pass in den Dschungel aufbrechen würden. Nichts lieber als das.

Rain

Rain hielt die Hand aus dem heruntergelassenen Seitenfenster des Jeeps. Der Fahrtwind brachte immerhin ein kleines bisschen kühle Luft mit sich, denn obwohl die Sonne schon bald untergehen würde, war es immer noch heiß und erdrückend schwül. Sonne bekam sie ohnehin nicht viel zu Gesicht. Der Dschungel hier draußen war so dicht, dass die Blätter der Bäume ein fast undurchlässiges Dach über ihnen schufen. Nur vereinzelte Lichtstrahlen kamen durch.

Eigentlich ist es wunderschön hier, dachte sie und seufzte leise.

»Alles in Ordnung?«

Als sie Davids Hand auf ihrem Knie spürte, nickte sie. »Ja. Wir schaffen das schon, oder? Du hast alles im Griff. Wie immer.«

»Wie immer«, antwortete er grinsend und hielt den Wagen ein paar hundert Meter weiter an. »Ich checke kurz die Lage. Bis zur Grenze ist es nicht mehr weit. Bleib sitzen.« Er öffnete die quietschende Fahrertür und sprang auf den staubigen Weg.

Rain beobachtete im Seitenspiegel, wie er sich an einem der beiden Koffer zu schaffen machte, die sein Vater ihm vor ihrer Abreise aus den Vereinigten Staaten mitgegeben hatte. Kurz darauf hielt er das Hightech-Fernglas in der Hand. Er hatte ihr vorhin erklärt, dass es wegen irgendeines Vorfalls an der Grenze vor ein paar Monaten nun verstärkte Kontrollen der Straßen gab. Ein Junge war erschossen worden, woraufhin die Regierung von Guatemala Soldaten geschickt hatte. David hoffte, dass dieser Pass sicher war, wusste es aber nicht mit Bestimmtheit. Er wollte vermeiden, dass sie bei einem illegalen Grenzübertritt ins Visier der Behörden gerieten. Und damit auch in Sams.

Ohne David wäre ich am Arsch ...

Ein Gedanke, der Rain nicht zum ersten Mal in den Sinn kam. Wenn sie ihm damals nicht begegnet wäre, sondern stattdessen vielleicht jemand anderem, oder es einfach so zu Fuß aus der Stadt geschafft hätte, wäre sie längst tot. Daran bestand kein Zweifel.

»Alles klar. Die Luft scheint rein zu sein«, sagte er wenig später, als er sich ächzend zurück hinter das Steuer des Jeeps klemmte. »Im Augenblick scheint es keine Patrouille in der Nähe zu geben. Wenn wir uns beeilen, sind wir durch, bevor sie merken, dass jemand die Grenze überquert hat.«

»Bist du sicher, dass wir es schaffen?«, fragte sie und war sich bewusst darüber, dass sie sich nervös anhörte. Aber irgendwie bekam sie ein mulmiges Gefühl, das sich in ihrem Magen festsetzte und einfach nicht verschwinden wollte. Nicht gut.

»Hey, bisher haben wir doch alles wunderbar hinbekommen, oder? Wird schon schiefgehen.« David grinste ihr aufmunternd zu und beugte sich dann über den Schaltknüppel hinweg, um ihr einen Kuss auf die verschwitzte Wange zu drücken.

Rain nickte stumm, fing aber an, vor lauter Nervosität mit ihrem Shirt zu spielen. Unwillkürlich ließ sie ihren Blick über das dicht bewachsene Unterholz neben dem staubigen Pfad wandern. Alles normal. Nichts Auffälliges oder Komisches. Auf ein paar höheren Ästen sah sie ein paar hübsche bunte Vögel sitzen, aber das war auch schon alles.

Beruhig dich, verdammt! Es ist nur eine Grenze. David sagt, es ist sicher und wir schaffen es - also ...

Aber nichts war in Ordnung. Als sie etwa eine halbe Meile gefahren waren, fing der Jeep urplötzlich an, bedrohlich stark zu schlingern und David hatte offenbar Mühe, den Wagen gerade zu halten.

»Verdammt! Was ist denn jetzt los?«, fluchte er und trat so abrupt auf die Bremse, dass Rain sich mit der Hand am Griff über dem Fenster festhalten musste. Das Heck des Wagens brach aus, bevor sie fast quer auf der Straße zum Stehen kamen. »Fuck!«

Rains Herz hämmerte wild gegen ihre Brust. Vor Schreck merkte sie nicht, dass sie eigentlich längst hätte aufhören können, sich am Griff festzuhalten. Erst, als David die Tür aufstieß und aus dem Auto sprang, entspannte sie ihre Finger ein bisschen. Sie hatten eine ordentliche Staubwolke aufgewirbelt. Obwohl die Luftfeuchtigkeit hier draußen so hoch war.

»Was ist los?«, rief sie David zu, als er sich vor die Motorhaube stellte und sich sichtlich ratlos die Haare raufte. Er sah aus, als wollte er am liebsten jemandem den Hals umdrehen. Und nicht nur das -

»Der rechte Vorderreifen ist platt«, antwortete er trocken und zog zu Rains Entsetzen nur eine Sekunde später die Pistole aus dem Halfter an seiner Jeans.

»Was bedeutet das? Wieso ziehst du -«

»Jemand hat auf den Reifen geschossen«, unterbrach er sie unwirsch, hob die Waffe in seiner Hand dann an und drehte sich in leicht gebückter Haltung mit dem Rücken zum Auto, um die Umgebung absuchen zu können.

»Aber wieso«, presste sie mit wachsender Panik hervor und duckte sich fast automatisch. Ihre Fingerspitzen kribbelten und ihr ganzer Körper schien unter Strom zu stehen. *Also habe ich mir das nicht nur eingebildet* ... »Wieso haben wir das denn nicht gehört?«

»Schalldämpfer«, rief er angespannt und kam dann rückwärtsgehend auf die Beifahrerseite zu. »Duck dich und bleib im Wagen. Steig auf keinen Fall aus! Vielleicht war das nur eine Warnung. In der Gegend gibt es eine Menge Schmuggler, die -«

»Aber, was wenn -«

»Hör auf!«, unterbrach er sie erneut, als wollte er um jeden Preis verhindern, dass Rain einen hysterischen Anfall bekam. Dabei war sie so kurz davor, die Nerven zu verlieren ... »Bleib unten!«

Dieses Mal gehorchte sie, wenn auch widerwillig. So weit es der begrenzte Platz zuließ, ließ sie sich auf ihrem Sitz tiefer runter rutschen. Das Herz schlug ihr bis zum Hals und ihr Puls raste, während ihr Schweiß über die Stirn lief. Mit zitternden Händen wischte sie ihn weg, aber das nützte nicht viel. Sekunden lang war es so still, dass sie außer den Schreien einiger exotischer Vögel in der Nähe nichts hören konnte. Nichts außer ihrem eigenen Herzschlag.

»Ein Einschussloch, kein Zweifel. Mist! Verdammte -«

David konnte den Satz nicht beenden, denn plötzlich hörte Rain jemanden in der Nähe lachen. Ein Geräusch, das ihr durch Mark und Bein ging und ihr das Blut in den Adern gefrieren ließ. »Na, wen haben wir denn da?«, fragte dieser jemand - ein Mann - auf Englisch und Rain wusste, wer das war, ohne eine Bestätigung dafür zu benötigen. »Shadow Two! Mein Freund, du bist unvorsichtig und langsam geworden. Und dumm, wenn ich mich nicht irre. Ist dir etwa nicht aufgefallen, dass ich euch schon zwei Tage lang beobachte?« Wieder lachte der Mann.

Rain schickte ein Stoßgebet in den Himmel, aber dafür war es längst zu spät. Zwei Sekunden lang war es absolut still, so als könnte David ebenso wenig wie sie begreifen, dass sie in die Falle getappt waren. Ohne es zu ahnen. Dann, als es schon längst zu spät war.

»Bleib stehen, Sam!«, rief David, als er offenbar seine Fassung zurückerlangt hatte und Rain hielt den Atem an. »Wag es nicht, auch nur einen Fuß weit-«

Der Rest des Wortes ging in einen Aufschrei über, der Rain so heftig zusammenzucken ließ, dass sie vor lauter Schreck selbst zu schreien anfing. David schrie - vor Schmerz. Rain musste ihn nicht sehen, um das zu wissen. Nur einen Wimpernschlag später wurde die Beifahrertür aufgerissen und eine Hand schoss hervor, die Rains Oberarm umklammerte und sie aus dem Wagen zerrte, bevor sie wusste, wie ihr geschah. In der anderen Hand hielt er eine Pistole mit aufgeschraubtem Schalldämpfer.

»Aussteigen, Süße«, befahl der Angreifer barsch und packte so fest zu, dass sie sich auf die Unterlippe biss.

Automatisch suchten ihre Augen nach David, der tatsächlich am Boden lag und die Hände fest auf eine stark blutende Wunde an seinem Bauch drückte. Entsetzt schnappte sie nach Luft und wand sich, um dem schraubstockartigen Griff zu entkommen, doch es gelang ihr nicht, auch nur einen Schritt in seine Richtung zu machen.

»Na na, wer will denn so widerspenstig sein?« Der Mann, der Rain festhielt, lachte schallend.

Rain trat um sich und versuchte noch einmal verzweifelt, sich aus der Umklammerung zu befreien, doch dieses Mal war der Kerl nicht so geduldig. Er versetzte ihr einen harten Schlag gegen den Oberarm, der so wehtat, dass sämtliche Luft aus ihren Lungen gedrückt wurde.

»David«, keuchte sie und spürte bereits die ersten Tränen auf ihrer Wange, die sich mit ihrem Schweiß und dem Staub von der Straße vermischten. »David!«

»Rain«, antwortete David keuchend, aber seine Stimme klang so schmerzerfüllt und bedrohlich schwach, dass ihr übel wurde. »Es -«

»Klappe, verdammt! Merkt ihr nicht, in was für einer Lage ihr seid?«

Ein weiterer Ruck durchfuhr sie und ihr Körper wurde zurückgerissen. Mit der schmerzenden Schulter prallte Rain gegen die steinharte Brust des Angreifers, dem sie nun zum ersten Mal ins Gesicht schaute. Das Gesicht eines jungen blonden Mannes, nicht älter als David oder sie. Ein kantiges aber charismatisches Gesicht, das zu einer Fratze des Triumphes verzogen war. Der Mann grinste so breit, als hätte er gerade im Lotto gewonnen. Als hätten sich all seine Wünsche auf einen Schlag erfüllt. Und sie ahnte immerhin, dass das wohl auch zutraf.

»Lass mich los, du -«

»Wer wird denn hier frech werden?«, unterbrach er sie grob und wirbelte sie erneut herum. Dieses Mal so, dass er seinen Unterarm um ihre Kehle legte und sie mit seinem ganzen Gewicht gegen den Wagen presste, der noch immer quer auf der Straße stand.

»Lass ... sie los, Sam!«, befahl David und hustete.

Rain kniff die Augen zusammen, als sie das verräterische blubbernde Geräusch hörte, das sie bisher nur aus Filmen kannte. Als würde er Blut spucken.

Er ist schwer verletzt - seine Organe -

»Halt's Maul, Shadow Two, wenn du nicht willst, dass ich dir noch eine Kugel verpasse. Beim nächsten Mal vielleicht in deinen rechten Lungenflügel. Oder deinen Linken, ganz wie du willst.« Der Angreifer lachte noch einmal, als wäre das Ganze nur ein riesengroßer Witz. »Es tut mir ja leid, dass wir keine Zeit haben, um uns ausführlicher zu unterhalten. Du verzeihst, aber wir haben einen Hubschrauber zu erreichen.«

»Was?«, stieß Rain verwirrt und verängstigt hervor und reckte ihren Hals so weit es ihre eingeschränkte Bewegungsfreiheit zuließ. »Wieso Hubschrauber, ich dachte -«

»Ich bekomme eine Bonuszahlung, wenn ich dich lebendig beim Auftraggeber abliefere«, antwortete der Angreifer grinsend und zuckte mit den Schultern. »Hat dir das dein toller Vater nicht gesagt?« Er drehte sich zu David, der scheinbar verzweifelt zu versuchen schien, wieder auf die Füße zu kommen.

Rain traute sich kaum, ihn anzusehen. Sein Gesicht war blass und schweißüberströmt und er biss die Zähne zusammen, als könnte er es nur so schaffen, nicht vor lauter Schmerzen zu schreien. Und die musste er haben. Rain sah, dass sein ehemals weißes Shirt nun fast blutdurchtränkt war. Er presste die Hände weiter verbissen auf die Wunde, aber das schien nicht viel zu nützen. Es kam immer mehr Blut …

»Oh Gott«, presste sie hervor und schluchzte. Mehr Tränen liefen ihr über die Wangen und verklärten ihre Sicht. »Bitte -«

»Dafür ist es zu spät. Wenn Shadow Two besser aufgepasst und nicht gepennt hätte, wärt ihr vielleicht noch über die Grenze gekommen. Pech für dich, dass er offenbar eingerostet ist. So was Dummes aber auch.«

»Fick … dich, Sam!«

»Dafür, dass du aus dem letzten Loch pfeifst, reißt du deine Fresse ja ganz schön weit auf«, sagte der Mann hinter Rain und grinste noch breiter. »Tut mir ja echt leid, dass ich dein frischgewonnenes Glück schon zerstören muss, aber wie gesagt - wir haben es eilig.« Mit diesen Worten riss er Rain wieder vom Auto weg.

Ihre Schulter protestierte und pochte schmerzhaft, als sie noch einen Versuch wagte, sich zu befreien. Für eine Sekunde sah es tatsächlich so aus, als hätte sie eine Chance - der Angreifer verlor den Halt an ihrer verschwitzten Haut und seine Finger rutschten weit genug ab, damit sie sich aus der Umklammerung winden konnte. Rain stürzte nach vorn und fiel vor David im Staub auf die Knie. Schwer atmend und mit zitternden Fingern berührte sie sein aschfahles Gesicht, aber das war's auch schon wieder. Sie spürte, wie ihr jemand in die Haare griff und sie zurückzerrte. Sie schrie auf, ebenso wie David.

»Lass sie, Sam! Ich bring dich um!«, schrie David aufgebracht, doch der Angesprochene lachte nur lauter, griff unter Rains Achseln und zog sie hoch.

»Das will ich sehen. Du schaffst es ja nicht einmal, einen Hinterhalt zu erkennen, der direkt vor deiner Nase liegt! Was ist nur aus dir geworden ...«

»Aus mir?«, rief David und versuchte angestrengt, sich gegen die Motorhaube des Jeeps zu lehnen, um sich irgendwie wieder auf die Beine zu kämpfen. Er stöhnte gequält, als ein neuer Blutschwall aus der Bauchwunde floss, und ließ sich dann wieder sinken. Die Anstrengung schien zu groß zu sein. Er schaffte es nicht und würde verbluten!

Als Rain das bewusst wurde, fing sie an, sich mit aller Kraft gegen Sam zu wehren. Sie strampelte, trat Staub auf und versuchte, ihn mit einem Tritt gegen sein Schienbein zu Fall zu bringen, aber der Kerl nahm sie offensichtlich nicht ernst. Er zog so kräftig an ihren

Haaren, dass sie mit dem Hinterkopf gegen seine steinharte Brust prallte und aufschrie.

»Hör auf mit den Zickereien, Herrgott! Keine Ahnung, wieso der Pisser eine wie dich unbedingt zurückhaben will! So wie du drauf bist, würde ich dich nicht mal mit einer Kneifzange anpacken!«

»Warum will er mich dann bitte zurück?«, fragte sie zwischen ihren fest aufeinandergebissenen Zähnen hindurch und versuchte, irgendwas an seinem Gesichtsausdruck zu erkennen, das ihr Aufschluss über seine Absichten gab. Allein die Vorstellung, Mike könnte seinen Plan geändert haben, weil er sie nun doch noch zurückhaben wollte, war absurd. Der einzige Grund, aus dem er das getan haben könnte, war -

»Vielleicht will er den Abzug selbst drücken«, sprach Sam ihre Gedanken laut aus und lächelte eiskalt zu ihr herunter. »Kann ich verstehen. Niedlich bist du ja. Und ich würde vielleicht doch vorher noch ein paar andere Dinge mit dir machen ...« Er leckte sich mit der Zunge über die Lippen, als genoss er die Bilder in seinem Kopf zu sehr, um sie sich nicht vorzustellen.

Rains Magen krampfte sich zusammen. Am liebsten hätte sie Sam vor die Füße gekotzt, aber auch das hätte an ihrer ausweglosen Lage rein gar nichts geändert.

»Lass sie los«, flehte David neben ihr erneut, aber Sam lachte nur.

»Ganz bestimmt nicht. Allein das hier macht mir viel zu viel Spaß. Hast du eine Ahnung, wie oft ich mir vorgestellt habe, dich vor mir im Staub kriechen und um Gnade winseln zu sehen?«

»Warum?«, schrie Rain verzweifelt, als sie sah, dass David inzwischen sogar Mühe zu haben schien, bei Bewusstsein zu bleiben. Er kämpfte und gab sich sichtlich Mühe, aber seine Haltung wurde immer schlaffer.

Er verblutete vor ihren Augen und sie konnte rein gar nichts dagegen tun.

»Na, weil's geht. Warum wohl sonst?« Sam bekam sich kaum noch ein vor Lachen. Er schien tatsächlich ein sadistisches Vergnügen dabei zu empfinden, seinen ehemaligen Freund - sofern sie jemals so etwas gewesen waren - zu foltern. »Endlich habe ich Shadow Two da, wo ich ihn schon immer haben wollte, und bekomme auch noch einen Haufen Kohle dafür. Besser geht's doch nicht.«

Rain kniff die Augen zusammen, als David einen Laut von sich gab, der sich nach einem mehr als kläglichen Versuch zu lachen anhörte. Sie konnte es nicht ertragen, das mit anzusehen. Sie wollte doch nie, dass ihm etwas passierte, verdammt! Das hier - war allein ihre Schuld!

Wenn ich einfach abgehauen wäre - mich allein durch den Dschungel geschlagen hätte - wäre das nie passiert, dachte sie voller Bitterkeit und entschied, an dieser Stelle aufzugeben. Sich zu ergeben und darauf zu hoffen, dass David nicht starb. Dass er es schaffte und wenn sie nur kooperativ genug war, vielleicht -

»Ich gehe mit dir«, keuchte sie schließlich und stellte tatsächlich jeglichen sinnlosen Widerstand ein. »Wenn du versprichst, David nichts mehr zu tun und Hilfe für ihn zu holen, gehe ich mit dir. Bitte!« Sie flehte und bettelte und es war ihr bewusst. Aber das spielte keine Rolle, denn mehr als alles andere wollte Rain, dass David das hier überlebte.

Wenn das bedeutet, dass Sam mich zurück zu Mike bringt, damit er mich dann selbst tötet - bitte. Dann lieber so, als das mit anzusehen und daran schuld zu sein ...

»Hm, wieso sollte ich mich darauf einlassen?« Sam grinste boshaft auf David herunter.

Das Blut aus seiner Wunde tränkte inzwischen schon den dreckigen Weg, während es ihm immer schwerer zu fallen schien, überhaupt bei Bewusstsein zu bleiben.

Bitte, lass ihn nicht sterben, flehte sie den Gott an, an den sie nie wirklich geglaubt hatte. *Bitte* ...

»Ich höre auf mich zu wehren!«, versuchte sie es erneut. »Und ich tue alles, was du willst! Aber bitte tu ihm nicht mehr weh!«

»Wie edelmütig von dir. Für so einen Bastard wie ihn ... Bist schwer verknallt, was? Weißt du eigentlich, wie viel Blut an seinen Händen klebt?« Offensichtlich amüsiert von ihrer Bettelei kratzte er sich das unrasierte Kinn, schien aber immerhin über ihren Vorschlag nachzudenken. »Sag nur, sein wertloses Leben liegt dir mehr am Herzen als dein eigenes.«

»Was geht es dich an«, antwortete sie trotzig und reckte ihm ihr Kinn entgegen. »Du sollst mich unversehrt abliefern, oder nicht? Wenn David stirbt, springe ich aus dem Hubschrauber, von dem du erzählt hast!«

Gut so. Alles auf eine Karte!

»Oho. So weit würdest du gehen? Interessant, wirklich. Zu schade, dass ich nicht mehr erleben kann, wie Shadow Twos Herz daran zerbricht.« Das selbstgefällige Grinsen wurde noch breiter und Rain packte erneut die Angst, als er sie vorwärts stieß. Vorbei an Davids ausgestreckten Füßen und den Blutflecken, die sich mit dem Dreck von der Straße mischten und eine braune undefinierbare Pampe ergaben. Sie musste sich zwingen, den Würgreflex zu unterdrücken.

»Nein, Rain! Vertrau ihm nicht!«, rief David unter hörbaren Schmerzen. Selbst sprechen schien ihm unendliche Mühe zu machen. Er keuchte und zitterte, während sich ihr Herz mehr und mehr zusammenzog.

»Komm schon, Lady. Wir haben es eilig. Und du«, fügte Sam hinzu, ohne Rain loszulassen, »wirst wohl leider verbluten. Tut mir wirklich leid. Vielleicht hätte ich dir lieber in den Arm schießen sollen. Jetzt ist es leider zu spät. Machs gut, Shadow Two.«

»Nein!«, schrie sie panisch, als er sie weiter vorantrieb, ohne auf ihre Proteste zu reagieren. »Schick ihm Hilfe! Du hast doch einen Hubschrauber - Bitte!«

»Ich habe nie gesagt, dass ich mich auf deinen Deal einlasse. Außerdem wirst du gleich nicht mehr in der Lage sein, dich so einfach aus der Affäre zu stehlen«, antwortete er eiskalt, wirbelte Rain erneut herum, sodass sie erschrocken nach Luft schnappte und dann - wurde ihr plötzlich schwarz vor Augen.

Sie hörte noch, wie David hinter ihr ihren Namen rief, als sich der Schmerz in ihrem Magen ausbreitete. Sam hatte ihr einen saftigen Schlag in die Magengrube verpasst. Sie ging in die Knie, hatte das Gefühl, nie wieder atmen zu können und kämpfte mit aller Macht gegen die Ohnmacht an - aber dafür war es zu spät. Rain sank bewusstlos in sich zusammen. Das letzte, was sie wahrnahm, war, dass sie jemand hochhob. Dann wurde alles dunkel.

Fading lights

David

David biss die Zähne so fest aufeinander, dass seine Kiefer wehtaten. Aber das war nichts im Vergleich zu dem brüllenden Schmerz in seinem Bauchraum.

Dieser Pisser - Fuck!

Sams Kugel war glatt durch ihn durchgegangen. Eine beschissene 9 mm Kugel, die selbstverständlich keines seiner inneren Organe zerstört hatte. Sam wusste, was er tat. Und es war keinesfalls seine Absicht gewesen, David zu töten. Schmerzen, ja. Die wollte er ihm bereiten und immerhin das war ihm gut gelungen. Aus so geringer Distanz war ihm sehr wohl klar gewesen, dass die Kugel nicht stecken blieb.

Aber das nützte David gerade herzlich wenig. Die Blutung ließ sich nicht stoppen, egal wie fest er seine Hände darauf presste. Seine blutüberströmten Finger zitterten, ihm war tierisch übel und am liebsten hätte er gekotzt. Er musste etwas unternehmen, um den Blutverlust zu stoppen, hatte aber extreme Schwierigkeiten damit, sich zu bewegen.

Bleib ruhig!, sagte er sich selbst und zwang sich, sich zu konzentrieren und in sich hineinzuhorchen. Die Wirbelsäule war nicht verletzt. Er konnte seine Beine bewegen, auch wenn sie sich ziemlich taub anfühlten. Eine Folge des schnellen Blutverlustes, nichts weiter.

»Verdammte - Scheiße!«, wollte er schreien, aber mehr als ein klägliches Keuchen brachte er nicht zustande.

Sam hatte Rain mit einem Schlag in den Magen außer Gefecht gesetzt, bevor er sich ihren erschlafften Körper auf die Schulter geladen und das Weite gesucht hatte. Es hatte David dabei nicht im Geringsten verwundert, dass er dafür kehrtgemacht hatte und in die entgegengesetzte Richtung davongerannt war. Wahrscheinlich hatte er einen Wagen im Unterholz des beschissenen Dschungels versteckt. Und David hatte ihn einfach übersehen!

Es ist meine Schuld, dass sie -

Er schloss die Augen und biss sich fester auf die Zunge. Der Geschmack von Blut war ekelig und leider ein Hinweis darauf, dass Sam doch irgendein Organ gestreift hatte. Aber solche Gedanken würden ihm nichts nützen. Die Schuld konnte er sich später noch geben. Er musste zusehen, dass er die verdammte Blutung in den Griff bekam und einen Weg fand, ihr zu folgen. Noch war es nicht vorbei. Sam wollte sie nicht töten - sondern zu ihrem Mann zurückschaffen.

Bonus - von wegen. Drecksack!

Ächzend rollte er sich auf die Seite und versuchte, sich auf dem Unterarm vorwärts zu ziehen. Zum Kofferraum, wo der Erste-Hilfe-Kasten war. Und das Satellitentelefon, das vielleicht seine einzige Chance war, aus dieser Scheiße wieder herauszukommen.

Irgendwie gelang es ihm, die Klappe aufzureißen und sich soweit am Kofferraum hochzuziehen, dass er halb sitzend halb liegend zwischen den Taschen herumwühlen konnte. David bemühte sich, so wenig wie möglich zu atmen oder sich auch nur zu bewegen, aber ganz ohne Schmerzen gelang es ihm nicht, das Zeug beiseitezuschieben. Endlich fanden seine zitternden Finger den kleinen ehemals weißen Kasten und er riss den Deckel hoch.

Verdammte Scheiße!

Der Inhalt des Notfallkoffers war mehr als spärlich. Hier draußen schien niemand darauf zu achten, seine Ausrüstung für Notfälle auf dem neusten Stand zu halten. Und mit Pech - würde genau das Davids Ende sein.

Okay, denk nach! Was bleibt dir? Ein paar schmutzige Mullbinden, eine halbleere Flasche Jod, Schmerzmittel -

David kramte in seiner eigenen Tasche herum, griff nach der Stoffschere aus dem Verbandskasten und schnitt sein blutdurchtränktes Shirt vorsichtig an der Seite auf, ohne dabei mit seiner Haut in Berührung zu kommen. Es war ja nicht nur die Wunde - sein kompletter Oberkörper schien unter Dauerstrom zu stehen, während das Gefühl in seinen Beinen mehr und mehr verschwand und seine Gedanken abdrifteten -

Beeil dich, verdammt! Sonst verlierst du das Bewusstsein und bist am Arsch!, befahl er sich selbst in Gedanken und schüttelte kurz mit zusammengekniffenen Augen den Kopf. Er musste sich konzentrieren - koste es, was es wolle! Wenn er jetzt nachgab, wäre das sein Tod. Verdammt! Etwas, das Sam zweifellos beabsichtigt hatte, als er David angeschossen zurückgelassen hatte. Einen möglichst qualvollen langsamen Tod zu sterben. Großartig.

Passt zu ihm ...

So schnell er angesichts der bestialischen Schmerzen konnte, schälte er sich aus dem nutzlosen Shirt. Er klebte an der Wunde fest. David wusste, dass es keine gute

Idee war, das ausgerechnet unter diesen Bedingungen zu machen, aber er hatte keine Wahl. Er saß auf dem Boden hinter dem Jeep, wühlte weiter im Koffer herum und zog die Flasche mit dem Jod heraus.

Der Staub und die beschissenen Bakterien bringen mich um - auch wenn sie es vielleicht nicht sofort tun -

Eine nahezu garantierte Tatsache. David hatte oft genug gesehen, was eine derartige Infektion mit einem Menschen anstellen konnte. Erst recht eine solche, die aus den Bedingungen hier mit Sicherheit hervorgehen würde. Aber mit einem sterilen OP konnte er nun einmal nicht dienen.

Kurz entschlossen nahm er eines seiner sauberen T-Shirts aus der Tasche und ließ eine ordentliche Menge der übelriechenden braunroten Flüssigkeit aus der Flasche darauf tropfen. Er biss die Zähne erneut zusammen, bevor er den notdürftigen Tupfer auf die Eintrittswunde oberhalb seines Bauchnabels presste. Der Schmerz war heftig, aber aushaltbar, solange er sich konzentrierte.

Reiß dich zusammen, David! Du hast schon Schlimmeres überstanden ...

Was auch richtig war. Zumindest, was den Schmerzfaktor anging. Einmal hatte er sich den Oberarm gebrochen als -

Nicht abschweifen, verdammt! Du stehst unter Schock, deshalb tut es nicht so weh, wie du erwartet hast. Das ist scheiße noch mal nicht gut!

Unter Aufbietung all seiner Willenskraft machte er weiter, arbeitete schnell und wiederholte diesen Vorgang auch mit der Austrittswunde an seinem Rücken. Die fühlte sich wesentlich größer an, auch wenn der Schmerz mehr von vorne kam und sich nach hinten auszubreiten schien. Er griff nach einer der Mullbinden, um den behelfsmäßigen Tupfer zu fixieren. Und er betete, dass das ausreichte, um ihn wenigstens für einen kurzen Zeitraum davor zu schützen, sich eine tödliche Infektion zuzuziehen.

Außerdem hätte er für Alkohol wohl gerade einiges getan. Erstens würde es die Wunde desinfizieren und zweitens den ekelhaften Geschmack in seinem Mund vertreiben. Seine Zunge klebte schon an seinem Gaumen und fühlte sich an, wie ein alter Autoreifen. Abartig! Aber bedauerlicherweise stand ihm hier am Arsch der Welt keiner zur Verfügung. Kein Wodka, kein Whiskey, kein Weinbrand - nicht einmal ein verdammtes Bier!

»Alles - klar«, murmelte er zu sich selbst, als er den Verband schließlich oberhalb seiner Rippen zuknotete und aufatmete. Er zog den Notfallkasten aus dem Wagen und ließ ihn zwischen seinen Beinen auf die staubige Straße fallen. »Tabletten -« Irgendwas gegen die verfluchten Schmerzen musste es doch geben!

Ibuprofen. Eine angebrochene Packung Filmtabletten, deren Haltbarkeitsdatum schon um fast drei Jahre überschritten war.

»Ja, so sieht - diese Dreckskarre auch aus.« Am liebsten hätte David laut gelacht, aber auf den anschließenden erneuten Schmerz verzichtete er lieber.

Mit blutigen Fingern drückte er alle Tabletten aus der Packung heraus und steckte sie in den Mund. Ohne Wasser. Um an die Flaschen zu gelangen, müsste er wieder nach vorne zum Wagen kriechen und sie aus dem Fußraum angeln. Kein guter Plan.

Schwer atmend und bis zur Unendlichkeit erschöpft lehnte David seinen Kopf gegen den hinteren Kotflügel des Wagens und schloss die Augen. Nur einen Moment. Er wollte nicht riskieren, sie nicht wieder aufzubekommen ...

Sofort tauchte Rains Gesicht in seinem Kopf auf. Ihre panische Angst, ihre Verzweiflung und ihre Wut ...

Was muss sie für Ängste ausstehen, dachte er angewidert. *Und wie sehr sie mich hassen wird, weil ich sie im Stich gelassen habe ...*

David wusste, dass es keinen Sinn machte, sich den Kopf darüber zu zerbrechen. Er hatte einen Fehler gemacht! Er hatte versagt! Und daran gab es nichts schön zu reden. Seinetwegen wurde Rain erneut in die Hölle gestoßen. Nur, weil er es nicht geschissen gekriegt hat, sie zu beschützen, wie er es doch versprochen hatte. Ja, sie würde ihn hassen, ihn verfluchen und sich wünschen, ihm nie über den Weg gelaufen zu sein. Weil sie dann vielleicht eine Chance gehabt hätte ...

Wenn ich nicht gewesen wäre, hätte Sam niemals so ein ausuferndes Interesse daran gehabt, diesen Job auszuführen, dachte er bitter und machte die Augen langsam wieder auf. Rains angsterfülltes Gesicht verschwand und das Gefühl wilder Entschlossenheit kehrte allmählich zurück. Zusammen mit dem pochenden Schmerz in seinem Torso. Herrlich.

David widerstand dem ersten Impuls, die Nummer seines Vaters ins Satellitentelefon einzutippen. Der war tausende Meilen weit weg und würde rein gar nichts an Davids Lage ändern können, selbst wenn er versuchen sollte, ihm zu helfen.

Nein. Er musste einen anderen Weg aus dieser Hölle finden und hatte auch schon eine Idee. Nicht die Beste, aber immerhin.

»Kadir, ich brauche deine Hilfe«, sagte er schnell auf Arabisch, als das Gespräch endlich nach einigen endlosen Sekunden entgegengenommen wurde. »Wir sind auf dem Weg zur Grenze überfallen worden. Ich bin angeschossen und Rain haben sie mitgenommen! Du musst mich abholen und zum Flughafen bringen! Bitte!«

Ihm war bewusst, wie erbärmlich und krächzend seine Stimme klang. Trotzdem war der junge Syrer seine einzige Hoffnung. David hoffte darauf, dass das Moralverständnis und die kindliche Zuneigung des Jungen ausreichten, um David zu unterstützen. Er stand auf Rain. Hoffentlich genug, um sich schnell auf den Weg hierher zu machen.

Damit David verhindern konnte, dass seiner angebeteten Katzenschönheit etwas zustieß ...

Rain

Rain erinnerte sich nur schemenhaft daran, wie sie hierher gekommen war. In die stinkende dunkle Lagerhalle, von der sie nicht einmal ahnte, wo sie sich befand. Sie wusste nicht, ob sie noch immer in Belize war. Oder in Mexiko. Oder doch schon zurück auf amerikanischem Boden. Sie hatte nicht den blassesten Schimmer, verdammt!

Sie wusste noch, dass Sam sie geschlagen und sie anschließend das Bewusstsein verloren hatte. Sie war sich auch sicher, dass er ihr unterwegs irgendwann irgendwas gespritzt hatte. Wahrscheinlich Beruhigungsmittel, damit sie nicht aufwachte. Ihr Arm tat weh. Und ihr Kopf schmerzte entsetzlich. Außerdem hatte sie Durst und fürchterliche Angst.

Rain saß gefesselt auf einem Stuhl, hielt die Augen aber halb geschlossen und verhielt sich still. Nicht einmal atmen wollte sie. Sie fürchtete sich vor dem, was sie sehen könnte, wenn sie sich richtig umsah. Bisher hatte sie nur den dreckigen Betonboden gesehen. Und den Geruch von muffiger Kleidung wahrgenommen. Rechts neben ihr lag ein Haufen undefinierbarer Stofffetzen.

Eine Lagerhalle für alte Klamotten? Wieso bringt er mich hierher?

Obwohl sie Sam nicht sehen konnte, wusste sie, dass er in der Nähe war. Jetzt - in diesem Augenblick. Sie hörte ein Gasfeuerzeug, das auf- und wieder zugeklappt wurde. Dann roch sie den unverkennbaren Zigarettengeruch, der auch immer an Mikes dreckigen Pfoten gehaftet hatte. Sie widerstand dem Bedürfnis, angeekelt das Gesicht zu verziehen.

Ohne es zu wollen, wanderten ihre Gedanken wieder und wieder zu David. Zu dem vielen Blut, seinem bleichen Gesicht und seiner Stimme, die so entsetzlich leise und kraftlos ihren Namen gerufen hatte, bevor ihre Lichter endgültig ausgegangen waren.

Er ist tot, dachte sie verzweifelt und biss sich fest auf die Innenseite ihrer Wange, um nicht zu schluchzen. *David ist - Scheiße! Es ist alles meine Schuld! Wenn ich mich nicht gewehrt hätte, hätte er vielleicht doch Hilfe geholt ...*

Ein bitterer Gedanke, der sich in ihrem Kopf und in ihrem Herzen festsetzte, wie eine blutsaugende Zecke. Es war allein ihre Schuld, dass David nicht mehr lebte. Sie hatte ihn auf dem Gewissen! Sie allein!

Ich hätte schon in der ersten Nacht gehen sollen. Dann wäre das nie passiert ...

»Guten Morgen, Rain Collins. Schön, dass du wieder zu dir gekommen bist.«

Erschrocken zuckte Rain zusammen, weil sie der festen Überzeugung gewesen war, keinen Mucks von sich gegeben zu haben. Offenbar hatte sie sich geirrt. Sie hatte nicht einmal bemerkt, dass sie sich die Unterlippe aufgebissen hatte. Sie schmeckte Blut, was ihren schrecklichen Durst nur verstärkte.

»Wo - bin ich hier?«, setzte sie an, als sie zu dem Schluss kam, dass es keinen Sinn machte, sich schlafend zu stellen. Trotzig machte sie die Augen auf, als sich ihr Kidnapper von hinten in ihr Gesichtsfeld bewegte.

Sam hielt eine angezündete Zigarette zwischen den Fingern und inhalierte mit sichtlichem Genuss den Rauch, während er sie so neugierig anstarrte, als hätte er ein besonders seltenes Zootier vor sich. Und er grinste zu ihr herunter. Das üble Gefühl in ihrem Magen wurde schlimmer.

»In einer aufgegebenen Lagerhalle der Wohlfahrt«, antwortete er und lachte leise. »Nett, oder?«

»In welchem Land?«

»Na, im Hafen von Tacoma, wo sonst?« Er schnalzte mit der Zunge und stieß den Rauch aus, als würde er mit einer Schwachsinnigen reden. »Du warst zwanzig Stunden lang weggetreten. Ich hatte schon befürchtet, ich könnte dich ausversehen abgemurkst haben. Gut, dass das nicht der Fall ist.«

»Wieso?«, platzte sie heraus und starrte ihn hasserfüllt an. Ihre Zunge fühlte sich belegt an. Für einen Schluck Wasser hätte sie gemordet. »Wieso lebe ich noch? Ich dachte, du sollst mich umbringen?«

Sam Hayes lachte erneut, schnippte die halb aufgerauchte Zigarette dann auf den schmutzigen Boden und trat sie aus. »Ja, eigentlich schon. Aber wie ich dir gestern schon sagte - es gibt einen Bonus, wenn ich dich lebend abliefere. Den lasse ich mir nur ungern entgehen.«

»Du bist abartig«, antwortete sie und schüttelte angewidert den Kopf. Hinter der Stuhllehne versuchte sie, ihre Hände zu bewegen und so unauffällig wie möglich die Fesseln zu lösen. Stricke. Fest verknotet. Keine Chance, sich davon zu befreien, was zweifellos nie in Sams Absicht gewesen war. Er schien nichts dem Zufall überlassen zu wollen ...

»Hm, ja. Für jemanden wie dich mag das so aussehen. Aber ich versichere dir, dass ich eigentlich normal bin.« Er legte den Kopf schief und beugte sich ein wenig vor, als müsste er sie aus der Nähe betrachten. »Wenn auch nicht ganz so normal wie Shadow Two, fürchte ich. Ich kann nicht erkennen, was er an einer gewöhnlichen Frau wie dir findet. Du bist dürr, blass und deine Haare könnten einen moderneren Schnitt vertragen, meinst du nicht? Deine Haut ist auch irgendwie -«

»Sag mal, hast du sie noch alle?«, schrie sie ihm ins Gesicht und bebte vor Wut. Ihre schweißnassen Hände ballte sie hinter ihrem Rücken zu Fäusten, aber auch das reichte nicht als Ventil. Am liebsten hätte sie diesem Kerl den Hals umgedreht!

»Hey, ich mache nur meinen Job«, antwortete er lächelnd und hob beschwichtigend die Hände. »Und ich bin leider neugierig, das muss ich zugeben. Ich hatte Shadow Two ganz anders in Erinnerung. Der, den ich kannte, hat sich weder aus Frauen noch aus Menschen im Allgemeinen viel gemacht, weißt du? Im Gegenteil. Er war eiskalt, berechnend und wirklich aufmüpfig. Mr. Smith hatte nicht viel Freude mit ihm, kann ich dir sagen. Ach«, fügte er hinzu und legte die Stirn in Falten, »du weißt ja nicht, wer das ist, schätze ich. Es ist schon erstaunlich, dass er dir überhaupt die Wahrheit über sich erzählt hat. Hätte ich nicht gedacht. Naja, allein das ist schon sein Todesurteil gewesen ...«

Von so viel wirrem Gerede schwirrte Rain der Kopf. Sie wusste nicht, ob es klug war, darauf einzugehen. Zu sagen, dass sie sehr wohl schon von diesem verrückten Mr. Smith gehört hatte, der Kinder zu Killermaschinen ausbildete und grausame Dinge von ihnen erwartete. Wahrscheinlich wäre es das nicht gewesen.

»Das Thema hat sich eh längst erledigt. Ich wette, Shadow Two ist inzwischen elendig verreckt. Geschieht ihm recht.« Sam nickte, bevor er sich tatkräftig die Hände rieb. »Gut. Da du wach bist, können wir ja -«

»David ist nicht tot!«, fiel Rain ihm ins Wort und schüttelte den Kopf. »Er hat überlebt! Und dann kommt er hierher und reißt dir den Arsch auf!«

»Oho«, antwortete Sam und kicherte. »Aber sicher. Weil Shadow Two dein Retter ist, was? Mädchen - was bildest du dir ein?« Kopfschüttelnd starrte er zu ihr herunter. »Selbst wenn er das überlebt hat - was extrem unwahrscheinlich ist - wird ihm das nichts nützen. Sobald er einen Fuß auf amerikanischen Boden setzt, ist er tot. SYSTEM wird alle Schatten auf einmal auf ihn ansetzen, weil er versucht hat, mich zu behindern. Verrat bedeutet das Todesurteil.« Sichtlich zufrieden mit seiner Erklärung nickte er erneut, dann ging er um Rain herum und machte sich an ihren Fesseln zu schaffen.

»Nein -«, flehte sie und ihre Stimme zitterte so heftig, dass sie Angst hatte, sie könnte sich überschlagen. Sie bibberte und ihr war so entsetzlich kalt, dass sie die Zähne aufeinanderbeißen musste, damit sie nicht klapperten.

Es war die Art, wie Sam darüber gesprochen hatte, die ihr alle Hoffnung nahm. Die Endgültigkeit, weil er keine Sekunde lang daran zweifelte, dass David entweder längst tot war, oder es schon sehr bald auf jeden Fall sein würde. Spätestens dann, wenn er doch versuchen sollte, ihr zu helfen ...

»Komm schon, ich hab noch andere Termine.« Er zerrte sie hoch und sofort versuchte sie, sich aus der Umklammerung zu winden. Erfolglos. Natürlich. »Hör auf damit, oder ich knall dir eine. Wenn ich dich beim Auftraggeber abgeliefert habe, kannst du machen, was du willst. Bis dahin halt die Füße still!«

»Warum?«, schrie sie und stemmte mit dem Mut der Verzweiflung ihre Füße auf den Boden, damit er sie nicht vorwärtszerren konnte. »Warum bringst du mich nicht einfach um? Dann habe ich es endlich hinter mir!« Rain wusste, dass sie weinte, noch bevor die ersten Tränen über ihre Wangen rollten. Normalerweise hätte sie sich dafür geschämt, aber jetzt war es ihr egal. Weil alles egal war. Was spielte es noch für eine Rolle, ob sie kämpfte? Wen interessierte es, dass sie ihren Stolz vergaß und diesen Mann anflehte, sie zu töten?

Lieber sterbe ich, als mich weiter von Mike quälen zu lassen ...

»Oh, ich gebe zu, dass die Vorstellung, dich selbst zu töten, durchaus verlockend ist. Leider muss ich mich aber an meine Befehle halten. Tut mir also leid, wenn wir dieses Vergnügen nicht haben werden.«

»Das kannst du nicht machen«, protestierte sie. »Hast du eine Ahnung, was Mike mir antut? Bitte - Sam!«

»Hey, ich bin kein Samariter! Was denkst du dir bloß?« Kopfschüttelnd starrte er sie an. »Bist zu lange mit Shadow Two zusammen gewesen, was? Denkst du, ich wäre genauso eine sentimentale Heulsuse wie er? Wenn du tot bist, wenn ich dich abliefere, bekomme ich weniger Geld. Will ich weniger Geld? Nein. Also! Ganz einfache Rechnung.«

»Gott«, presste sie zwischen ihren Zähnen hindurch, als Sam sich mit ihr im Schlepptau in Bewegung setzte. Auf die angelehnte schwere Eisentür der Lagerhalle zu.

»Eine Frage hätte ich allerdings!« Er drehte ihr nicht das Gesicht zu und trotzdem wusste Rain, dass er grinste. »Hast du ihn geliebt?«

»Was?« Rain starrte ihn an, unfähig auch nur in Gedanken eine vernünftige Antwort zu formulieren. Diese Frage war -

»Ist doch eine ganz leichte Frage«, antwortete er amüsiert. »Ich will wissen, ob du Shadow Two geliebt hast, oder nur zu deinem Vergnügen mit ihm gevögelt hast.«

»Das geht dich einen Scheiß an!«, schrie sie und wurde nur den Bruchteil einer Sekunde später von einem Sturm aus Gefühlen überwältigt, der sie in die Knie gezwungen hätte, wenn Sam sie nicht unerbittlich weitergezerrt hätte.

Er zuckte mit den Schultern und schien es vorerst dabei belassen zu wollen.

Verdammt - Rain wollte nicht über Sams Frage nachdenken! Auf keinen Fall! Schon gar nicht jetzt ...

Aber sie konnte nicht anders. Sie musste an David denken. An die Art, wie er mit ihr umgegangen war - von Anfang an. Seine arrogante und dennoch zurückhaltende Art. Seine sarkastische Seite, die sie so oft verflucht hatte und die sie trotzdem gemocht hatte, weil sie direkt und ehrlich war. Seine Freundlichkeit oder seine Beharrlichkeit, als es anfangs nur darum gegangen war, sie wieder auf die Füße zu kriegen. Nur seinetwegen hatte sie sich nie aufgegeben. Er hatte es geschafft, ihr das längst verlorengeglaubte Selbstvertrauen zurückzugeben. Stück für Stück. Geduldig, beharrlich, konsequent.

Himmel noch mal - wenn es einen Menschen auf dieser Welt gab, den Rain liebte, dann war es David! Ohne es zu merken, hatte sie sich einfach in ihn verliebt. In seine Art sie anzusehen, sie zu berühren und sie zu beschützen, ohne dass sie es gewusst hatte.

Und danach? Als sie hinter sein Geheimnis gekommen war?

Es hat sich nichts geändert. Er hat mich beschützt, ohne dass er es musste. Er ist bei mir geblieben, ohne sich für die Konsequenzen zu interessieren. Ohne Kompromisse.

Ein Gedanke voller bitterer Akzeptanz.

Ja. Rain liebte David. Aber für diese Erkenntnis war es nun zu spät, denn David war tot und sie würde es schon sehr bald ebenfalls sein.

»Komm schon. Es gibt da jemanden, der es kaum erwarten kann, dich *endlich* wieder in seine Arme zu schließen. Schließlich hat er ja keine Kosten und Mühen gescheut, richtig?« Sam lachte kalt, als er die Hintertür eines schwarzen SUV aufriss und Rain hineinschob, ohne sich allzu lange mit ihren Versuchen abzugeben, sich zu wehren. Er knallte die Tür zu und sie war gefangen.

Zu spät. Jetzt ist alles zu spät. Verzeih mir, David ...

David

Heiß. Unerträglich heiß und schwül und - zu leise! Als sich Davids vernebelter Verstand aus der Bewusstlosigkeit an die Oberfläche kämpfte, registrierte er zunächst das Fehlen von Geräuschen. Etwas, das darauf hindeutete, dass er sich in einem geschlossenen Raum befand - zusammen mit der unbewegten Luft um ihn herum. Kein einziges Lüftchen. Kein Wind. Nichts.

Bevor er die Augen aufschlug, stellte er fest, dass etwas an seinem Arm hing. Eine Kanüle, die tief in der Vene seines Arms steckte. Der Grund für das Fehlen von Schmerzen, die er eigentlich sofort hätte haben müssen.

Wo zur Scheißhölle bin ich? Wie viel Zeit ist vergangen seit -

Rains Gesicht manifestierte sich unerwartet deutlich in seinem Schädel und der umgehend einsetzende Kopfschmerz drehte ihm den Magen herum. David würgte und kotzte nur einen Moment später in einen dreckigen Metalleimer, der neben dem klapprigen Bett stand, auf das man ihn verfrachtet hatte. Der widerliche Geschmack von Magensäure und Blut breitete sich in seinem Mund aus, während sich seine Zunge anfühlte wie ein alter Autoreifen. Er spürte kalten Schweiß auf seiner Stirn und ließ sich stöhnend zurück auf die unbequeme Matratze sinken. Sie fühlte sich durchgelegen und alt an und roch auch so. Am liebsten hätte er sich noch einmal übergeben.

Einen Moment lang schloss er die Augen wieder und atmete kontrolliert durch die Nase ein und aus. Er musste sich beruhigen. Sich zusammenreißen. Und herausfinden, wo er war und was mit ihm passiert war. Das würde aber nur funktionieren, wenn er sich nicht innerhalb von Sekunden selbst durch Schuldgefühle und Selbsthass zerfleischte.

Alles klar. Denk nach. Jemand hat die Schusswunde versorgt, die Blutung gestillt und mir vermutlich diesen Tropf angehängt. Außerdem lebe ich noch - das heißt, es kann nur jemand sein, der nicht wollte, dass ich sterbe. Wer - und wieso?

Die einzige Möglichkeit, die irgendeinen Sinn ergab, war, dass es Kadir gewesen war. David musste das Bewusstsein verloren haben. Vielleicht hatte er den Blutverlust einfach unterschätzt, auch wenn die Schussverletzung primär nicht tödlich gewesen wäre. Kadir war gekommen, hatte ihn aufgesammelt und irgendwo hingebracht, wo man ihn versorgt hatte. Das war der Grund ...

Langsam und vorsichtig bewegte er seine linke Hand zu seinem Bauch. Er spürte den Verband. Besser gemacht als der, den er sich selbst umgebunden hatte. Immerhin.

Nur einen Augenblick später ging in seiner Nähe eine Tür auf und Tageslicht fiel in den kleinen düsteren Raum. David drehte den Kopf und sah wie zur Bestätigung seiner Überlegungen den jungen Syrer hereinkommen. Gefolgt von einem älteren Mann mit Vollbart und Brille. Er steckte in ausgeblichenen Jeans und einem schmutzigen weißen Shirt, aber um seinen Hals hing ein Stethoskop.

Ein Arzt, dachte David erleichtert und hätte beinahe laut geseufzt.

»Kadir«, presste er hervor und erschrak, weil seine Stimme krächzend und schwach klang.

»Du musst liegen bleiben«, antwortete der Junge schnell auf Arabisch und tauchte neben Davids Krankenlager auf, während der andere Mann zu einem Tisch auf der anderen Seite der Hütte ging. Die Tür hatten sie offengelassen. Jetzt hörte David Geräusche von draußen. Er hörte Kinder lachen, eine Frau etwas rufen und einen Mann, der ihr antwortete.

Das Dorf! Er hat mich in sein Dorf gebracht -

Kadir warf einen offensichtlich nervösen Blick auf den Verband um Davids Oberkörper, bevor er sich an den anderen Mann wandte. »Onkel, wie sieht es aus?«

Der Mann knurrte etwas Unverständliches, bevor er sich zu David und seinem vermeintlichen Neffen herumdrehte und erst auf den Tropf neben dem Bett und dann auf David hinunterschaute. »Gut. Heilt gut. Die Wunde ist verschlossen und sauber.«

»Sie haben mich zusammengeflickt?«, fragte David leise und der Mann nickte.

»Ich bin Arzt. Leider habe ich hier keine perfekte chirurgische Ausrüstung. Es wird eine hässliche Narbe geben, aber Sie werden überleben.«

David nickte und schloss die Augen. Sein Kreislauf war im Arsch. Nicht schön. »Danke!«

»Keine Ursache. Dafür bin ich schließlich hergekommen. Mein Bruder, der Vorsteher unserer Gemeinde, hat mich vor einer Weile gebeten, hier eine Klinik aufzubauen.« Der Mann nickte erneut, kratzte sich dann über das bärtige Kinn und drehte sich wieder um.

»Mein Onkel hat Wunderhände«, sagte Kadir mit leuchtenden Augen und wirkte auf David, als hielte er den Mann tatsächlich für einen Gott.

Kein Wunder, dachte er zynisch. *Ich muss echt beschissen ausgesehen haben, als er mich aufgelesen hat ...*

»Wann kann ich aufstehen? Ich muss zum Flughafen! Ich muss dringend zurück in die Vereinigten Staaten!«

Der Arzt warf David einen offensichtlich skeptischen Blick über seine Schulter hinweg zu, bevor er antwortete. »Am Besten gar nicht«, sagte er trocken, aber zu Davids Überraschung in perfektem Englisch. »Sie gehören mindestens drei Tage lang ins Bett. Aber Kadir hat mir berichtet, dass Sie die Hütte am Bergpass gemietet haben.« Er nickte bedeutungsvoll. »Sie stecken in Schwierigkeiten. Und Ihre Freundin scheint entführt worden zu sein. Wilderer? Oder Grenzsoldaten.«

Einen Moment lang hatte David Schwierigkeiten damit, sich nicht seinen Gefühlen hinzugeben, nur weil er wieder an Rain dachte. Er musste sich zusammennehmen, wenn er irgendetwas ausrichten wollte. »Weder noch. Eine alte - Sache«, antwortete er schließlich, ohne allzu viel preiszugeben. Er schluckte trocken. Seine Kehle fühlte furztrocken an. »Ich muss wirklich dringend aus dem Land verschwinden und sie finden! Können Sie mir helfen?«

»Wir können Sie zum Flughafen bringen. Ich versorge Sie mit Antibiotika, aber sobald Sie drüben sind, müssen Sie einen Arzt aufsuchen. Sie gehören eigentlich in ein Krankenhaus, verstehen Sie?« Der Arzt schaute David besorgt an, schien aber nicht davon auszugehen, dass es unmöglich war.

Gut. Ich fliege zurück und -

»Kadir, bring den Wagen her. In einer halben Stunde sollte unser Gast abfahrbereit sein«, wies der Mann den jungen Syrer neben Davids Bett auf Arabisch an, der aussah, als hätte er kein Wort von dem verstanden, was die beiden Männer gesagt hatten. »Bring ihn zum Flughafen. Damit hat sich das Thema erledigt.«

Dankbar und erleichtert legte David den Kopf zurück aufs Kissen. Mit einer ordentlichen Portion Schmerzmitteln und Antibiotika würde er es schaffen, nach Hause zu gelangen. Dorthin, wo Rain war. Bei ihrem Mann, der jede Minute, die David untätig herumlag, dazu nutzen würde, sie zu quälen, zu demütigen und vielleicht sogar zu töten. Er musste sich zusammenreißen und sich beeilen, sonst würde es zu spät sein ...

Rain

Rain zitterte wie Espenlaub, als ihr Entführer seinen Wagen in die Straße lenkte, in der sich das Haus ihres Schwiegervaters befand. Die wenigen Male, die sie hier gewesen war, hatten sich in ihr Gedächtnis eingebrannt, auch wenn ihr nie etwas wiederfahren war, wenn Mike sie hergeschleppt hatte.

Sie mochte ihren Schwiegervater nicht, aber Gewalt in seinem Haus hatte er nie geduldet. Oder Respektlosigkeiten, weshalb Mike immerhin still gewesen war, wenn er zusammen mit ihr hier gewesen war. Kurz nach ihrer Eheschließung mit Mike hatte er einen anderen Namen angenommen. Weil er lange Zeit im Knast gesessen hatte. Rain hatte damals keine Fragen gestellt und so war es besser. Je weniger sie wusste, desto besser ...

Wie viel Zeit ist inzwischen vergangen? Wenn David noch lebt - bitte mach, dass er noch lebt - wird er kommen und mich holen?

Ihr Verstand beharrte darauf, dass es stimmte, was Sam gesagt hatte. Dass es unmöglich so sein konnte, dass David das überlebt hatte. Selbst, wenn Sam keine lebenswichtigen Organe durch seinen Schuss verletzt hatte - der Blutverlust war gewaltig gewesen! Das hatte sogar sie kapiert, auch wenn sie nicht die geringste Ahnung von diesen Dingen hatte. Wenn David nicht an seinen Verletzungen gestorben war, dann sicher daran, dass er so unendlich viel Blut verloren hatte. Oder an einer Infektion. Oder die Grenzsoldaten hatten ihn aufgespürt, für einen Wilderer gehalten und -

Nein! Daran wollte sie nicht denken. Auf keinen Fall. Lieber würde sie bis zu ihrem letzten Atemzug daran glauben, dass David es irgendwie geschafft hatte, da rauszukommen. Wie spielte keine Rolle, aber er durfte einfach nicht ihretwegen sterben.

Das könnte ich mir niemals verzeihen ...

Als Rain merkte, dass ihre Augen schon wieder brannten, schluckte sie den Kloß in ihrem Hals hinunter und blinzelte die Tränen weg. Sie wollte nicht heulend und winselnd vor ihren Mann und ihren Schwiegervater gezerrt werden. Mike sollte nicht glauben, dass er sie immer noch so unter seiner Kontrolle hatte, dass sie nicht einmal ihre Gefühle im Griff hatte.

»Wir sind da«, flötete Sam auf dem Fahrersitz offensichtlich gut gelaunt und fuhr den SUV die Einfahrt zur Villa hoch.

Ein gigantischer Protzbau, etwas außerhalb der Stadt und ohne direkte Nachbarn. Ihr Schwiegervater mochte es nicht, wenn er auch nur den Verdacht hegte, von neugierigen Nachbarn bespitzelt zu werden. Was natürlich völliger Blödsinn war, denn die Familie war in der ganzen Stadt hinreichend bekannt. Niemand würde lauschen oder allzu neugierig sein, wenn er sein Leben behalten wollte.

»Wieso bringst du mich hierher?«, fragte sie, bevor er den Motor abstellte. Eine Finte, um Zeit zu schinden. Sie ahnte längst, dass ihr Schwiegervater sie sehen wollte, bevor er bezahlte. Und zweifellos auch, weil er versuchen würde, aus Rain herauszupressen, welche angeblichen Informationen sie besaß. Der Grund, den Mike ihm schließlich vorgegaukelt hatte, um ihn dazu zu bringen, das Geld für ihren Tod - oder ihre Ergreifung - auszugeben. Nur, weil er seinem stinkreichen Vater weisgemacht hatte, Rain besäße Informationen, die sie an die Behörden verkaufen wollte, konnte er das bewerkstelligen. Ansonsten hätte Thomas O'Deer keinerlei Grund dazu gehabt, sich mit Rains Verschwinden auseinanderzusetzen.

»Mein Auftraggeber will sehen, für was er bezahlt«, antwortete Sam zur Bestätigung schulterzuckend und warf einen Blick durch den Rückspiegel nach hinten. »Ich führe nur meine Befehle aus. Es passt mir nicht, dass ich mich dafür zeigen muss. Gehört nicht zum Standard. Aber was soll's ...«

»Hast du eigentlich gar kein Gewissen?«, beharrte sie und reckte ihm das Kinn entgegen. Wesentlich trotziger, als ihr zu Mute war. »Ist es dir wirklich egal, was sie mit mir anstellen, sobald du weg bist?«

Das Grinsen auf Sams Gesicht wurde breiter. Seine stahlblauen Augen leuchteten bedrohlich, und Rain schluckte erneut. »Wer sagt, dass ich weggehe? Ich spekuliere darauf, den Auftrag zu bekommen, dich zu beseitigen. Tut mir leid, Kleine. Aber du wirst wohl kaum von mir erwarten, dass ich in Zeiten der Gleichberechtigung einen Unterschied zwischen Mann und Frau mache, oder?« Er lachte leise.

Ein Laut, der Rains Puls umgehend in die Höhe schießen und ihre Handflächen feucht werden ließ. Vor lauter Angst zog sich ihre Kehle zusammen, aber auch jetzt war sie entschlossen, sich nichts anmerken zu lassen.

»Nur bei Kindern - da werde ich schon mal schwach. Jedenfalls bei den ganz kleinen. Ich bin schließlich kein Teufel.«

»Aber ein dreckiger Bastard!«, widersprach sie angewidert und hätte alles dafür gegeben, ihrer Abscheu und ihrer Angst mehr Luft zu machen. Ihm die Augen auszukratzen, zum Beispiel.

Sam schien sich nicht durch ihren Ekel aus der Ruhe bringen zu lassen. Er stellte den Motor neben einem der anderen Fahrzeuge auf dem Parkplatz vor dem Haus ab, stieg aber nicht sofort aus.

»Du hast meine Frage nicht beantwortet«, sagte er schließlich, als Rain nach ein paar Sekunden noch immer hasserfüllt nach vorn starrte, ohne sich zu rühren.

»Welche?«

»Ob du Shadow Two geliebt hast, obwohl du die Wahrheit über ihn kanntest. Ich bin wirklich sehr neugierig.«

»Wieso?«, fragte sie erneut so kurz angebunden wie möglich und hoffte, sich die Verwirrung über diese Fragerei über ihre Gefühle nicht anmerken zu lassen. Rain hatte nämlich keinen Schimmer, wieso Sam ausgerechnet auf die Beantwortung dieser Frage beharrte, wo er sich sonst ebenso offensichtlich überhaupt nicht für sie interessierte.

Sam hielt ihrem Blick durch den Rückspiegel stand, zuckte dann mit den Schultern und zum ersten Mal, seit sie ihm im Dschungel von Belize in die Arme gelaufen war, sah sie eine Emotion in seinen eiskalten Augen. Etwas, das sie so sehr überraschte, dass sie am liebsten laut gelacht hätte. Sie biss sich auf die Zunge und unterdrückte das Bedürfnis rigoros.

Rain sah - Sehnsucht.

»Neugier, wie gesagt. Es hätte mich auch interessiert, was er wohl für dich empfunden hat. Aber leider kann ich ihn ja nicht mehr danach fragen. Hat er dir verraten, ob du mehr für ihn warst als ein kleines Sexspielzeug?«

Rain schluckte ihre Wut und ihren unbändigen Hass herunter. Schwer. Wahnsinnig schwer. Aber sie wollte ihm nicht noch mehr Angriffsfläche bieten, indem sie sich ihre wahren Gefühle am Gesicht ablesen ließ.

»Hast du es mal in Erwägung gezogen, dass es genau andersrum gewesen ist?«, antwortete sie giftig und verzog das Gesicht zu einer Grimasse. »Wo wir schon bei Gleichberechtigung und dieser ganzen Scheiße sind ...« Sie lachte hohl, aber das Geräusch klang in ihren Ohren, als würde sich ihr Kopf unter Wasser befinden. Beängstigend.

Einen Augenblick lang sah Sam tatsächlich aus, als müsste er ernsthaft darüber nachdenken, was sie gesagt hatte. Dann wanderten seine Augenbrauen fast an seine Stirn und er lachte lauthals los.

»Aber sicher, Rain Collins. Ich habe deine Akte und sämtliche deiner Daten überprüft, bevor ich den Job angenommen habe. Ich kann dir genau sagen, wann welcher Knochen deines Körpers gebrochen war. Wann du mit welchen vaginalen Verletzungen in der Notaufnahme gewesen bist. Deine exakte Aufenthaltsdauer in den Krankenhäusern der Stadt. Jede Platzwunde, jede Schnittverletzung, jede Nachsorgeuntersuchung. Einfach alles! Und ich kann verdammt noch mal sogar rekonstruieren, wegen welcher Verletzungen du *nicht* im Krankenhaus warst. Versuche also nicht, mich für dumm zu verkaufen. Versuch das niemals, hast du verstanden?«

Rain, die während seines ausufernden Wutanfalls immer kleiner auf der Rückbank des Wagens wurde, hielt den Atem an. Vor lauter Angst, er könnte plötzlich ausrasten und seine Pläne was ihre Auslieferung anbelangte, spontan ändern, biss sie fest die Zähne zusammen.

Ich wollte ihn reizen - aber wieso rastet er gleich so aus?

Ein paar Sekunden lang war es totenstill im Inneren des Fahrzeugs. Rain hörte ihr eigenes Blut in ihren Ohren rauschen; das war alles. Schließlich sah sie, wie Sam kurz die Augen schloss und hörbar einatmete, bevor er nickte und sich langsam zu ihr herumdrehte.

»Verarsch mich nicht«, sagte er tonlos und hob drohend den Zeigefinger in die Höhe. »Ich kann es nicht leiden, wenn man mich für dumm verkauft. Ich mache meinen Job anständig und jemand wie du wird garantiert nicht das Gegenteil behaupten können.«

Im Bruchteil einer weiteren Sekunde entschied Rain, alles auf eine Karte zu setzen. Was hatte sie schließlich zu verlieren? Vielleicht war es besser, wenn Sam ihr sofort eine Kugel in den Kopf jagte. Bevor er sie ins Haus schleifte und ihr dreckiger Ehemann es selbst tun konnte.

»Warum willst du wissen, ob David Gefühle für mich hatte? Das spielt doch gar keine Rolle, verdammt! Wie irre bist du denn?«

»*Gar* nicht«, antwortete er gefährlich leise. »Aber weißt du was? Es ist eh egal. Weil ich nämlich sehr genau weiß, was dich erwarten wird, wenn diese Tür«, er deutete auf die große verglaste Eingangstür vom Haus ihres Schwiegervaters, »hinter dir zufällt. Es gibt niemanden, dem du es verraten könntest, nicht wahr?«

»Was denn verraten?«, antwortete sie trotzig mit einer Gegenfrage und krallte ihre Finger fest um den Saum ihres verschwitzten Shirts.

»Wie interessant ich euch finde, natürlich.« Er schüttelte sichtlich verständnislos den Kopf. »Man lehrt uns in der Ausbildung, menschliches Verhalten zu analysieren und es vorherzusehen, und ich weiß auch, welche Faktoren es beeinflussen können. Unter anderem - Emotionen. Und genau das habe ich bei Shadow Two gesehen. Dass er sich verändert hat.« Sams Grinsen wurde breiter. »Es war nicht schwer, eurer Spur zu folgen. Ich war schon immer besser darin, unterzutauchen. Wie in so vielen anderen Dingen.«

Rain, die sich nicht ganz sicher war, was das zu bedeuten hatte, sagte nichts und blieb so regungslos sitzen, wie es ihre innere Anspannung zuließ.

»Gefühle zu haben, bedeutet schwach zu sein. Schatten - sind nicht schwach, kapiert? Aber auf der anderen Seite finde ich es interessant, dass man offensichtlich in der Lage dazu ist, jemanden wie uns - also *Schatten* -«, er betonte das Wort ganz besonders, als hielte er Rain für eine minderbemittelte Idiotin, »lieben *kann*. Ich dachte, das wäre nicht möglich.«

»Hörst du dir eigentlich selber zu?«, fragte sie irgendwann verwirrt, nachdem Sam eine längere Pause eingelegt hatte und sie vor lauter nervöser Unruhe nicht mehr an sich halten konnte. »Das klingt total - verrückt!«

»Sag nur.« Sam schmunzelte, als hätte sie einen Scherz gemacht. »Vielleicht ist es das auch. Jedenfalls habe ich nie gesehen, dass einer der Unsrigen so etwas wie echte Emotionen gezeigt hat. Es hat mich - erstaunt. Und ein bisschen verwirrt, das gebe ich zu. Ich habe ihm sein Gehabe nämlich abgekauft.«

Rain wollte sich nicht näher mit dem auseinandersetzen, was Sam ihr gerade auftischte, konnte es aber nicht verhindern. Ihre Gedanken fuhren buchstäblich Achterbahn. Sam behauptete nicht nur, dass sich David in seinen Augen abnormal verhalten hatte, sondern auch, dass das ganz und gar unmöglich sein sollte. Sie erinnerte sich an das, was David ihr über seine Vergangenheit erzählt hatte. Es war nicht viel gewesen und trotzdem konnte Rain sich zusammenreimen, dass diese Kinder während dieser kranken Ausbildungsphase gefühlstot gemacht wurden. Dass man ihnen eine Gehirnwäsche verpasste und ihnen weismachte, Kinder und Menschen wie sie seinen weder liebenswert noch in der Lage dazu, selbst Liebe zu empfinden.

Gottverdammt! Sie wusste nicht, wie das gemacht wurde. Aber ihre Fantasie war dank ihrer Zeit bei Mike immerhin ausgeprägt genug, um sich vorstellen zu können, welche Art von Gedanken man in die Köpfe der Jungs gepflanzt hatte. Dass diese Gedanken ausreichten, um sie auf Emotionslosigkeit und Abgestumpftheit zu drillen und ihnen jedes Empfinden von Schuld oder Reue zu nehmen. Genau wie ihren freien Willen.

Aber David war anders, dachte sie verbittert und auf einmal interessierte es sie nicht mehr, ob Sam ihre Tränen als einen Ausdruck von Schwäche oder Unterlegenheit deuten könnte. David hatte sich aus freien Stücken entschieden, Rain auf der Straße zu helfen.

Ja. Danach war es mehr oder weniger der Befehl seines Vaters gewesen, sie zumindest so lange im Auge zu behalten, bis sie sich ein Bild vom Ausmaß der Scheiße gemacht hatten, die Rain mit sich brachte. Aber trotzdem ...

»Ich weiß nicht, ob David Gefühle für mich hatte«, gab sie schließlich zu und schüttelte langsam den Kopf. »Er hat es mir nicht gesagt.« Das war die Wahrheit. Was nützte es ihr, darüber zu spekulieren? David war tot. Sie konnte ihn ohnehin nicht mehr fragen. Sollte sie den Rest ihres verbliebenen Lebens damit zubringen, sich den Kopf über Eventualitäten zu zerbrechen?

Es war einfach - egal.

Sam betrachtete sie eine Weile lang schweigend, als müsste er darüber nachdenken, ob er ihr glaubte oder nicht. »Tja, dann werden wir wohl beide in dieser Hinsicht unwissend sterben was?«, sagte er schließlich tonlos und drückte seine Tür auf.

Rain atmete tief durch, als er ihr die Hintertür aufhielt und sie am Arm fasste. Zweifellos weil er fürchtete, sie könnte versuchen zu türmen. Aber Rain wehrte sich nicht. Nicht mehr. Sam hatte schließlich recht. Sie würde sterben - ohne zu wissen, ob und was David für sie gefühlt hatte.

Am Ende war ich für ihn nichts weiter als ein Befehl. Und so war es ja auch geplant. Wie naiv bin ich nur, mir zu wünschen, es könnte mehr gewesen sein? Ich selbst habe ihm doch gesagt, dass es nicht mehr als Sex sein sollte ...

Mit diesen Gedanken ließ Rain sich von Sam zum Haus ihres Schwiegervaters führen - und verschloss sie zusammen mit ihrer Trauer, der Wut und der Angst tief in ihrem Inneren. Sie würde ihrem Schwiegervater und ihrem Mann hoch erhobenen Hauptes entgegentreten und vielleicht hier und heute sterben, ohne etwas von den vergangenen Wochen bedauern zu müssen. Denn sie bedauerte nichts.

Cross the lines

David

Obwohl David wusste, dass es gefährlich war, diesen Weg zu beschreiten, tat er es. Mit unbewegter Miene griff er nach der grauen Stofftasche, die zeitgleich mit dem Ende seiner Leibeskontrolle das Band des Scanners verließ. Er schaute nicht hoch, achtete darauf, keinem Menschen direkt ins Gesicht zu sehen oder sein eigenes in die Linse einer der Überwachungskameras zu halten und wusste doch nur zu gut, dass diese Dinge längst keine Rolle mehr spielten. Nicht mehr, seit er vor vier Stunden mit seinem richtigen Pass ins Flugzeug nach Seattle gestiegen war. Eine Entscheidung, die er bewusst getroffen hatte, auch wenn sie ihn vielleicht schneller das Leben kostete, als ihm lieb war.

Scheiß drauf, dachte er, rückte die schwarze Baseballmütze auf seinem Kopf gerade und machte sich auf den Weg zum Ausgang. Vollgepumpt mit Antibiotika und Schmerzmitteln bewerkstelligte er das sogar, ohne sich vor Schmerzen zu winden. Selbstverständlich war seine Körpertemperatur wegen der beginnenden Infektion erhöht, aber keinesfalls auf lebensbedrohlichem Niveau. Mit Glück würde es auch nicht dazu kommen.

Es war sehr wohl Davids Absicht, Aufmerksamkeit zu erregen. Subtil aber doch so unmissverständlich, dass SYSTEM nicht anders konnte, als darauf zu reagieren. Sie würden jemanden schicken. Sie würden niemals zulassen, dass David nach seinem vermeintlichen Alleingang die Chance erhielt, noch mehr Chaos zu verbreiten. Nur, weil er sich Shadow One in den Weg gestellt hatte. Tja. Pech.

Sie werden ihn umgehend über meine Einreise informieren. Aber er wird kaum davon ausgehen, dass ich eine ernstzunehmende Gefahr bin. Sehr gut!

Langsamer als sonst bewegte er sich durch die Flughafenhalle auf den Ausgang zu. Seine Augen wanderten unauffällig über die Menschen, die wartend herumstanden oder in Eile umherliefen. Geschäftsmänner, Reisegruppen, Pärchen. An einem Mann mittleren Alters in Caprihosen und Hawaiihemd blieb sein Blick für einen Moment haften. Er stand in der Nähe der automatischen Flügeltüren, ließ seinen Blick scheinbar teilnahmslos umherwandern und hielt einen Aktenkoffer in der Hand, der so gar nicht zum Rest seines Erscheinungsbildes passte.

Da ist er. Los.

David hatte vom Flugzeug aus mit seinem Vater telefoniert. In dem kurzen Zeitfenster zwischen Einstieg und Start; bevor die Flugbegleiterinnen die Passagiere allgemein darum baten, mitgebrachte Handys und Laptops auszuschalten. Mit dem letzten seiner Wegwerfhandys und der letzten sicheren SIM-Karte, die er schließlich unbeobachtet die Bordtoilette hinuntergespült hatte.

Im Gehen nahm David die mitgebrachte Tasche in die rechte Hand, streckte unauffällig die andere Hand nach dem Aktenkoffer aus, den der Mittelsmann seines

Vaters in der Hand hielt, und verließ den Flughafen nur einen Moment später, ohne sich auch nur einmal umzusehen. Der Mann reagierte gar nicht. Genau wie abgesprochen.

Der Koffer war schwer und mit einem Zahlenschloss geschützt. Nicht unbedingt sicher, aber auf die schnelle wohl nicht anders lösbar gewesen. David wusste, was sich darin befand: zwei Pistolen mit herausgefeilter Seriennummer, passende Munition in sechs Ersatzmagazinen, ein Schalldämpfer, ein Fernglas, ein Haufen Bargeld und zwei nagelneue Pässe mit frisch aus dem Boden gestampften falschen Identitäten. Inklusiver Krankenversicherung, Sozialversicherungsnummern und einem Konto bei einer Bank an ihrem letztendlichen Zielort. Es würde vermutlich eine gewisse Zeit dauern, aber wenn es so weit war, würde auf diesem Konto ein hübsches Sümmchen Geld landen. Selbstverständlich sein eigenes Geld. Startkapital, das er dringend benötigen würde, sobald er das Land mit Rain verlassen konnte. In Sicherheit.

Wenn ich es rechtzeitig schaffe ...

Ein Gedanke, den er lieber schnell wieder aus seinem Kopf vertrieb. Negative Sachen hatten darin gerade nichts zu suchen. Er konnte es sich nicht leisten, vor Sorge und Furcht herumzutrödeln. Er könnte zu spät kommen und Rain tot sein. Weil sie nämlich dann auf jeden Fall tot sein würde.

David warf einen Blick auf die Uhr an seinem Handgelenk. Fast sechzehn Uhr. Seit seiner unfreiwilligen Trennung von Rain waren fast 48 Stunden vergangen. Ein langer Zeitraum, in dem der Bastard ihr wer weiß was angetan haben könnte - und damit meinte er nicht Sam.

Der Drecksack würde sich nur seine Kohle geschnappt und sich verpisst haben, ohne sich auch nur eine Millisekunde mit den Folgen seiner Einmischung zu befassen. So war Sam schon immer gewesen. Bis eben musste er davon ausgegangen sein, seinen Job erledigt zu haben. In der festen Überzeugung, dass David inzwischen an den Verletzungen verreckt war, die er ihm zugefügt hatte. Qualvoll und langsam verblutet, weil er genau das beabsichtigt hatte.

Nicht einmal einen schnellen Tod hat er mir gegönnt. Herrlich.

Ein durch und durch zynischer Gedanke, der zu allem passte, was David von Sam wusste. Dass er es nicht ertragen konnte, nicht der Beste zu sein. Dass es ihn wahnsinnig machte, mit dem Gedanken leben zu müssen, David könnte ihn eines Tages doch übertrumpfen. Ihm seine tolle Position an der Spitze von SYSTEM streitig zu machen, auch wenn das niemals Davids Absicht gewesen war. Nur, dass Sam das ganz offensichtlich nicht gewusst hatte. Oder verdrängt. Oder einfach ignoriert. Frei nach dem Motto: Wenn er tot ist, kann er es sich niemals anders überlegen. Richtig?

David ging davon aus, dass es Sam sein würde, den man auf ihn ansetzte. Erneut. Weil er es gewagt hatte, nicht zu sterben und sich auch noch auf so offensichtlich verhöhnende Weise zurück in die Vereinigten Staaten zu schleichen. Diese Impertinenz würde man ihm nicht durchgehen lassen. Und wer bot sich da schon anderes an, ihn zu beseitigen? Niemand konnte es mit David aufnehmen - außer Sam. Zumindest ging alles und jeder genau davon aus. Ein Fehler. Aber nicht seiner.

David steuerte auf das vorletzte Taxi in der Schlange vor dem Flughafengebäude zu, öffnete die Hintertür und gab dem Fahrer die Zieladresse: das Haus von Rains Ehemann, der schon bald seinen letzten Atemzug machen würde. Ob er das allerdings langsam oder schnell tat, hing ganz davon ab, was Rain in der Zwischenzeit durchgemacht hatte. Und davon, ob sie überhaupt noch lebte.

Wenn er ihr auch nur ein Haar gekrümmt hat, wird er sich wünschen, niemals geboren worden zu sein, dachte David grimmig, presste die Stofftasche und den Aktenkoffer an sich und betete, dass er nicht zu spät kam. Und dass Rain sich trotz der Umstände nicht aufgegeben hatte.

Rain

Rain zitterte nicht mehr, als sie der Haushälterin ihres Schwiegervaters durch das Foyer der Villa folgte. Eskortiert von Sam, der jede ihrer Bewegungen mit Argusaugen verfolgte, als wartete er nur darauf, dass sie einen falschen Schritt machte. Ihr Herz schlug ruhig und ihr Puls war auch normal. Erstaunlich angesichts dessen, was ihr zweifellos gleich bevorstand.

Die alte Dame mit dem streng gebundenen Dutt und der tristen Hausmädchenuniform, deren Namen sich Rain nie merken konnte, geleitete sie stumm zur geschlossenen dunklen Wohnzimmertür, klopfte einmal dagegen und trat erst ein, als die unverkennbar dröhnende Stimme ihres Schwiegervaters sie dazu aufforderte.

Rain schluckte hart. Ihre Kehle war ausgetrocknet. Für einen Schluck Wasser hätte sie wirklich alles getan. Für einen ordentlichen Schluck Alkohol hätte sie gemordet. Sie riss sich zusammen, straffte sich und trat gefolgt von Sam hinter der Frau in den Raum ein. Der fünfzig Quadratmeter große Wohnraum wurde von einem gigantischen Sofa dominiert. Dunkelbraunes Echtleder. Vor der schmucklosen weißen Wand dahinter wirkte es fehl am Platz, aber das schien hier niemanden zu stören. Ihre Schwiegermutter war beinahe rund um die Uhr mit Beruhigungstabletten vollgestopft. Rain wusste, dass sie hin und wieder auch Kokain schnupfte, und hatte sich nie etwas dabei gedacht. Dafür hatte sie ohnehin zu wenig Zeit mit ihrer angeheirateten Verwandtschaft verbracht. Immerhin konnte sie sich ausreichend gut vorstellen, wie es sein musste, an der Seite eines Mannes wie Thomas O'Deer leben zu müssen. Ein Los, das sie mit ihrer Schwiegermutter vielleicht sogar teilte. Auch das konnte sie nicht beurteilen.

Irgendwoher muss Mike seine gewalttätige Ader schließlich haben, dachte sie mit einem Anflug von Bitterkeit, ohne sich etwas von ihren Gedanken anmerken zu lassen. Hoffentlich.

Sie roch ihren Schwiegervater, bevor sie ihn sah. Der ganze Raum stank nach seinem sauteuren Aftershave. Dieser Mann legte so viel davon auf, dass man meinen könnte, er badete täglich darin. Ein Gestank, den Rain schon immer abstoßend gefunden hatte. Ihre Augen saugten sich nur einen Moment an ihm fest: Er stand mit den Händen in den Taschen seines Dreitausend-Dollar-Anzugs an der verglasten Fensterfront, von der aus man den ungehinderten Blick auf weitläufigen Garten hinter dem Anwesen hatte. Ein herrlicher Garten, das musste Rain schon zugeben. Jedenfalls früher, als sie noch nicht mit dem eigenen unmittelbar bevorstehenden Tod vor Augen aus diesem Fenster gesehen hatte. Thomas O'Deer drehte den Neuankömmlingen den Rücken zu.

Aus dem Augenwinkel nahm Rain eine Bewegung neben der Tür wahr. Auf dem Ledersessel zwischen zwei deckenhohen dunklen Bücherregalen saß Mike. Als sie mit Sam eintrat, setzte er sich zunächst gerade hin und stützte die Ellenbogen auf seine Knie. Rain vermied es verbissen, ihren verhassten Mann auch nur eine Sekunde lang anzusehen, bevor sie es nicht unbedingt musste. Aus Angst, sonst auf den glänzenden Echtholzboden kotzen zu müssen.

»Ah, meine Bestellung«, sagte ihr Schwiegervater nach drei Sekunden vorherrschender Stille und drehte sich langsam zu ihnen herum. »Lebendig und unversehrt, wie ich sehe.«

Angewidert hielt Rain den Atem an, sagte aber nichts.

»Jawohl, Sir«, antwortete Sam an ihrer Stelle und gab ihr einen kleinen Stoß nach vorn. »Ganz, wie gewünscht.«

»Nun. Konnte man feststellen, ob unser Vögelchen gesungen hat?« Die rechte Augenbraue ihres Schwiegervaters wanderte zu seiner Stirn hoch.

Das war sie. Die einzige Frage, die für ihn überhaupt etwas zählte. Nicht, wo Rain gewesen und wie es ihr ergangen war - sondern nur, ob sie die vermeintlichen Informationen über ihn und sein Kartell bereits weitergegeben hatte oder nicht. Es schien ihn nicht einmal zu interessieren, ob sie diese Informationen hatte. Verdammt!

»Ich weiß doch überhaupt nichts!«, rief sie nach zwei Sekunden des erneuten Schweigens und verzog das Gesicht zu einer hasserfüllten Grimasse. »Ich wusste nie irgendwas und garantiert wäre ich damit nicht hausieren gegangen, wenn es anders gewesen wäre!«

Sie wusste, dass Sam sie anstarrte, ebenso wie Mike und ihr Schwiegervater, der nichts auf der Welt mehr hasste als von einer Frau - oder überhaupt von jemandem - unterbrochen zu werden. Aber das war egal. Vielleicht war das hier ihre einzige Chance, sich überhaupt dazu zu äußern.

»Du weißt, dass ich keine Ahnung habe und deswegen nicht reden konnte. Woher sollte ich denn bitteschön irgendwas wissen?«, beharrte sie sturr, ohne auch nur mit der Wimper zu zucken.

Es überraschte Rain, wie standhaft sie zu ihrem eigenen waghalsigen Entschluss stand: Keine Schwäche zu zeigen, auch wenn die Folgen schrecklich wären. Sich nicht mundtot machen zu lassen, auch wenn es bedeutete, dass ihr Mann und ihr Schwiegervater sie dafür bestraften. Sie wollte sich nicht einfach so abschreiben lassen und ergriff die einzige Möglichkeit, die sich ihr bot. Jetzt!

»Ich weiß nicht mehr über dich, als der Rest der Stadt. Also, Thomas. Warum?«

Einen weiteren endlosen Augenblick herrschte Stille im Zimmer. Das Ticken einer Standuhr, deren Gehäuse aus demselben Holz gefertigt war, wie bei den Bücherregalen, dem Schreibtisch am Fenster und dem kleinen Tisch vor dem Sofa, war alles, was Rain hören konnte. Das und das Rauschen ihres eigenen Blutes in ihren Ohren.

Vor lauter Anspannung hätte sie sich am liebsten die Unterlippe blutig gebissen. Oder tausend Knitterfalten in den Saum ihres schmutzigen Shirts geknetet. Oder -

»Warum sollte ich meinem Sohn nicht glauben, wenn er vor mir steht und mir mitteilt, dass du ihm davongelaufen bist, um uns und unsere Familie zu verraten? Was hätte er für einen Grund, mich zu belügen?« Die Stimme ihres Schwiegervaters klang genauso trocken und analytisch, wie sie sie kannte. Und doch schwang ein Hauch Skepsis darin mit, als hätte auch er längst die Möglichkeit in Betracht gezogen, von seinem unfähigen Sohn auf den Arm genommen worden zu sein. Immerhin war ihm Mikes Dilettantismus hinreichend bekannt.

Gott bitte - das ist meine Chance -

Rain wusste, dass Mike bei diesen Worten vom Sessel aufgesprungen war. Auch wenn sie nun so stand, dass er hinter ihr war und sie sein Gesicht nicht sehen konnte, wusste sie, dass sie Panik in seinen Augen sehen würde. Angst davor, mit seiner dreisten Lüge aufzufliegen und sich den Zorn seines Vaters an den Hals zu laden. Weil er nämlich auch dazu zu doof war - er war zu dämlich, um es im Vorfeld in Betracht zu ziehen, dass Rain sich selbstverständlich gegen die haltlosen Anschuldigungen zur Wehr setzen würde, mit denen er seinen tollen reichen Vater erst dazu gebracht hatte, sie aufzuspüren. Er schien nicht einmal einen Gedanken daran verschwendet zu haben, dass es nicht so leicht werden könnte, seine eigene Inkompetenz zu verbergen.

Was bist du nur für ein Idiot, Mike ... Ich hoffe, du landest in der Hölle!

»Mike hat dich an der Nase herumgeführt«, fuhr Rain schnell fort, bevor ihr abartiger Mann ihr dazwischenfunken konnte. Bevor ihre einzige Chance verstrich und sie nie wieder eine bekäme. »Er hat dir weisgemacht, ich wäre eine Gefahr für dich und deine Geschäfte. Dabei wusste ich rein gar nichts darüber.« Sie nickte ihrem Schwiegervater zu, der sie nun mit deutlich erwachtem Interesse musterte. »Mike hat mich in unserer Ehe behandelt wie ein Tier. Ich hatte nicht einmal eine *Möglichkeit*, heimlich an irgendwelche Informationen zu gelangen. Wozu auch? Thomas? Was hätte ich davon?«

»Ein Druckmittel«, schrie Mike hinter ihr und in seiner Stimme lag hörbar Panik. Er begriff es. Hoffentlich zu spät. »Du Dreckstück wolltest mich und meine Familie natürlich erpressen. Warte nur - ich werde dir zeigen wie -«

Weiter kam er nicht, denn Thomas O'Deer hob gebieterisch die Hand, ohne Rain dabei aus den Augen zu lassen. Mike stand nun mehr oder weniger neben ihr, während Sam weiterhin reglos hinter ihr verweilte. In unmittelbarer Reichweite, sollte sie auch nur falsch zucken.

»Wo haben Sie sie aufgegriffen?«, fragte er an Sam gewandt, ohne seinen Sohn nur eines Blickes zu würdigen.

»Belize. Eine Meile vor der Grenze zu Guatemala, Sir«, antwortete ihr Häscher umgehend. Klar und deutlich, ohne Ausschmückungen der Umstände.

Perfekt gedrillt, was?

»War sie allein?«

»Nein, Sir. In Begleitung eines - Mannes.«

Rain wunderte sich nicht wirklich darüber, dass Sam weder Davids Namen noch die Verbindung preisgab, in der er zu ihm gestanden hatte. Ein Geheimnis, das es nicht wert war, preisgegeben zu werden.

»FBI? CIA? Interpol? Für wen arbeitet dieser Mann und wo ist er jetzt?«, fragte ihr Schwiegervater weiter in seinem geschäftsmäßigen Tonfall, den Rain eigentlich nur so von ihm kannte.

»Eliminiert, Sir. Für wen er arbeitete, spielt keine Rolle.« Ein Hauch Verunsicherung lag in Sams Stimme, weil er genauso wusste, dass Thomas O'Deer sich nicht mit dieser Antwort zufriedengeben würde. Er musste wissen, ob David in einer Position gewesen war, in der er die vermeintlichen Informationen benutzt haben könnte. Bevor er nicht sicher war, dass dem nicht so gewesen war, würde er keine Ruhe geben.

Rains Herz zog sich bei der Erwähnung von Davids Tod schmerzhaft zusammen. Aber sie blieb stumm und zuckte nicht einmal.

»Es *spielt* eine Rolle. Antworten Sie! Oder ich lege bei Ihren Vorgesetzten Beschwerde ein.«

»Weder noch«, antwortete Sam schließlich hörbar widerstrebend. »Dieser Mann stand nicht auf der Gehaltsliste irgendeiner Regierung der Welt. Er hätte mit solch sensiblen Informationen nichts anstellen können und keinerlei Nutzen aus deren Weitergabe erzielt. Es hätte ihm widerstrebt, das zu tun, selbst wenn es Informationen von Wert geben sollte.«

Überrascht hielt Rain den Atem an. Irgendwie war sie mehr davon ausgegangen, dass Sam ihrem Schwiegervater eine Lüge auftischte, um zu vertuschen, wer David wirklich gewesen war. Aber seine Antwort implizierte mehr oder weniger, dass er David persönlich gekannt hatte. Und nicht nur das - er sagte auch klar, dass Rains Vorwurf durchaus gerechtfertigt war. Er unterstützte sie und es schien ihm zu missfallen, klar. Aber trotzdem tat er es. Und Rain zweifelte keine Sekunde lang daran, dass er es auch wusste.

»Wie schätzen Sie die Lage ein? Meinen Sie, von meiner Schwiegertochter geht eine reale Gefahr aus?«

Völlig verwirrt starrte Rain nun zwischen ihrem Schwiegervater und Sam hin und her. Dafür musste sie sich umdrehen und leider auch einen Blick in Mikes wutverzerrtes Gesicht werfen. Er sah aus, als wäre er drauf und dran, ihr sofort an die Gurgel zu gehen, sobald er die Möglichkeit dazu bekam. Trotzdem musste sie wissen, wie Sam darauf reagierte. Und wieso Thomas ausgerechnet ihn nach seiner Einschätzung fragte, wo er doch überhaupt keine Ahnung hatte.

»Sollte Ihre Schwiegertochter über Informationen verfügen, die Sie belasten könnten, kann sie sie gut verbergen«, antwortete Sam nach einem kurzen Zögern und erwiderte ihren Blick flüchtig. »Es gibt Mittel und Wege, diese Annahme mit - Fakten - zu untermauern, falls Sie das wünschen.«

O mein Gott - bietet er gerade wirklich an, mich zu foltern? Scheiße -

Ihr Schwiegervater, der denselben Gedanken zu haben schien wie Rain, schüttelte langsam den Kopf, kratzte sich dann über das akkurat rasierte Kinn und schaute Rain direkt in die Augen. »Ich denke, das wird nicht nötig sein. Rain. Besitzt du belastende Informationen über mich, oder nicht? Einfache Frage. Ich erwarte sofort eine Antwort.«

Unfähig, auch nur einen Muskel zu rühren, starrte sie Thomas weiter an, bevor sie endlich den Kopf schüttelte. Ihre Füße und Finger fühlten sich ungewohnt taub an. Ein abartiges Gefühl. »Nein. Es tut mir leid, aber ich wollte nie etwas von diesen Dingen wissen. Mike hat dich belogen.«

Drei weitere Sekunden Stille, in denen Rain zusehen musste, wie das Gesicht ihres Mannes knallrot wurde. Er plusterte sich regelrecht auf und sah aus, als würde er jeden Moment explodieren.

Dann nickte ihr Schwiegervater schließlich, wedelte mit der Hand vor seinem Gesicht herum, als wollte er eine lästige Fliege vertreiben und wandte sich wieder direkt an Mike. »Du vermaledeiter Nichtsnutz taugst wirklich zu gar nichts, was? Du hast mir dreißigtausend Dollar aus der Tasche geleiert, damit ich einen Killer auf deine aufmüpfige Frau loslasse, die *du* nicht im Griff hast? Hast du den Verstand verloren?«

»Aber ich -«, begann Mike wutgeladen, doch sein Vater unterbrach ihn mit schneidender Stimme: »Wage es nie wieder, meine Zeit mit deiner Unfähigkeit zu verschwenden. Es ist lästig genug, dass du als mein Sohn nicht dazu taugst, meine Nachfolge anzutreten. Geschweige denn, überhaupt einen sinnvollen Beitrag zu den Geschäften zu leisten. Aber dass du mir auch noch ins Gesicht lügst und mir diese haarsträubende Geschichte auftischst, schlägt dem Fass den Boden aus! Wenn du denkst, dass ich auch nur noch ein einziges Mal einen Finger für dich krummmache, hast du dich geschnitten!« Thomas redete sich so sehr in Rage, dass Mike tatsächlich mit jedem weiteren Wort in sich zusammenzusinken schien. Rain selbst fing wieder an zu zittern, hoffte aber, dass niemand ihr ihre Angst ansah. »Ich will, dass du aus meinem Haus verschwindest! Und zwar sofort! Nimm dein Anhängsel mit und tritt mir nicht mehr unter die Augen, bis ich mir überlegt habe, wie ich in Zukunft mit dir verfahre! Beim nächsten Mal, Mike, jage ich dir höchstpersönlich eine Kugel zwischen die Augen, hast du mich verstanden?«

Ein paar Sekunden lang war es totenstill im Raum. Rain traute sich nicht, Mike anzusehen. Die anfängliche Erleichterung verschwand nach und nach und an ihre Stelle trat erneut die Todesangst; Nur weil sie dieses Gespräch überstanden hatte, hieß es nicht, dass sie den Tag überlebte. Sobald sie mit Mike in seinem Haus war, würde er all seine Aggressionen an ihr auslassen. Er würde sie so lange schlagen, bis sie gar nicht mehr aufstehen konnte - aus Rache dafür, dass sie ihn vor seinem Vater bloßgestellt hatte. Eine Tatsache. Nicht mehr und nicht weniger.

Rain würde sterben - und urplötzlich wünschte sie sich, es sofort tun zu können. Kurz und schmerzlos.

Automatisch wanderten ihre Augen zu Sam, der nicht so recht zu wissen schien, was er von der ganzen Szene halten sollte. Eine für ihn ungewohnte Situation - nicht nur, dass er sich überhaupt vor einem Auftraggeber gezeigt hatte, sondern auch einen solchen Auftrag zu beenden, ohne eine Waffe ziehen zu müssen. Wahrscheinlich bedauerte er es gerade, Rain nicht schon in Belize erschossen zu haben.

Ihr Bedürfnis danach, ihn aus lauter Verzweiflung wegen der bevorstehenden Alternative anzuflehen, sie auf der Stelle zu erschießen, war gewaltig. So enorm, dass sie tatsächlich vor Schreck zusammenzuckte, als das leise Vibrieren eines Handys in seiner Hosentasche zu hören war.

Am liebsten hätte sie laut gelacht und sich dem drängenden hysterischen Anfall in ihrem Inneren hingegeben. Sie schwieg und blieb still stehen. Mit zum Zerreißen gespannten Nerven.

»Entschuldigung«, sagte Sam mit einem Blick auf ihren Schwiegervater, zog das Handy - dasselbe Modell, das auch David besessen hatte - hervor und schaute auf das Display, ohne auf eine Erlaubnis zu warten.

Rain sah, dass Sam die Stirn runzelte und nachdenklich die Nase krauszog, das Handy dann aber wieder mit dem Anflug eines Grinsens auf dem Gesicht wegsteckte. Von wem die Nachricht war, behielt er für sich. Und eigentlich war Rain das auch herzlich egal.

Thomas O'Deer schüttelte den Kopf und steckte die Hände zurück in die Taschen seiner Hosen, bevor er sich wieder zum Fenster herumdrehte. Das Thema schien sich für ihn erledigt zu haben. Offenbar hatte sein Sohn genug seiner Zeit verschwendet, denn er machte sich nicht die Mühe, noch etwas hinzuzufügen.

»Vater, ich -«, begann Mike mit noch immer puterrotem Gesicht, doch sein Vater hielt gebieterisch die Hand hoch.

»Schweig! Und verpiss dich endlich! Ich habe genug von dir. Wenn du nicht augenblicklich verschwindest, lasse ich dich von meinem Grundstück entfernen.«

Mike knurrte etwas Unverständliches, klappte dann den Mund aber wieder zu und griff mit einer herrischen Bewegung nach Rains Arm.

Weil sie noch zu perplex und viel zu aufgewühlt war, reagierte sie nicht schnell genug und biss sich auf die Unterlippe, als er seine Finger mit schraubstockartiger

Härte um ihr Handgelenk schloss. Sie spürte, dass er vor Zorn bebte.

»Beweg dich, Schlampe«, zischte er ihr zu und Rain roch seinen typischen Geruch aus älterem Schweiß und Tequila. Dann setzte er sich umgehend mit ihr im Schlepptau in Bewegung und zerrte sie hinter sich her aus dem Wohnraum, ohne sich auch nur einmal zu Sam oder seinem Vater herumzudrehen.

Rains Puls schoss augenblicklich in die Höhe, aber sie wusste, dass es keinen Sinn machen würde, sich zu wehren. Nicht mit Sam hinter sich. Nicht mit ihrem Mann vor sich, der so aggressiv und zornerfüllt war, wie sie ihn selten gesehen hatte.

Das war zu viel. Ihn vor seinem Vater vorzuführen und aufzudecken, was für ein egoistischer Bastard er wirklich ist - das wird er mir niemals durchgehen lassen. Er schlägt mich tot ...

Eine Tatsache, die erstaunlich wenig wehtat. Es verschaffte ihr zumindest ein bisschen Genugtuung, ihrem verhassten Mann auf diese Weise eins ausgewischt zu haben. Und wenn sie dafür nun mit ihrem Leben bezahlte - bitte. Dann sollte es so sein.

Sie dachte nicht daran, dass sie nach ihrem Tod vielleicht mit David zusammen sein könnte. Für solche kindischen und pathetischen Überlegungen war sie weder romantisch noch naiv genug. Wenn man starb - war es einfach vorbei. Nach dem Tod gab es nichts. Kein Paradies, keine Hölle - einfach gar nichts. Und genau das war es, was Rain wollte. Ein Ende. Einfach nur ein Ende und die Erlösung aus all ihren Qualen.

»Es war mir eine Freude, mit Ihnen Geschäfte zu machen«, hörte sie Sam hinter sich zu ihrem Schwiegervater sagen, während Mike das Foyer der Villa durchquerte.

»Ebenfalls. Sollte ich wieder einen Job dieser Art haben, wende ich mich an Ihre Vorgesetzten.«

»SYSTEM wird es Ihnen danken.«

Dann riss Mike die Haustür auf, ohne die erschrocken dreinschauende Bedienstete seines Vaters eines Blickes zu würdigen und verließ beinahe fluchtartig das Haus.

Vorbei, dachte sie mit dem Gefühl tiefer innerer Ruhe, als sie sich von ihrem stinkenden und tobenden Mann auf den Beifahrersitz seiner klapprigen Schrottkarre drängen ließ. *Jetzt ist alles - vorbei.*

Als Mike einen Moment später mit quietschenden Reifen vom Hof fuhr, warf Rain einen Blick in den Außenspiegel. Zurück zum Haus, aus dem Sam gerade trat. Mit den Händen in den Hosentaschen schaute er ihrem Wagen hinterher. Mit absolut ausdruckslosem Gesicht.

Irgendwie nahm sie an, wütend auf ihren Verfolger sein zu müssen. Ihn zu hassen wäre logisch. Ihn zu verdammen und ihm die Pest an den Hals zu wünschen wahrscheinlich auch. Aber nichts davon empfand sie, als sie ihren Blick mit unbewegter Miene nach vorn auf die Straße wandte. Da war einfach nichts mehr. Rain war innerlich bereits tot, weil sie wusste, dass Mike ihr so nichts anhaben könnte. Er könnte sie schlagen und ihr wehtun, aber er würde sie niemals brechen.

Ich habe es David versprochen. Mike wird mir mein Selbstbewusstsein nie wieder nehmen.

Rain lächelte.

David

Die Wirkung der Schmerzmittel ließ bereits seit dem Verlassen des Flughafengebäudes nach. Als der Taxifahrer in die Zielstraße einbog, kramte David in der grauen Tasche herum, drückte drei Ibuprofentabletten aus dem Plastikstreifen und schluckte sie mit einem winzigen Schluck aus seiner Wasserflasche hinunter. Der widerliche Geschmack breitete sich sofort in seinem Mund aus, aber damit musste er leben. Genau wie mit der nicht ganz unwahrscheinlichen Tatsache, dass er bereits zu spät sein könnte.

So unauffällig wie möglich überprüfte er, ob der Verband unter seinem Shirt noch richtig saß. Der syrische Arzt hatte gute Arbeit geleistet. Seinen Möglichkeiten entsprechend. Die Wunde schien gut vernäht zu sein. Jedenfalls trat kein frisches Blut mehr aus. Und die Infusion hatte wenigstens etwas dafür gesorgt, dass der hohe Blutverlust durch die Schusswunde wieder ausgeglichen war. Er hatte auch nicht das Bedürfnis danach zu kotzen. Immerhin.

Besser, als auf der beschissenen staubigen Straße kurz vor der Grenze zu Guatemala verreckt zu sein.

David schloss die Augen einen Moment, atmete tief durch und hoffte, dass die Tabletten ihre Wirkung schnell entfalteten. Es widerstrebte ihm, sich dieser Sache zu stellen und dabei aber einen so bemitleidenswerten Eindruck zu erwecken, dass seine Zielperson ihn nicht für voll nahm. Etwas, das er unbedingt vermeiden wollte.

»Wir sind da«, sagte der Fahrer einen Moment später mürrisch. Das erste Mal, dass er den Mund aufmachte, seit sie den Flughafen verlassen hatten. David war deswegen sicher nicht böse. Die Stille hatte ihm gefallen. Das Taxi hielt ein paar Häuser vor der eigentlichen Adresse. So unauffällig wie möglich.

Wortlos reichte er dem Mann einen Fünfziger, verzichtete aber auf das Wechselgeld und stieg mit zusammengebissenen Zähnen aus. Der Sitzgurt streifte die Wunde, was einen brennenden Schmerz verursachte, der sich auf seinem ganzen Oberkörper ausbreitete. Er musste nicht in einen Spiegel sehen, um zu wissen, dass er scheiße aussah.

Es wäre besser, wenn ich einen Moment warten würde, bis die Tabletten wirken, dachte David kurz, verwarf den Gedanken dann aber schnell wieder und schaute dem Taxi hinterher. Dafür hatte er keine Zeit. Es musste auch so gehen. Mit Schmerzen, wenn es sein musste. David hatte schon Schlimmeres überstanden, wusste aber leider auch, dass ihn diese Ungeduld teuer zu stehen kommen könnte. *Das muss ich riskieren ...*

Nur einen Augenblick später verschmolz er mit den Schatten der Büsche neben sich. Ein städtisches Grundstück, unbebaut aber dicht bepflanzt. Gut geeignet, um sich von hinten an das Haus des Pissers zu schleichen. Ungesehen und immerhin so schnell, wie er es in seinem Zustand bewerkstelligen konnte.

David bückte sich hinter einen dichtbewachsenen Abschnitt mit Rosenbüschen und Wildwuchs. Von der Straße aus würde man ihn so nicht sehen und ihn nicht dabei beobachten können, wie er mit ruhigen Fingern das Schloss des Koffers öffnete. Aber innerlich brodelte er und stand unter extremer Anspannung. Klar. Wie sollte es auch sonst sein. Das hier war kein Job - es war -

Er presste die Lippen aufeinander, hielt kurz den Atem an und verscheuchte jeden Gedanken an Rain aus seinem Hirn. Egal was in der Zwischenzeit mit ihr passiert war - er würde es herausfinden. Aber davor durfte er sich nicht von den Gedanken an die Möglichkeiten manipulieren lassen. Was wäre wenn - eine Frage, die keinerlei Nutzen hatte.

Routiniert und entschlossen steckte David die Magazine in die beiden Waffen, schraubte den Schalldämpfer auf die P7 auf und steckte die andere Pistole in den hinteren Bund seiner Jeans. Das kühle Metall fühlte sich vertraut in seiner Hand an. Irgendwie beruhigend.

Gut. Los. Und wenn er ihr auch nur ein Haar gekrümmt hat, wird er dafür büßen ...

Dann vertrieb David alle Gedanken aus seinem Hirn, schaltete seinen Kopf komplett aus und tat das, was er am Besten konnte: Unsichtbar werden.

Die Pistole mit der Mündung nach unten gerichtet in der einen Hand und den Koffer in der anderen verschmolz er mit den länger werdenden Schatten der Bäume. Lautlos bewegte er sich auf die dichte Hecke zu, die das öffentliche Grundstück von den privaten trennte. An ein paar Stellen war sie niedrig genug, damit er sie ohne größere Probleme überwinden konnte. Dann trennten ihn nur noch drei mehr oder weniger ordentlich gepflegte Gärten von dem Haus, in dem sich Rain mit allergrößter Wahrscheinlichkeit gerade aufhielt.

Wenn nicht, habe ich ein Problem ...

David steckte den Kopf um die Ecke des vorletzten Hauses. Die Rollos vor den Fenstern waren heruntergelassen, also ging er davon aus, dass die Eigentümer nicht zu Hause waren. Das war gut, denn so hatte er einen Augenblick lang die Möglichkeit, sich ein genaueres Bild seines Zielobjektes zu machen.

Ein typisch amerikanisches Vorstadthaus mit einer Veranda, die man über ehemals weiße Holzstufen erreichte. Die Farbe blätterte ab; was auch für die Farbe der Hauswände galt. Oder fürs Dach, das an einigen Stellen dringend Reparaturen nötig hatte. Der Garten lag im Schatten eines winzigen Waldstückes auf der anderen Seite. Er war größtenteils verwildert und absolut ungepflegt, genau wie die Zufahrt und der Vorgarten. Die Mülltonnen neben einen reichlich windschiefen kleinen Schuppen vor der Veranda quollen über und Fliegen tummelten sich dort. Wenn der Wind anders gestanden hätte, hätte David den Gestank wahrscheinlich riechen können. Vor dem Haus stand ein Auto. Ein alter und an einigen Stellen rostiger Chevy. David schätzte den Wagen auf zwanzig Jahre, aber als Fluchtfahrzeug würde er sich allemal eignen, sobald er Rain da herausgeholt hatte.

Niemand war zu sehen oder zu hören. Kein Mensch lief über den Bürgersteig an der Straße links von ihm. Niemand, der ihn sehen konnte. Also preschte David vor und lief über die Einfahrt des anderen Hauses, presste sich so blitzschnell, wie es seine Wunde zuließ an die Hauswand gegenüber, um erneut mit den Schatten zu verschmelzen und -

»Na na na, Shadow Two. Das du das überlebst hätte ich ja nicht für möglich gehalten. Am liebsten würde ich dir dafür meinen aufrichtigen Respekt zollen, weißt du?«

David biss sich auf die Unterlippe und schloss die Augen, als er Sams Stimme hinter sich hörte. Er sprach leise, als wollte auch er unnötige Aufmerksamkeit vermeiden. Und er hatte ihm aufgelauert. Dann hatte sich die Nachricht von seiner Einreise offensichtlich schneller verbreitet, als er angenommen hatte.

»Dann gilt das auch für dich«, antwortete David ebenso leise. »Kannst du zaubern? Ich dachte, du hättest deinen Arsch nach Rains Auslieferung längst wieder nach Rhode Island bewegt.« Ohne mit der Wimper zu zucken, hob er die rechte Hand, drehte sich um und zielte mit der Mündung seiner Pistole direkt zwischen Sams Augen. Es überraschte ihn nicht im Geringsten, dass sein jahrelanger Rivale dasselbe tat. »Du weißt, dass wir beide sterben, wenn du abdrückst, oder?« David lächelte kalt.

»Nun, vielleicht lasse ich es darauf ankommen«, antwortete Sam mit hörbarer Belustigung in der Stimme, konnte David aber nicht täuschen. Er war längst nicht so selbstsicher, wie er ihn glauben machen wollte. Außerdem hörte er noch etwas anderes heraus. Etwas viel Interessanteres.

Neugier.

»Nur dass du keinen Grund hast, dein Leben aufs Spiel zu setzen, richtig? Ich hingegen habe etwas, das ich wirklich gerne zurückhaben möchte.«

»Etwas, für das es sich zu sterben lohnt?« Sam grinste herausfordernd, aber der Ausdruck in seinem Gesicht veränderte sich. David sah einen Hauch Verunsicherung. Irgendwas an ihm - oder dieser Situation - brachte ihn dazu, nachzudenken. Etwas, von dem David sicher wusste, dass Sam es gewöhnlich vermied. Jedenfalls dann, wenn er an einem Auftrag arbeitete.

»Willst du mich testen?«

»Und wenn?«

David grinste. Etwas, das ihm all seine Willenskraft abverlangte, denn alles in ihm schrie danach, Sam umgehend eine Kugel zwischen die Augen zu jagen und es ein für alle Mal zu beenden. »Warum quatschst du um den heißen Brei herum, hm? Hast du nicht den Befehl bekommen, mich endgültig aus dem Weg zu räumen?«

»Das habe ich«, antwortete Sam sichtlich widerstrebend, als ihm klar wurde, dass David ihn mit seiner allzu offensichtlichen Neugier durchschaut hatte. »Ich habe den halben Tag hier herumgesessen und auf dich gewartet.«

»Und wieso hast du mich nicht gleich abgeknallt?« *Gut so. Nur weiter. Verunsichere ihn ...*

Sam lachte leise. Offenbar kam er gerade zu dem Schluss, dass die Zeit der Spielchen vorbei war. »Ich wollte sehen, ob dein Weg dich tatsächlich hierher führt. Ich an deiner Stelle wäre in Belize geblieben. Ich hätte mich weiter nach Südamerika durchgeschlagen. Und von dort aus - wer weiß wohin. Irgendwohin, wo mein Verrat niemanden interessieren würde. Aber du -«, er fuchtelte mit der Waffe in Davids Richtung, »kommst auf direktem Wege hierher. Auch noch unter deinem richtigen Namen. In dem Wissen, das SYSTEM längst alle Hebel in Bewegung gesetzt hat, dich vom Erdboden zu tilgen. Warum?«

»Warum stellst du eine Frage, auf die du die Antwort längst kennst?«, fragte David mit fester Stimme. Seine Hand zitterte nicht. Keinen Muskel seines Körpers rührte er. Er stand einfach da, starrte Sam an und hoffte, ihn weit genug aus der Reserve zu locken, damit er ihn überrumpeln konnte. Nicht mehr lange ...

Sam schüttelte mit einem kühlen Lächeln auf den Lippen den Kopf. »Wenn ich die Antwort kennen würde, würde ich nicht fragen, mein Freund. Willst du wissen, was sie dazu gesagt hat?« Er nickte zum Haus. »Dass du bloß ein Spielzeug für sie warst. Ein Weg, ihre schräge Vergangenheit aufzuarbeiten. Was sagst du jetzt? Hast du geglaubt, dein Tod würde ihr das Herz brechen?«

Sams Worte versetzten David einen unerwartet schmerzhaften Stich, aber er ließ sich nichts davon anmerken. Er würde sich nicht provozieren lassen. Niemals! »Selbst wenn es so wäre«, antwortete er möglichst gleichgültig. »Es würde nichts an meinen Gefühlen für sie ändern.« Eine Tatsache. Nicht mehr und nicht weniger. Sollte Rain tatsächlich nicht mehr für David empfinden, als sie Sam gegenüber scheinbar behauptet hatte, würde er damit leben. Aber zuvor hätte er sie hier herausgeholt. Erneut. Und damit wäre er dann zufrieden.

»Also ist es wahr«, sagte Sam und riss David aus seinen abschweifenden Gedanken. »Du - liebst sie wirklich, oder?« Eine Sekunde lang starrte Sam David einfach nur an, dann kräuselten sich seine Lippen zu einem breiten Grinsen und er lachte. Nicht so laut, wie er es sicherlich getan hätte, wenn er nicht befürchten müsste, irgendjemanden dadurch auf sie beide aufmerksam zu machen, aber immerhin ... »Faszinierend!«

»Fick dich!«, antwortete David ungerührt, senkte dann in Sekundenbruchteilen seine Hand und schoss. Seine Kugel zertrümmerte Sams Kniescheibe, bevor der auch nur zucken konnte. Den überraschten und gleichermaßen schmerzerfüllten Aufschrei erstickte David umgehend, indem er einen berechnenden Satz nach vorne machte. Blitzschnell schlug er die Hand auf Sams aufgerissenen Mund, wirbelte seinen Körper herum und rang ihn zu Boden. Sein eigenes Knie presste er fest auf Sams Brustwirbel, damit er keine Chance bekam, sich gegen David zur Wehr zu setzen. Etwas, zu dem er ohnehin kaum noch in der Lage war.

»Du ... beschissener - Huren-«

»Schh, Sam. Halt dein Maul, wenn du nicht willst, dass ich dir auch noch die Wirbelsäule zertrümmere.« David, der seine Hand nur einen kurzen Moment von Sams Gesicht gezogen hatte, damit der nicht erstickte, hielt ihm sofort wieder den Mund zu. »Hast du wirklich geglaubt, du wärst *besser* als ich?« Er lachte leise und gab sich einen Augenblick dem Gefühl des Triumphes hin. Nur einen Moment, in dem er es genoss, seine verborgen gehaltene dunkle Seite zu zeigen. Die, die er auch vor sich selbst so konsequent versteckt hatte, dass er zunächst nicht ganz sicher gewesen war, ob er es durchziehen konnte.

Konnte er. Das hier war der Beweis. Davids gewaltbereite und überaus bösartige Charakterzüge traten an die Oberfläche und es war ein verdammt gutes Gefühl, ihnen genug Raum zu geben, um nicht den Hauch von Reue zu empfinden. Seine freie Hand bahnte sich ihren Weg zu Sams verletztem Knie. Alles, was David dabei empfand, seine Finger mit unnachgiebiger Kaltschnäuzigkeit in die Wunde zu graben, um größtmögliche Schmerzen zu verursachen, war Befriedigung. Das Blut an seinen Fingern fühlte sich warm und klebrig an.

Sam wand sich unter ihm, strampelte wild mit den Beinen und versuchte offensichtlich verzweifelt, David abzuwerfen. Die Schmerzen mussten schlimm sein. Aber nicht annähernd so schlimm, wie David es gern gehabt hätte.

Seinen eigenen Schmerz blendete er dabei vollkommen aus. Sein Brustkorb war kochend heiß und brannte. Die Schusswunde gab einen stetig pochenden Schmerzimpuls ab, aber sein Verstand war zu sehr auf Sam und seine ersehnte Rache fixiert, um auf diese Warnung seines Körpers zu reagieren.

David wollte nicht reagieren. David wollte Sam leiden sehen. Das war wichtiger. Jedenfalls jetzt - in diesem Augenblick, in dem seine angestaute Wut alle anderen rationalen Gedanken überlagerte.

»Du warst nie in der Lage, mich zu übertrumpfen«, fuhr David eiskalt fort und verstärkte den Druck seines Knies auf Sams Rückenwirbel. Er konnte es spüren. Den Widerstand. Nur ein paar Millimeter und - »Ich war immer der Stärkere von uns beiden. Das wissen wir doch beide, nicht wahr? Deswegen hat es dir so viel Freude bereitet, mich bis nach Mittelamerika zu verfolgen. Deswegen hast du mir in Belize nicht gleich den Schädel weggepustet, sondern mich liegengelassen und gehofft, ich würde jämmerlich verrecken. Wie war es denn für dich? Hat es dich befriedigt, für einen Moment das Gefühl zu haben, unbesiegbar zu sein?«

Sam strampelte noch einen Augenblick, stellte seinen Widerstand dann aber nach und nach ein. Als hätte er begriffen, dass er auf diesem Wege keine Aussicht auf Erfolg hatte und so seine schwindenden Kräfte nur noch schneller verbrauchte.

»Und wie fühlt es sich jetzt an? Die Erkenntnis, dass du schon immer nur in der Liga unter mir gespielt hast? Hast du wirklich geglaubt, ich könnte es nicht mit dir aufnehmen?« David lachte leise, beugte sich noch mehr vor und erhöhte seinen Druck weiter. Sam keuchte und kniff die Augen zusammen, aber David gab nicht nach. Noch nicht. Vielleicht gar nicht ... »Ich werde jetzt in dieses Haus gehen«, fügte er leise hinzu und weidete sich an Sams rasendem Puls und seinen schnellen unkontrollierten Atemzügen. »Und wenn ich feststelle, dass mein Weg hierher umsonst war und Rain etwas passiert ist, weil du fälschlicherweise davon ausgegangen bist, es könnte eine gute Idee sein, mich zu deinem

Feind zu machen, werde ich dich die Hölle auf Erden erleben lassen.«

Mit diesen Worten ließ David weit genug von Sam ab, damit er aufspringen und seinen verwundeten Widersacher mit sich hochziehen konnte.

Sam ließ ein unterdrücktes Keuchen hören, antwortete aber nicht und schien immerhin noch so viel Stolz zu besitzen, seine Schmerzensschreie hinunterzuwürgen, als David ihn hinter sich her auf das Haus zu zerrte. Zur Veranda, die zwar zur Straße ausgerichtet war, wo man Sam dank des schiefen Schuppens davor aber nicht sofort bemerken würde. Das verletzte Bein zog er dabei hinter sich her.

Ohne lange zu fackeln, machte David Sams Gürtel auf, riss ihn unwirsch aus den Schlaufen der blutdurchtränkten Jeans und fesselte seine Hände damit. Sam stöhnte gequält, als David ihn wieder runterdrückte.

»Warum tötest du mich nicht gleich?«, fragte er hörbar erschöpft, als David aufstand und auf ihn hinabstarrte. »Wozu das Unvermeidliche hinauszögern?«

Einen Moment lang schaute David ihn schweigend an. Eiskalt, als betrachtete er einen Käfer, der auf dem Rücken lag, damit man ihm jedes Beinchen einzeln herausreißen könnte. Eine willkommene Vorstellung. Oh ja. Dann sagte er: »Damit du jeden einzelnen deiner letzten Atemzüge damit verbringen kannst, dir zu wünschen, mir niemals im Weg gestanden zu haben«, und drehte sich um. Er lud den Lauf der Pistole in seiner Hand durch, bewegte sich auf das Haus zu und erklomm die Stufen zur Veranda. Darauf gefasst, ein Blutbad anzurichten, sollte das erforderlich sein.

Rain

Mit zitternden Fingern wischte sich Rain das Blut vom Mundwinkel. Der letzte Schlag hatte ihre Unterlippe ungünstig erwischt. Mikes Handkante. Es brannte wie Feuer und tat saumäßig weh, aber sie hatte keinen Mucks von sich gegeben. Nicht dieses Mal. Nicht heute.

»Du Scheißschlampe!« Eine Beschimpfung von vielen in einer endlosen Aneinanderreihung von Beleidigungen und Demütigungen, die sie sich nun anhörte, seit die Haustür hinter ihnen ins Schloss gefallen war. Vor einer gefühlten Ewigkeit.

Der metallische Geschmack von Blut lag ihr auf der Zunge und ließ sich nicht vertreiben. Ein ekelhaftes Gefühl, das zusammen mit ihrem dröhnenden Schädel und den Schmerzen, die sich inzwischen in ihrem ganzen Körper ausbreiteten, eine übelkeiterregende Mischung ergab. Der muffige Gestank im Haus war nicht viel besser. Als hätte Mike wochenlang nicht gelüftet. Am liebsten hätte sie sich übergeben. Aber das ging nicht, wenn sie nicht riskieren wollte, dass Mike vollends seine Beherrschung verlor. Das hier - war weiß Gott schon schlimm genug. Es war der schlimmste Wutausbruch seit über einem Jahr. Damals hatte er ›nur‹ einen Haufen Geld bei einem seiner illegalen Glücksspiele verloren.

Heute hatte er andere Gründe. Zweifellos triftigere.

»Er hätte dich abknallen sollen! Verdammt - ich wünschte, deine stinkende Leiche würde da unten im Drecksdschungel verfaulen!«, schrie er, fuchtelte dabei schon wieder bedrohlich nah mit seiner Faust vor ihrem Gesicht herum und versprühte beim Sprechen kleine Speicheltropfen.

Angeekelt verzog sie das Gesicht, aber Mike schien nicht zulassen zu wollen, dass Rain ihn *nicht* ansah. Er bückte sich zu ihr herunter, griff mit seinen nach Tabak riechenden Fingern unter ihr Kinn und drückte so fest zu, dass sie das gequälte Stöhnen nicht ganz unterdrücken konnte. Ihr Rücken tat weh, weil er sie vor ein paar Minuten erst gegen die Wand geschleudert hatte, an der sie nun saß und vor lauter Angst fast wahnsinnig wurde.

»Guck mich gefälligst an, du Schlampe! Wieso hast du den Mund aufgemacht? Habe ich dir nicht befohlen, dein vorlautes Maul zu halten, wenn wir irgendwo sind? Vor allem bei meinem Scheißvater?«

Rain antwortete nicht. Nicht nur, weil keines ihrer Worte auch nur annähernd zu ihm durchgedrungen wäre, sondern schlicht und ergreifend deshalb, weil ihr die Kraft dazu fehlte.

Ja. Sie hatte sich vorgenommen, ihm die Stirn zu bieten, sich nicht kleinkriegen zu lassen und verdammt noch mal niemals wieder ihren Stolz zu verlieren. Aber das war bei weitem nicht so leicht, wie sie vielleicht gedacht hatte. Und ja - sie hatte damit gerechnet, dass Mike ausrasten würde. Dass er das allerdings umgehend und mit voller Härte tun würde, hatte sie nicht kommen sehen. Als hätte er all seine Aggressionen der vergangenen Wochen für diesen einen Moment aufgestaut. Dafür, sie zu verprügeln und sie totzuschlagen, wenn er sie erst zu fassen bekäme.

Zwischen dem Betreten des Hauses und seinem ersten Wutanfall hatten keine drei Sekunden gelegen. Und seitdem schlug er sie beinahe unaufhörlich.

Rain hatte keine Ahnung, wie lange das nun schon so ging. Minuten oder Stunden - sie hatte jedes Zeitgefühl verloren. Und es wäre auch egal gewesen. Weil ihr ganzer Körper inzwischen nur noch aus Schmerzen zu bestehen schien.

Immerhin werde ich mir über blaue Flecken keine Gedanken machen müssen ...

Ein zynischer Gedanke, bei dem sie am liebsten gelacht hätte.

»Fuck! Wieso -«, setzte ihr tobender Mann an, raufte sich die Haare und trat dann mit dem Fuß nach ihren Beinen.

Rain schaffte es nicht, die Füße wegzuziehen, also erwischte er mit voller Wucht ihr Schienbein. Sie presste die Lippen fest zusammen, konnte aber nicht verhindern, dass sie vor Schmerz stöhnte.

»Ich hätte dich einfach abschreiben sollen, richtig?« Mike nickte; mehr zu sich selbst als zu ihr. »Ich hätte vergessen sollen, dass du je existiert hast. Du bist eine Schande! Eine dreckige kleine Nutte, die sich sofort an den Hals dieses Schwanzlutschers gehängt hat, hm? Hast du wirklich gedacht, ich würde dich so einfach gehen lassen? Du gehörst mir!«

»Ich - gehöre nicht dir«, presste Rain zwischen den Zähnen hindurch und starrte hasserfüllt zu ihm hoch. Was spielte es noch für eine Rolle, ob sie ihm widersprach oder nicht? Wenn das bedeutete, noch mehr Schmerz erleiden zu müssen - bitteschön. Sie konnte sich kaum vorstellen, dass man noch mehr davon ertragen könnte.

Nicht nur ihr Körper - auch ihr verdammtes Herz fühlte sich an, als wäre es in tausend Fetzen gerissen. Mit jedem Atemzug vermisste sie David. Mit jeder Sekunde, die verging, wünschte sie sich, er wäre nicht gestorben. *Ihretwegen.* Sie wollte nicht an ihn denken und sich dadurch noch mehr selbst zerfleischen, konnte es aber nicht verhindern. Mit dieser Tortur und ihrem sehr wahrscheinlichen sehr baldigen Ende vor Augen, konnte sie einfach nicht anders. Die Bilder ihrer kurzen gemeinsamen Zeit mit David tauchten in ihrem Kopf auf und ließen sich nicht vertreiben. Als wollte ihr Verstand um jeden Preis dafür sorgen, dass sie mit dieser Erinnerung ging. Mit etwas - Schönem …

Und ich habe ihn auf dem Gewissen - und mich selbst. Ich bin jämmerlich …

»Was hast du gesagt?« Mike starrte sie an, als könnte er es kaum fassen, dass sie überhaupt den Mund aufgemacht hatte, dann warf er den Kopf in den Nacken und lachte schallend.

Von hier unten aus konnte Rain die riesige Zahnlücke hinter seinen Eckzähnen erkennen. Vor etwa einem Jahr hatte er sich im Suff mit einem seiner weichbirnigen Kumpels geprügelt und dabei einen Zahn eingebüßt. Und noch ein Stück seines kaum vorhandenen Verstandes.

»Du traust dich ja was … Interessant. Du gehörst mir ganz allein, kapiert? Wer hat dir diesen Scheiß ins Hirn gepflanzt? Der Pisser?« Er schüttelte mit einem bösartigen Grinsen den Kopf, ging dann langsam vor Rain in die Knie und verengte seine Augen zu Schlitzen. So sah er aus, wie ein Schwein mit knallrotem Gesicht. Zornverzerrt und wahnsinnig. »Du bist wertlos. Vor allem jetzt, wo du mir bei meinem Vater in den Rücken gefallen bist. Was denkst du dir eigentlich, hm?«

Rain wollte zurückzucken, als er seine Hand an ihre kochend heiße Wange legte, konnte aber nirgendwohin ausweichen. Rechts neben ihr stand eine alte klapprige

Kommode, auf der anderen Seite stieß sie schon mit dem Ellenbogen gegen die geöffnete Badezimmertür.
Kein Entkommen ...
»So ein verängstigtes kleines Kätzchen«, grinste Mike und riss an ihren wirr fallenden Haaren. »Ohne mich bist du nichts.«
»*Du* bist ein Nichts, Mike«, zischte sie und spuckte ihm dann ins Gesicht, ohne an die Auswirkungen zu denken.
Mike, der nicht mit so einer Reaktion gerechnet zu haben schien, zuckte zurück, riss die Augen auf, wischte sich dann sichtlich überrascht den Speichel von der stoppeligen Wange und glotzte sie an.
Einen Moment lang war es totenstill im Haus. Einen Moment, in dem Rain von Triumph und Genugtuung erfüllt in das hässliche Gesicht ihres irren Ehemannes starrte und tatsächlich kurz davor war, in einen hysterischen Lachanfall zu gleiten.
Sie kam nicht zum Lachen. Mike machte sich nicht die Mühe, auch ihren restlichen Speichel noch abzuwischen. Er holte aus und schlug ihr mit dem Handrücken so kräftig ins Gesicht, dass ihr Schädel explodierte und ihr ganzer Körper zur Seite geschleudert wurde. Mit der Schläfe knallte sie gegen die Badezimmertür, die wegen der Wucht des Schlages zuknallte. Einen endlos langen Augenblick sah Rain Sterne. Alles verschwamm um sie herum, sie stöhnte gequält und vor lauter Schmerzen wusste sie nicht mehr, wo oben oder unten war.
Ihre Finger krallten sich in den Teppichläufer unter ihr und sie versuchte angestrengt, nicht das Bewusstsein zu verlieren. Rain schnappte nach Luft. Obwohl sie bereits am Boden lag, war ihr schwindelig. Sie rechnete so fest damit, nun von Panik überwältigt zu werden. Von der Todesangst, auf die sie schon den ganzen Tag

lang wartete. Aber sie blieb aus. Als hätten sie selbst ihre Gefühle im Stich gelassen ...

»Ich werde dir zeigen, was du davon hast! Du wagst es, mich zu hintergehen?« Mikes rasselnder Atem klang bedrohlich nah, bevor sie seine Finger spürte, die sich schmerzhaft in ihre Haare krallten und ihren Kopf herumrissen. »Du wagst es, mich zu verlassen und dich einem anderen Mann an den Hals zu werfen - du dreckige wertlose Nutte -«

Rain schrie auf, strampelte mit den Beinen und versuchte mit aller Kraft, ihn von sich wegzudrücken, doch es war zu spät. Mike kniete mit seinem ganzen Gewicht über ihr und schlug ihr Gesicht ein paar Mal mit roher Gewalt auf den Boden.

Zu viel! Alles zu viel -

Rain kniff die Augen zusammen, als ihr Magen rebellierte. Der Druck, der auf ihr lastete, war kaum auszuhalten. Ihr Kopf schien zu explodieren, während sie kaum Luft bekam, weil Mike sein Gewicht nach vorne verlagerte - in dem Moment, in dem ihr schwindender Verstand seine eiskalten Finger an ihrem Hintern spürte. Dass er sich an ihrer kurzen Hose zu schaffen machte, registrierte sie erst, als es längst zu spät war: Eine Hand fest in ihren Nacken gepresst, um sie bewegungsunfähig zu halten und die andere an ihrem Arsch und das alles folgte nur einer einzigen Absicht ...

»Nein!«, bettelte sie und erschrak über den erbärmlichen Klang ihrer eigenen Stimme. »Bitte - Mike - ich tue alles ...«

»Halts Maul!«, brüllte ihr Mann atemlos, als strengte es ihn unglaublich an, Rain die Hose mit einer Hand von den Hüften zu zerren und sie gleichzeitig in Schach zu halten.

Gott hilf mir, betete sie in Gedanken, obwohl sie genau wusste, dass es ihr nichts nützen würde. Jetzt genauso wenig, wie in der Vergangenheit.

Rain wollte sich wehren. Sich bewegen, ihn von sich runterdrängen, ihm ins Gesicht treten und in seine beschissenen schrumpeligen Eier - aber sie schaffte es nicht, auch nur einen Finger zu krümmen. Starr vor Angst und Panik lag sie da, atmete in kurzen flachen Zügen und alles, was sie hörte, war Mikes rasselnder schwerer Atem und das Rauschen ihres eigenen Blutes in ihren Ohren.

»Du dummes Stück Scheiße -«, setzte er erneut an, verlagerte sein Gewicht auf ihr dann noch weiter und schnaufte angestrengt, als sie das reißende Geräusch seines Reißverschlusses hörte, »wirst dir wünschen, mir nie davongerannt zu sein! Ich schwöre dir, dass du dieses Haus niemals wieder verlassen wirst! Und mich -« Sein Grunzen war ein sicheres Zeichen dafür, dass er gerade seinen stinkenden Schwanz in der Hand hielt und ihn in Position brachte. Jeden Augenblick würde er ihre Beine auseinanderdrücken und sich einen Dreck darum scheren, wie grausam und brutal es sich anfühlte, auf diese Weise in Besitz genommen zu werden - »wirst du auch nicht verlassen. Du gehörst nur mir! Mir ganz allein!« Das Grunzen wurde zu einem kurzen bellenden Lachen.

Um Rain herum schien die Zeit stehen zu bleiben. Ihr Herz setzte aus, als sie seine Finger zwischen ihren Beinen spürte. Er zerrte am Stoff ihres Slips.

Reicht es ihm nicht, mich halb tot zu prügeln? Muss er mich auf diese Weise brechen? Gott ... Ich hatte David doch versprochen -

Rain biss sich so fest auf die Unterlippe, dass sie aufkeuchte. Ein Schmerz, der sie in die Realität zurückholte, wenn auch nur für einen Moment. Ein letztes Mal nahm sie all ihren Mut und ihre verbliebenen Kräfte zusammen. Ein letzter Versuch, sich zu befreien, aber sie würde ihn nicht ungenutzt verstreichen lassen. So fest sie konnte, riss sie ihr rechtes Bein los, rollte sich dann so weit zur Seite, wie Mikes Hand in ihrem Nacken es zuließ und rammte ihm mit aller Kraft das Knie in die Eier.

Als Mike vor Schreck und Schmerz aufjaulte, war ihre Chance gekommen: Er ließ ihren Nacken reflexartig los, presste seine Hände schützend auf seine hoffentlich gigantisch schmerzenden Eier und Rain kämpfte sich so herum, dass sie sich mit Hilfe ihrer Unterarme unter ihm wegziehen konnte.

Keuchend vor lauter Anstrengung suchten ihre Finger nach etwas, das ihr helfen könnte - eine Waffe. Irgendetwas, um Mike ein für alle Mal davon abzuhalten, sich ihr je wieder zu nähern. Alles in ihr schrie nach Vergeltung! Sie wollte, dass er sabbernd und winselnd vor ihr auf dem Boden kniete und sie um Gnade anflehte - genau, wie sie es so oft getan hatte. Blind vor Wut und Rachedurst war sie unfähig, auch nur einen klaren Gedanken zu fassen.

Und doch wusste sie, dass ihr Zeitfenster klein war. Mike würde sich schneller erholen, als ihr lieb wäre, sich erneut auf sie stürzen und ihr keine weitere Möglichkeit mehr zur Verteidigung geben.

Wenn ich ihn nicht sofort töte - tötet er mich ...

»Du verschissenes Dreckstück!«, schrie er hinter ihr und ließ seinem Hass auf sie nun scheinbar erst recht freien Lauf.

Panisch klammerte sie ihre Finger um das Bein des klapprigen Holztisches, an dem sie früher immer gegessen hatten. Alt und kaputt, wie der Rest ihrer billigen zusammengewürfelten Einrichtung. Der Tisch wackelte und ächzte, war aber weder schwer noch heile genug, um Rain zu halten. Sie zog ihn einfach mit sich, als Mike ihre nackten Knöchel umfasste und sie zurückriss. Holz schabte über Holz, Rain schrie auf und Mike grinste zu ihr herunter - als eine seiner leergesoffenen Bierflaschen vom Tisch auf den Boden fiel.

Die Scherben sprangen im Wohnzimmer umher und verteilen sich klirrend auf den Dielen. Mike stieß einen weiteren unverständlichen Fluch aus, schien sich davon allerdings nicht aus der Ruhe bringen zu lassen. Er beugte sich vor, holte mit dem Arm aus und machte sich bereit, Rain erneut zu schlagen.

Jetzt oder nie!

Der einzige Gedanke, der Rains leergefegten dröhnenden Kopf erfüllte. Ihre Finger glitten suchend auf dem Fußboden herum. Als sie eine der größeren Scherben zu fassen bekam, atmete sie so erleichtert auf, dass sie beinahe geschluchzt hätte. Aber nur fast. Stattdessen hob sie die zitternde Hand, spürte, wie ihr die Scherbe in die Handfläche schnitt und das Blut, das sofort über ihre verschwitzte Haut lief. Nur einen Atemzug - dann rammte sie Mike die spitze Glasscherbe in den Hals!

Er schrie auf wie ein getretener Hund, jaulte vor Schmerz auf und ließ sie umgehend los und Rain wäre am liebsten in Triumphgeschrei ausgebrochen, als sie sein Blut sah, das ihm in dunkelroten Rinnsalen über den Hals lief. Viel Blut. Sehr viel davon.

Seine Halsschlagader, dachte sie noch - dann zerriss ein Knall die Stille in ihrem Inneren, als die Haustür aufflog; gefolgt von einem kaum hörbaren Zischen. Nur eine Sekunde später erschlafften Mikes Mundwinkel vollends. Rain sah, dass seine Augenlider flatterten, bevor er in sich zusammensank und völlig reglos aber halb auf ihr liegen blieb. Aus einem Impuls heraus strampelte sie mit den Füßen, um ihn von sich wegzuschieben, keuchte vor lauter Anstrengung und registrierte erst jetzt die Ursache dafür - die nicht *sie* gewesen war. Ein Loch klaffte in der Brust ihres abartigen perversen Ehemannes, der nur Sekunden zuvor noch versucht hatte, sie sich mit Gewalt zu nehmen. Ein Loch direkt über seinem Herzen, das seine Arbeit endlich für immer eingestellte.

Mike war tot. Erschossen. Von ihrem vermeintlichen Retter. Dem Mann, der erst die Tür eingetreten und dann ihren Peiniger erschossen hatte.

Rain drehte sich um. Verwirrt, hilflos, erschöpft, vollkommen fertig mit sich und der Welt. Sie war müde. Schrecklich müde und erschöpft und alles, was sie für den Rest ihres bedauernswerten Lebens wollte, war Schlaf. Nur das und -

»David«, hauchte Rain ungläubig, starrte die Gestalt in der Tür an, die sich in diesem Augenblick endlich in Bewegung setzte, und riss die Augen auf. »Das kann nicht - wie - du bist -«

»Schh, schon gut. Ich bin hier. Alles ist gut«, antwortete er leise, kam schnell auf sie zu und legte die Pistole mit dem Schalldämpfer auf den Boden. Langsam ließ er sich vor ihr auf die Knie sinken, berührte sie aber nicht und starrte sie einfach nur an.

»O Gott!«, stieß sie hervor, als sie seinem Blick voller Verwirrung gefolgt war und feststellte, dass sie noch immer die riesige Glasscherbe umklammerte. Ihr eigenes Blut vermischte sich bereits mit dem ihres ekelhaften Mannes. Ihr Blut und seines und -

»Rain - du bist in Sicherheit. Ich bin da. Hörst du mich?«

Sie hörte Davids Stimme, sah in sein besorgtes bleiches Gesicht und konnte es nicht fassen. Unmöglich. Alles in ihr sträubte sich dagegen, einzusehen, dass er nicht tot war, obwohl er diesen Schuss doch unmöglich überlebt haben konnte. Seine Schreie und das viele Blut ... Ihr Verstand wehrte sich vehement gegen die Möglichkeit, dass er es geschafft hatte - obwohl er ihr gegenüberkniete. Obwohl sie seine warme, fast kochend heiße Haut spüren konnte, als er vorsichtig und langsam eine Hand an ihr tränenüberströmtes Gesicht legte. Obwohl sie seinen Geruch aufsog, sich gierig daran festklammerte und sich mit jeder Faser ihres Herzens wünschte, es wäre kein verdammter Traum, ging sie doch davon aus, jedem Moment aufzuwachen. Wach zu werden und festzustellen, dass Mike sie in Wahrheit halb tot geschlagen hatte, bevor sie gnädigerweise das Bewusstsein verloren hätte ...

»Du lebst«, flüsterte sie, hob zaghaft ihre eigene Hand und legte sie auf seine, die an ihrer Wange ruhte. »Träume ich das?«

David schüttelte den Kopf. Langsam, mit einem schwachen Lächeln auf den Lippen. »Ich versichere dir, dass die Schmerzen in meinem Körper sehr real sind«, antwortete er. »Ich nehme an, deine auch, oder? Es tut mir leid, dass ich es nicht eher geschafft habe ... Rain, es tut mir so unendlich leid, dass er dir schon so viel angetan hat!« Seine Finger fuhren sanft über ihre Wange, hinunter zu ihrer Oberlippe und schließlich über ihre aufgeplatzte Unterlippe.

Aber den Schmerz ignorierte sie. Genau wie die Müdigkeit, das Bedürfnis danach sich einfach zusammenzurollen und für immer und ewig zu schlafen und sich aufzugeben. Rain schloss die Augen, atmete Davids

Duft ein und spürte ihn einfach nur. Ihn, seine Nähe, seine Wärme -

»Du lebst«, wiederholte sie, öffnete dann die Augen wieder und lachte leise. Nicht mehr als ein klägliches Krächzen. »Ich dachte, du wärst tot und es wäre meine Schuld -«

»Hey«, grinste er schwach und sie ließ zu, dass er sie an sich zog und sie festhielt. So fest, dass sie kaum Luft bekam. »So schnell sterbe ich nicht. Willst du mich beleidigen? Ich habe doch gesagt, ich bin besser als Sam. Also wirklich!«

Das war eine Antwort, die so verdammt typisch für David war, dass sie nicht mehr aufhören konnte zu lachen. Rain lachte und weinte und endlich kehrten die verlorengeglaubten Gefühle in ihren Körper zurück. Sie spürte ihre Beine wieder. Die Schmerzen in ihren Schultern, ihren Armen, ihren Rippen. Jeden einzelnen blauen Fleck. All das und - Freude. Einfach nur erleichterte Freude darüber, am Leben zu sein, in Davids Armen zu liegen und ihn wieder bei sich zu haben.

»Komm schon. Lass uns von hier verschwinden«, sagte David schließlich, half ihr hoch und zog sie erneut in seine Arme. »Es tut mir leid, dass ich nicht schneller hier war.« Sie sah den Schmerz in seinen Augen, als er seine Hand vorsichtig unter ihr Kinn schob und es so anhob, dass er sich den Schaden in ihrem schmerzenden Gesicht besser ansehen konnte.

»Du bist gerade rechtzeitig gekommen«, erwiderte sie mit mit deutlich festerer Stimme als vorhin. Sie konnte immer noch nicht ganz fassen, dass David überlebt hatte. Dass er hierher gekommen war, um sie zu retten. Dass er Mike ausgeschaltet hatte.

Er wird nie wieder eine Gefahr für mich sein, dachte sie mit einem letzten angewiderten Blick auf den reglosen Leichnam ihres verhassten Mannes und nickte David zu.

»Danke.« Mehr sagte sie nicht. Es gab keine Worte, die auch nur ansatzweise das hätten beschreiben können, was sie empfand.

David antworte nicht. Er strichelte ihr ein letztes Mal zärtlich über die Wange und wartete dann, bis Rain sich wieder angezogen hatte; so schnell es angesichts der brüllenden Schmerzen möglich war. Dabei achtete sie verbissen darauf, weder die Leiche auf dem Boden noch sonst irgendetwas im Haus näher anzusehen.

»Brauchst du noch irgendwas?«

Verwirrt schüttelte Rain den Kopf und drehte sich um, als er im muffigen Wohnzimmer des abbruchreifen alten Hauses stehen blieb. In der Hand hielt er ein Gasfeuerzeug. Es hatte Mike gehört. Davids Gesicht war vollkommen ausdruckslos, als sie ihm schließlich mit einem knappen Nicken zu verstehen gab, dass er es tun sollte. Dass er das Haus abfackeln sollte und mit ihm all ihre schrecklichen Erinnerungen an ihre Ehe. Zusammen mit allem, was sie hier erlitten hatte. So viel Leid und Schmerz und Schande.

Rain sah stumm zu, wie David die hässlichen grauen Vorhänge in Brand steckte, die sie immer hatte austauschen wollen. Weil sie so unfassbar scheußlich waren. Aber Mike hatte sie nicht gelassen. Immerhin war es *sein* Haus und sie war ja nur *seine* Frau gewesen.

Der Stoff fing sofort Feuer. Die Flammen fraßen sie förmlich auf, breiteten sich rasend schnell aus und schon bald - würden sie das Haus komplett verschlingen. Mitsamt der Leiche ihres verhassten Mannes, dem kein Mensch dieser Welt eine Träne nachweinen würde. Eine Gewissheit.

Ich hoffe, er schmort in der Hölle, dachte sie angewidert, griff dann nach Davids Hand und ließ diesen Teil ihres Lebens ein für alle Mal hinter sich. Gemeinsam mit dem Mann an ihrer Seite, der sie nicht im Stich gelassen hatte. Der sie trotz aller Gefahren erneut gerettet hatte und den sie mehr liebte als alles auf der Welt. Geradewegs in eine Zukunft, die vielleicht ungewiss und fraglich war - aber das spielte keine Rolle. Nicht mehr.

Epilog

David stellte den Motor des alten rostigen Pickups ab, rückte die Sonnenbrille auf seiner Nase zurecht und sprang aus dem Wagen. Der Schotter in der Einfahrt knirschte unter den Sohlen seiner Turnschuhe und erinnerte ihn daran, dass sie den Weg bald pflastern sollten. Nach der Hitzeperiode und am besten noch, bevor die Regenzeit kam.

Albert Hitfield, der Koch, den sie seit sechs Monaten beschäftigten, kam ihm bereits über den Hof entgegen. Albert war gut zwanzig Jahre älter als David, was ihn allerdings nicht daran hinderte, seinen Boss zu verehren und auch keinerlei Hehl aus seiner Dankbarkeit zu machen. Etwas, das David zwar ein wenig schräg fand, es aber nie sagte, weil der Mann es durch und durch aufrichtig meinte. Wahrscheinlich war er nur froh, ein Dach über dem Kopf zu haben. Wohl kein Wunder, wenn man jahrelang in einer verfallenen Hütte am Rande der Hauptstadt gelebt hatte ...

»Haben Sie an die Ananas gedacht, Mr. Lewis?«, rief er David im Gehen zu, wischte seine Hände an der blitzsauberen weißen Küchenschürze ab und fuhr sich danach mit den Fingern durch das bereits ergrauende Haar. »Wir brauchen sie dringend für das Dessert!«

»Habe ich, Albert. Machen Sie sich mal nicht gleich ins Hemd.« David grinste, umrundete seinen Wagen und öffnete die Klappe der Laderampe. An diesen neuen Namen würde er sich nie gewöhnen können ... Zusammen mit Albert lud er die mitgebrachten Kisten ab, die randvoll mit Lebensmitteln waren. Lästig, aber unvermeidbar. Der Preis dafür, eine Pension an so einem Ort aufzumachen. Der wöchentliche Einkauf musste in der Stadt getätigt werden. Fünf Meilen entfernt.

Ein Preis, den ich gern zahle, dachte er, als er einen zufriedenen Blick zum Haus warf. Fünfhundert Quadratmeter mit zehn Zimmern, die seit der Eröffnung vor einem halben Jahr beinahe lückenlos vermietet waren. An Urlauber aus aller Welt, vorzugsweise aber aus Europa und den Vereinigten Staaten. Wahlweise auch an Gastarbeiter, die in den Hummerfarmen in der Umgebung saisonweise arbeiteten. Ein sicheres überschaubares Leben weit entfernt von allem, was er in den Staaten zurückgelassen hatte. Die Kaiman-Inseln waren der perfekte Ort, ein neues Leben zu beginnen. Unbehelligt, unauffindbar und vor allem - sicher.

Kein Auslieferungsabkommen, selbst wenn sie uns doch eines Tages aufspüren. Paradiesisch ...

Und das war es wirklich. Rain hatte einen guten Geschmack, das musste er ihr lassen. Sie hatte sich umgehend in dieses Haus verliebt, es mit Hilfe der alten Vorbesitzerin gründlich auf Vordermann gebracht und es kaum erwarten können, ihre ganze Energie in dieses Projekt zu stecken. Von der weitläufigen Terrasse hinter dem Haus konnte man hinunter aufs Meer sehen. Das Haus lag nur knapp zwanzig Meter vom weißen Sandstrand entfernt auf einem kleinen Hügel, am äußeren östlichen Zipfel von Cayman Brac. Absolut ruhig und abgeschieden.

»Sind die neuen Gäste schon da?«, fragte David seinen Küchenchef, als die beiden Männer die Kisten zum Nebeneingang trugen. Aus der Küche hörte er bereits das geschäftige Treiben, das dort immer um diese Zeit herrschte. In einer Stunde würde es Abendessen für die

Gäste geben. Zubereitet von Albert, dessen rundlicher aber überaus freundlicher Frau und einem Jungen aus einem Dorf nicht weit von hier. Kaum sechzehn Jahre alt, aber fleißig und nach Alberts Aussage lernwillig.

»Jawohl, Sir. Sie sind vor einer Stunde eingetroffen. Ein Paar in den Flitterwochen und ein alleinreisender Geschäftsmann.« Albert stieß die Küchentür mit der Schulter auf, als David ihm den Vortritt ließ. »Danke für Ihre Hilfe beim Ausladen.«

»Keine Ursache«, lächelte David, stellte seine Kiste neben die Vorratsschränke und streckte sich. »Ist meine Frau im Haus?«

Der Koch nickte eifrig. »Sie hat darauf bestanden, die Tische selbst zu decken. Wie jeden Abend.« Das nachsichtige Lächeln auf den Lippen seines Kochs entging David dabei nicht. Die Männer schienen denselben Gedanken zu haben und das amüsierte David.

»Tja, sie hat eben ihren eigenen Kopf.« David nickte dem Jungen zu, der an der Spüle am Fenster stand und ihm einen scheuen Blick zuwarf, bevor er sich wieder zur Tür wandte. »Bis später, Albert. Den Rest schaffen Sie allein, oder?«

»Natürlich, Sir. Gehen Sie nur.« Der ältere Mann scheuchte ihn mit einer verständnisvollen Handbewegung aus der Küche.

Einen Moment später betrat David das Haus durch die weit geöffnete Terrassentür. Die weißen Vorhänge davor bewegten sich leicht im Wind, der gnädigerweise vom Meer aus heraufwehte. Ein angenehmes Lüftchen in der brütenden Augusthitze.

Er hörte Rain, bevor er sie sah, und nahm die Sonnenbrille ab. Sie wuselte zwischen den Tischen im komplett weiß gehaltenen Speisezimmer herum, verschob

Wein- und Wassergläser und schien ihn nicht einmal zu bemerken.

Einen Augenblick lang gestattete sich David, in der Tür stehen zu bleiben und sie anzusehen. Ihren Anblick in sich aufzunehmen und diesen friedlichen Moment einfach nur zu genießen. Etwas, das er seit ihrer gelungenen Flucht aus den Vereinigten Staaten vor fast einem Jahr so oft getan hatte, wie er konnte. Etwas, das er immer wieder tun würde, solange er lebte.

Die blondierten Haare hatte sie sich kürzer schneiden lassen, um ihr Erscheinungsbild zu verändern. Sie brauchte diese Veränderung und David hatte nichts dagegen gehabt. Er fand sie einfach nur anbetungswürdig heiß und wunderschön und selbst, wenn sie sich eine Glatze rasieren ließ, würde er sie noch immer vergöttern.

Erstaunlich, wie schnell man sich aus seinen alten Verhaltensmustern befreien kann ...

»Hey, du sollst dich doch nicht überanstrengen«, sagte er gerade laut genug, damit er sie nicht erschreckte.

Trotzdem zuckte Rain kurz zusammen und drehte sich schnell zu ihm um; die linke Hand fest auf ihren Bauch gepresst. »Himmel, David! Eines Tages bekomme ich deinetwegen noch einen Herzinfarkt!«

»So?«, antwortete er grinsend, setzte sich wieder in Bewegung und schloss sie nur einen Moment später in die Arme. Es tat gut, sie so nah bei sich zu haben. Den Duft ihres Shampoos einzuatmen. Die Wärme ihrer Haut zu spüren. Sie zu küssen. Unendlich gut. »Na, das kann ich nicht riskieren. Wer schmeißt dann den Laden hier, wenn ich in der Stadt bin, um die blöden Einkäufe zu machen?«

»Wie nett, dass du mich so ernst nimmst«, antwortete sie angesäuert, löste sich dann von ihm und stellte das saubere Weinglas in ihrer Hand auf dem Tisch neben sich ab. »Nicht mehr lange und wir müssen eh noch jemanden einstellen, der die Gäste bewirtet und sich um diesen Vorbereitungskram kümmert.« Sie seufzte, wischte sich mit dem Handrücken über die Stirn und schaute sich im Raum um, als müsste sie prüfen, ob sie auch wirklich an alles gedacht hatte.

»Eine hervorragende Idee. Ich möchte nämlich nicht dabei zusehen, wie du wie eine fette Weihnachtsgans hier rum watschelst und dabei eine mordsmäßige Kugel vor dir herschiebst. Das wäre unverantwortlich!« Das Grinsen auf seinen Lippen wurde breiter, als er sie wieder an sich zog, ihre Hand hob und einen Kuss auf ihren Handrücken hauchte. »Außerdem musst du das auch jetzt nicht machen. Martha hat dir doch angeboten, dich dabei zu unterstützen.«

Die freundliche Frau seines Küchenchefs war sofort bereit gewesen, Rain in all diesen Dingen hier zu unterstützen, als sie die Neuigkeiten erfahren hatte. Bisher hatte Rain allerdings abgelehnt. David vermutete, dass es sie in ihrem Stolz gekränkt hätte, sich so früh schon so viel Arbeit abnehmen zu lassen. Schließlich hatte sie ›erst‹ die Hälfte hinter sich. Und solange er nicht den Eindruck bekam, dass sie sich zu viel zumutete, würde er sie auch nicht bremsen. Es tat ihr gut, etwas zu tun zu haben. Sie blühte auf, seit sie hier waren und das gefiel ihm.

»Ich schaffe das schon. Wirklich, David.« Sie lächelte ergeben und strich sich die blonden Haare hinter die Ohren.

»Das weiß ich doch«, sagte er leise und konnte dem Bedürfnis sie richtig zu küssen nicht länger widerstehen. Rain stellte sich auf die Zehenspitzen, schlang umgehend ihre Arme um seinen Hals und presste sich ihm entgegen. Etwas, das sich definitiv zu gut anfühlte, um es nicht ein kleines bisschen auszukosten. Oder es voranzutreiben, indem er seine Hände an ihren Hintern legte, während er seine Zunge in ihren Mund schob und diesen ziemlich heißen Kuss genüsslich ausdehnte. Dieser verdammte kurze Rock war aber auch verlockend ...

»Nicht«, murmelte sie in den Kuss hinein, er spürte aber, dass sie grinste. »Gleich kommen die Gäste.«

»Und? Wir können sie auch einfach rauswerfen und haben die ganze Hütte für uns allein ...«

»Sehr witzig.« Rain seufzte, als er mit der Zunge langsam ihren Hals entlang fuhr. David wusste, dass sie das mochte. Leider wusste er aber auch, dass sie recht hatte, also ließ er widerstrebend von ihr ab und gab sich stattdessen dem Drang hin, über ihren Bauch zu streicheln. *Diese* Veränderungen ließen sich immerhin nicht mehr verbergen. Ein atemberaubendes Gefühl, auf das er um nichts in der Welt verzichten wollte. Das Beste, das ihm je passiert war, auch wenn die Schwangerschaft eigentlich nicht geplant gewesen war.

»Wie geht's ihr?«, fragte er grinsend und sein Magen machte einen Satz, als er den kaum spürbaren Tritt gegen seine Hand fühlte.

»*Ihm*«, antwortete sie mit einem nachsichtigen Lächeln, »geht es hervorragend. Zwei Mal Schluckauf, drei Purzelbäume und mindestens zwei Tritte gegen meine Rippen. Er hat dein Temperament. *Jetzt* schon.«

»Hm, wir werden sehen, wer von uns beiden am Ende recht behält.« David zwinkerte ihr zu, drückte ihr dann einen Kuss auf die Stirn und drehte sich zu einem der Tische neben der Anmeldung um. Der, auf dem Rain die eingehende Post stapelte, bevor sie das Zeug im Hinterzimmer sortierte. »Was Wichtiges?« Er deutete auf den Eingangsbereich hinter den geöffneten Flügeltüren.

»Ja, ich glaube, ein Brief ist von deinem Dad«, antwortete sie und verzog das hübsche Gesicht zu einem schwachen Grinsen.

Er wusste, dass es ihr leidtat, dass er seinen Vater nicht wiedergesehen hatte, seit sie die Staaten verlassen hatten. Etwas, für das er sie nur noch mehr liebte, ohne dass er es erwähnen würde. Ihr Mitgefühl mit ihm war größer, als es ein Mann mit seiner Vergangenheit verdient hatte. Und dasselbe galt schließlich auch für seinen Vater.

»Mal sehen. Ich sollte ihm antworten. Und ihn zur Geburt seiner Enkeltochter einladen, was meinst du?« Er grinste ihr frech ins Gesicht.

»Keine Ahnung, wieso du darauf kommst, dass es ein Mädchen wird«, antwortete sie reserviert lächelnd und streichelte zärtlich über ihren Bauch. »Ich bin wirklich sicher, dass es ein kleiner Giftzwerg wird. Eine Miniaturausgabe von dir.«

David lachte. »Abwarten, Darling. Wir werden sehen.«

Schließlich würden sie das tatsächlich irgendwann. Spätestens in fünf Monaten. Und bis dahin würde er sich selbst und sie damit verrückt machen, es eben *nicht* zu wissen.

Dabei spielt das keine Rolle. Hauptsache, dieses Baby kommt gesund auf die Welt und erfährt niemals, wie grausam sie sein kann. Nicht, wenn ich es verhindern kann ...

Ein guter Gedanke. David wusste, dass er alles für Rain und dieses Kind tun würde - ganz egal was. Er würde es mit allen Attentätern auf einmal aufnehmen, sollte jemals jemand erfahren, wo sie sich aufhielten. Er hatte etwas gefunden, das er beschützen wollte. Um jeden verdammten Preis. Etwas, das es wert war, alles zu geben und wenn nötig dafür zu sterben.

Auf dass das niemals nötig sein wird, dachte er und ließ zu, dass seine Gedanken wie von selbst zu Sam wanderten, als er den kleinen Stapel Briefe auf dem Tisch durchging. Rechnungen, Werbung, der kaum zu verwechselnde Brief seines Vaters. Fünf verschiedene Poststempel aus fünf verschiedenen Staaten prangten auf dem Kuvert. Vorsichtiger ging es schon fast nicht mehr. Analoger Nachrichtenverkehr war in diesen Zeiten eh sicherer.

Vielleicht hat er ja inzwischen rausgefunden, was mit dem Arschloch passiert ist ...

Als David Rain damals aus dem Haus ihres geisteskranken Mannes geholt hatte, war Sam verschwunden. Er erinnerte sich an seine Verwunderung darüber. Allein hätte er es niemals schaffen können, rechtzeitig abzuhauen, bevor David aus dem Haus kam und seine Drohung wahrmachen und ihn abknallen konnte. Schließlich wäre er mit einer zerschossenen Kniescheibe nicht weit gekommen. Er musste Hilfe gehabt haben. Leider hatte er damals andere Dinge im Kopf gehabt. Ihre eigene erfolgreiche Flucht aus dem Land zum Beispiel. Was dank der Hilfe seines Vaters nicht schwer gewesen war.

Seitdem hatte er weder Sam noch seinen Vater zu Gesicht bekommen. David ging davon aus, dass Sam inzwischen eingesehen hatte, dass es keine gute Idee war, sich mit ihm anzulegen. Er glaubte nicht wirklich, das SYSTEM seine Bemühungen schon eingestellt hätte, ihn aufzuspüren und doch noch zu eliminieren, konnte es aber weder beweisen noch widerlegen. Er wusste nur, dass *er* sicher noch nicht aufgegeben hätte, wenn er auf der Suche nach einem Verräter gewesen wäre. Sam jedenfalls war nicht aufgetaucht. Auch wenn er zweifellos wusste, wo sich David und Rain aufhielten. Ein sicherer Hinweis darauf, dass er für alle Zeiten die Schnauze voll von einer Konfrontation hatte. Immerhin.

David öffnete den Briefumschlag mit einem grimmigen Lächeln auf den Lippen. Es war der dritte Brief dieser Art. Sein Vater wusste selbstverständlich, wo sie sich aufhielten; immerhin hatte er ihnen die Aufenthaltsgenehmigung und die Pässe besorgt. Dummerweise war es für ihn zu gefährlich, sich direkt hierher zu begeben. Jedenfalls war es ihm bisher nicht gelungen, einen unauffälligen Weg auf die Kaiman Inseln zu finden.

Stirnrunzeln überflog David den Brief; verwirrt darüber, keinerlei Codes oder Verschlüsselungen vorzufinden. Dieser Brief war anders - er war *normal*! Verrückt ...

David,

entschuldige bitte, dass ich mich erst jetzt bei dir melde. In D.C. war in den letzten Wochen und Monaten die Hölle los! Der Kongress hat beschlossen, den Etat und die Ausgaben für die Innere Sicherheit zu Gunsten anderer Projekte zu kürzen. Der Fokus der neuen Regierung scheint eindeutig auf der Sicherung und Festigung der Grenzen zu liegen. Jedenfalls wurden dem FBI genau wie der CIA einige Mittel gestrichen. Als Folge daraus hat man sich nach langem Hin und Her dazu entschlossen, SYSTEM vorerst auf Eis zu legen. Das Programm ist gestoppt und alle Akten in diesem Zusammenhang wurden vernichtet. Es hat nie existiert!

David, ich hoffe, du verstehst, was das für dich bedeutet!

Es heißt, dass man dich und Sam damals mit voller Absicht aufeinander losgelassen hat, damit ihr euch gegenseitig aus dem Weg räumt und somit als potenzielle Mitwisser gleich bequem ausgeschaltet werdet. Deswegen konnte ich nie herausbekommen, wer hinter diesem Auftrag auf Rain steckte. Schon damals war klar, dass das Programm dem Ende entgegenging.

Ich habe ein bisschen herumgefragt und herausgefunden, dass alle Schatten von ihren Aufgaben befreit wurden. Ausstehende Aufträge wurden mit sofortiger Wirkung gecancelt - auch <u>deine</u> Eliminierung.

Du - ihr - seid frei.

Ich warte eine Weile ab und beobachte, wie sich diese Angelegenheit entwickelt. Wenn ich sicher sagen kann, dass keine Gefahr besteht, werde ich euch besuchen. Bis dahin, David ... bleib weiterhin am Leben.

Ich bin stolz auf dich, mein Sohn. Und ich hoffe, meine Fehler eines Tages wieder gutmachen zu können.

In Liebe,

Dein Vater.

David las den Brief drei Mal, bevor er das Papier zusammenfaltete und in die hintere Tasche seiner Jeans steckte. Einen kurzen Moment lang schloss er die Augen, atmete tief ein und versuchte, diese Neuigkeiten zu verinnerlichen. Sie zu begreifen und zu verstehen, was das wirklich für ihn und Rain bedeutete.

Freiheit. Sicherheit. Eine Zukunft ohne Angst davor, doch noch von Sam aufgespürt zu werden, auch wenn David es keine Sekunde lang in Erwägung zog, dass sein psychopathischer alter Freund eine reelle Chance haben könnte.

David hatte ihn damals geschlagen und das wussten sie beide. Auch, wenn es ursprünglich nicht in seiner Absicht gelegen hatte, Sam am Leben zu lassen.

Bevor ich Rain wieder begegnet bin, hätte ich es getan. Ohne mit der Wimper zu zucken.

Aber Sam Hayes war auch schlau genug, eine solche Niederlage einzusehen. Möglicherweise war er David sogar in Ansätzen dankbar dafür, dass er durch seine Nachlässigkeit die Chance zur Flucht hatte ergreifen können. David war sich immerhin ziemlich sicher, dass das umgekehrt sicher anders ausgesehen hätte.

Automatisch betastete er seinen Oberkörper und erinnerte sich nur allzu deutlich an die Schmerzen, die die Wunde auch Wochen nach ihrer Flucht noch verursacht hatte. Die Narben waren hässlich und würden ihn für den Rest seines Lebens begleiten, um ihn daran zu erinnern, wie schmal der Grad zwischen Erfolg und Niederlage sein konnte. Daran, dass er einmal versagt und sich danach geschworen hatte, es nie wieder so weit kommen zu lassen.

Sollte Sam je einen Fuß auf diese Insel setzen, werde ich ihn mit bloßen Händen töten, überlegte er grimmig, drehte sich dann wieder zu Rain herum und stellte fest, dass das Speisezimmer hinter ihm leer war. Aber seine Augen fanden sie automatisch. Sie stand mit einem Glas Wasser in der Hand auf der Terrasse und schaute aufs Meer hinaus. Der leichte Wind zerzauste ihr Haar und im Licht der bald untergehenden Sonne sah sie einfach nur - wunderschön aus.

Wie ein Engel, der mich aus meiner Dunkelheit geholt hat, dachte er mit pathetisch angehauchter Belustigung und lächelte. Dabei war dieser Gedanke weder besonders lustig, noch sonderlich übertrieben. Ohne sie hätte er nie erfahren, dass es außer seinem Leben im Untergrund noch andere Dinge gab. Nicht nur Schatten seiner unterdrückten Gefühle und diese verborgene Realität, die vor den Augen der Menschen versteckt gehalten werden musste. So viel mehr als Manipulation und Kontrolle; Distanz und bedingungsloser Gehorsam.

Wenn Mr. Smith mich nun sehen könnte, würde er mich auf der Stelle und ohne zu zögern erschießen.

Auch eine Tatsache. Aber keine, die noch eine Rolle spielte. Die Ausbildung, die mörderischen Erfahrungen dieser Zeit und sein späteres Leben jenseits der normalen Welt - Dinge, die nie wieder einen Platz in Davids Leben haben würden. Niemals.

»Was hat dein Vater dir denn geschrieben?«, fragte Rain einen Moment später, als er sich hinter sie stellte und die Arme um sie schlang. Ihr atemberaubender Duft war wirklich jedes Mal zu schön, um wahr zu sein.

Aber nur fast, dachte David, steckte seine Nase in ihr Haar und hielt sie so fest er konnte. »Wenn wir offiziell nicht längst verheiratet wären, würde ich dich fragen, ob du meine Frau werden willst«, sagte er leise, ohne ihre Frage dadurch zu beantworten.

Rains Augen leuchteten, als sie ihm ihr hübsches Gesicht zuwandte und ihn anstrahlte. »Das beantwortet nicht ganz meine Frage«, sagte sie mit dem Anflug eines Grinsens, ließ aber zu, dass David sie umdrehte und sie an sich zog.

»Ach, wirklich?« David lachte leise, strich ihr dann zärtlich die Haare aus dem Gesicht und küsste sie. Mit aller Liebe und all den Gefühlen, die er nur ihretwegen zurückbekommen und neu für sich entdeckt hatte. »Wir sind frei.«

Er sah, wie sich ihre Augen weiteten, als sie begriff, was er sagte. Die Tragweite dieser Nachricht. Die anschließende Erleichterung ...

»O, mein Gott! Das ist -« Sie strahlte und fiel David nur einen Augenblick später mit einem begeisterten Jubelschrei um den Hals. »Frei! Das ist Wahnsinn!«

David lachte. Er wusste, dass ihr die Vorstellung, sie könnten eines Tages doch aufgespürt und aus dem Weg geräumt werden, viele schlaflose Nächte bereitet hatte. Dass sie das Baby in ihrem Bauch zunächst nicht hatte haben wollen - aus genau diesem Grund. Aus Angst davor, was man diesem Kind antun würde, wenn sie gefasst wurden ...

»Niemand wird uns mehr suchen«, sagte sie leise und strich sich die Haare aus dem Gesicht, die der Wind umherwirbelte. Ihre grenzenlose Erleichterung war nicht zu überhören.

»Nie wieder.« David nickte lächelnd. »Ich liebe dich, Rain. Du bist das Beste, das mir je passiert ist. Und ich werde niemals zulassen, dass dir irgendjemand ein Haar krümmt. Ich verspreche es!«

Rain erwiderte sein Lächeln, griff nach seiner Hand und presste sie sanft auf ihren Bauch, bevor sie sich erneut auf die Zehenspitzen stellte und ihn küsste. In dem Augenblick, in dem das Baby unter ihrem Herzen gegen seine Handfläche trat und David sein ganz persönliches Glück spüren konnte. Sein Glück und sein Licht in einer Welt, die nie wieder von Schatten und Dunkelheit getrübt werden würde.

»Ich liebe dich auch, David. Und ich bin froh, dir wieder begegnet zu sein.«

HAPPY END

Danksagung

Mein größter Dank gilt an dieser Stelle – wie sollte es anders sein – meinem Mann! Danke Hase!! Dafür, dass du mich auch dieses Mal wieder trotz all der Facetten meiner unter Stress wirklich nicht sonderlich liebenswerten Charaktereigenschaften unterstützt hast. Danke fürs Kaffeekochen. Danke fürs Staubsaugen. Danke für das liebevolle Zurechtrücken meiner Gedanken, die hin und wieder einfach in die falsche Richtung davongaloppiert sind. Danke für die interessanten Gespräche über diverse Kompetenzbereiche verschiedener Regierungsorganisationen in den Vereinigten Staaten. Und danke, dass du mich noch ansiehst, obwohl meine Augenringe wirklich … Naja.

Außerdem danke ich meinen wundervollen Testlesern für die großartigen Gespräche, die wir im Vorfeld über dieses Buch geführt haben. Euch ist es zu verdanken, dass Davids und Rains Geschichte besser geworden ist. Schön, dass ihr sie so sehr geliebt habt wie ich selbst.

Danke auch an Michelle für das herrliche Cover, deine unendliche Engelsgeduld mit mir und deinen Perfektionswahn. Ich könnte kaum glücklicher darüber sein, dich aufgegabelt zu haben.

Mein besonderer Dank an dieser Stelle gilt Julia! Für deine liebevollen Tritte in meinen Allerwertesten, wenn ich verzweifelt und kurz davor war, zu kapitulieren. Ohne dich und die anderen hätte ich es nie zu Ende geschrieben! (Danke auch für den Kaffee und grüß Kaffeemaschine!)

Und danke an alle Leser, die es bis hierher geschafft haben. Das bedeutet, dass euch die Geschichte in diesem Buch ebenso gefallen hat, wie mir. Und dass sie es wert war, aus meinen Gedanken herausgelassen und zu Papier gebracht zu werden.

Bis bald,

Sandra Parker
(April 2017)

Bisher von der Autorin erschienen:

Break Out (Reihe in 2 Bänden)

(weiterer Bücher folgen.)